O cavalo de lata

Janice Steinberg

O cavalo de lata

Tradução de Léa Viveiros de Castro

Rocco

Título original
THE TIN HORSE

Este livro é uma obra de ficção. Nomes, personagens, lugares e incidentes são produtos da imaginação da autora e foram usados de forma fictícia. Qualquer semelhança com acontecimentos reais, localidades, organizações ou pessoas, vivas ou não, é mera coincidência.

Copyright © 2013 by Janice Steinberg
Todos os direitos reservados.

Direitos para a língua portuguesa reservados com exclusividade para o Brasil à
EDITORA ROCCO LTDA.
Av. Presidente Wilson, 231 – 8º andar
20030-021 – Rio de Janeiro – RJ
Tel.: (21) 3525-2000 – Fax: (21) 3525-2001
rocco@rocco.com.br
www.rocco.com.br

Printed in Brazil/Impresso no Brasil

preparação de originais
HELIETE VAITSMAN

CIP-Brasil. Catalogação na fonte.
Sindicato Nacional dos Editores de Livros, RJ.

S834c   Steinberg, Janice, 1962-
           O cavalo de lata / Janice Steinberg; tradução de Léa Viveiros de Castro. – Rio de Janeiro: Rocco, 2014.
           il.

           Tradução de: The tin horse
           ISBN 978-85-325-2893-3

           1. Romance norte-americano. I. Castro, Léa Viveiros de. II. Título.

13-07579   CDD – 813
                                             CDU – 821.111(73)-3

Para Jack, meu *bashert*

Eu voltei para dentro da loja, passei por uma divisória e encontrei uma mulher miúda, morena, lendo um livro jurídico atrás de uma escrivaninha... Ela tinha os belos traços de uma judia inteligente.

RAYMOND CHANDLER, *O sono eterno*

Nós contamos histórias a nós mesmos para viver.

JOAN DIDION, *The White Album*

Capítulo 1
Elaine

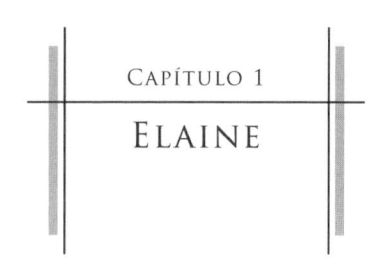

— Elaine, o que é isso? Poesia? — Ele me lança um olhar, seu rosto tão jovem, tão impetuoso. Então, volta a olhar para a pasta que abriu sobre a mesa da sala de jantar.

— Deixa eu ver — digo, mas ele começa a ler alto.

— Cada figo esconde sua flor no fundo do coração...

— Josh! — Estendo a mão para ele e lanço o que os meus filhos chamam de Olhar Azedo... mesmo sentindo, contra minhas costas, o tronco da figueira do nosso quintal em Boyle Heights; a sensação dura um momento, despertando em mim a garota extremamente meiga de dezoito anos que escreveu essas palavras.

— Claro, tudo bem se você quiser olhar primeiro. — Ele me entrega a pasta, mas acrescenta: — O lugar deles é no arquivo. — O nome dele foi bem escolhido, Joshua; não foi ele quem fez desmoronar os muros?

Eu achei que tinha sido um presente de Deus quando a biblioteca da Universidade de Southern California me pediu para doar meus papéis para suas coleções especiais. Estava pensando em me mudar para um apartamento para idosos no Rancho Mañana, ou, como não consigo deixar de chamá-lo, o Rancho Sem Amanhã, e me arrepiava só de pensar em ter que examinar todos os papéis e livros acumulados durante mais de meio século morando na mesma casa em Santa Monica. A USC me ofereceu a ajuda de um aluno de pós-graduação em biblioteconomia e ciência da informação, um arquivista, e aceitei correndo.

Tive uma certa preocupação. Uma coisa é expor minha vida profissional para estranhos, mas a USC não quer só material da minha carreira jurídica: estão interessados nos meus papéis pessoais, coisas da minha infância e da minha família. Bem, imaginei que o estudante de biblioteconomia ia ser uma moça dócil que não discutiria se eu preferisse manter algo em segredo, uma pessoa com quem o processo de escavar o meu passado seria uma espécie de procedimento cirúrgico: asséptico e impessoal. Logo eu — depois de ter devotado a vida a lutar contra o preconceito — fui fazer esse julgamento tão estereotipado. E estou pagando por isso. Meu não tão dócil arquivista, Josh, vê cada pedacinho de papel como uma mina de ouro em potencial e, se sua curiosidade abrasiva provoca sofrimento ou raiva, ele fica encantado; minha contrariedade não o intimida, só o faz pressionar mais.

Não que eu possa responsabilizar Josh pela nostalgia que me atacou quando abri uma caixa com os desenhos infantis dos meus filhos, ou a pontada de dor ao ver as cartas que tinha trocado com Paul — no mês passado fez quatro anos que ele morreu — quando ele estava no exército durante a Segunda Guerra Mundial. E agora meus poemas da adolescência. Suponho que seja bom o fato de Josh não ser um tipo sensível e livresco, que tentaria me consolar cada vez que um pedaço do meu passado atingisse um nervo. Eu prefiro briga a compaixão.

— Isso é tudo que tinha no meu escritório? — pergunto energicamente. Essa sou eu. Elaine Greenstein Resnick, uma mulher enérgica, sem firulas, não uma poetisa meio infantil que se desmancha com cada recordação.

— Eu vou ver. — Ele dá um pulo. Ele é rápido e eficiente. Felizmente, já que eu me decidi mesmo pelo apartamento de idosos. Pus minha casa à venda e vou me mudar para o Rancho Mañana em meados de dezembro, daqui a apenas seis semanas.

Assim que ele sai da sala e fico sozinha, dou uma espiada no primeiro poema. "Cada figo esconde sua flor no fundo do coração. Eu não sou boa na arte da dissimulação. A flor do meu amor..." Será que algum dia fui tão jovem e vulnerável? Para onde foi essa menina? Posso olhar para a Elaine que escreveu sua primeira carta idealista para um jornal aos onze anos e estabelecer o padrão para a advogada engajada que me tornei. A semente estava ali, mesmo que eu fique perplexa com o fato de uma garota quieta e introvertida ter aprendido a ser tão combativa — o que fez o *Los Angeles Times* me chamar de "a advogada progressista de causas impossíveis da cidade durante décadas, que foi da caça às bruxas de McCarthy até os direitos humanos, que lutou contra a guerra do Vietnã e em prol dos movimentos feministas".

Mas a doce poetisa que um dia existiu em mim, que fim ela levou? Sei qual foi o dia em que parei de escrever poesia: 12 de setembro de 1939. Eu tinha dezoito anos. Mas quer eu continuasse escrevendo ou não, o que aconteceu com aquela doçura? Será que simplesmente a superei? Será que a reprimi? Tenho a sensação de algo gritando para mim daqueles poemas esquecidos. Mas que bobagem! Eu ralho comigo. Sentimentalismo de velha. Fecho a pasta e a coloco na cesta de vime de coisas que quero examinar antes de deixar Josh levar para o arquivo. Não que eu tenha a menor intenção de dar os poemas para ele. Eu planejo "perdê-los".

Depois da surpresa de encontrar poesia, fico desconfiada quando Josh volta para a sala de jantar carregando duas caixas de papelão de lojas de departamentos — embora as caixas, por si mesmas, não tenham disparado nenhum alarme.

— De onde veio isso? — pergunto.

— Da prateleira do armário, bem do fundo. Tem uma pilha de caixas como estas lá.

— Talvez sejam coisa do Ronnie. — Meu escritório era o quarto do meu filho. Imagino encontrar roupas comidas por traças ou uma coleção de revistas em quadrinhos.

— Não, elas estão cheias de papéis.

Josh coloca a primeira caixa — ela é da Buffum's — entre nós e tira a tampa, e aí me vem à cabeça uma lembrança: minhas irmãs mais moças e eu esvaziando o apartamento da minha mãe depois que ela morreu. Foi há mais de trinta anos, e uma provação. No apartamento amplo em West Los Angeles para onde mudamos mamãe depois da morte de papai, ela recriara a atmosfera claustrofóbica da nossa casa em Boyle Heights. A morte de mamãe, dez anos depois da de papai (ele teve um derrame), tinha sido um choque. Ainda vigorosa aos setenta e seis anos, ela estava fazendo sua caminhada diária e um motorista bêbado a atropelou. Percorrendo seu apartamento numa névoa de tristeza, Audrey, Harriet e eu nos deparamos com duas — quatro? uma dúzia? — caixas de lojas de departamentos extintas onde mamãe guardava papéis e sabia Deus o que mais. Nenhuma de nós teve coragem de examiná-las na época.

Eu não me lembro de ter feito isso, mas acho que colocamos as caixas no meu carro, e elas acabaram no armário do meu filho.

— Ei, isto é hebraico? — Josh estende uma carta que abriu e tenta me entregar um par de luvas brancas. Não importa quantas vezes eu diga a ele que tenho o direito de tocar nas minhas coisas; ele traz um segundo par de luvas todas as vezes.

Examino as letras hebraicas.

— Iídiche. Devem ser da família da minha mãe na Romênia.

— Você sabe ler iídiche?

Descubro que ainda sei.

— Do que se trata?

— Notícias da família: alguém se casou, alguém teve um filho. — Típico do que ouvíamos dos nossos parentes romenos nos anos 1920. Durante os anos trinta, as cartas deles se tornaram pedidos angustiados para que tirássemos pelo menos os jovens de lá. Conseguimos tirar meu primo Ivan; minha família patrocinou sua vinda para Los Angeles. E depois da guerra, dois primos conseguiram ir para a Palestina, e três outros foram para a casa de parentes nossos em Chicago. Mas o resto morreu.

— Bem, estas devem ser sem dúvida conservadas. — Com um brilho cobiçoso nos olhos, Josh segura um maço de cartas, todas guardadas em seus envelopes originais. Ele estende a mão para um dos sacos plásticos que usa para guardar os itens que irão para o arquivo.

— Espere, eu quero lê-las! — Duvido de que vá ter tempo para dar mais que uma olhada rápida nas cartas. Mas se trata da minha família, da minha história. Minha e de Harriet. De nós quatro, as garotas Greenstein, ela e eu somos as únicas que sobramos. Não sei se Harriet algum dia aprendeu iídiche, mas preciso mostrar as cartas a ela, deixar que pelo menos toque nessas coisas que mamãe guardou com carinho, antes que se tornem material para alguma dissertação.

— Claro. — Josh põe as cartas dentro do saco plástico, etiqueta-o e o entrega para mim. — Apenas guarde-as aqui quando não as estiver lendo.

Junto com as cartas, a caixa contém notas, recibos e recortes de jornais e revistas sem motivos óbvios para terem sido guardados. — Alguém não jogava nada fora — Josh diz alegremente, mas até ele despeja grande parte do conteúdo da caixa na cesta de lixo reciclável ao lado dele.

Passamos para a segunda caixa, esta da May Company. Trata-se de uma arca do tesouro. Mamãe dedicou esta caixa a nós, suas filhas. Descubro boletins e trabalhos escolares, desenhos feitos com lápis de cor. Ali está minha carta de aceitação da USC, com a promessa de uma bolsa de estudos integral. E, bem guardados num envelope pardo, meus artigos do jornal da escola e as cartas para os editores que eu escrevia com Danny, pedidos para a América intervir no drama dos judeus na Europa. Sim, é claro, digo a Josh, vou dar a ele os artigos e as cartas depois que tiver terminado de vê-los; e depois de ter mostrado tudo para Harriet.

Continuo vasculhando e encontro um pacote do tamanho de meia folha de papel, preso com um elástico. Quando pego o pacote, o elástico arrebenta e lá de dentro sai...minha nossa, são os programas dos recitais de dança de Bárbara. Há uma dúzia ou mais, com títulos escritos numa caligrafia artística, impressos em papel grosso, de boa qualidade.

Abro um dos programas e me vejo sentada no escuro, assistindo a minha irmã dançar. Não só admirando-a, mas *sentindo* os movimentos dela no meu corpo — embora eu nunca tivesse conseguido dançar com sua graça e entusiasmo. Eu gostava de privacidade, enquanto Bárbara ganhava a vida sob os holofotes.

— Elaine — Josh diz, e eu me dou conta de que estava a quilômetros, anos, de distância. — Você dançava?

— Não. Minha irmã Bárbara. — Minha voz fica rouca com a ameaça de lágrimas inesperadas.

— Balé?

— Moderno — digo com a voz sufocada.

— Ela algum dia fez alguma coisa com isso? Uma carreira?

— Ela fez o que a maioria das mulheres da minha geração fazia. Casou-se, criou os filhos. — Mentindo, as palavras vêm com mais facilidade. Mas subitamente me vem uma imagem de mim mesma parada na margem do rio Los Angeles durante uma tempestade, a água encrespando-se e meus nervos alertas para sinais de uma inundação relâmpago. Bobagem! Eu torno a dizer a mim mesma.

Ele pergunta se pode levar os programas para um arquivo de dança na USC, e eu digo tudo bem — o que eu faria com eles?

Então a caixa apresenta outro desafio ao meu equilíbrio: o cartão de visita de Philip.

Josh dá um assobio.

— Uau! O que sua mãe teve a ver com um detetive particular?

Resmungo alguma coisa sobre ter trabalhado para Philip quando estava na faculdade. Isso provoca novas perguntas de Josh, e ele menciona um nome, alguém de quem nunca ouvi falar, escrito no verso do cartão. Digo que estou morrendo de dor de cabeça e o levo rapidamente até a porta. Então paro de lutar e deixo vir a enchente.

Estou esperando algum tipo de violência, que eu vá cair em prantos ou atirar um vaso do outro lado da sala. Em vez disso, tenho uma sensação de entrega quando me deixo ser levada pelo rio de tristeza e raiva e arrependimento e amor, o rio de Bárbara.

CAPÍTULO 2
ZAIDE
O PILOTO

Às 11:52 da noite, de 28 de março de 1921, Bárbara se contorceu para fora de mamãe e saiu para a claridade do White Memorial Hospital na avenida Boyle em Los Angeles. Dezessete minutos — mas no dia seguinte — depois, eu saí nadando atrás dela. Será que ela me empurrou? Será que eu, repentinamente desconfiada do mundo, parei? Mas Bárbara sempre chegava na minha frente. Ela se equilibrou numa bicicleta meia hora antes de mim, e todo mundo estava tão ocupado dando parabéns a ela que não notou quando eu subi na bicicleta que dividíamos e pedalei até a esquina. As pessoas sempre nos chamaram de Bárbara e Elaine, nunca de Elaine e Bárbara. E embora eu tenha conhecido Danny primeiro, Bárbara foi o seu primeiro amor.

Nós éramos gêmeas fraternas, não idênticas, embora ninguém tivesse dúvidas de que éramos irmãs. Nós duas tínhamos cabelos escuros e cacheados (o dela um pouco mais cacheado do que o meu e o meu com mechas mais avermelhadas, que me envaideciam), olhos castanho-claros, com reflexos dourados, e narizes um tanto largos, mas felizmente retos. Quando entramos na adolescência, eu dei um salto para um metro e sessenta, o que era alto para a nossa família; Bárbara era dois centímetros mais baixa. Nossa diferença física mais óbvia estava no formato dos rostos. O dela era redondo como o de mamãe enquanto o meu era fino, com os olhos fundos de papai; muito antes de começar a usar óculos aos onze anos, as pessoas me consideravam corretamente a mais séria das duas. Será que fomos modificando nossos rostos, ou eles expressaram nossa natureza desde o início? Nós duas falávamos numa altura média e "com uma voz tão clara como sinos! Vocês deviam entrar para o rádio!" Papai, envergonhado com o sotaque dos pais dele e dos pais de mamãe, nos fazia declamar poemas para melhorar nossa pronúncia. Enquanto eu pensava muito antes de falar, Bárbara nunca hesitava. E ela sabia cantar, com uma voz rouca e sentimental, enquanto eu mal conseguia cantarolar uma melodia.

Nós temos o mesmo sorriso nos retratos, a mesma falha entre os dentes da frente, herdada de papai. Um filme, entretanto, teria mostrado que ela sorria com mais facilidade. Se havia uma qualidade que melhor descrevia a minha irmã era a vivacidade, em todos os sentidos da palavra. Bárbara era espontânea, animada, vital, apaixonada, uma pessoa que vivia aprontando brincadeiras e travessuras, o que a tornou uma líder natural do bando de crianças da nossa vizinhança. Ela também era impaciente, impulsiva, afoita e precipitada nos seus julgamentos. Inconstante, até mesmo cruel, um dia adorava você e no dia seguinte, pior do que odiar, esquecia que você existia.

E ela podia deixar um rastro de destruição, um talento que eu testemunhei pela primeira vez quando ela causou o crash da bolsa de 1929. É claro que eu não tinha idade suficiente naquela época — oito anos e meio — para entender que cataclismas na minha família não afetavam o mundo inteiro. Entretanto, sempre associei a Terça-Feira Negra à tempestade que atingiu nossa casa no mesmo dia por causa do que Bárbara fez com Zaide, o vovô.

Zaide Dov, pai de papai, morava conosco. De fato, a nossa casa era a mesma para a qual Zaide tinha se mudado quando papai tinha dezessete anos. Mas Zaide não era de Los Angeles. Ele tinha atravessado o oceano para vir para a América. E antes disso tivera que atravessar um rio. Uma distância pífia, com certeza, comparada com o Atlântico que rugiu sob ele durante duas semanas, uma provação que o fez recusar-se a tornar a entrar num barco, até mesmo nos pequenos barcos a remo de Hollenbeck Park. Mas atravessar o rio foi mais difícil. Foi o primeiro afastamento de tudo o que ele conhecia e que o conhecia, um rapaz de dezessete anos com o *kugel* da mãe ainda quente no estômago e as lágrimas dela molhando o cachecol que enrolara no pescoço.

E o rio de Zaide não era nenhum riacho, mas sim o poderoso Dniester, que vinha das Montanhas dos Cárpatos e passava pela aldeia dele na Ucrânia a caminho do Mar Negro. E havia o fato de que ele teve que atravessar o rio a nado numa noite de março — a água gelada, a corrente forte por causa da neve derretida das montanhas — para que os cães não pudessem farejá-lo. Os cães e os homens com eles, os homens que carregavam porretes e armas de fogo.

Vovô sempre fazia uma pausa nessa hora. E Bárbara e eu sempre perguntávamos, ofegantes como se os cães estivessem atrás de *nós*:

— Por que eles estavam perseguindo você?

— Ah — ele dizia, tomando um gole de chá temperado de uísque. — Eu cometi um grande crime, meninas.

Não importa quantas vezes eu ouvisse a história, nunca conseguia apagar a imagem que me surgia na mente, de Zaide Dov com seus chinelos nos pés, pulando num cavalo com o dinheiro que tinha roubado de um banco, como os bandidos dos filmes de faroeste que eu via no cinema.

Até ele continuar: — Eu me apaixonei.

O nome da garota era Agneta. Ela era filha de um dos fazendeiros que iam à cidade nos dias de feira, um evento que, ao longo do tempo, entre a história contada por Zaide e a minha imaginação, se tornou tão real que eu tinha a sensação de que estivera lá, de que assistira à cena que selou o destino de Zaide. Dia de feira na aldeia de Zaide era barulhento e movimentado, os camponeses vendendo seus produtos e os aldeões judeus oferecendo mercadorias como chá, sal e querosene. Os aldeões também ofereciam os serviços de artesãos como Berel, o funileiro, que era pai de Zaide Dov.

Berel, um homem empreendedor, tinha comprado há pouco tempo uma máquina de amolar e passou a trabalhar também como amolador. E foram justamente tesouras que causaram o *estranhamento* de Dov — uma palavra tão rica, que significa ao mesmo tempo que você se torna um estranho para os outros e que tudo à sua volta, tudo o que você vê e ouve, até o que você cheira, é desconhecido. Suas narinas não sentem mais os odores precisos que emanam *deste* solo e vegetação, *deste* método de cozinhar e de lidar com o lixo, o perfume, por mais fedorento que seja, de casa. Se ao menos Dov pudesse ter previsto o que estava prestes a perder, será que teria agido de forma diferente no dia em que Agneta entrou na loja do funileiro para amolar sua tesoura a fim de poder cortar o fino tecido de lã que tinha comprado para fazer um vestido?

Já estava quase escurecendo, e Dov estava sozinho na loja. Ele bombeou o pedal para fazer girar a roda de amolar e encostou as lâminas da tesoura de Agneta na pedra. A princípio, prestou mais atenção no trabalho do que na sua bela freguesa.

— Eu gostava de usar o amolador — ele nos dizia. — Era a única coisa que eu fazia bem. Meu pai dizia que nunca tinha visto um tal *schlemiel* para trabalhar com lata.

Ele testou as lâminas da tesoura com o dedo, depois as amolou um pouco mais e poliu-as com um pano limpo até que brilhassem na luz fraca de uma tarde de janeiro.

— Estão perfeitas, está vendo? — ele disse, e demonstrou cortando um pedacinho de papel e exibindo o corte seco. Agneta, que era míope, inclinou-se para ver, chegou tão perto que ele pôde sentir seu cheiro: um odor de sabão, do alecrim seco que ela carregara em molhos para a feira e de uma garota de dezesseis anos.

— Mostre-me nisto aqui. — Tirando um pacote da cesta que trazia pendurada no braço, ela abriu o embrulho de papel marrom e puxou uma ponta do tecido, de um azul que combinava com os olhos dela; ele sentiu a maciez do tecido quando o segurou para cortar um pedaço. — Não, seu tolo, não tanto! — Ela gritou e arrancou a lã da mão dele, os dedos roçando os seus, seus olhos azuis caçoando dele.

Encorajado, ele entregou-lhe a tesoura, seus dedos se tocando talvez por dois segundos desta vez.

— Faça você mesma.

Agneta tornou a guardar o tecido no pacote e puxou a trança que ia até a cintura. Sacudindo o cabelo louro cheirando a alecrim no ar entre eles, ela cortou uma mecha da ponta da trança e a estendeu para Dov.

— Vocês entendem, meninas? Agneta era uma *goi*, uma cristã. Ela achava que podia dizer o que quisesse, porque eu não era ninguém, era um judeu.

Mas Dov Grinshtayn não acreditava nessas distinções. Ele pretendia aboli-las; todo mundo pretendia isso nas reuniões socialistas que frequentava. E ele era um rapaz forte e bonito, que gostava mais de caminhar na floresta e (felizmente, como se viu) de nadar no rio do que de passar o dia todo fechado na sala de estudos do rabino. Numa fotografia tirada em Nova York alguns anos depois, ele mostra um queixo firme, ombros sólidos e seus olhos, sob cabelos negros e ondulados... Embora a fotografia esteja ligeiramente fora de foco, dá para ver o desafio em seus olhos. O tipo de olhar que eu o imaginava lançando para Agneta.

— Toma — ela disse, quando ele ficou parado em vez de pegar a mecha de cabelo. — Pegue isto.

— Por que eu iria querer isto?

— Para pensar em mim. — Ela jogou a cabeça para trás, e a mecha de cabelo ficou molhada do suor dos dedos dela.

— Por que eu iria querer pensar em você?

Ao ter seu gracejo devolvido, o sorriso de Agneta perdeu a coragem e se transformou nos lábios murchos de uma criança lutando contra as lágrimas. E Dov sentiu em segundos tudo o que havia de bom e tudo o que havia de ruim em si mesmo.

— Eu me arrependi por tê-la perturbado. Mas morando na América, meninas, você não fazem ideia. Os garotos cristãos costumavam nos bater; eles faziam isso bem à vista dos adultos, e nada acontecia. Às vezes, uma multidão de cristãos atacava todos os judeus. Isso se chamava *pogrom*. Você sentia medo o tempo todo.

Por causa da perpétua ansiedade de estar à mercê de camponeses cristãos, Dov não pôde deixar de saborear aquele momento de poder sobre uma garota cristã...até as lágrimas brilharem nos olhos dela. Então o coração dele derreteu. Ele estendeu a mão. Agneta colocou a mecha de cabelo na palma da mão dele. Ele enrolou o cabelo num triângulo de papel e o guardou no bolso.

Então eles falaram apenas sobre o serviço.

— Ela está bem afiada?

— Sim, está ótima.

— Quer que eu embrulhe? — Mas cada palavra era carregada de poesia.

— Agneta, por que você está demorando tanto? — Uma voz de homem na porta, grossa como se ele tivesse acabado de sair da estalagem, e foi então que Dov soube o nome dela.

— Estou indo, papai — ela respondeu.

— Espere. Leve... — Dov disse, antes que soubesse o que poderia dar a ela. — Aqui! — Um lápis que ele tinha no bolso, quase novo e muito pouco mordido.

— Ah! — Ela olhou para o lápis como se não soubesse como usá-lo. Será que nem era alfabetizada, essa moça que ia condená-lo ao exílio? Ela guardou o lápis na cesta e saiu depressa.

Ela voltou duas semanas depois com uma panela para consertar, mas a loja estava cheia, e ele teve que prestar atenção no trabalho, vigiado pelo exigente Berel. Nervoso, queimou os dedos com solda, mas isso não despertou a suspeita do pai, já que ele se queimava o tempo todo.

Teve mais sorte na feira seguinte. Quando passou pelas barracas na praça da cidade, a caminho da leiteria para entregar baldes de lata, ele a viu e atraiu seu olhar. Ela saiu de fininho atrás dele. Num bosque de faias, ele e Agneta ficaram finalmente a sós.

— Vocês se beijaram? — perguntamos. Nós íamos ao cinema. Sabíamos o que acontecia quando as pessoas estavam apaixonadas; não que víssemos esse tipo de comportamento entre mamãe e papai!

— Vocês têm cada ideia. Eu a beijei uma única vez. — Mas eles não tinham demorado, com medo de serem vistos. E ela tinha coisas importantes para dizer a ele: como identificar a fazenda dela, a que horas ela saía para alimentar as galinhas, e que tinha uma lugar secreto na mata que limitava a fazenda, onde ninguém costumava ir.

Desde o primeiro encontro deles, Dov tinha guardado pedacinhos de lata e arame, aparas de bordas de panelas e de buraquinhos feitos em peneiras. Ele escondia as aparas no bolso, onde também guardava a mecha do cabelo de Agneta. Quando juntou aparas suficientes, começou a trabalhar como um louco, embora seu pai tivesse razão: ele tinha pouco talento. Apesar de sua falta de habilidade, pouco depois de ter beijado Agneta pela primeira vez, ele estava preparado. No sábado seguinte, quando tinha toda a tarde de folga, passou três vezes pela fazenda dela. Cada vez que passava, andava mais cem metros, dava meia-volta e — com o coração disparado, com um medo horrível de que algum dos quatro irmãos dela o tivesse visto — tornava a passar. Finalmente, Agneta saiu carregando um balde de comida para as galinhas. Entrou no galinheiro e logo em seguida, sem olhar para o lado dele, correu em direção à mata. Ela ficou do lado de cá da cerca; Dov andou pela estrada. Quando perderam a visão da casa, ele pulou a cerca... e entregou seu presente, um zoológico de lata.

— Ah! — Agneta bateu palmas. — Ah! — Ela ficou encantada com o galo de crista vermelha, com o cordeiro de rabo enroscado e com o cavalo. Mas adorou principalmente a criatura tosca, um leão, que ele tinha se esforçado para copiar de um desenho numa revista. Ele tinha feito a juba soldando trinta pedacinhos de arame na cabeça avantajada como se cada arame fosse um fio de pelo. Ele beijou Agneta mais algumas vezes naquele dia e também duas semanas depois, quando eles se encontraram de novo no mato.

Uma dúzia de beijos foi tudo o que eles tiveram (pelo menos tudo o que Zaide admitia) antes que o leão os traísse. Agneta achou o animal de pelo espetado tão estranho e maravilhoso que não conseguiu resistir e o mostrou às amigas mais íntimas. Logo os irmãos dela descobriram, e onde ela poderia ter conseguido animais de lata a não ser com o funileiro judeu? O velho Berel? Ridículo. Mas Berel não tinha um aprendiz, um filho? Eles apertaram Agneta; eu imaginava suas lágrimas e o sangue dos seus dedos encharcando o leão de lata que ela não permitiu que eles arrancassem de sua mão. Então foram atrás de Dov.

A família de Zaide foi avisada em cima da hora e mal deu tempo para ele fazer uma malinha e para sua mãe costurar um bolso secreto no forro do seu casaco e esconder três moedas de ouro. O dinheiro pareceu uma fortuna até ele ter que usar uma moeda inteira para subornar os guardas da fronteira austro-húngara. Então veio a passagem de trem para Roterdã. Com pouco dinheiro sobrando, ele carregou carvão para pagar sua passagem no navio a vapor. Duas semanas suando e vomitando no fundo do inferno, e ele desembarcou de pernas fracas em Castle Garden, a ilha na ponta de Manhattan onde, na época, os imigrantes eram inspecionados, certo de duas coisas: ele nunca mais iria querer saber de barcos e nunca mais trabalharia com lata.

A primeira promessa teve que quebrar quase imediatamente, mas só uma vez, e brevemente, para tomar a barca que ia de Castle Green para o continente. A segunda, ele manteve por quarenta e cinco anos, até segunda-feira, 28 de outubro de 1929. E o fato de quebrá-la levou a uma das vezes que a história da minha família colidiu com a História — a história do mundo inteiro.

— Eu não sou um funileiro, sou um homem de ideias — Zaide insistia em dizer quando Bárbara e eu pedíamos para ter nossos próprios animais de lata.

Nosso pai tinha outra maneira de descrevê-lo.

— Ele é um *luftmensch* — costumava dizer para mamãe em iídiche, a língua dos segredos. Sabíamos que *luft* significava "ar" e *mensch* era "homem", e a princípio pensamos que a palavra, e o fato de papai dizê-la baixinho, significava que Zaide era piloto de avião; talvez ele tivesse realizado missões aéreas sobre as quais ainda não podia falar, mesmo anos depois da Grande Guerra. Zaide tinha feito tantas coisas na América: costurado suspensórios e depois calças, cultivado alho, enrolado charutos, teve até sua própria fábrica de charutos. E depois que a família se mudou para Los Angeles porque nossa avó, que morreu antes de nascermos, estava tuberculosa, Zaide construiu o Oeste: ele tinha uma granja que fornecia ovos para metade de Los Angeles, e teve o seu papel no boom de construções, comprando e vendendo imóveis. — Tem sempre dinheiro para se ganhar — ele dizia. Agora vendia livros, só que quando nós pedíamos para visitar sua livraria, como costumávamos ir às vezes à livraria do tio Leo, em Hollywood Boulevard, todo mundo sacudia a cabeça e agia de forma misteriosa. Se Zaide tivera tantos empregos diferentes, alguns deles misteriosos e secretos, por que ele não poderia ter sido piloto também?

Foi tia Pearl, a irmã mais moça de papai, quem nos contou a verdade. E foi Bárbara quem a transformou numa catástrofe.

Nós duas adorávamos tia Pearl, uma melindrosa de cabelos castanhos cortados curtos, saias ousadas que mal cobriam seus joelhos rechonchudos, e olhos marotos (castanho-claros como os nossos). Pearl costurava a maioria de nossas roupas, e naquela segunda-feira de outubro de 1929, Bárbara e eu tínhamos ido ao apartamento dela depois da escola para ela poder terminar nossas saias de inverno, azul-marinho. Eu estava trepada num caixote, para Pearl poder marcar a bainha da minha saia, quando anunciaram no rádio alguma coisa a respeito de Charles Lindbergh.

— Zaide conhece o sr. Lindbergh? — perguntei.

— Charles Lindbergh, o piloto?

Eu assenti com a cabeça.

— O que o seu *zaide* tem dito a vocês? — Pearl riu, mas não de um jeito alegre. Ela e vovô não se falavam havia um ano, desde um escândalo tão grande que, embora os adultos sussurrassem entre si, não puderam evitar que Bárbara e eu ouvíssemos. O marido de Pearl, nosso tio Gabriel Davidoff, a tinha abandonado por outra mulher, uma *goi*! Seguiu-se um escândalo ainda pior. Para uma moça tão jovem quanto Pearl, mesmo que já tivesse sido casada, não era respeitável morar sozinha. Mas Pearl não tinha voltado a morar com a família. Tinha ficado no apartamento onde morara com Gabe e começado a costurar para fora. Zaide agora se recusava a vê-la.

— Nada — eu disse, arrependida de ter falado no assunto. Não devíamos falar nada sobre Zaide com Pearl, assim como tínhamos que fingir para ele que uma saia ou um casaco novo tinha sido comprado numa loja.

Mas Bárbara, que já tinha tido sua saia azul-marinho marcada, perguntou:

— Zaide não é um *luftmensch*?

Desta vez, a risada de Pearl foi genuína, e ela riu tanto que derrubou os alfinetes e rolou de costas no chão.

— Um *luftmensch*! Um *luftmensch*!

— É isso que o papai diz — falei quando as gargalhadas diminuíram de intensidade.

— Aposto que sim. — Pearl, que era rápida e ágil apesar de ser um pouco *zaftig*, ficou em pé de um pulo. — Bárbara, querida, cate esses alfinetes para mim. E, Elaine, fique parada. Estamos quase acabando.

Pearl esperou até terminar de marcar minha bainha e eu colocar de volta a minha saia velha (também azul-marinho, que mamãe considerava uma cor apropriada para meninas — e que tinha a vantagem de disfarçar a sujeira). Então ela nos disse para sentar na sua pequena sala; ela e Bárbara se sentaram no pequeno sofá cinzento, e eu, na única cadeira do cômodo.

Pearl acendeu um cigarro, outro de seus hábitos escandalosos.

— Queridas, vocês sabem o que é um *luftmensch*?

— Não é um piloto? — eu disse.

— De avião? O que as fez pensar... ah, é claro, "homem do ar", que esperteza de vocês. Mas um *luftmensch* não voa no ar. É uma pessoa que você não sabe o que faz para se sustentar. É como se vivesse apenas de ar. Alguém que sempre tem ideias grandiosas, mas essas ideias nunca dão certo. Um *luftmensch*... — Ela ficou olhando para a cinza crescendo na ponta do cigarro, e sua voz ficou azeda; a dureza da minha tia habitualmente tão alegre me incomodou quase tanto quanto o que ela disse. — Ele pega dinheiro emprestado de todos os parentes para iniciar uma fábrica de charutos que vai deixar todos ricos, mas, surpresa, o homem que prometeu vender a ele tabaco com um desconto enorme pega o dinheiro e desaparece. Ele se vangloria dizendo que vai mandar os filhos para a universidade, até as filhas mulheres, ou que vai ser o rei do ovo em Los Angeles. O rei do ovo! É mais provável que ele leve um ovo na cara... Meninas! Eu não tive a intenção de...

Não sei quanto a Bárbara, mas eu estava chorando, e Pearl deve ter percebido de repente que ela não estava contando a ladainha de promessas não cumpridas para os amigos dela, adultos que compreendiam por que Zaide vivia nas nuvens.

— É só que pessoas como o seu *zaide* — Pearl disse — vêm para a América e tentam diversas coisas. Mas não é fácil. Não importa o que eles ouviram dizer da América no velho continente, olhem para fora. Vocês veem alguma rua pavimentada de ouro?

— Papai nos mostrou a granja! — Bárbara disse, focalizando com um absolutismo moral de alguém de oito anos não as nuances das esperanças dos imigrantes, mas o preto e branco de terem ou não mentido para nós. — Tio Leo nos levou para passear em San Fernando Valley, e papai nos mostrou onde ficava a granja.

— Benzinho, é claro que nós tivemos a granja. Não é que Zaide...

— Por que não temos mais? — perguntei, vendo de repente as lacunas que sempre surgiam nas histórias de Zaide. Se seus negócios eram tão bem-sucedidos, por que ele os estava sempre abandonando? Se havia sempre dinheiro para ganhar, por que não éramos ricos? Por que, se precisássemos ir a algum lugar de carro, tínhamos que pedir ao tio Leo, o marido da outra irmã de papai, Sonya, que era dono de uma livraria, para nos levar? Por que, como mamãe estava sempre reclamando, papai se matava de trabalhar para o sr. Fine na sapataria Fine & Son, em vez de ter seu próprio negócio como o tio Leo?

— Ter uma granja com dezenas de galinhas — Pearl disse — não é igual a ter um pequeno galinheiro atrás da casa. Nós não sabíamos o suficiente, ou apenas tivemos azar. As galinhas ficaram doentes e morreram.

— E a livraria? — Bárbara perguntou.

— A livraria?

— Onde Zaide está trabalhando agora.

— *Gevult*, com que bobagens eles estão enchendo a cabeça de vocês?

Pearl nos contou a verdade com delicadeza, mas superestimou nossa maturidade, nossa capacidade de perceber o frágil orgulho que tinha motivado as mentiras que nos foram contadas. Bárbara, especialmente, ouviu o que Zaide realmente fazia com a paixão e a violência da traição com que as crianças experimentam qualquer decepção com adultos importantes em suas vidas.

— Eu vou lá — Bárbara disse assim que saímos da casa de Pearl.

— Nós não podemos — protestei, enquanto a seguia na direção da Brooklyn Avenue.

Ela desceu apressadamente a rua, cheia de mulheres fazendo compras e de jornaleiros gritando a respeito de problemas na bolsa de valores.

— Você não quer comprar leitelho? — Eu segurei a mão dela. Pearl tinha nos dado moedas, e nós podíamos comprar deliciosos cones de papel de leitelho na leiteria.

Bárbara parou por um momento, se virou e aproximou o rosto do meu.

— Eu vou! Você pode fazer o que quiser!

Pode parecer como se eu estivesse tentando evitar minha cota de responsabilidade pelo que aconteceu. Na realidade, estou expondo minha culpa por ser uma criança precavida por natureza. Todo mundo gosta de crianças atiradas, crianças que se lançam em aventuras, até (em dose razoável) de crianças um tanto insolentes. E quanto à menina que fica sentada um tempão vendo outras crianças descerem no escorrega, cujas pernas tremem só de imaginar como será ficar em pé lá no alto e se lançar no desconhecido? Eu me recuperei disso com o tempo, aprendi a ousar — mas naquela época era uma seguidora da minha insolente irmã.

Bárbara passou por uma porta comum bem ao lado de uma loja de roupas – nós, crianças, sabíamos onde ficavam esses lugares de pecado dos adultos, assim como sabíamos da aguardente que o sr. Zakarin produzia na banheira da casa dele —, e subimos um lance escuro de escadas. Então paramos na soleira de uma porta. Parada um pouco atrás dela, eu não conseguia enxergar dentro da sala, só podia sentir o cheiro de fumaça de charuto e ouvir o que parecia ser um barulho de rádio.

— O que posso fazer por você, benzinho? — O homem que falou se aproximou e, embora as palavras dele fossem amigáveis, posicionou seu corpo forte e atarracado na porta de um jeito que Bárbara deu um passo para trás.

— Dov Greenstein está aqui? — ela disse.

O homem pareceu aliviado.

— Vocês estão procurando por Dov? Então vieram ao lugar errado. Eu vou dar o recado a ele que vocês o estão procurando, certo? Agora voltem para casa.

— Então onde é que ele está? — Bárbara quis saber.

— Eu já disse, sejam boas meninas e vão para casa.

Este homem estava claramente acostumado com crianças mais dóceis do que Bárbara. Enquanto ela declarava que nós íamos tentar todos os lugares iguais àquele em Brooklyn Avenue, então era melhor ele dizer logo em qual deles Zaide trabalhava, eu me refugiei na transmissão de rádio, numa voz de barítono dizendo, "No quinto, é Excelsior, Excelsior chega em primeiro em seis para um. É uma vitória de seis para um para Excelsior. O favorito, Patrician, teve que se contentar com o segundo lugar desta vez, e Irish Eyes, o belo Irish Eyes, vem em terceiro."

Bárbara conseguiu que o homem lhe dissesse onde Zaide trabalhava, e nós nos precipitamos pela Brooklyn e subimos outro lance de escadas estreitas com o que parecia o mesmo programa de rádio tocando no alto. Não hesitamos na porta desta vez, mas entramos numa sala de teto baixo que cheirava a uma mistura de charutos e minha sala de aula. O cheiro de sala de aula vinha de um grande quadro de giz, onde um homem de bigode estava escrevendo com uma letra que teria conseguido um A da minha professora. *Excelsior*, eu li na sua letra perfeita, e *Irish Eyes*, enquanto via tudo com uma clareza de câmera lenta: o rádio sobre um arquivo, um cabideiro com casacos e chapéus, um homem de olhos baixos sentado numa mesa cheia de dezenas de papéis de aposta vendidos pelo jornaleiro que ficava em frente à sorveteria. Havia outra mesa desarrumada formando um ângulo estranho com a anterior, como se alguém tivesse jogado as duas mesas na sala e elas tivessem ficado no lugar onde tinham caído.

Havia uma terceira mesa, mas estava bem alinhada com a parede do fundo, e suas dezenas de papéis estavam empilhadas ordenadamente, da forma como Zaide mantinha seu quarto em casa.

Ele não notou nossa presença. Mordendo um lápis, olhava para um pedaço de papel sobre a mesa com a mesma concentração com que jogava *gin rummy* conosco. Esperei que Bárbara dissesse alguma coisa, mas ela deve ter exaurido sua arrogância anterior só de nos levar até lá.

Eu rompi o silêncio.

— Zaide!

Ele deu um pulo tão grande que a cadeira virou.

— Meninas! Está tudo bem em casa? Tem alguém doente?

Bárbara recuperou a voz.

— Por que você disse que trabalhava numa livraria?

— Alguém está doente? — ele repetiu, embora estivesse percebendo que não estávamos lá por causa de uma emergência na família. Que *aquela* era a emergência. — Quem mandou vocês aqui? Isto não é lugar para crianças.

— Você disse que trabalhava numa livraria, não numa casa de apostas! — Bárbara falou acusadoramente.

— Ora, você pensou... — Rindo, mudando de estratégia com a rapidez que qualquer imigrante aprende se quiser sobreviver, Zaide se aproximou de nós. — Vocês não acham que eu *trabalho* aqui? Ora, essa é boa, não é, sr. Melansky?

— Muito boa. — O homem de olhos caídos gargalhou. — Essa é ótima, é muito boa.

— Eu só venho aqui quando tenho um tempinho para dar uma mão ao meu amigo sr. Melansky.

— É isso aí, rá rá — o sr. Melansky confirmou.

— Mas... — Bárbara disse nervosa. A defensiva inicial de Zaide não a tinha abalado; também reagíamos assim quando éramos acusadas de alguma coisa. Mas agora ele tinha conseguido uma vantagem.

— Bárbara, Elaine, digam olá para o sr. Melansky — ele disse. — E para o sr. Freitag — acrescentou, fazendo um sinal na direção do homem que continuava escrevendo no quadro de giz como se nada tivesse acontecido. Ele não podia parar, já que os resultados das corridas estavam vindo pelo rádio.

— Muito prazer — nós dissemos, temporariamente intimidadas pelas regras incutidas em nós por nossos pais e professores: *Sejam educadas com os mais velhos. Nunca façam uma cena.*

— Meninas, por que não vão comprar balas? — Zaide enfiou a mão no bolso, tirou um maço grosso de notas e nos deu uma. As notas eram todas de um dólar; eu o tinha visto enrolá-las na mesa da cozinha quando ele estava acabando de tomar café e se preparando para sair e construir o Oeste. Mesmo assim, para nós, um dólar era uma fortuna.

Olhei para a mesa caracteristicamente arrumada à qual ele estivera sentado, iluminada por uma pequena luminária que eu me lembrava de ter visto na nossa sala, e minhas pernas tremeram como tinham tremido no dia em que finalmente subi até o alto do escorrega e olhei para baixo daquele Niagara cintilante, tão claro do reflexo do sol que me deixou tonta. Havia também uma calma, entretanto, uma beleza elegante, em apresentar a sólida elegância física contra suas meras palavras de negação. Mais tarde eu pensei naquele momento vertiginoso como a primeira vez que raciocinei como uma advogada.

— Zaide, não é verdade — murmurei, mais triste do que zangada.

— O quê? — Ele se agachou, com as mãos nas coxas, para me olhar nos olhos (ele tinha sessenta e dois anos na época, mas era forte e surpreendentemente flexível). Os olhos dele, castanhos como os meus, avisavam (imploravam?) para eu não continuar. Ou será que ele estava me pedindo para libertá-lo daquela mentira?

O que quer que ele quisesse, eu não podia voltar atrás. Eu estava parada no alto do escorrega, a criança atrás de mim estava na escada, me pressionando. A única coisa que eu podia fazer era enfiar minhas pernas bambas naquela catarata apavorante e me soltar.

— Você não trabalha numa livraria — falei. — Você trabalha aqui.

— Seu *zaide* merece um pouco de respeito! — O sr. Melansky falou zangado, mas Zaide levantou a mão.

— Que tal eu levar vocês duas até em casa? — perguntou. Sem uma palavra para os outros homens, ele pôs o chapéu de feltro cinzento na cabeça e nos guiou até a porta. A mão dele em meu ombro tremia, mas na rua ele tinha um ar de riso na voz.

— Desde quando meninas de oito anos sabem sobre Melansky? — ele disse.

— Todas as crianças sabem — eu disse. — Não sabem, Bárbara? — Minha irmã estava calada demais.

— Vocês, crianças, são muito espertas. Sua mãe, seu pai e eu pensamos, uma casa de apostas e uma casa de livros. É quase igual em inglês. Achamos melhor falar assim até vocês crescerem. Vocês são muito espertas! Querem tomar sorvete no Currie's?

— Sim, obrigada. — Aceitei a oferenda de paz, que era até melhor do que um cone de leitelho.

— Mas era melhor que vocês não tivessem ido lá — ele disse. — Que tal não dizer nada para sua mãe e seu pai?

— E quanto à granja? — Bárbara disse, com uma voz doce demais.

— No vale?

— Eu quero de chocolate — falei, puxando a manga do paletó dele. — Bárbara sempre prefere morango.

Ela disse ao mesmo tempo:

— Você fornecia ovos para metade de Los Angeles, não foi isso que nos contou?

— Com quem vocês andaram conversando? Com uma de suas tias?

— As galinhas morreram!

— Benzinho, fale baixo. — Zaide olhou sem graça para as mulheres examinando os barris de peixe do lado de fora da Rosen's.

— E quanto à fábrica de charutos?

Ele nos arrastou para uma porta entre a Rosen's e a loja seguinte.

— Bárbara, o que foi que eu acabei de dizer?

— Mentiras! — ela respondeu furiosa. — Você nos contou mentiras.

O suor brotou na testa de Zaide, e ele se encostou na parede.

— Bárbara, pare com isso — pedi.

— Não, está tudo bem. — Zaide suspirou, e enxugou o rosto com o lenço. Isto aqui é a América, as pessoas podem falar livremente. E qualquer acusado tem o direito de responder às acusações feitas contra ele. A granja, vocês querem ver onde ficava? Querem que eu peça ao tio Leo para nos levar até lá?

— Mas você não fornecia ovos para metade de Los Angeles — ela insistiu.

— Quando Harry estava lá, fizemos um bom negócio.

Sempre havia um silêncio quando o filho mais velho de Zaide, que morreu na Grande Guerra, era mencionado. Mas não desta vez.

— O cabelo de Agneta — ela disse. — Onde ele está?

— O quê? — Zaide perguntou.

— O cabelo que ela deu para você. Eu quero ver.

— Você acha que eu guardei uns fios de cabelo de uma garota que conheci quando tinha dezessete anos?

— Então como vou saber que aquela história é verdadeira?

— Você está chamando o seu *zaide* de mentiroso?

Nem Bárbara tinha dito isso; ela só tinha dito que ele contava mentiras. Havia uma distinção crucial aí para nós, e a irreversibilidade daquela palavra, *mentiroso*, a deixou muda. Por um momento.

— Quais foram os animais de lata que você fez para ela? — ela perguntou.

— O que, você não se lembra? — Ele tornou a enxugar o rosto com o lenço.

Galo, cordeiro, cavalo, leão. Eu disse ou só pensei?

— Faça um de cada para nós — Bárbara disse.

— Eu não disse a vocês que quando eu saltei do navio na América prometi a mim mesmo que nunca mais trabalharia com lata?

— A única coisa que eu já o vi fazer com lata foi abrir uma lata de legumes.

O rosto de Zaide ficou branco.

— Vão para casa — ele disse.

Bárbara, com a cara tão espantada quanto a de Zaide, virou-se e saiu correndo.

— Zaide! — gritei.

— Vá para casa!

Eu fingi que ia, mas me escondi no meio dos barris de peixe e picles do lado de fora da Rosen's. Quando Zaide começou a descer a rua, com passos largos e rápidos, eu trotei um pouco atrás dele. Sentia como se precisasse reparar o estrago que Bárbara tinha feito ou pelo menos — já que eu não sabia como repará-lo — não o abandonar. Ele entrou na Loja de Ferragens do Elster; eu me escondi a uma certa distância. Dez minutos depois, saiu carregando um saco de papel pardo e foi direto para casa.

Demorei mais alguns minutos para chegar. Quando entrei em casa, ouvi Zaide falando com mamãe na cozinha, baixo demais para eu saber o que estavam dizendo. Então as vozes pararam. Um minuto depois eu espiei para dentro. Mamãe perguntou como tinha sido meu dia na escola. Zaide não estava lá. Ele devia ter ido para o quarto dele ao lado da cozinha. Eu me sentei à mesa e li o livro mais recente que tinha apanhado na biblioteca, *A ilha do tesouro*, para ficar vigiando. A porta dele permaneceu fechada.

Ele não saiu para jantar. Não tinha sido capaz de resistir a um sanduíche de carne no Canter's a caminho de casa; foi isso que ele disse para mamãe. Ela poderia ter ralhado comigo e com Bárbara, que estávamos ciscando a comida num silêncio culpado, mas ela e papai estavam preocupados com o mercado de ações. Os investimentos deles, embora modestos, representavam quase todas as suas economias.

Bárbara e eu mal falamos enquanto nos arrumávamos para dormir. Eu não sei o que estava passando pela cabeça dela, mas estava chocada com o que tinha acontecido — e triste por ter ofendido a única pessoa em nossa casa que me adorava. Mamãe podia me fazer um carinho num momento e me dar um tapa no momento seguinte, e papai costumava ser severo. Mas tudo o que eu fazia encantava Zaide.

Em algum momento durante a noite, acordei com medo. Eu me esgueirei pela casa no meio da noite, do nosso quarto para o corredor, tocando nas paredes para me orientar, e então atravessei a sala e entrei na cozinha. Uma luz vinha de baixo da porta do quarto de Zaide, e ouvi ruídos de algum tipo de atividade que ele estava fazendo. Fiquei parada na porta do quarto dele por alguns minutos, mas tive medo de incomodá-lo.

De manhã, papai encontrou Zaide adormecido em sua cadeira, inclinado sobre a mesinha do seu quarto. Sobre a mesa havia ferramentas, pedacinhos de solda, restos das latas que ele tinha cortado para usar, e três animais de lata, grosseiros mas identificáveis: um galo, um cordeiro e um cavalo.

Zaide acordou quando papai entrou no quarto. Ele se levantou e começou a guardar suas coisas num saco de batatas; estava se mudando para a casa de tia Sonya e tio Leo, anunciou. Sonya vivia chamando-o para morar na casa dela, tão maior e mais bonita do que a nossa, mas ele tinha dito que Sonya reclamava tanto que as orelhas dele iam cair. Papai perguntou várias vezes o que tinha acontecido. Tudo o que ele disse foi: "Um homem merece respeito."

Ele já tinha ido embora quando Bárbara e eu chegamos à cozinha para tomar café. Papai mostrou os animais de lata e perguntou o que estava acontecendo.

— Nada — nós duas respondemos.

Bárbara esperou papai sair da cozinha. Então perguntou a mamãe:

— Posso ficar com o cavalo?

Mamãe olhou desconfiada para ela, mas disse:

— Sim, pode. Elaine, e você?

— Eu quero o galo. — Eu teria preferido o leão, mas aquele foi o único animal que Zaide não fez. Talvez ele tenha dormido antes de chegar nele, mas desconfio que aquele tesouro foi só para Agneta.

Apavorada de ser descoberta, esperei até que Bárbara e eu estivéssemos a um quarteirão de casa, a caminho da escola, antes de brigar com ela.

— Veja o que você fez! — exclamei, nervosa com tudo o que tinha acontecido e louca para pôr a culpa nela.

Ela jogou a cabeça para trás.

— O que foi que *eu* fiz?

— Você o acusou de mentir a respeito de Agneta.

— Bem, você não disse que acreditava nele. Você não disse nada.

Essas distinções de culpabilidade não significaram nada para papai, é claro, quando ele descobriu tudo por intermédio de Pearl. Ele raramente nos batia, mas naquela noite deu uma surra tão grande em mim e em Bárbara que nós choramos. Depois ficou do nosso lado enquanto escrevíamos uma carta para Zaide pedindo desculpas. Eu fui sincera em cada palavra que escrevi. E apesar da minha tristeza por tê-lo magoado e por ter sido castigada, fiquei profundamente aliviada em saber que pelo menos a história sobre Agneta era verdadeira. Acho que Bárbara sentiu a mesma coisa, porque adorava o cavalo de lata. Ela o guardava do lado dela da penteadeira que dividíamos e ficava furiosa quando achava que alguém tinha movido o cavalo um centímetro do lugar dele.

Nossas cartas, junto com as lamentações da tia Sonya e sua comida medíocre, convenceram Zaide a voltar para a nossa casa duas semanas depois. Mas tudo já tinha mudado.

Um dia depois de Bárbara ter incitado Zaide a quebrar sua promessa de nunca mais trabalhar com lata, houve uma calamidade nacional: a Terça-Feira Negra, o colapso do mercado de ações. Homens em Wall Street saltaram de janelas, e pessoas por todo o país — inclusive nós — perderam suas economias. De alguma forma, na minha imaginação, minha irmã tinha precipitado o desastre. Eu senti uma mistura de horror e admiração pelo poder de Bárbara.

CAPÍTULO 3
BOYLE HEIGHTS

Boyle Heights fica na margem leste do rio Los Angeles. Isso não significa mais nada hoje, já que o curso do rio foi fixado em concreto pela Unidade de Engenheiros do Exército, um projeto que começou quando eu estava no ensino médio e foi completado por volta de 1960. Minha neta uma vez me perguntou sobre o canal de concreto sobre o qual estávamos passando de carro, e seu irmão mais velho informou a ela:

— É aqui que eles filmam perseguições de carro.

Entretanto, um dia o rio foi muito importante. De fato, como papai costumava nos dizer, o rio governava Los Angeles.

— Onde vocês moram, meninas? Como é o nome da cidade de vocês? — Assim ele começava uma de nossas aulas de história.

— El Pueblo de la Reina de los Angeles — aprendemos a responder.

— Que língua é essa? O que isso significa?

— Espanhol. Significa "A Cidade da Rainha dos Anjos".

— E quem foi a rainha da Cidade da Rainha dos Anjos? Por que eles puseram o centro de Los Angeles vinte milhas para dentro do continente, em vez de na beira do oceano?

— Por causa do rio?

— Isso mesmo.

As aulas de papai não tinham regularidade. A Sapataria Fine & Son ficava aberta quase todas as noites até às nove horas, e papai muitas vezes tinha que trabalhar de noite.

— O sr. Julius Fine vai para casa e come com a *família!* — mamãe dizia furiosa enquanto servia nosso jantar às seis horas e guardava um prato no forno para papai. (O filho no nome da loja ainda não trabalhava lá. Ele era pouco mais velho do que Bárbara e eu.) Nas noites em que papai não estava trabalhando, entretanto, ele passava meia hora depois do jantar ensinando-nos história, declamação ou matemática, dependendo do seu humor.

Zaide contava suas histórias para lembrar quem era e de onde tinha vindo. Papai nos ensinava quem ele esperava que nós nos tornássemos: meninas americanas. Entretanto, também nas aulas de papai, eu vislumbrava seu eu mais jovem: vencedor do primeiro concurso de oratória da turma do décimo ano, seu último ano de escola antes que o irmão mais velho, Harry, entrasse para o exército e ele fosse obrigado a ocupar o lugar dele na granja. Papai praticamente declamava a sua história sobre o rio, que vinha do discurso que tinha escrito para o concurso de oratória. Embora não entendesse diversas palavras, eu não ousava interrompê-lo.

— O rio era a verdadeira *reina*, a rainha, de El Pueblo de la Reina de los Angeles — papai dizia. — Trazia água para os vinhedos e os pomares dos colonos através de canais de irrigação, chamados *zanjas*, que saíam da grande *Zanja Madre*, o Canal Mãe. O rio criou bosques de plátanos, carvalhos, choupos e roseiras selvagens. E havia pombas-rolas e codornas. Vocês podem imaginar, meninas? Isso era bem aqui em Boyle Heights.

"O rio também pode ser uma rainha zangada", papai contou. "Durante os meses secos, ele não consegue nem manter um canal permanente, mas, na estação chuvosa, inunda uma vasta extensão de terra. Vocês sabem que nunca devem se aproximar do rio se tiver chovido, mesmo que não esteja chovendo no dia? Vocês sabem o que aconteceu com Micky Altschul?"

Ainda éramos bebês quando isso aconteceu, mas todas as crianças de Boyle Heights tinham ouvido falar de Micky Altschul, que foi brincar com um barco de papel no rio, no dia seguinte de uma grande tempestade. Na cidade o dia estava claro, mas ainda chovia muito nas montanhas, onde ficavam as cabeceiras do rio. A enchente desceu pelas montanhas e arrastou Micky. O corpo dele foi encontrado a meio caminho de San Pedro.

Antigamente, papai dizia, o rio dividia Los Angeles em duas cidades muito diferentes. Uma Los Angeles branca, próspera, florescia na margem oeste do rio; a leste, todos eram mexicanos ou índios, e todos eram pobres. A divisão era tão radical que nenhum branco morou a leste do rio até os anos 1850, quando um imigrante irlandês comprou um vinhedo ali. O irlandês também comprou o terreno montanhoso atrás do vinhedo, construiu sua casa lá e viveu no meio dos mexicanos e dos índios.

— Como era o nome do irlandês, meninas? — papai perguntava.

— Andrew Boyle.

Nós aprendemos que Andrew Boyle só tinha catorze anos quando ele e seus sete irmãos vieram para a América, em 1832. Órfãos de mãe, eles tinham vindo à procura do pai, que tinha deixado a Irlanda depois da morte da mulher e desaparecido no Novo Mundo.

— Como ele pôde desaparecer? — perguntei. — Aconteceu alguma coisa com ele?

— Isso não importa. A parte importante da história é a vinda de Andrew Boyle para a América. Então Andrew e a família dele...

— Por que o pai não mandou uma carta para eles?

— Talvez ele tivesse ido para algum lugar na fronteira, como o Alasca, que não tinha serviço de correio. — Papai franziu a testa e eu soube que estava na hora de parar, mas ouvir a respeito do pai desaparecido despertou um medo primitivo de abandono. Um medo e uma premonição.

— Ele foi morto pelos índios? — perguntei. — Ou comido por um urso?

— Chega, Elaine! E, Bárbara, preste atenção!

As crianças Boyle passaram dois anos na Costa Leste procurando pelo pai, depois se mudaram para o Texas, papai disse. (Eu mordi o lábio para não perguntar se eles tinham deixado alguma pista para o pai encontrá-los, como crianças deixando cair migalhas de pão num conto de fadas.) Andrew entrou para o Exército dos Estados Unidos para lutar na Revolução do Texas, e sua vida quase terminou ali. Sua companhia estava perdendo e se rendeu diante da promessa do general mexicano de poupar os homens. Mas o general mandou fuzilar todos eles. Todos exceto um: Andrew Boyle. O general tinha estado uma vez na cidade onde vivia a família de Boyle; eles o tinham tratado com gentileza, e ele tinha dito a eles que ajudaria Andrew se algum dia tivesse a chance. Ele cumpriu a promessa. Deixou Andrew ir embora.

— Estão vendo, meninas — papai disse —, Andrew Boyle sobreviveu porque a família dele foi amável com os mexicanos. E mais tarde ele escolheu morar com mexicanos e índios como vizinhos. Lembram que eu mostrei a casa dele na avenida Boyle para vocês? É por isso que, em Boyle

Heights, temos pessoas tão diferentes e convivemos tão bem uns com os outros.

A história verdadeira, aprendi quando fiquei mais velha, era bem menos bonita do que a que eu tinha ouvido de papai. Andrew Boyle pode ter sido um modelo de tolerância, como papai disse. Mas depois que Boyle morreu, o genro dele doou terrenos para atrair vizinhos "desejáveis". A princípio, o plano foi bem-sucedido, e os amigos do genro construíram as grandes mansões vitorianas ao redor de Hollenbeck Park (assim chamado em homenagem a um dos amigos dele). Mas Boyle Heights ainda ficava do lado errado do rio. Finalmente, ficou coalhado de casinhas baratas de madeira e de estuque e com gente indesejável como nós — e nossos vizinhos mexicanos, japoneses, russos, armênios e negros. Papai não ia contar às crianças uma história tão ambígua, é claro. E quer isso refletisse o espírito populista de Andrew Boyle ou fosse simplesmente uma feliz coincidência, papai tinha razão ao dizer que nossa involuntária Liga das Nações formava uma comunidade surpreendentemente harmoniosa. Durante minha infância e juventude, Boyle Heights abrigava gente de cinquenta grupos étnicos diferentes. E nós não nos dissolvemos num caldeirão de culturas; cada um dos grupos maiores — os mexicanos, os japoneses e especialmente os judeus, que eram metade dos moradores de Boyle Heights na época — tinha sua própria vizinhança.

A região dos judeus ficava na interseção da avenida Brooklyn com a rua Soto. A Brooklyn agora se chama avenida Cesar Chavez, e Boyle Heights é inteiramente hispânico, mas nos anos 1920 e 1930 você podia caminhar em qualquer direção saindo da esquina de Brooklyn com Soto e passar por padarias e delicatessens *kosher* com barris de picles com cheiro picante e arenque *matias* do lado de fora. Canter's era a deli onde os comerciantes de ferro-velho tomavam café e uma dose de uísque todas as manhãs às seis horas e, todo ano antes da Páscoa judaica, era o lugar do homem que chorava — um homem que se sentava na calçada em frente ao Canter's moendo raiz-forte, com lágrimas escorrendo pelo rosto. Havia também a famosa loja de frangos, onde judeus de toda Los Angeles vinham nas quintas-feiras comprar frangos *kosher* para o jantar de sexta-feira. Você apontava para um frango vivo, e o infeliz era levado para os fundos da loja e pendurado de cabeça para baixo, e um açougueiro religioso, o *shochet*, cortava a garganta dele. Em algum momento, toda criança percebia o que se passava na sala dos fundos e se recusava a comer frango por várias semanas; algumas permaneciam vegetarianas durante anos.

As lojas tinham placas em inglês e iídiche, e havia associações de trabalhadores, centros comunitários, socialistas discutindo em frente ao café vegetariano. Boyle Heights tinha muitas sinagogas também; nós morávamos na rua Breed, a um quarteirão e na mesma rua do majestoso Templo, e às vezes íamos lá nos principais feriados. Era a única vez que íamos à sinagoga, mas um grande número de nossos vizinhos nunca ia. Éramos americanos modernos; o que tínhamos a ver com superstições do Velho Continente? Não precisávamos pedir a Deus para aliviar a tristeza de nossas vidas. Que tristeza? Na América, os judeus podiam até possuir terras e construir suas próprias casas — como tia Sonya e tio Leo fizeram na avenida Wabash em Boyle Heights.

Sonya e Leo construíram a casa em 1926, quando Wabash estava sendo edificada. Ao se aproximar da casa deles, novinha em folha, você sentia o cheiro delicioso de madeira nova e ouvia uma sinfonia de martelos, serras e os gritos dos homens trabalhando na obra — carpinteiros, bombeiros, pedreiros. E que festa para os olhos, as fachadas claras das casas recém-construídas. Tão modernas, tão orgulhosas.

Sonya e Leo se mudaram para a casa em março, pouco antes de Bárbara e eu fazermos cinco anos. Mamãe, conosco atrás — e nosso novo irmão ou irmã na barriga —, ia para lá quase todo dia durante aquela primavera. Às vezes Sonya a tinha chamado para ver o mais recente adorno da casa. Com mais frequência, mamãe era simplesmente atraída para lá, como se uma estranha compulsão a levasse a caminhar os seis quarteirões da nossa casa (nem nova nem própria, mas alugada e precisando de reforma) para se torturar com a riqueza da irmã.

— Eu preciso andar! Depressa, meninas! — mamãe gritava. Agarrávamos nossos suéteres e, às vezes, a convencíamos a nos levar ao parque Hollenbeck, onde passávamos horas nos balanços. Ou íamos visitar tia Pearl, que gostava de brincar conosco. Mamãe e Pearl riam juntas enquanto Sonya irritava mamãe.

A maioria das vezes, entretanto, quando saíamos para passear, os pés de mamãe a levavam até a casa de Sonya. Sonya tinha vinte e quatro anos na época, mas ninguém teria acreditado que ela era só um ano mais velha do que Pearl. Sonya estava estabelecida, com sua bela casa, seu filho de dois anos, Stan, e o marido, Leo, um homem impassível, de cabelos grisalhos, que se queixava constantemente da sua dispepsia. Sob certos aspectos, Sonya era a mais bonita das irmãs de papai; uma mulher "vistosa", ela usava o cabelo castanho elegantemente preso para cima, e já aos vinte e quatro anos seu corpo cheio fazia com que parecesse importante e matronal. (Sonya mais adiante foi presidente de mais de uma organização feminina.) Em contraste, Pearl parecia sempre ter acabado de sair de uma cozinha quente, o cabelo desgrenhado e o rosto reluzente.

A primeira coisa que Sonya sempre dizia a Bárbara e a mim quando nos recebia na porta da sua casa era para não sujar nada. E então ela voltava sua atenção para mamãe.

— Charlotte, você notou o lustre? Ele foi entregue ontem — Sonya dizia satisfeita. — Bem, como você poderia deixar de notar? Trinta e dois pingentes de cristal tcheco! Foram precisos dois homens para trazê-lo para dentro e pendurá-lo!

— Lindo. Tão elegante. — Mamãe dizia a respeito de todos os itens novos. Depois, sem conseguir se controlar, ela sempre acrescentava: — Posso perguntar quanto custou?

— Foi uma pechincha, alguém que Leo conhece do trabalho — Sonya dizia de cada item, antes de revelar o preço. Além de se gabar de suas novas aquisições, ela falava do quarto que estava preparando para Zaide, porque é claro que ele ia preferir a casa nova e espaçosa ao quarto que dava para a nossa cozinha.

Mamãe era chamada de Charlotte, mas o seu nome verdadeiro era Zipporah, "pássaro" em hebraico, e ela soava como um pássaro gorjeando sempre que voltávamos da casa da tia Sonya.

— Droga — ela resmungava. — Tanto dinheiro e nem um pingo de gosto... Se ela acha que Zaide vai trocar a minha comida pela dela... — Mamãe tinha começado a falar sozinha alguns meses antes, por volta da época em que papai anunciou: "Sua mãe está carregando um irmãozinho ou uma irmãzinha para vocês na barriga."

Papai normalmente era calmo e sério, mas frequentemente, durante aquele inverno e primavera, em vez de nos dar aulas depois do jantar, ele nos levava para passear. Dizia que íamos sair para "dar um pouco de paz à sua mãe". Mas eu achava que ele precisava se movimentar porque tinha muita excitação dentro dele. Parecia quase perigoso passear depois de escurecer com este homem que eu quase não reconhecia, um papai alegre — um papai que assobiava! Se encontrássemos uma pessoa que ele conhecia, ele dizia olá numa voz animada.

— Minhas filhas — ele nos apresentava, sempre acrescentando: — E tem outro filho a caminho. — E nas tardes de sábado ele dava um pouco de paz a mamãe nos levando ao cinema no Joy ou no National Theater. Bárbara gostava do Joy porque lá eles passavam filmes de caubói. Eu preferia o National porque antes de entrarmos papai comprava um saquinho de sementes de girassol para cada uma de nós na loja de doces ao lado; eu comia as sementes durante a sessão, quebrando as cascas com os dentes e cuspindo-as no chão, um ato que me parecia excitantemente travesso, mas ninguém me castigava por ele! Isso porque todo mundo fazia a mesma coisa no National; no final do filme, havia cascas espalhadas por todo o chão, daí o apelido do cinema, Semente de Girassol.

Na primavera, papai e Zaide, que parecia igualmente encantado com a gravidez de mamãe — ele estava sempre sorrindo para papai e dando tapinhas em suas costas —, plantaram uma horta entre o limoeiro e a figueira no quintal. Nós os ajudávamos a regar os brotos novos que nasciam e a tirar o mato. E eu não sabia que papai desenhava, mas às vezes ele se sentava à mesa da cozinha e praticava caligrafia. Ele fez um belo alfabeto para Bárbara e para mim e escreveu nossos nomes com arabescos e flores saindo das letras. Um dia eu vi um desenho que ele tinha feito de uma loja com caligrafia adornada na vitrine. Eu ainda não tinha aprendido a ler, mas reconheci nosso nome, *Greenstein*, e identifiquei *& Son* por ter visto na placa da Sapataria Fine & Son.

Será que eu senti uma pontada de rejeição ao ver a prova de que papai queria um filho homem? Será que já existia dentro de mim uma semente da advogada que iria lutar por causas feministas? O que me lembro é que eu também queria um menino. Eu já tinha uma irmã. E, na minha ignorância a respeito da reprodução humana, simplesmente presumi que já que fosse o que nós queríamos, o bebê dentro de mamãe era um irmãozinho.

Ao mesmo tempo que papai tinha ficado tão alegre, mamãe pareceu ter sido sugada para dentro dos seus pensamentos. Ela queimava coisas no fogão, abotoava errado nossa roupa quando nos vestia ou se esquecia de fazer almoço para nós. Sempre fora mal-humorada, mas agora, se levássemos muito tempo no banho ou falássemos muito alto, ela nos dava um tapa ou um beliscão.

Eu digo "nós" — Bárbara e eu sempre nos referíamos a nós mesmas dessa maneira —, mas é claro que não éramos a mesma pessoa. Nem mamãe nos tratava da mesma maneira. Os castigos dela para mim podiam ser arbitrários, como se ela simplesmente precisasse aliviar um pouco da raiva que sentia e seus olhos tivessem caído em mim. Eu passei por ela um dia naquela primavera, e, a troco de nada, ela agarrou o meu ombro e me sacudiu por um tempão. Depois, como se uma tempestade tivesse passado por ela, tocou delicadamente o meu rosto apavorado e disse:

— Você deu a impressão de que estava precisando de uma boa sacudidela.

Mas, entre mamãe e Bárbara, um desentendimento podia se transformar numa guerra. Como o que aconteceu no dia em que Sonya exibiu seu telefone, o primeiro telefone que eu vi na casa de alguém.

— Toma aqui, Char, liga para alguém. — Sonya tirou o telefone da parede.

— Não, obrigada — mamãe disse, mas Sonya empurrou o instrumento na mão dela.

— Encoste no ouvido — Sonya disse.

— Eu sei usar um telefone! Mas para quem você quer que eu ligue? Para o prefeito? Para ... — A ideia de telefonar para alguém era tão estranha que mamãe não conseguia nem imaginar para quem poderia ligar.

— Ligue para o Canter's. Olha, eu tenho o número bem aqui. Eu ligo e peço um quilo de carne, eles mandam um rapaz entregar. É muito mais prático quando estou ocupada com Stan.

— Você compra um quilo de carne sem olhar para ter certeza de que está fresca e a gordura foi tirada? — Mamãe fez um ar de censura e devolveu o telefone para ela.

— Você acha que eles não vão mandar a melhor carne para uma freguesa que pede pelo telefone? De fato, acho que vou fazer uma encomenda agora. — Sonya fez questão de ligar e dizer ao homem no Canter's para mandar a carne mais magra e macia que tivessem.

A caminho de casa, mamãe foi resmungando para si mesma mais do que nunca. — A afetação dela, parece que ela é a Rainha de Sabá... Que importância tem o fato de Leo ter quarenta e dois anos e dedos gordos e grossos e de rir como um burro ofegante? Pelo menos ele tem tino para negócios... E eu achei que era boa demais para Slotkin.

Bárbara e eu tínhamos aprendido a fingir que não estávamos prestando atenção no que ela dizia. Conversávamos uma com a outra ou corríamos atrás de uma das cabras que pastavam nas ruas sem calçamento perto da casa nova de Sonya. Saltitávamos em volta de mamãe enquanto ela andava, girando até ficarmos tontas. Mas às vezes, quando ela dizia coisas do tipo, "Nove filhos igual à minha mãe, eu me mato antes disso", eu olhava para Bárbara; ela também estava olhando para mim, e trocávamos olhares assustados.

Nós *sabíamos* que não devíamos responder a mamãe quando ela estava falando sozinha. Então eu fiquei chocada quando Bárbara disse desta vez:

— Mamãe, quem é Slotkin?... Mamãe?

Por um momento, mamãe pareceu confusa, como se estivesse saindo de um sonho. Então ela olhou furiosa para Bárbara.

— Alguém estava falando com você?

Não era tarde demais; Bárbara poderia ter recuado. Em vez disso, ela repetiu:

— Quem é Slotkin?

— Do que é que você está falando?

— Você disse Slotkin. E você disse que o tio Leo ri igual a um burro. Ri, rá, ri, rá! — Ela saltitou alguns passos à frente.

Mamãe estava grávida de sete meses e andava reclamando que mal conseguia se mexer, mas avançou para a frente com uma rapidez impressionante e agarrou o cotovelo de Bárbara, depois a foi empurrando pelos dois quarteirões até chegar em casa. O tempo todo, Bárbara continuou dizendo desafiadoramente, "Ri, rá!"

Eu fui correndo atrás delas, *querendo* que Bárbara calasse a boca, mas ao mesmo tempo hipnotizada pelo drama. Eu nunca tinha visto Bárbara tão levada. Nem mamãe tão furiosa.

Mamãe continuou agarrando Bárbara ao abrir a porta e entrar em casa.

— Ri, rá!

Mamãe deu um tapa nela. Depois abriu a porta do armário do hall e empurrou Bárbara para dentro. Havia casacos e jaquetas amontoados no armário, pendurados numa barra. Bárbara caiu sobre eles, e por um momento pareceu que os casacos iriam empurrá-la de volta para fora. Mas mamãe fechou a porta com força, pegou a chave que estava pendurada num prego e a trancou lá dentro.

— Não! — Bárbara socou a porta.

— Não aguento mais olhar para você! — mamãe berrou.

— Deixa eu sair!

— Elaine! — mamãe disse, e eu dei um pulo. Eu não tinha feito nada, mas isso não me salvaria se a ira dela se voltasse contra mim. Tudo o que ela disse foi: — Nós vamos lá para fora.

Tremendo com o esforço para não chorar, entrei na cozinha atrás de mamãe. Ela pegou copos de água para nós, depois foi para o quintal e se sentou pesadamente numa das cadeiras velhas de madeira que papai tinha achado na rua e colocado sob a figueira, ao lado do nosso jardim.

Árvores frutíferas — figos, damascos, nêsperas, romãs — cresciam nos quintais de muitas casas em Boyle Heights. Nossa árvore era uma figueira Black Mission, com casca roxa e polpa amarela com um toque de cor-de-rosa. Eu pensava na árvore como sendo de Zaide. A árvore era a razão de ele ter escolhido alugar a nossa casa quando se mudou com a família para Boyle Heights, ele dizia, e às vezes suspirava de contentamento e dizia algo (que eu soube que estava na Bíblia) sobre morar sob sua videira e sua figueira. Zaide cuidava da árvore com carinho, examinando-a nas tardes de verão à procura de folhas murchas que significavam que ela precisava ser regada e colhendo os figos assim que ficavam maduros, não os deixando apodrecer na árvore.

Eu geralmente gostava de me sentar debaixo da figueira, recostada numa das cadeiras ou, melhor ainda, sentada no chão, onde procurava me ajeitar numa curva das raízes retorcidas. Quando comecei a ler, aquele se tornou um dos meus lugares favoritos para me recolher com um livro.

Mas hoje eu queria estar em qualquer lugar menos ali. Ainda podia ouvir Bárbara gritando. E mamãe disse, "Sente-se! E não se mexa, ou eu ponho você lá também."

Eu me sentei.

Agora que estávamos em maio, mamãe, papai e Zaide costumavam se sentar lá fora depois do jantar. As noites eram agradáveis, frias o bastante para um casaco ou um suéter leve, o ar perfumado de jasmim dos arbustos que ficavam ao longo dos fundos da casa. Mas, no meio do dia, logo senti calor. Mamãe também devia estar com calor. Ela não parava de abanar o rosto. Mas não disse uma palavra: ficou ali sentada olhando para o vazio.

Havia coisas no armário por trás dos casacos, coisas velhas e escuras cujo fedor de mofo se misturava ao cheiro enjoativo de naftalina. E havia aranhas. Uma vez, mamãe estava pegando o casaco e gritou por causa de uma aranha grande na manga. Quando pensei nisso, senti que era eu que estava presa no escuro, com coisas horrendas que eu não podia ver rastejando sobre mim.

E pior do que o medo era o que estava sentindo em relação a mamãe. Como qualquer criança, eu aceitava o comportamento dos adultos do meu mundo mesmo quando ele me confundia. Mas prender Bárbara no armário numa tarde quente e abafada... Sim, eu sabia que a criação de mamãe tinha sido dura, e nos anos 1920 não havia isso de ser paternal ou maternal — os pais simplesmente criavam os filhos, eles não tinham prateleiras cheias de livros com conselhos de especialistas. Ainda assim, mesmo aos cinco anos, reconheci no que mamãe tinha feito um traço de irracionalidade que me aterrorizou. Uma tonteira me fez cair da cadeira.

Eu me agachei no chão, coberta de um suor frio, e lancei um olhar assustado para mamãe. Será que ela ia me colocar no armário por ter saído da cadeira?

Mas os olhos de mamãe estavam fechados. Ela estava dormindo.

Cuidadosamente, sem fazer nenhum ruído, eu me levantei, planejando voltar para a cadeira.

Ela não se mexeu.

Eu dei dois passos. Mamãe continuou dormindo. Mais um passo. Então, andando o mais silenciosamente possível, entrei em casa.

Fui até o hall. Uma coisa estranha tinha acontecido. Havia pedacinhos de uma coisa branca no chão. Cheguei mais perto e vi que os pedacinhos eram reboco. Eles tinham vindo de um buraco na parede mais ou menos do tamanho de uma batata, ao lado da porta do armário.

Não vinha nenhum som de dentro do armário, e por um momento eu imaginei que Bárbara tivesse se espremido para fora por aquele buraco do tamanho de uma batata.

— Bárbara? — murmurei. — Bárbara?

Dois dedos apareceram no buraco. Estendi a mão, e nossos dedos se entrelaçaram. Os dela estavam quentes e úmidos, como se estivesse com febre. E ela não tinha dito uma palavra.

Eu olhei para a chave, pendurada no prego acima da minha cabeça. Se mamãe tinha atirado Bárbara no armário por ter sido insolente com ela, o que faria comigo se eu...?

Beijei os dedos de Bárbara. Ela soluçou.

— Eu vou tirar você daí. Prometo. — Eu tive que fazer força para ela soltar meus dedos.

Fui até a cozinha para pegar uma cadeira. Olhei para o quintal. Mamãe não se mexeu. Eu empurrei a cadeira até o hall, subi nela e peguei a chave. Desci e abri a porta.

Bárbara saiu voando lá de dentro como se estivesse sendo perseguida. Eu bati a porta para manter lá dentro o que quer que fosse. Ela estava coberta de suor, a franja grudada na testa. Continuava muda.

— Vou pegar um pouco de água para você. — Eu peguei a mão dela e a levei para a cozinha.

Ó, não! Mamãe estava entrando! Ela já tinha passado pela porta, era tarde demais para nos escondermos.

Mas mamãe não estava zangada. Ela gritou, *"Oi, mein kind!"* e correu para abraçar Bárbara como se não tivesse sido ela quem a trancara no armário. Bárbara se encolheu por um momento, mas depois começou a soluçar e deixou que mamãe a beijasse e acariciasse seu cabelo suado.

As coisas eram assim entre mamãe e Bárbara. Bárbara desafiava mamãe mais do que eu, e mamãe a castigava com mais severidade. Mas ela também era mais carinhosa com Bárbara. E parece bizarro chamar mamãe de *indulgente*, mas de que outra forma se pode descrever o modo com que às vezes cedia aos caprichos de Bárbara? Como quando fomos à festa que tia Sonya e tio Leo deram em junho para exibir a casa nova?

Mamãe planejou que usássemos nossos bons vestidos Kate Greenaway. Ela tirou os vestidos do armário, mas deixou por nossa conta vesti-los e abotoar o vestido uma da outra — ela estava no último mês de gravidez e já tinha preparado uma mala com as coisas de que ia precisar no hospital. Satisfeita, enfiei meu vestido; gostava do verde suave e do corpete em casa de abelha. Bárbara, no entanto, deixou seu Kate Greenaway azul em cima da cama. Em vez dele, ela vestiu a blusa branca de gola marinheira azul-marinho e a saia azul-marinho combinando.

— O que você está usando? — mamãe disse assim que Bárbara saiu do nosso quarto.

— Eu quero usar minha blusa à marinheira!

— É uma festa. Não se usa saia e blusa.

— É minha blusa à *marinheira*.

— Eu não vou levar minha filha a uma festa na casa nova e luxuosa de Sonya usando saia e blusa. Vai pôr o vestido de festa.

— É a minha blusa à marinheira! — Bárbara não arredou pé.

Mamãe saiu andando pela sala com ar de fúria, e eu fiquei tensa, certa de que ela ia bater em Bárbara por sua teimosia. De repente, entretanto, os olhos dela se suavizaram, com se estivessem cheios de mel, tão doces e carinhosos que eu desejei uma prova deles. Ela sacudiu a cabeça e sorriu para Bárbara.

— Minha garota teimosa. — Ela não disse mais nada a respeito da blusa à marinheira.

A festa de inauguração da casa foi num dia quente, e todas as crianças — havia uma dúzia de nós naqueles tempos fecundos — foram mandadas para o quintal. Anna, a filha do irmão de Leo e a mais velha de nós, com onze anos, recebeu a incumbência de nos manter do lado de fora.

Anna era um pouco esquisita. Ela raramente olhava de frente para alguém e, se fosse alvo de algum tipo de atenção, franzia o rosto como se fosse chorar.

— Vamos brincar de esconder — Bárbara disse.

— Onde? — Um dos meninos examinou o quintal, que não era maior do que o nosso.

— Nós temos que ficar... — Anna tentou. Mesmo tendo o dobro da nossa idade, ela não era páreo para Bárbara.

— Está com você. — Bárbara apontou para uma menina.

— Eu não quero. Está com você.

— Da próxima vez está comigo. — Bárbara abriu um sorriso encantador para a menina. — Como é o seu nome?

— Judy. Promete que vai estar com você da próxima vez?

— Prometo.

Judy tapou os olhos com as mãos e começou a contar.

Eu olhei para Anna. Ela tinha ido para um dos lados do quintal.

— Cinco, seis... — Judy disse.

As outras crianças estavam se espalhando, duas das menores tinham se agachado ao lado dos degraus dos fundos, mas o resto correu ao redor da casa na direção da rua. Eu corri também. Ao ver uma menina maior, eu a segui pelo quarteirão na direção da obra. Nós tínhamos sido proibidas de brincar perto da obra porque podíamos pisar em pregos soltos, mas eu tinha que encontrar um esconderijo! Além disso, a regra sobre pregos não fazia sentido. Como filha de um vendedor da melhor sapataria da avenida Brooklyn, nunca tive autorização para andar descalça, nem mesmo num dia quente como aquele.

A menina maior foi na direção de uma casa que estava quase terminada, as paredes de estuque já construídas e a estrutura da varanda pronta. Eu me encaminhei para uma construção duas portas depois que ainda estava no esqueleto, apenas uma laje e algumas vigas de madeira, com grandes pilhas de tábuas do lado. Eu me enfiei entre duas pilhas de madeira que formavam o esconderijo perfeito para uma menina de cinco anos. Judy jamais me encontraria ali.

A madeira, aquecida pelo sol da tarde, tinha um cheiro inebriante. Zaide sempre falava sobre a floresta ao redor da sua aldeia, o quanto ela era bonita e fresca nos dias de calor. Eu nunca tinha estado numa floresta, mas, acocorada na sombra da madeira perfumada, imaginei estar na floresta de Zaide. Meus pés estavam quentes e coçavam, e tirei o sapato e a meia; não poderia pisar em pregos porque estava sentada.

Todas as mulheres tinham preparado alguma coisa para a festa de Sonya e Leo, e eu tinha três tipos diferentes de bolo no meu estômago, todos eles doces, deliciosos e pesados. E era uma tarde tão quente e sonolenta...

— Ei! Menina!

Acordei assustada e ia me levantar de um salto, mas alguém segurou meu ombro para me impedir.

— Não faça isso, você vai cair. — O sotaque do menino era igual ao de Zaide, mas o inglês dele não era tão bom.

Eu me sentei, tomando cuidado para não desequilibrar a madeira, e olhei para o menino agachado do meu lado. Mais ou menos da minha idade, ele tinha olhos de gato, com a íris estranhamente clara em comparação com sua pele cor de azeitona e cabelos pretos.

— O que você está fazendo aqui? — perguntou.

— Estou escondida.

Os olhos dele se encheram de medo.

— Por quê? *Pogrom*?

— Não, seu bobo. Estou brincando de esconder. — Eu tinha ouvido a palavra *pogrom* das bocas de Zaide e de mamãe e sabia que era uma coisa ruim. Mas que só acontecia no velho continente. Que menino estranho por pensar nisso. Será que ele era um dos muitos primos de Anna? Só que não estava usando roupa de festa, como todas as outras crianças da festa. A camisa fina do menino parecia com as nossas roupas quando mamãe dizia que elas estavam velhas demais para consertar e que devíamos dá-las para os pobres.

Eu notei um saco atrás dele.

— O que é isso?

— Nada. — Subitamente furtivo, ele escondeu o saco com o corpo. — Você é Elaine?

— Como sabe o meu nome?

— Chamaram por você. Você não quer ser encontrada?

— Você não sabe brincar de esconder? Como é o seu nome?

— Danny.

— Você mora nesta rua?

Ele ficou misterioso de novo, mas depois declarou:

— Vou morar. Nesta casa aqui. Meu pai constrói. Casa grande. — Cada vez mais orgulhoso, como se a cada palavra a casa se tornasse mais sólida, sua vida futura mais alegre. — Você mora aqui?

— Meu tio e minha tia moram. Eles estão dando uma festa.

— Ela-aine! — Eu ouvi do meu esconderijo. Era Bárbara. Por que *ela* estava me procurando se estava com Judy? E por que aquele tom de urgência? — Elaine, você está aí?

— Estou aqui — eu disse num sussurro alto. — Aqui! Aqui! — Fui até a ponta da pilha de madeira e acenei. Eu não podia descer antes de calçar os sapatos.

— Está todo mundo procurando por você. Você está bem? — Ela veio e ficou parada na entrada do meu esconderijo. E viu Danny. — Quem é esse?

Eu olhei para ele. Ele estava olhando de boca aberta para Bárbara, que brilhava no sol forte com sua blusa de gola marinheira.

— É só um menino — eu disse. Sem querer dividi-lo. Já pensando nele como sendo "meu menino."

"Bárbara! Você a encontrou?", uma voz de adulto gritou.

— Ela está aqui — Bárbara respondeu. E disse para mim: — Depressa.

Eu desci do meu esconderijo. Uma mulher gritou:

— Graças a Deus, ela está bem! — Então um monte de gente correu para mim, e papai me abraçou com tanta força que eu não conseguia respirar. Ele me carregou de volta para a casa de Sonya e Leo, ele e todo mundo gritando comigo.

— Onde você estava?

— Você não ouviu todo mundo procurando por você?

— Olha como o seu vestido está imundo.

— Onde estão os seus sapatos?

— Você quer matar sua pobre mãe? — Uma mulher ralhou comigo, e quando eles me levaram para dentro da casa, eu fiquei apavorada, achando que tinha feito mesmo isso.

Mamãe estava recostada numa cadeira, as pernas abertas e os braços caídos sobre a barriga enorme. Tia Sonya a estava abanando com uma revista, mas mamãe não se mexia. Seu rosto estava amarelado como uma vela de cera velha.

— Mamãe! — berrei, e corri para ela. E então parei, horrorizada com a poça d'água no chão perto da cadeira. Será que mamãe tinha feito xixi na calça, como eu estava fazendo agora, a urina quente escorrendo pelas minhas pernas mais depressa do que as lágrimas saltavam dos meus olhos?

— Lainie. — Mamãe abriu os olhos e segurou minha mão. Eu me preparei para a sua fúria, mas algo devia estar muito errado. Ela sorriu para mim.

E então tio Leo a levou de carro para o hospital.

Eu não tinha machucado mamãe, Pearl me garantiu. Sua bolsa d'água tinha rompido, e isso significava que o bebê ia nascer.

Mas eu só parei de chorar quando Bárbara veio e soprou no meu rosto para me acalmar. Quando os adultos não estavam olhando, ela segurou minha mão e nós voltamos até a casa em construção para pegar meus sapatos. Ela agiu como se eu tivesse feito algo ousado e excitante, e parei de me sentir culpada e passei a encarar esse dia como uma aventura. Pela primeira vez, vi uma certa ousadia em mim.

    Depois que nossa irmãzinha, Audrey, nasceu, não fomos mais com tanta frequência à casa de tia Sonya. Ainda assim, todas as segundas-feiras à tarde, quando Sonya recebia "as meninas" para jogar cartas, mamãe carregava Audrey e íamos andando até lá. Todas as mulheres levavam os filhos. Elas colocavam os bebês no quarto de Sonya e Leo, e o resto de nós brincava no quintal. Em agosto, a casa onde eu tinha me escondido estava pronta, e uma família se mudou para lá. Eu passei na frente da casa e procurei o meu menino, Danny, mas não o vi. Ele tinha aparecido tão de repente, com seus olhos de gato e seu ar de mistério, que eu achei que talvez tivesse sonhado com ele, só que, quando Bárbara me levou de volta para buscar meus sapatos, vi que ele tinha deixado um saco; lá dentro havia algumas aparas de madeira e alguns pregos, e eu peguei um dos pregos. Escondi o prego na minha arca do tesouro, um presente da tia Pearl.

    Eu também devia ter sonhado com papai alegre. Agora, nas noites em que ele vinha jantar em casa, nos dava aulas de novo ou ficava sentado em sua cadeira lendo o jornal. Uma vez ou outra, se Bárbara ou eu pedíssemos com muito jeito, sem insistir, ele nos levava para dar uma volta, mas não cumprimentava mais efusivamente as pessoas nem assobiava. E prestava pouca atenção no bebê Audrey.

    Ele perdeu interesse na horta. Bárbara e eu continuamos a cuidar dela, com a ajuda de Zaide. Nós tínhamos dedo verde, Zaide dizia. Ele dizia que cultivávamos os melhores tomates e pepinos de Los Angeles.

CAPÍTULO 4
ESTRAGO?

Eu navego na memória enquanto a tarde dá lugar à noite. E então o chamado do passado me abandona... ou talvez seja a minha bexiga de oitenta e cinco anos que insista em me trazer de volta para o presente. Depois de ir ao banheiro, junto as recordações que mamãe guardou das filhas para dividi-las com Harriet.

Tudo, exceto o cartão de Philip, mais um fragmento de lixo que mamãe guardou simplesmente porque não conseguia jogar nada fora. Pego o cartão para jogar no reciclável, mas Josh não disse que havia alguma coisa escrita atrás?

Kay Devereaux
Broadmoor Hotel, Colorado Springs

A letra se parece com a de Philip, mas nunca ouvi falar em Kay Devereaux. Eu me pergunto por que Philip deu o cartão para mamãe. Talvez esta Kay seja uma pista que não deu em nada, uma corista amiga de Bárbara; o nome parece um nome artístico.

E então uma lembrança me surge na cabeça: vejo Bárbara e eu aplicando nosso batom Coty vermelho — o tubo precioso que dividíamos, escondido dentro de um sapato — e inventando nomes artísticos para nós mesmas. *Diane Hollister. Priscilla Camberwell. Nola Trent* era o meu favorito, uma pessoa prática, com uma carreira teatral brilhante em Nova York e que só fazia filmes com diálogos inteligentes. *Kay Devereaux* é o tipo de nome que Bárbara teria escolhido. Philip a teria encontrado?

Corro para o telefone, ligo para informações e pergunto por Kay Devereaux em Colorado Springs. Mesmo reconhecendo — e odiando — aquela sensação de frio na barriga. É a sensação que eu experimentava nos primeiros anos depois que ela partiu toda vez que corria para atender o telefone ou para pegar a correspondência, ou quando tínhamos notícia de que alguém em Hollywood ou San Francisco ou Tijuana a tinha visto.

Nós a procuramos como loucos na época, mesmo que no seu bilhete ela tivesse dito para não nos preocuparmos e que estava bem. Conforme tia Sonya nunca se cansava de dizer, como uma moça de dezoito anos sozinha — ou pior, *não* sozinha — poderia estar bem? Vejam os empregos que ela tinha tido, cantando e dançando no coro de uma boate em Hollywood, mostrando as pernas e tudo o mais, e sua cabeça tola cheia de sonhos de se tornar estrela de cinema. "Uma garota como ela não tem muito juízo, tem?", Sonya repetia sem parar, até que um dia mamãe começou a gritar na cara dela.

Conversamos com todas as amigas dela e colocamos anúncios pessoais nos jornais das maiores cidades da Califórnia. Papai também foi à polícia, mas eles não fizeram nada depois que souberam do bilhete e do emprego dela na boate. Tentamos mais uma vez quando Philip ofereceu ajuda, embora ela já tivesse ido embora havia dois anos. (Eu não menti para Josh. Trabalhei para Philip, mas foi uma troca, uma forma de a minha família pagar a ele para procurar a minha irmã.)

Junto com a pontada de esperança, eu me acostumei com a depressão que se seguia quando não havia nenhuma carta dela ou quando a "Bárbara" localizada trabalhando de garçonete em Newport Beach era uma mexicana de meia-idade e o homem que nos dera a informação desaparecia com os vinte dólares de recompensa.

Durante alguns meses, até uma pontinha de esperança me deixava excitada. Esse padrão ficou tão arraigado no meu sistema nervoso que reage agora, mais de sessenta e cinco anos depois, quando pergunto à voz gravada por Kay Devereaux. E, é claro, o nome não está na lista telefônica. Ela deve ter se casado e mudado de nome. Mudado de endereço. Morrido.

Eu podia checar na internet. Vou correndo até o escritório.

— Pare com isso! — digo alto e me obrigo a me sentar.

Que diabo importa o que aconteceu com uma mulher chamada Kay Devereaux? Essa mulher não pode ser Bárbara, porque, se fosse, mamãe e papai teriam me contado.

Eu me sirvo de uma dose de uísque. Está quase na hora de *Jeopardy!* Eu devia preparar alguma coisa para jantar e me sentar defronte à televisão. Mas só por mais um momento sou atraída de volta à caixa da May Company; há coisas que ainda não examinei, por baixo dos programas de dança de Bárbara e do cartão de Philip. Chego ao fundo sem achar mais nada sobre a misteriosa Kay — não que eu estivesse procurando alguma coisa, é claro que não. Mas pensar que aquela caixa ficou décadas na prateleira do armário e eu nunca a abri...

E Josh só trouxe duas caixas de papelão, mas disse que havia mais. Que outras riquezas minha mãe guardou? Vou para o meu escritório. Josh deixou uma cadeira dentro do armário. Eu subo nela... e balanço. Ó, não! Agarrando as costas da cadeira, planto os dois pés no chão. Não posso arriscar outra perna quebrada como no ano passado, ou, beijo da morte, um quadril quebrado. Esse é o principal motivo por eu estar me mudando para o Rancho Mañana, para não ter que me preocupar com escadas, e caso aconteça alguma coisa os meus filhos não precisem deixar de lado suas vidas para cuidar de mim. Carol fez isso quando quebrei a perna; ela veio de Oregon e passou um mês comigo.

Eu devia comer alguma coisa para acompanhar o uísque. Na geladeira tem metade de um sanduíche de peru que sobrou do almoço de ontem. Levo o sanduíche para a sala, ligo a TV e meço minhas forças contra os competidores de *Jeopardy!*

Depois de comer (e vencer Final Jeopardy!), eu me atrevo a subir na cadeira de novo. Encontro mais três caixas de lojas de departamentos, uma tão pesada que quase me faz cair. Claro, a caixa está cheia de livros."Papai", eu murmuro. Quase posso sentir o cheiro dele quando tiro da caixa as antologias de poesia e suas amadas histórias de Los Angeles que ele nos fazia recitar, tudo se desmanchando de velhice. Abro um dos livros de poesia, dou uma olhada num título e descubro que sei o poema de cor. Eu me pergunto se Harriet também será capaz de fazer isso.

Ela tem que ver isto! Eu ligo e a convido para vir almoçar depois de nossa aula de hidroginástica amanhã.

Aprendi a nadar em Venice Beach — papai me ensinou quando eu era pequena —, e ainda não existe nada que eu goste mais do que entrar no mar, ir até onde as ondas batem na minha cintura e então mergulhar. A euforia daquela primeira imersão gelada! A água salgada pinicando a minha pele e a vastidão borrada (sem meus óculos) à minha frente. Um leve cheiro de praia e meu nariz ainda levanta como o de um cachorro animado. A primeira vez que nadei numa piscina, quando estudava na USC, eu me senti claustrofóbica e minha pele coçou durante horas. Desde então, aprendi a apreciar os prazeres de nadar numa piscina — em especial, naquela piscina no Westside Y, onde Harriet e eu fazemos hidroginástica duas vezes por semana, maravilhosamente morna.

Não vejo Harriet no vestiário. Minha irmã caçula, doze anos mais moça do que eu, provavelmente chegou cedo para dar umas braçadas. Isso mesmo, quando saio para a piscina, eu a vejo nadando, uma foca curvilínea com seu maiô e touca verde fosforescente. Eu calço os sapatos de borracha, entro na água e cumprimento meia dúzia de outros frequentadores que já estão lá. Alguns minutos depois, Harriet nada para o raso e se junta a nós, tirando a touca de natação e sacudindo seus compridos cabelos grisalhos.

Toda vez que eu tento ficar grisalha, a palavra *diretora de escola* me vem imediatamente à cabeça. É por isso que vou ao salão de seis em seis semanas para cortar o cabelo e manter a cor, que foi ficando cada vez mais clara; agora está de um louro cocker spaniel. Em Harriet, entretanto, os cachos grisalhos sugerem um espírito livre que ainda põe maconha em seus brownies e tem uma vida sexual divertida. A aparência é perfeita para suas oficinas, "Mulher sábia: o conhecimento profundo da maturidade." Parece pseudopsicologia, mas Harriet é realmente uma mulher sábia, e não só porque é uma respeitada psicoterapeuta; ela enxerga abaixo da superfície das pessoas e dos relacionamentos e tem insights que me assombram. Não que ela exerça com frequência suas habilidades dentro da família. Evitar analisar-nos é parte de sua sabedoria.

Nós corremos — bem, Harriet corre; eu arrasto os pés — na piscina por uma hora ao som de música que vai desde jazz até o tipo de música que meus netos ouvem; depois entramos no chuveiro, nos vestimos e nos reencontramos em minha casa.

— Uau. Você vai mesmo fazer isso! — Harriet examina a sala, que já parece nua, embora tudo o que fiz até agora tenha sido esvaziar estantes. Mas cada móvel — exceto as poucas coisas que irão caber no apartamento em Rancho Mañana — já foi avaliado por uma doce mas implacável mulher chamada Melissa, que me disse sem rodeios o que vale a pena colocar em consignação na loja dela e o que é tão pateticamente antiquado que eu devia simplesmente doar.

— Tem certeza que não quer ir morar comigo? — Harriet diz.

— Tenho. Mas obrigada! — Penso na família de Harriet, seu filho de quarenta e dois anos que voltou a morar em casa depois de ter sido despedido e o homem não muito mais velho com quem ela tem, de fato, uma vida sexual divertida, e experimento um momento de profunda gratidão por poder pagar um apartamento no Rancho Mañana.

Durante o almoço, conto a ela sobre as caixas. Depois faço chá e mostro-lhe as joias que encontrei. Começo com a caixa das filhas, embora fique surpresa, examinando-a com Harriet, ao perceber que mamãe guardou muito menos quinquilharias da vida dela do que de Bárbara, de Audrey e minhas. Há boletins escolares e fotografias de turma, mas nada mais pessoal.

Mas o que realmente me espanta é quando passamos para os livros de papai.

— Você se lembra das aulas de poesia de papai? — digo.

— Que aulas de poesia?

— Ele não fazia você recitar poemas? — Ela faz um ar de espanto, e eu continuo. — Não era só por ele querer que nós falássemos bem. Ele adorava recitar. Lembra? Ele ganhou um prêmio de oratória no ensino médio.

— Ganhou?

— Harriet! — A história do prêmio de papai é uma lenda dos Greensteins.

Ela ri.

— Dizem, e eu acho que isto serve de prova, que cada irmão cresce numa família diferente. Que se alguém perguntasse a você ou a Audrey ou a mim como foi nossa infância, nós contaríamos histórias muito diferentes. Isso tem a ver com ordem de nascimento, com temperamento. — Ela pega a ponta do seu saquinho de chá e começa a rasgá-la. — E é claro que a maior parte da minha infância foi depois de Bárbara ter partido.

Eu penso no cartão de Philip e na ideia doida que eu tinha tido de que dera com a nova identidade de Bárbara. — E se conseguíssemos encontrá-la agora, caso ela ainda esteja viva?

— Por quê? Só para podermos confrontá-la com o estrago que causou? — Harriet responde zangada.

A ferocidade dela me espanta. Assim como o que ela diz em seguida.

— Eu costumava fazer filmes na minha cabeça, de Audrey estar tão nervosa que era uma tortura para ela ir à escola, ou de papai quando ele voltava do necrotério. Lembra, ele incomodou a polícia tanto durante um ou dois anos que eles o chamavam toda vez que achavam alguma garota pobre, anônima, morta num beco? Ele entrava pela porta com o rosto cinzento, como se *ele* estivesse morto. Eu fazia fantasias sobre obrigá-la a olhar para eles... Merda! Achei que tivesse superado isso na terapia décadas atrás.

— Eu não fazia ideia de que isso havia afetado tanto você.

— Elaine! Ela foi embora quando eu tinha cinco anos, e depois disso todo mundo na família... bem, isso deixou uma sensação de abandono e aí todo mundo se fechou de uma maneira ou de outra.

— Não quis dizer... eu queria ter sabido. Eu poderia ter feito alguma coisa. Sabia que Audrey estava tendo muitos problemas, mas para mim você era um raiozinho de sol, estava sempre alegre.

— Eu *era* alegre. Sou alegre por natureza. Assim como a pobre Audrey sempre foi um feixe de nervos.

Pobre Audrey, realmente. Audrey lutou a vida toda contra uma ansiedade severa e por fim com uma dependência de Valium, que costumava ser distribuído como bala para donas de casa nervosas. Ainda assim, até eu sei o bastante de psicologia para compreender por quê, embora minha família reconhecesse os medos de Audrey e tentasse acalmá-los —, e dar atenção à minha tristeza em particular, como gêmea de Bárbara — nós não demos a devida atenção a Harriet.

— Desculpe — digo a ela. — Mesmo tantos anos depois, eu sinto muito mesmo.

Ela aperta a minha mão.

— Está desculpada. E eu trabalhei muito isso na terapia... Mas por que você fez essa pergunta sobre Bárbara? Achou alguma coisa?

— É só que... olhar tudo isso desperta muitas lembranças. — Nessa altura eu já tinha procurado "Kay Devereaux" no Google e não tinha conseguido nada. E procurei o Broadmoor Hotel; ele ainda existe, um resort cinco estrelas cujo website mostra prédios imponentes estilo italiano com "majestosas montanhas roxas" erguendo-se atrás deles. O site oferece informações fascinantes que a mulher que compôs "America the Beautiful" escreveu depois de visitar a região.

— Deste livro eu me lembro. — Ela pega uma das histórias de Los Angeles de papai, escrita por um neto de Andrew Boyle. — Nós o estudamos na escola.

O livro de Boyle foi publicado em meados dos anos 1930, quando eu estava trabalhando na livraria do tio Leo, e o comprei com desconto para dar de presente de aniversário para papai. Não me lembro de ter lido o livro, mas papai já tinha contado a parte excitante da história, sobre o fundador de Boyle Heights.

— Eu costumava ficar triste — eu disse — quando ouvia sobre o pai de Andrew Boyle, que deixou os filhos na Irlanda e desapareceu.

— É, mas Boyle acabou encontrando-o.

— O pai? Não, não o encontrou.

— Lainie, eu tenho certeza que sim. Acho que sei exatamente em que parte do livro isso está. — Ela começou a folhear o livro.

— Eu aposto com você uma entrada para o concerto que estou com a razão. — Só de pensar nos irmãos e irmãs abandonados sinto um pouco do mesmo mal-estar que a história me causou em criança.

— Apostado. — Ela começa a folhear o livro mais devagar. — Rá! Eu ganhei. — Ela lê alto: — "Ele, Andrew Boyle, finalmente chegou em Nova Orleans e lá encontrou o pai, a causa da migração da família para a América."

Estendo a mão para o livro e leio, eu mesma, a frase. Só uma única frase? Nem mais uma palavra? Examino as páginas seguintes; o pai desaparecido mal entra na história e torna a desaparecer.

— Onde está o resto da história? Encontrar o pai parece ter sido uma verdadeira saga. O que o pai estava fazendo aquele tempo todo? E como foi que ele o encontrou? Será que eles simplesmente se esbarraram numa rua de Nova Orleans?

— Ele só escreveu isso — Harriet responde. — Foi por isso que eu guardei na memória. As crianças da minha turma fizeram as mesmas perguntas que você, e a professora nos deu alguma resposta capenga, do tipo, o autor não entrou em detalhes porque se tratava de um assunto de família. Aí ela me lançou um *daqueles* olhares. Todo mundo sabia a respeito de Bárbara — sem dúvida todos os professores sabiam. Outro tema que ocupou horas de terapia.

Eu tinha escapado daquela provação, de ser rotulada como uma menina cuja irmã tinha fugido de casa e nunca mais tinha voltado. Na nossa vizinhança ou entre amigos de infância, sim, as pessoas me viam e pensavam na fuga de Bárbara — da mesma forma que, durante toda a nossa infância, elas me consideravam a gêmea dela, vendo-a do meu lado mesmo quando eu estava sozinha. Mas eu já cursava a USC quando ela partiu, já passava quase o dia inteiro fora do aquário de Boyle Heights.

— Mesmo criança — Harriet diz —, eu sabia o motivo pelo qual o neto não disse nada acerca de um encontro alegre. Porque não foi alegre. Como poderia ser? Por mais que eles tenham ficado felizes assim que puseram os olhos um no outro, quanto tempo Andrew levou para olhar nos olhos do pai e perguntar, "Por quê?" E do ponto de vista do pai, pense nisso, ter Andrew de volta em sua vida ameaçava seu exercício do direito mais precioso dos americanos.

— A busca da felicidade?

— O direito de reinventar a nós mesmos... O que nos traz de volta à sua pergunta. Como eu me sentiria se conseguíssemos encontrar Bárbara agora? Profundamente ambivalente, eu acho. Encontrá-la poderia levar a um relacionamento maravilhoso pelo tempo que nos resta de vida. Mas esse não é o único resultado possível.

Como eu disse, Harriet é uma mulher sábia.

Entretanto, ela não é infalível. Quando ela vai embora, volto ao seu comentário de que depois que Bárbara partiu todo mundo na família se fechou. Não é verdade. Nós todos ficamos angustiados, é claro, com medo de que tivesse acontecido alguma coisa horrível com Bárbara e que por isso não tivemos mais notícias dela. Ao mesmo tempo, ficamos magoados e zangados ao pensar que *nada* tinha acontecido, e, nesse caso, como ela não teve a decência de nos dizer que estava tudo bem?

Mas nos *fechamos*, esse é um termo do mundo da psicoterapia, de Harriet. E eu nunca vi sentido em passar horas no sofá de um terapeuta dissecando minha reação à partida de Bárbara. Todo o tempo, energia ou dinheiro que dediquei ao mistério do desaparecimento da minha gêmea foram usados para contratar detetives para procurá-la — de fato contratá-los, pagando honorários caros, não como o acordo que fiz com Philip, que fazia o favor de procurar por Bárbara durante momentos de folga, entre um trabalho remunerado e outro. Eu fiz isso pela primeira vez cerca de quinze anos depois de ela ter partido, quando Paul e eu conseguimos nos estabelecer financeiramente; e de novo no início da década de 1980, quando meu primeiro escritório de advocacia começou a trabalhar com um detetive que era um gênio em localizar coisas em registros públicos. Nunca tive nenhum resultado.

A partida de Bárbara me "lesou?" Alguma coisa se fechou em mim... e nunca mais se abriu? Eu penso nos poemas da minha juventude — odes à glória da natureza, uma empatia apaixonada pelo sofrimento do mundo, e, é claro, poemas de amor. Graças a Deus a garota meiga que escreveu aqueles poemas se transformou numa mulher forte!

— Isso se chama crescer — digo alto enquanto arrumo as coisas que Harriet e eu examinamos juntas.

Se me tornei não só forte, mas também dura, foi por causa de Bárbara? Ou estava na *minha* natureza, junto com o fato de que fui para a faculdade de Direito e me tornei advogada numa época em que não só o Direito, mas toda a vida profissional, era um clube de homens? Uma autoridade de algum jornaleco conservador uma vez me descreveu como "uma castradora inteligente que se energiza com o insulto como se uma raiva crônica fosse um belo jantar. Tragam o bicarbonato." Paul e eu rimos tanto disso que mandei emoldurar.

Mas é verdade que tive que ser dura, uma lutadora que não fugia de uma boa briga — até mesmo, talvez, uma mulher zangada — no exercício da minha profissão. E se eu não deixava isso no escritório, se era uma lutadora em casa também, bem, Paul mergulhava nas nossas discussões com o mesmo prazer que eu. Nós afiávamos nossas ideias, nossas personalidades, batendo cabeça. Os casais faziam isso na nossa época, eles se desafiavam mutuamente. Talvez porque fosse mais difícil se divorciar, nós não pisávamos em ovos um com o outro, cordiais, cautelosos e chatos.

Eu sinto saudades de Paul! A vida é tão calma sem ele. Se, no início do nosso casamento, eu cheguei a imaginar se tinha feito a escolha certa, houve um momento cristalino em que todas as dúvidas desapareceram. Ronnie tinha seis ou sete anos e estava tendo uma crise de asma, tossindo e cuspindo catarro num balde. Paul e eu estávamos ajoelhados um de cada lado dele, com as mãos em suas costas. Nossos olhos se encontraram por cima do corpo arfante do nosso filho. Nos olhos de Paul, eu vi amor, preocupação, uma firmeza que me dizia que aquele homem jamais iria me desapontar. Mas foi mais do que isso. Correndo o risco de parecer mística, senti que estava recebendo uma mensagem de Deus: que eu era uma daquelas pessoas raras, escolhidas, que tinha realmente encontrado sua alma gêmea.

Eu me saí bem com Ronnie. Mas Carol... Minha sensível primogênita era a filha da poetisa que eu fui um dia. E eu gostaria de ter recorrido à meiguice daquela jovem poetisa para lidar com ela. Talvez, se eu trabalhasse em meio expediente quando ela era pequena... Mas eu oriento jovens advogadas; até hoje, a dedicação aos filhos não é uma opção real para qualquer uma delas que deseje ser levada a sério. E eu adorava trabalhar: eu teria enlouquecido em casa. Como tantas mães que trabalham hoje em dia, eu conseguia me virar graças às babás mexicanas. Tive sorte — consegui moças afetuosas e de confiança. E as crianças aprenderam a falar espanhol fluentemente; Ronnie é hoje um advogado especialista em contratos entre companhias americanas e latino-americanas. Entretanto, houve épocas em que eu percebia a naturalidade com que as babás abraçavam meus filhos, como as crianças corriam para os braços delas, e desejei...

Mas não vou culpar Bárbara pelas minhas decepções ou pelos caminhos que não trilhei, assim como não vou lhe dar crédito pelos meus triunfos. Tudo isso faz parte da *vida*. Quebram-se ovos na vida, e se você for esperta, faz uma omelete com eles. A vida lhe dá limões; faça uma limonada. Clichês, sim, porque são verdades. E era assim que vivíamos nossas vidas, não só Paul e eu, mas toda a nossa geração.

Olhem para Harriet, cujo marido, no final dos anos 1960, começou a usar colares de contas por cima do jaleco de dentista e depois a abandonou, com três filhos pequenos, por sua assistente de vinte e poucos anos. Ela a princípio ficou acabada, naturalmente. Depois se refez, voltou para a faculdade e se tornou psicoterapeuta.

E Paul — ele *teve* a quem culpar, Joe McCarthy e seus capangas miseráveis, por destruir seus sonhos de se tornar professor de História. Ele estava fazendo o doutorado na UCLA quando o estado da Califórnia exigiu que todos os professores universitários, até mesmo professores assistentes como Paul, assinassem um manifesto anticomunista. Embora ele já tivesse saído do partido na época, recusou-se a assinar porque o manifesto era uma afronta. Isso pôs um fim na UCLA. A princípio ele foi ensinar História numa escola particular, mas a política também causou problemas para ele lá. Acabou indo trabalhar no negócio de sucata do pai. Sucata era um negócio honesto, dizia. Não exigia nenhum teste de pureza ideológica. Fiquei furiosa por causa dele: esse foi um dos motivos por eu ter corrido para pegar casos contra McCarthy. Paul, entretanto, não olhou para trás. Ele realmente gostava do negócio, das pessoas simples com quem lidava todo dia. Ele realizou seu desejo de ensinar, também, fundando uma universidade para trabalhadores, onde ensinou duas noites por semana pelo resto da vida. Voltava para casa pilhado, continuando comigo os debates iniciados na turma enquanto tomávamos um drinque antes de dormir; ah, nossas melhores trepadas eram nessas noites.

Dividi as coisas que estavam nas caixas de mamãe em diversas pilhas: lembranças de Audrey para dar aos filhos dela. Coisas de Boyle Heights para doar à Sociedade Histórica Judaica, os livros de poesia de papai para Carol.

Hesitei quanto ao livro do neto de Andrew Boyle. Vou dá-lo para a Sociedade Histórica Judaica, mas será que quero ler o livro antes? Engraçado como eu insisti com Harriet que o pai nunca tinha aparecido. Na história que ouvi quando era tão pequena a tristeza dos filhos foi tão pungente que guardou a veracidade de uma experiência vivida. Eu me pergunto sobre o que mais me enganei tanto.

Ponho o livro na pilha de coisas que vão para a Sociedade Histórica. Ele não vai me revelar a única coisa que eu quero realmente saber: o que aconteceu quando Andrew perguntou: "Por quê?"

Não por que ela partiu, nem por que ela não entrou em contato conosco um ou dois anos depois — essas coisas eu posso entender, o desespero de uma adolescente fujona com medo de que alguém a obrigasse a voltar para casa. O que não consigo entender são os anos e as décadas seguintes, quando ela não teve a compaixão de nos dizer que estava tudo bem; não teve nem a curiosidade de saber o que tinha acontecido conosco.

Tavez tivesse sido melhor se Andrew Boyle jamais tivesse encontrado o pai, porque nenhuma resposta poderia satisfazer aquela pergunta. Nenhum amor poderia sobreviver a ela. Melhor pensar que o pai tinha sido devorado por um urso no Alasca. Teria sido melhor se isso fosse verdade!

CAPÍTULO 5
NOSSO PRIMEIRO DIA DE AULA

Depois que Audrey nasceu, no dia 12 de junho de 1926, papai voltou a ser como era antes de mamãe engravidar. Mamãe também mudou. Mas ela se tornou uma pessoa inteiramente diferente. Forte, decidida, uma flecha cortando o ar em direção a um único alvo — nosso primeiro dia de aula, que ela circulara de tinta preta na página de setembro do calendário, um dia depois do Dia do Trabalho.

— Charlotte, é apenas o jardim de infância — tia Sonya disse. — Eles não aprendem nada, só brincam.

— E onde é que essas brincadeiras acontecem? — mamãe retrucou.

— Na escola fundamental.

— Está vendo! A Escola Fundamental da rua Breed — mamãe disse, como se isso encerrasse o assunto.

— Sim, mas jardim de infância... Acredite, Charlotte, se você tivesse ido à escola, entenderia. — Sonya deu um tapinha na mão de mamãe.

Mamãe se levantou abruptamente.

— Meninas, temos que ir para casa. — Ela nem se deu ao trabalho de limpar nossas mãos, meladas das laranjas que estávamos chupando. E quando nos pusemos a caminho, ela foi andando tão depressa, mesmo carregando Audrey, que nós tivemos que correr para alcançá-la.

O que Sonya quis dizer — *se você tivesse ido à escola?* Todo mundo ia à escola. Nós frequentemente passávamos pelas escolas de ensino fundamental e médio que tia Sonya e tia Pearl tinham frequentado depois que a família de papai se mudou para Boyle Heights; e tio Leo uma vez nos levou de carro para ver a escola em San Fernando Valley onde papai ganhou seu prêmio de oratória. Mamãe tinha sido criada em outro país, a Romênia, mas os romenos não tinham escolas? A raiva dela me deixou com medo de perguntar.

Mas a raiva de mamãe não inibiu Bárbara.

— Mamãe, você não foi à escola? — perguntou.

— Sua mãe sabe ler? — mamãe perguntou enquanto caminhava rapidamente pela rua.

— Sim — respondi depressa. Bárbara, para meu alívio, não mencionou que, quando mamãe pegava o *Los Angeles Times*, que papai trazia de noite para casa, ela frequentemente o largava com um ar de desagrado. Eu nunca a vi abrir um dos livros de papai, e ela passava um longo tempo examinando as cartas escritas em inglês que chegavam da nossa prima Mollie, de Chicago. Mas ela não tinha problemas com cartas em iídiche de outros parentes ou com os cartazes, tanto em iídiche quanto em inglês, nas lojas. E mamãe lia livros ilustrados para nós. Mas só papai lia alto livros com palavras que cobriam todas as páginas, como *Alice no País das Maravilhas* e *Peter Pan*.

— Eu sei fazer contas? — mamãe perguntou.

— Sim — eu disse. Ela sabia fazer contas de cabeça. Corrigia os vendedores se tentassem cobrar mais dela, e eles sempre acabavam abanando as cabeças e dizendo: "Tem razão, sra. Greenstein, a senhora está certíssima."

— Então. — Ela parou tão de repente que eu continuei andando e tive que voltar.

— Vocês sabem que eu fui criada na Romênia? — mamãe disse. — E que lá era um lugar muito ruim para os judeus?

Nós tínhamos ouvido as histórias de mamãe sobre o quanto os romenos odiavam os judeus, embora papai tentasse impedir que ela nos contasse.

— Não encha a cabeça delas com a ideia de que somos menos do que os outros. Nós somos americanos — ele dizia.

— Não somos judeus? — mamãe retrucava. Mesmo assim, costumava contar as histórias quando papai não estava por perto.

Eu sabia que o pai de mamãe, meu outro *zaide*, que eu não conheci, tinha uma taberna, mas então o governo romeno fez uma lei dizendo que os judeus não podiam vender álcool. Eles até mandaram soldados para expulsar a família de mamãe, que morava na taberna. Mamãe fazia a coisa mais estranha do mundo sempre que contava essa história. Quando dizia "soldados", ela cuspia. Não uma cusparada molhada para cair em alguém, mas ela fazia um som — ptui! — tão grosseiro e chocante que, se ela tivesse dito que tinha matado os soldados cuspindo neles, eu teria acreditado.

Mamãe recomeçou a andar, mas agora com seu passo normal.

— Na Romênia, quando eu era menina — ela disse —, fizeram uma lei dizendo que só umas poucas crianças judias podiam ir à escola deles. Nós tentamos criar nossas próprias escolas, mas eles também não nos deixaram fazer isso.

— Como foi que você aprendeu? — perguntei, tomando coragem agora que ela estava calma.

— Ah! Você pensa, como a sua tola tia Sonya, que o cérebro de uma pessoa só funciona dentro de um prédio que diz *escola* na frente? É isso que pensa?

— Não. — Embora eu pensasse isso mesmo.

— Eu aprendi a ler iídiche e romeno em casa e a fazer contas — mamãe disse. — E aprendi a ler em inglês com sua prima Mollie, quando morei com seu tio Meyr em Chicago. Vocês se lembram, eu contei para vocês sobre meu irmão Meyr? O dia mais feliz da minha vida foi quando ele mandou me buscar para morar com ele na América.

— Meyr, o *fusgeier*! — Bárbara eu dissemos ao mesmo tempo. A palavra que soava engraçada em iídiche significa "andarilho", e nós a havíamos aprendido com a história favorita de mamãe, sobre seu amado irmão Meyr.

Quando mamãe era ainda menor do que Bárbara e eu, a situação dos judeus na Romênia ficou tão ruim que muitos quiseram partir para a América. Se eles conseguissem chegar às cidades costeiras de Hamburgo ou Roterdã, judeus ricos pagariam por suas passagens em navios. Mas os portos ficavam muito longe, e a maioria dos judeus romenos era pobre demais para comprar até mesmo as passagens de trem mais baratas. Então alguns jovens espertos encontraram uma forma de transformar sua pobreza em aventura. Eles resolveram se juntar e ir a pé. Chamando a si mesmos de *fusgeiers*, eles se prepararam fazendo longas caminhadas pelo campo.

— Imaginem! — mamãe disse. — Os romenos achavam que todos os judeus eram fracos. Eles não acreditaram quando viram aqueles rapazes e moças judeus passando a pé por suas fazendas. Ou quando souberam que os judeus planejavam atravessar a Europa toda a pé! — Os *fusgeiers*, na verdade, não precisavam ir tão longe; assim que cruzavam a fronteira austro-húngara, organizações judaicas lhes davam passagens para chegar aos portos. Mas eles teriam andado a pé até lá, mamãe afirmou. Alguns grupos confeccionaram uniformes com bonés enfeitados, como escoteiros. E quando eles pegavam a estrada na Romênia, angariavam dinheiro encenando peças teatrais em cidades judaicas. Bandos de andarilhos se formaram numa cidade atrás da outra. Havia até uma "Canção dos *Fusgeiers*", que mamãe cantava quando estava especialmente contente.

Um dos primeiros desses corajosos pioneiros foi Meyr Avramescu, um robusto rapaz de dezenove anos com uma risada sonora e doce. Meyr era amado mais do que qualquer rapaz já foi amado pela irmã mais moça, Zipporah. "Esse era o meu nome, meninas. Quer dizer 'pássaro' em hebraico". A partir do momento em que ele balançou o dedo sobre o berço dela, mamãe foi cativada pelo irmão mais velho. E ele a adorava. Ele, o primogênito de ouro, poderia ter escolhido qualquer um dos oito irmãos como seu preferido, mas foi a pequena Zipporah, a sétima filha, a quem ninguém tinha tempo de dar atenção, que cativou seu coração.

— Assim que eu aprendi a engatinhar, passei a segui-lo por toda parte. E ele costumava me pegar e me jogar para cima. "Meu passarinho voando!", ele dizia. Mamãe ria, e seus olhos brilhavam. Eu ria também, como se estivesse sendo jogada para cima. Eu adorava ouvir a história do *fusgeier*, não só porque era excitante, mas pelo prazer de ver mamãe se transformar numa garota despreocupada, com o coração cheio de amor. Zipporah tinha três anos quando Meyr se juntou a um grupo de *fusgeiers* na aldeia deles, Tecuci. Ela não entendia o que era aquilo, mas gostava da animação quando ele se preparava para sair e das músicas que cantava quando voltava para casa. Ele tocava acordeão, e quando ensaiava para as apresentações do grupo, ela batia palmas e dançava.

Um sábado à noite, no final da primavera, a aldeia toda deu uma grande festa e os *fusgeiers* se apresentaram. Meyr tocou uma canção especial, "para o meu passarinho", e fez sinal para ela se juntar a ele no palco de tábuas de madeira. Ela dançou, e todo mundo aplaudiu.

Na manhã seguinte, Meyr abraçou-a com tanta força que ela mal conseguiu respirar.

— Vou escrever para você, passarinho — ele disse. — Toda semana. E vou mandar buscar você, eu prometo. — Por que ele estava chorando? Ele pegou sua mochila e saiu, como sempre fazia quando os *fusgeiers* iam caminhar. Mas todo mundo estava chorando e agindo de modo estranho. E Meyr não voltou para casa naquela noite.

— Onde está Meyr? — ela perguntou.

— Ele foi embora para a América — disseram a ela.

Isso não significava mais do que saber que o irmão tinha ido para a aldeia ao lado. Mas, depois que dois dias se passaram e ele não voltou, ela parou de comer por uma semana.

Cumprindo sua palavra, Meyr escrevia para ela toda semana; havia sempre um bilhete especial para ela no envelope, junto com uma carta para o restante da família. A princípio, um de seus irmãos mais velhos lia as cartas alto para ela e escrevia suas respostas. Em pouco tempo ela foi capaz de se corresponder com ele sozinha. Agora ela entendia o que ele tinha querido dizer sobre mandar buscá-la, e seu coração se agarrou à América assim como ela havia agarrado o dedo de Meyr sobre seu berço e não tinha querido largar.

— Ele prometeu que ia mandar me buscar quando eu tivesse doze anos – ela nos disse. — E ele disse que eu devia aprender a costurar, que boas costureiras se davam bem na América.

Uma irmã mais velha, Dora, era aprendiz de uma modista e costurava lindamente. Zipporah pediu que ela lhe ensinasse, mas, por mais que Dora explicasse ou segurasse as mãos de Zipporah para guiá-las, sua costura saía torta e feia.

— Ah, Zippi, uma moça que não sabe fazer nada acaba como empregada doméstica — Dora declarava, irritada, espantada com a própria maldade; a vergonha de ser mandada para trabalhar como doméstica na casa de alguém significava um fracasso tanto para a moça quanto para sua família.

Zipporah sacudia a cabeça. Como era a história que o rabino da aldeia contava? Do Rabino Zusya dizendo que quando ele chegasse ao céu não iriam perguntar: "Por que você não foi Moisés?" Não, eles iam perguntar: "Por que você não foi Zusya?" Zipporah Avramescu obviamente não tinha nascido para ser costureira. Deus pretendia que ela fosse... por que não uma atriz? A aldeia toda não aplaudiu quando ela dançou com Meyr? E que talento melhor para uma *fusgeier*, já que novos grupos continuavam se formando a fim de ir para a América? Dora e dois outros irmãos emigraram quando ela estava com oito anos. Eles tentaram convencer o resto da família a ir, já que alguns grupos, menos alegres que o de Meyr, incluíam agora famílias inteiras. Como eles podiam partir, seus pais protestaram, quando haviam acabado de se reerguer com um café depois que o governo tomou-lhes a taberna, e a avó e o irmão de Zipporah, Shlomo, estavam doentes, e... as discussões eram intermináveis. Zipporah implorou, chorou, teve crises de raiva, mas os pais disseram que ela era jovem demais para ir com Dora e os irmãos.

Por fim, o dom de mamãe, aquele que preparou seu caminho para a América, não foi nem a costura nem o teatro, e sim a arte que ela havia exercido pela primeira vez em seu berço, quando Meyr a adorava, e que floresceu no café da família. Foi a sua capacidade de encantar homens mais velhos. Esse dom, assim como sua simpatia quando bebê, ela possuía em toda inocência. Como é que uma criança mirrada, brandindo uma vassoura de galhos de vidoeiro maior do que ela, obtinha as moedas que eram invariavelmente colocadas em seu bolso? E ela também não era uma criança inconveniente, uma menina insolente que se fazia notar falando demais ou fazendo gracinhas. Por que, quando ela não podia nem ser vista — os braços enfiados na bacia de lavar louça na cozinha — Avner Papo, o pintor de paredes, pedia para a meninazinha vir ficar atrás da cadeira dele enquanto ele jogava cartas? E ela é que tinha que ir buscar para ele uma tigela com o ensopado feito pela mãe ou um copo da aguardente feita em casa que eles vendiam ilegalmente — os romenos até fizeram uma lei proibindo os judeus de fazerem isso!

Fora uma piscadela ocasional, Avner Papo mal prestava atenção em Zipporah. Mas dizia que ela lhe dava sorte. E ele tinha mesmo sorte; ganhava sempre. E sempre dava a ela uma parte do que ganhava. É claro que ela precisava entregar o dinheiro para os pais; senão, por que eles a deixariam perder tempo parada atrás da cadeira de Avner quando havia um monte de cenouras e nabos para descascar e pratos para lavar? Mas, quando Avner percebeu o que estava acontecendo, passou a dar um penny extra só para ela. Zipporah guardava todas as moedinhas numa bolsinha que Dora havia feito para ela; eram suas economias para ir para a América, para somar com o dinheiro que Meyr ia mandar para ela quando pudesse.

Meyr morava numa cidade chamada Chicago. Ele se casou com uma moça judia cuja família veio da Polônia, e eles tiveram um filho, depois dois e logo quatro — ele mandava um retrato cada vez que um bebê nascia. Agora que Meyr era um marido e pai ocupado, suas cartas só vinham uma vez por mês ou às vezes de dois em dois meses. Ainda assim, ele mandou dinheiro para ajudar os pais a montar o café e, embora Dora e os irmãos pagassem suas despesas, também os ajudou a se instalar quando chegaram em Chicago.

Zipporah fez doze anos. E ela morreu um pouco quando, mesmo depois de seu amado Meyr mandar o dinheiro para sua passagem de navio, os pais insistiram que ela era jovem demais para viajar sozinha. E eles precisavam dela no café.

— Eu chorei sem parar. Mas continuei a fazer longas caminhadas pelas colinas porque, quando tivesse chance de ser uma *fusgeier*, estaria preparada!

Um dia, alguns meses depois, Avner, o pintor de paredes, entrou na taberna e anunciou:

— Este vai ser meu último jogo de cartas aqui.

— Por quê? Você está doente? Está morrendo? — alguém perguntou. Eu me lembro que foi Reuven, o fabricante de barris. Ele sempre bebia demais e os amigos tinham de carregá-lo para casa.

Avner apenas sorriu.

— O rabino transformou você num homem piedoso? Proibiu as cartas? Proibiu até a aguardente? — o pai de Zipporah sorriu enquanto enchia um copo para Avner.

— Eu vou para a América! — Avner disse.

A vassoura caiu das mãos de Zipporah. Suas pernas ficaram bambas, e ela mal conseguiu se manter em pé.

— O que há com você? — o pai dela perguntou.

Ela pegou a vassoura do chão. Depois ficou varrendo sem parar o chão ao lado da mesa onde Avner falava sobre seus primos americanos que iam ajudá-lo a se estabelecer e sobre as oportunidades em farmácia, que era a verdadeira profissão de Avner. Ele se tornara pintor depois que o governo romeno promulgou uma lei dizendo que judeus não podiam administrar nem possuir farmácias; ele decidira que pintar casas era um trabalho melhor do que ganhar dinheiro para os cristãos que tinham tomado o seu negócio.

Fusgeiers de outra aldeia iam passar por Tecuci dentro de dois dias, Avner disse. Ele tinha um amigo no grupo e planejava juntar-se a eles.

Ao longo de todas as horas parada em silêncio atrás de Avner, trazendo sorte para ele nas cartas, Zipporah passara a conhecer cada verruga e cada sarda do pescoço grosso e forte do pintor. Examinara seus ombros sujos de caspa e os colarinhos de suas camisas, encardidos porque ele não tinha uma esposa para esfregá-los — a esposa de Avner morrera no parto do seu único filho, uma menina que já estava morta quando a parteira a tirou de dentro da mãe. Isso havia acontecido dez anos antes, e desde então ninguém tinha lavado direito as camisas de Avner.

Outra coisa que Zipporah tinha aprendido sobre Avner Papo era que ele era bondoso, não do jeito exibido de algumas pessoas, que fazem um estardalhaço para todo mundo ver suas boas ações. Avner era bondoso de coração. Se Pinchas, que era simplório, estivesse fazendo algum pequeno trabalho no café e alguém debochasse dele, Avner interrompia contando uma piada para não envergonhar nem a Pinchas nem ao homem que havia debochado dele. Uma vez Zipporah estava chorando atrás do café depois de ter apanhado da mãe. Ela levantou a cabeça, e Avner estava lá.

— Ele não falou nada sobre o meu choro. Só se abaixou e tirou um penny da minha orelha!

Avner perguntou ao pai de Zipporah se ela podia ficar atrás da cadeira dele para seu "último jogo de cartas em Tecuci", uma frase que provocou gemidos nos amigos dele... e deixou os nervos de Zipporah à flor da pele. Ela ficou parada pacientemente enquanto os homens jogavam cartas, controlando-se até Avner se levantar da cadeira e se dirigir ao banheiro do lado de fora. Então ela saiu e ficou saltando de um pé para outro ao lado do banheiro, esperando que ele saísse. Todo mundo tinha pagado drinques para ele, e ele saiu cambaleando e não ouviu da primeira vez que ela disse "Rev Avner! Rev Avner!".

— Que...? — Ele passou a mão nos olhos, como que para tirar um cisco. Então a reconheceu e sorriu. Ele se inclinou para a frente, com as mãos nas coxas, para aproximar o rosto do dela. — O que posso fazer por você, minha amiga que dá sorte?

— Me leva para a América!

Zipporah quase não falava com Avner, a não ser para lhe dizer quase sussurrando o tipo de sopa que a mãe havia feito aquele dia ou para agradecer a moeda que ele lhe dera. Agora, toda a sua vontade, o desejo feroz proibido a todas as meninas no *shtetl* — *por que desejar se você jamais poderá ter?* — foi expresso naquelas palavras.

Avner deu um passo para trás como se ela o tivesse empurrado.

— Me leva! — ela repetiu.

— Mas como... seus pais...

Enquanto Avner buscava as palavras, ela continuou:

— Meu irmão está lá, o senhor se lembra, meu irmão Meyr? Ele mandou me buscar para ir morar com ele. Tudo o que senhor precisa fazer é me levar com os *fusgeiers* e no navio.

— Desculpe. Eu não posso. Mas tome aqui para se lembrar de mim... — Ele enfiou a mão no bolso para pegar uma moeda.

— Rev Avner! — Ela agarrou o braço dele para obrigá-lo a olhar de novo para ela e concentrou toda a força da sua alma naquele olhar. — Eu vou lhe trazer sorte.

— Eu vou lhe trazer sorte — foi o que eu disse a ele, mamãe contou para nós tantos anos depois. — Ele coçou a cabeça, como fazia no jogo de cartas quando estava imaginando como jogar uma rodada difícil. Todos os relógios da aldeia pararam, eu tive certeza. E me senti tão zonza que meus pés devem ter saído do chão. E então ele disse... — Ela fez uma pausa.

— Ele disse, "Você tem dinheiro?" — Bárbara e eu respondemos em coro.

— E por um momento eu fiquei tão excitada que nem entendi o que ele estava dizendo. Como se ele já estivesse falando inglês!

Avner Papo não apenas trouxe mamãe para a América. Ele lhe concedeu um talento que ficou escondido... até o verão anterior ao nosso primeiro dia de aula.

Com papai e Zaide trabalhando, mamãe não precisava ter um emprego. Uma sorte, dizia, já que ela não sabia mesmo fazer nada. Antes de se casar com papai, havia trabalhado numa fábrica de roupas, mas, como suas primeiras tentativas demonstraram, nunca foi boa costureira. E "é preciso ser um tipo de homem diferente do seu pai para começar seu próprio negócio em que eu poderia tomar conta dos livros, por exemplo, ou ajudar com os fregueses". Sempre que ela dizia isso, papai estremecia. Ele queria abrir um negócio um dia, e ele, mamãe e Zaide costumavam conversar sobre isso, mas ele nunca achava que tinha dinheiro suficiente — embora Zaide dissesse que não era dinheiro que faltava a papai, mas *chutzpah*, uma palavra que eu ouvia tanto que fiquei surpresa ao descobrir que não era inglês, mas iídiche. Significava "coragem, ousadia".

Graças às horas passadas atrás da cadeira de Avner, entretanto, mamãe tinha uma forma surpreendente de ganhar dinheiro, uma habilidade que ela revelou a serviço da nossa estreia na Escola Fundamental da rua Breed.

Ela era um gênio do baralho. Não importa qual fosse o jogo — bridge, copas, pôquer, gin rummy —, ela parecia ter um poder mágico para enxergar através das costas das cartas e saber o que cada pessoa tinha na mão. E planejava as jogadas como se pudesse visualizar o truque final do jogo antes mesmo de ter posto na mesa a primeira carta. Ela sempre jogara cartas socialmente, ou com papai e outros casais à noite ou com um grupo de senhoras à tarde. Mas havia escondido a sua genialidade, como um espertalhão que joga mal algumas partidas e depois ataca para matar. Só que mamãe havia estabelecido seus padrões durante *anos* jogando direito, mas dentro da normalidade. Isso fez dela uma matadora.

Eu tive a primeira pista da genialidade de mamãe uma tarde na casa de Sonya, no final de junho. Ela, Sonya e duas outras senhoras estavam no seu jogo de cartas das tardes de segunda-feira enquanto as crianças (todas nós, exceto os bebês, que estavam dormindo) brincavam no quintal. De repente, mais alto do que nossos gritos numa brincadeira de Red Rover, soaram os berros de nossas mães. Nós corremos para dentro da casa como os pequenos animais que éramos, tremendo de medo ao ouvir aqueles sinais de nervosismo de adultos. Mas as mulheres estavam rindo. E Sonya, a sra. Litmann e a sra. Zinser estavam todas olhando para mamãe.

— Como foi que você fez isso? — a sra. Litmann quis saber.

— Fiz o quê? — mamãe respondeu, com um sorriso que não mostrava seus dentes.

— Charlotte, você parece o gato que engoliu o canário — disse a sra. Zinser.

Sonya tinha um gato? Por que ela não nos tinha deixado brincar com ele? Eu examinei a sala à procura de um gatinho escondido.

— Acertar a lua uma vez, tudo bem — disse a sra. Litmann. — Mas quatro vezes?

Ah, eu sabia que elas não estavam falando da lua no céu, mas do jogo de copas. Da mesma forma, não havia nenhum gato na casa de Sonya.

— Vocês vão achar que a minha cunhada é uma trapaceira. — Sonya olhou sem graça para a sra. Litmann, uma de suas novas vizinhas cujo marido era dono de uma loja de roupas para homem.

— Não seja boba – disse mamãe. — É apenas o meu dia de sorte.

— Eu que o diga — a sra. Zinser resmungou. Ela tirou a carteira de dentro da bolsa. — Quanto eu lhe devo?

Mamãe ganhou quase dois dólares aquele dia e deu um níquel para Bárbara e um para mim.

Mas mamãe não devia seu sucesso apenas à sorte. Naquele sábado à noite, ela e papai jogaram bridge com diversos outros casais, e na manhã seguinte papai só falava no quanto ela jogara bem.

— Aquele leilão de cinco de paus, eu nunca achei que fôssemos conseguir. E quando Arnie estava com todas aquelas cartas altas de espadas, mas você não parou de ganhar dele. A cara deles! Adivinhem quanto nós ganhamos, meninas?

— Dois dólares? — arrisquei.

— Dois dólares e setenta e cinco centavos. — Ele começou a distribuir moedas de um quarto de dólar para nós, mas mamãe o impediu.

— Um níquel para cada uma basta. Este é o fundo escolar— ela disse.

Depois de mais algumas tardes e noites como aquelas, mamãe começou a carregar uma bolsinha especial, aquela mesma que sua irmã Dora havia feito para ela, dentro da bolsa, só para seus prêmios. Ela conseguiu até que Zaide a convidasse para jogar com seus parceiros de pôquer, o que papai não achou muito bom. De fato, depois que a "sorte" de mamãe se tornou uma característica, papai não achou isso bom.

— Esses jogos são eventos sociais. Se você continuar a ganhar o dinheiro de todo mundo, ninguém mais vai nos convidar para jogar — ele disse.

Mamãe riu.

— Eles querem ver se conseguem me derrotar.

— Você precisa de dinheiro para comprar roupas bonitas para as meninas? — papai insistiu. — Uns poucos vestidos para meninas de cinco anos, quanto isso pode custar?

— Mais do que Julius Fine paga de salário para você!

Papai levantou o jornal e fingiu que estava lendo, para não voltar àquela discussão habitual.

A habilidade de mamãe melhorou seu status social. A sra. Litmann jogava copas com Sonya nas tardes de segunda-feira e bridge com um grupo diferente nas quintas. Uma das senhoras do grupo de quinta-feira se mudou, e a sra. Litmann convidou mamãe para entrar no grupo, que incluía até uma esposa de médico que ia de Hollywood para Boyle Heights dirigindo seu carro amarelo. Assim que Sonya soube que mamãe havia sido convidada para o grupo das quintas-feiras, ela ficou tão aborrecida que colocou Stan no carrinho e foi andando até a nossa casa no calor do meio-dia, em pleno mês de junho.

— Você tem que arranjar um telefone, Charlotte! — Sonya abanou o rosto vermelho e engoliu a limonada gelada que mamãe havia servido para ela.

— O que foi, Sonya?

— Você devia poder comprar um telefone, com todo o dinheiro que está tirando das *minhas* amigas nas cartas.

— Para que eu preciso de um telefone? — Para ligar para o Canter's e pedir que entreguem carne sem gordura?

— Charlotte, eu acabei de me mudar para uma casa nova. Estou apenas começando a conhecer meus vizinhos. Estou pedindo a você. Pare de jogar cartas.

— Eu vou parar — mamãe disse. — Assim que conseguir comprar o que precisamos para a escola.

— Eu amo suas garotinhas como se fossem minhas. Por que você não me deixa comprar umas roupas para elas irem à escola?

Mamãe se levantou.

— Desculpe despachar você, Sonya. Tenho muita faxina para fazer hoje à tarde.

— Umas poucas saias e blusas — Sonya disse, igualzinho a papai. — Quanto isso pode custar?

Na realidade, as roupas de escola minhas e de Bárbara não foram caras, nem os acessórios que mamãe comprou para nós — fitas de cabelo e meias soquetes, além de suéteres e casacos para o frio. Quanto custava parecer bem-vestida quando nossos sapatos novos de fivela, comprados com desconto na Sapataria Fine & Son, já nos colocavam acima de alguns de nossos colegas, que teriam que ir descalços para a escola?

Mas o plano de mamãe era "nos" vestir muito bem para o primeiro dia de aula. Não apenas Bárbara e eu, mas a própria mamãe.

No início de agosto, quando os lucros de mamãe já somavam vinte e sete dólares, e ainda com mais jogos de cartas pela frente, ela comprou um corte de seda cor de ameixa e levou para a sra. Kalman, a costureira recomendada pelas vizinhas de Sonya. (Um ano depois ela teria procurado a tia Pearl, mas Pearl ainda estava casada naquela época e era uma dona de casa; ela não tinha começado a trabalhar como modista.) Mamãe examinou revistas de modas com a sra. Kalman, uma mulher magra cuja boca estava sempre enrugada de tanto segurar alfinetes entre os lábios; ela pareceria murcha se não fosse pelo delicioso perfume floral que usava. Bárbara e eu ainda podíamos sentir o perfume da sra. Kalman no cabelo uma da outra horas depois de termos saído da casa dela; e ele perfumava a roupa de mamãe quando ela a trouxe para casa. Por ser um traje para ir à escola, mamãe mandara fazer um "conjunto elegante." A sra. Kalman o chamou assim, e mamãe repetiu as palavras dela com orgulho durante as semanas passadas tirando medidas, experimentando, costurando uma blusa de seda branca e comprando acessórios — sapatos de salto alto de pelica com o novo salto agulha da Fine's, uma carteira de pelica, meias de seda e luvas de seda cor de canela. Naturalmente, o conjunto iria incluir também um chapéu. Tia Pearl ia ajudar mamãe a escolher um, e sempre que conversavam sobre isso, elas cochichavam e riam como Bárbara e eu.

Mamãe pegou o conjunto na casa da sra. Kalman uma semana antes do grande dia. Naquela noite ela desfilou com ele para nós. Mamãe era bonita, mas quase todas as suas roupas eram feitas de tecidos ordinários que deixavam seu corpo um tanto roliço, parecendo meio troncudo. O conjunto novo tinha uma jaqueta que se ajustava nos quadris — "como era a última moda em Nova York e Paris" conforme a sra. Kalman vivia repetindo. Uma saia audaciosa, que ia até logo abaixo dos joelhos, deixava à mostra suas pernas bem-feitas, que os saltos altos deixavam longas e elegantes. Tio Gabe, convidado junto com Pearl para o evento, deu um assobio de admiração quando mamãe entrou na sala usando sua roupa nova.

— Isso quer dizer que você vai finalmente parar de limpar nossos amigos nas cartas? – papai resmungou, mas não conseguia tirar os olhos de mamãe.

E ela não tinha terminado de nos surpreender. No dia seguinte, Pearl veio depois do almoço para tomar conta de Bárbara, de Audrey e de mim. Ela e mamãe cochicharam uma com a outra, e mamãe disse:

— Pearl, você tem certeza?

— Positivo — Pearl respondeu. Finalmente, Pearl disse: — Charlotte, vai de uma vez! — E quase empurrou mamãe porta afora.

Eu estava na varanda quando ela voltou, andando depressa e enxugando os olhos com o lenço.

— Mamãe! — gritei, mas ela subiu os degraus correndo e entrou em casa soluçando. Corri atrás dela, mas estava assustada demais para perguntar o que havia acontecido.

Pearl também correu para mamãe e a abraçou.

— Não se preocupe, Charlotte. Todo mundo se sente assim logo depois. Eu também me senti. Mas já sei que está lindo.

Pearl tirou o chapéu de palha de aba larga que mamãe havia puxado para baixo a fim de cobrir toda a cabeça.

Ela cortara seu lindo cabelo. Aquele manto pesado, escuro, ondulado que ela às vezes me deixava escovar fora tosado num corte de melindrosa. O cabelo de Pearl era assim, mas Pearl era diferente — ela e Gabe dançavam o Charleston e ela fumava cigarros. E seu cabelo era grudado na cabeça, só ficando mais anelado quando ela o prendia com grampos. O cabelo de mamãe, cortado curto, era grosso e elástico, como se a energia que costumava ondular a ponta de cada fio de cabelo não soubesse mais para onde ir, e agora mechas de cabelo estavam espetadas para fora de sua cabeça.

Eu não consegui evitar um grito de horror.

Pearl me lançou um olhar zangado e afofou o cabelo de mamãe com os dedos.

— Está perfeito! Eu sabia que você tinha o tipo certo de cabelo, Char. Muito melhor do que o meu. Você tem esse lindo ondulado natural. Sua mãe não está linda, Elaine?

Bárbara — onde estava ela? — poderia ter fechado o buraco que se abriu no mundo, através do qual eu vi as rachaduras na minha mãe e soube que precisava consertá-las. Mas e quanto à ferida que ameaçava abrir dentro de mim, a sensação de trair minha natureza caso eu dissesse o que elas queriam ouvir?

— Sim, linda — tentei falar com entusiasmo, e, embora eu tivesse hesitado, Pearl sorriu e mamãe disse:

— Eu agora sou uma dama moderna, não sou?

— Igual a uma estrela de cinema — eu disse.

— Está vendo? — Pearl disse. — Vamos ver como fica com isto. — De dentro de uma sacola grande que trouxera com ela, Pearl tirou uma caixa de chapéu.

— Ó, Pearl! — Mamãe bateu palmas. Pearl havia comprado para mamãe um chapéu de melindrosa marrom-escuro, seu feitio de sino o fez ajustar-se à cabeça dela, deixando de fora apenas as pontas do cabelo tocando seu rosto.

Então Bárbara entrou; ela devia estar no jardim.

— Deixa eu passar a mão — ela disse, e enfiou os dedos no cabelo curto de mamãe. Não me ocorrera que aquele capacete crespo pudesse ter a textura de cabelo.

Mamãe pareceu contente até Pearl dizer que tinha que ir para casa fazer o jantar.

— Você não pode ficar mais um pouco? — ela perguntou.

— Não se preocupe, Bill vai amar seu cabelo — Pearl disse. Mas Pearl sabia, assim como eu, como mamãe e papai haviam se conhecido, que ela frequentava as aulas de inglês que ele dava à noite, e que ele notou o fervor dramático com que ela recitava poemas... e seu cabelo abundante, quase preto.

Eu soube mais tarde que Pearl foi direto da nossa casa para a Fine's e avisou a papai que era melhor ele elogiar mamãe ou então Pearl o faria se arrepender pelo resto da vida.

Nós não precisávamos nos preocupar com papai. Por mais atraente que ele tivesse achado o cabelo comprido de mamãe, sua paixão era pela modernidade.

— Chega de velho continente — ele dizia.

Foi Zaide quem murmurou:

— Seu cabelo tão lindo. — Mas Zaide, que era, afinal de contas, um homem mais velho, que achava mamãe muito atraente, gostava de tudo o que ela fazia. De fato, ele queria que ela continuasse a ir aos seus jogos de cartas, mas ela prometera a papai que ia parar quando conseguisse dinheiro suficiente para os trajes de escola, e declarou que essa fase havia terminado.

Tendo cruzado o campo minado do cabelo curto, mamãe nos lançou numa euforia de antecipação. Ela nos instruía constantemente sobre como devíamos nos comportar na escola: Sempre respeitar os professores. Nunca bater ou empurrar outras crianças. Nunca, nunca brigar uma com a outra como fazíamos em casa. Ela ajeitava o cabelo e experimentava o batom novo, e pelo menos uma vez por dia ia até o armário e passava as mãos pela seda cor de ameixa do seu elegante conjunto.

No sábado do fim de semana do Dia do Trabalho, três dias antes do início da nossa nova vida de estudantes, uma ventania terrível vinda do deserto invadiu Los Angeles. O sol torrava tudo o que tocava, e não havia como escapar dele em ruas cujas únicas árvores eram palmeiras magrinhas. Cinco minutos do lado de fora e minha cabeça parecia um melão quente prestes a explodir. Nossa casa de madeira rangia com a secura, a pintura branca descascava. Papai voltou para casa do trabalho mancando naquele dia, depois de experimentar sapatos numa interminável fila de crianças cujos pais estavam fazendo compras de última hora para o início das aulas, e se deitou no chão como sempre fazia quando suas costas doíam — mas estava só de cuecas! Audrey chorou tanto que até o paciente Zaide disse:

— Você não pode dar um golinho de uísque para ela, Charlotte, para acalmá-la? — Mamãe deu mesmo, porque estava com uma dor de cabeça terrível; de vez em quando, ela gemia de dor.

A noite, que tinha sido invisível — você fechava os olhos no escuro e quando tornava a abri-los já era de manhã — , se tornou um tormento de minutos e segundos, uma infelicidade de lençóis molhados de suor, cheiro de fumaça dos incêndios que estavam queimando na floresta a leste da cidade, e uma sensação desagradável e pegajosa sempre que Bárbara e eu mudávamos de posição e uma parte de nossos corpos se tocava na cama.

Durante o dia, nosso mau humor virou uma guerra. Tudo que uma de nós fazia irritava a outra e provocava gritos de raiva, embora mamãe nos implorasse para ficarmos quietas por causa de sua dor de cabeça. Se pedissem a uma de nós para ajudar em alguma coisa, nós choramingávamos e dizíamos que estava na vez da outra. No Dia do Trabalho, nossa família se refugiou em Hollenbeck Park com suas árvores e lago. Mas Bárbara e eu começamos a brincar de fazer cócegas, e isso logo explodiu em gritos e tapas, e papai nos levou de volta para a casa quente e abafada. Exausta, mamãe não disse uma palavra sobre como devíamos nos comportar na escola quando nos deu banho naquela noite. Ela só abriu a boca para nos mandar levantar o braço ou nos virar para poder alcançar outra parte dos nossos corpos encalorados.

Entretanto, nada disso, nem mesmo outra noite maldormida, teve importância de manhã. Finalmente, o círculo gigantesco no calendário marcava o dia quando acordamos antes das seis, a importância do primeiro dia de aula fazendo nossos corações disparar. Mamãe enfiou a cabeça para dentro do nosso quarto e disse:

— Vocês já estão acordadas também, não estão? — Ela nos ajudou a vestir nossas melhores roupas de escola, vestidos de algodão de cintura baixa, o de Bárbara vermelho e o meu azul. Enquanto escovava nosso cabelo, ela cantarolava a canção do *fusgeier*. Depois ela foi se preparar, enquanto papai preparava nosso café e Zaide cuidava de Audrey.

Nós estávamos prontas para ir — Bárbara e eu vestidas e alimentadas, mamãe linda no seu conjunto e chapéu novos com os cachos saindo de cada lado do chapéu — quase uma hora antes do tempo.

— Bem! — mamãe disse. — A professora vai reparar nas crianças que chegam cedo, ansiosas para aprender. — Ela pegou as luvas.

— Está muito cedo, Charlotte. — O tom de voz tenso de papai mostrou que ele estava com medo de que ela fosse nos fazer parecer ridículas. — Vocês vão ficar em pé no pátio no calor. Por que eu não leio um pouco para as meninas antes?

— Está bem. — Alisando a roupa com cuidado, mamãe sentou-se no sofá e estendeu automaticamente a mão para a cesta de costura que estava ao lado dele. Mas ela não tirou a costura de dentro da cesta; ficou apenas sentada, alisando o tecido da jaqueta.

Até papai foi contaminado pela nossa excitação. Enquanto lia *O jardim secreto*, ele de vez em quando pulava uma palavra ou lia duas vezes a mesma frase. Às vezes, olhava para mamãe e dizia:

— Você não quer tirar o casaco por enquanto? Ou o chapéu?

— Eu estou bem — garantia mamãe, embora seu rosto estivesse vermelho e suado.

Até que, finalmente, nos pusemos a caminho da Escola Fundamental da rua Breed, a dois quarteirões da nossa casa. Mamãe fez Bárbara e eu andarmos uma de cada lado dela, de mãos dadas com ela. Sua mão tremia um pouco na minha. Eu sentia o mesmo tremor dentro de mim. Eu estava alerta e feliz e assustada ao mesmo tempo. E notei um perfume forte, floral — o perfume da sra. Kalman, impregnado na roupa de mamãe e intensificado pelo calor de seu corpo debaixo do sol, que já era brutal às oito e meia da manhã.

Mesmo tendo retardado nossa saída de casa, nós estávamos entre as primeiras pessoas a chegar à escola. Um menino mais velho, de uns dez anos e com um ar muito importante, estava parado na entrada do pátio e perguntou a mamãe em que turma nós estávamos.

— Todas as duas no jardim de infância? — ele quis saber. — Tem certeza?

— Elas são gêmeas — disse mamãe.

Ele nos examinou.

— Não são, não.

— Gêmeas fraternas, não idênticas — mamãe disse, sua voz pedindo permissão no nosso primeiro encontro com a autoridade escolar, mesmo na pessoa de uma criança de dez anos.

— Hmm, nunca ouvi falar nisso — o menino disse, mas apontou na direção da mesa do jardim de infância, uma das seis mesas arrumadas do lado de fora.

Mamãe olhou para as outras mães que estavam no pátio. Umas poucas tinham se arrumado, mas nenhuma estava tão elegante quanto ela, e muitas das mulheres usavam os mesmos vestidos com que provavelmente iriam limpar a casa quando voltassem.

— Velho continente — mamãe resmungou, ganhando coragem.

Uma loura bonita que parecia ser pouco mais que uma adolescente estava atrás da mesa do jardim de infância. Nossa professora? Eu esperava que sim!

— Que belo conjunto — a moça disse quando viu mamãe.

Mamãe ficou radiante e nos apresentou.

— Bárbara Inez Greenstein e Elaine Rose Greenstein.

A loura se inclinou um pouco para a frente e falou diretamente com Bárbara com uma voz que soou como sinos.

— Bárbara, a sua professora é a srta. Madenwald, na sala onze. Eu sou a srta. Powell, estou estudando para ser professora e trabalho com a srta. Madenwald. Nós vamos nos divertir muito. — Em seguida ela falou comigo. — Elaine, você está na turma da srta. Carr. É a sala doze.

O sorriso da srta. Powell se dirigiu para quem estava atrás de nós, mas mamãe não se mexeu.

— As duas estão no jardim de infância — ela disse.

— Sim, eu sei — a srta. Powell disse. — Algumas das crianças mais velhas estão lá dentro, sra. Greenstein. Elas vão ajudar vocês a achar as salas.

— Elas são gêmeas, têm a mesma idade, cinco anos — mamãe contou. — Ambas estão no jardim de infância.

— Ah, sim. — A srta. Powell sorriu, entendendo. Ela explicou devagar, como se mamãe é que estivesse no jardim de infância. — Nós temos duas turmas de jardim de infância. Uma das professoras é a srta. Madenwald, a outra é a srta. Carr.

— Por que colocar irmãs em turmas diferentes? — Mamãe endureceu o rosto do jeito que fazia quando duvidava de uma conta no mercado. Mas seu sotaque ficou mais pronunciado, e seu rosto estava coberto de suor.

— Nós sempre colocamos gêmeos em turmas diferentes. Isso os ajuda a fazer amizade com outras crianças. — Eu notei que a srta. Powell também estava suando. Acompanhei seu olhar nervoso pela fila de crianças e pais que tinha se formado atrás de nós. E avistei Danny, o *meu* garoto da festa da tia Sonya! Mas eu só dei uma olhada nele, porque a discussão entre mamãe e a srta. Powell exigia toda a minha atenção.

— Eu conheço minhas filhas. Elas devem ficar juntas — mamãe disse.

— Mamãe, eu vou ficar bem — Bárbara chilreou, sorrindo para, e aliando-se com, a srta. Powell. Por que não? Era a dela a professora com o nome musical, srta. Madenwald, bem como a bonita srta. Powell. Quem sabia como seria a minha professora, com nome de carro?

Mais do que isso, toda a minha vida até então havia sido vivida como "nós" e "vocês, meninas". Em todo retrato mental que eu havia criado da escola e da turma, Bárbara e eu estávamos juntas. Não que eu tivesse medo de entrar numa classe sem Bárbara do meu lado; eu simplesmente não conseguia conceber isso. Minha geografia pessoal precisava mudar para permitir que o jardim de infância significasse que Bárbara e eu estivéssemos na Escola Fundamental de Breed Stret mas em salas diferentes, com professoras e colegas diferentes. Como se eu precisasse remodelar o mundo que conhecia nos poucos minutos entre o pátio e a sala de aula.

— Você pode lembrar, Bárbara, que está na sala onze? — A srta. Powell dirigiu-se a Bárbara, ignorando a imigrante teimosa que estava arruinando sua primeira hora como estagiária. — E que a sua irmã está na sala doze?

— Sim, srta. Powell. Onze e doze. Vamos, mamãe.

Mamãe permitiu que Bárbara a levasse para dentro, mas não porque tivesse concordado com a pedagogia americana relativa a gêmeos.

— Por que não mandar vocês colocarem as pernas numa sala e os braços em outra? — ela disse, furiosa. — E como eu vou poder me reunir com a professora das minhas filhas se elas são duas pessoas diferentes?

— Esta aqui é a minha sala, mamãe — Bárbara disse, apontando para um cartaz que tinha um *11* bem grande feito com lápis de cor vermelho, com desenhos de flores e animais, em frente à porta. Papai nos ensinara os números até 20.

— Não, não é — mamãe disse, e nos empurrou para o outro lado do corredor, na direção de um cartaz igualmente decorado com um *12* verde. — Aqui, vocês vão ficar nesta turma.

— Nós duas não podemos ficar na turma da srta. Madenwald? — perguntei.

— Com aquela srta. Powell que não sabe nada? — Mamãe nos fez entrar na sala 12.

— Olá, crianças. — A srta. Carr tinha um rosto redondo e simpático. Mas eu já estava apaixonada pela srta. Powell e pela srta. Madenwald.

— Elaine Rose Greenstein, senhora — murmurei quando ela perguntou meu nome.

— Muito prazer em conhecê-la, Elaine — a srta. Carr disse, depois virou-se para Bárbara.

— Bárbara Inez Greenstein, senhora.

— Você veio trazer sua irmã até a sala dela, que gentileza — ela disse para Bárbara.

— Srta. Carr, eu sou a sra. Greenstein. — Mamãe estendeu a mão com sua bela luva de seda, só que molhada de suor. Quando a srta. Carr apertou a mão dela, mamãe anunciou: — Eu quero que minhas duas filhas fiquem na sua turma.

A srta. Carr, claramente mais experiente do que a srta. Powell em lidar com pais, não discutiu com mamãe. Ela simplesmente nos encaminhou para o gabinete para falar com o diretor, o sr. Berryhill.

O sr. Berryhill ia demorar alguns minutos, avisou a moça que falou com mamãe de trás de um balcão alto, no escritório grande e movimentado. Ela nos disse para esperar sentadas em cadeiras de madeira enfileiradas com precisão militar ao longo de uma parede. Nenhuma de nós — nem mamãe nem Bárbara nem eu — jamais tinha ouvido a expressão "mandadas para o gabinete do diretor," mas depois de alguns minutos naquelas cadeiras, recebendo olhares de pena ou de superioridade de pessoas que entravam por um motivo ou outro, estávamos nos contorcendo.

— Mamãe, eu não me importo de não ficar com Elaine — Bárbara disse. — Eu só quero ir para a minha sala.

— Eu também — menti.

— Nós vamos falar com esse sr. Berryhill. — Mamãe estava se abanando com sua carteira. O rosto dela não estava mais vermelho e, sim, pálido. Cedendo um pouco ao calor, ela tirou o chapéu, mas então tirou da carteira seu elegante estojo novo de maquiagem e se olhou no espelho. — Meu cabelo — ela murmurou. Seu cabelo molhado de suor estava colado à cabeça. Ela tornou a pôr o chapéu.

Uma sineta tocou. Nós três ficamos tensas e abaixamos a cabeça, envergonhadas. Nosso primeiro dia de aula tinha começado, e estávamos atrasadas.

Passados alguns minutos, um homem desengonçado, de cabelo grisalho, saiu de trás do balcão.

— Sra. Greenstein? — Ele estendeu a mão direita. — Encantado em conhecê-la. Encantado!

O sr. Berryhill tinha uma voz rouca de fumante e os olhos mais azuis que eu já tinha visto. Ele nos levou ao seu gabinete — e transformou nossa marcha aparentemente inexorável em direção a maiores humilhações numa experiência maravilhosa que mamãe iria relatar durante anos.

— Ele era igual ao rabino da minha cidade — mamãe contou mais tarde à tia Pearl. — Dava para ver que sabia coisas que nunca tinham passado pela sua cabeça. E os livros no gabinete dele! Igual ao gabinete do rabino, livros por toda parte.

O diretor nem pronunciou a palavra *gêmeas*, a princípio. Ele falou com mamãe sobre a importância de os pais se envolverem com a educação dos filhos e balançou com aprovação a cabeça para ela com seu conjunto elegante como que para dizer que sabia que uma pessoa que se preocupara tanto em se arrumar para o primeiro dia de aula das filhas devia ser uma mãe exemplar. Quando ele explicou que a política da escola era separar gêmeos, mamãe já estava dizendo como aquela ideia era boa e que ela havia pensado nessa possibilidade o tempo todo, mas achava que nós íamos ficar assustadas.

— A senhora vai ficar surpresa — ele disse. — Estou certo em dizer que uma das suas filhas é mais calada do que a outra e se coloca mais em segundo plano?

— Sim, a minha Elaine.

Eu olhei para o chão, com vergonha de não ser mais extrovertida, mas senti o sr. Berryhill olhando para mim, e quando levantei a cabeça, seus olhos azuis brilharam.

— Espere só para ver — ele disse. — Elaine vai desabrochar.

Eu me senti desabrochando naquele exato momento e mais ainda quando mamãe me levou para a minha sala com um bilhete que o sr. Berryhill escrevera para justificar o meu atraso. — Você conheceu o sr. Berryhill! — minha professora disse.

Eu desabrochei a manhã inteira, em silêncio, como os primeiros brotos surgindo no nosso jardim. Minha felicidade transbordou quando a aula terminou ao meio-dia e eu vi Danny — descalço, o cabelo preto despenteado, exatamente como quando nos conhecemos no meu esconderijo no meio das tábuas de madeira.

— Danny! — exclamei, com uma coragem recém-adquirida, e corri na direção dele.

Ele olhou para mim, mas então outra pessoa o chamou e ele correu em outra direção. Eu o segui — até onde estava Bárbara.

— Este é Danny Berlov. Ele está na minha turma — minha irmã disse possessivamente.

Mas Bárbara não precisava reivindicá-lo para si. Danny já tinha escolhido. Ele era dela.

CAPÍTULO 6
DANNY, O PRÍNCIPE

Danny Berlov era pobre e não tinha mãe, todo mundo sabia disso. O pai de Danny ensinava iídiche no Yiddische Folkschule na rua Soto e era tutor de hebraico de meninos religiosos, e que tipo de profissão era essa? Ele e Danny moravam em dois aposentos alugados, onde havia uma pia mas não havia banheira; nas sextas-feiras à tarde, eles iam ao Monte Carlo Baths para tomar banho.

Mas a família de Danny não tinha sido sempre pobre. O avô dele era o homem mais rico de...

Quando ele dizia isso, seu sotaque, que já tinha quase desaparecido agora que estávamos na primeira série, ficava forte de repente.

— Onde? — perguntei.

— Vilna. Fica na Lituânia.

— Ah. — Eu nunca tinha ouvido falar na Lituânia, mas sabia que era um desses lugares de onde os pais ou os avós das pessoas tinham vindo, como a Romênia. Eu também sabia que se duvidasse de Danny ele poderia se fechar.

E eu estava encantada por ter Danny só para mim. Ele costumava vir brincar com Bárbara e comigo, mas nesta tarde chuvosa de fevereiro Bárbara estava de cama com gripe. E o que foi ainda melhor: como a chuva não permitia que Danny e eu brincássemos lá fora, mamãe me deixou usar o rádio Zenith. Comprado um mês antes com o bônus de Ano-Novo de 1928 de papai e com algum dinheiro de Zaide, o Zenith em seu bonito console de madeira era uma adição mágica para nossa casa. Eu fui toda exibida ligar o rádio e sintonizei numa estação na qual estava tocando uma bela música no piano.

Foi então que Danny mencionou o avô rico.

— Josef Berlov, era o nome dele.

— O que ele fazia?

— Era negociante de peles. Ele tinha a maior casa de Vilna. Com um rádio Zenith em cada cômodo.

Isso foi tudo o que Danny disse da primeira vez. Aos poucos, entretanto, a história ganhou detalhes e brilho e se tornou não só a história da antiga riqueza da família Berlov, mas a trágica explicação para a ausência da mãe de Danny.

Eu fiquei sabendo que, como negociante de peles, Josef Berlov viajava pelo interior do país comprando as peles de marta, zibelina e coelho das pessoas que os pegavam e as vendia para peleteiros na cidade, que as transformavam em casacos. Embora os caçadores fossem cristãos, gostavam de Josef e o respeitavam porque ele conseguia vencer qualquer homem numa queda de braço e era sempre justo quando fazia negócio com eles. Eles também amavam o cavalo dele, um garanhão marrom chamado Estrela. O pai de Danny, Gershon, às vezes ia com o pai se não tivesse que ir à escola. Ele tinha seu próprio cavalo, um pintado chamado Travesso porque era difícil de montar, só que Gershon sempre conseguia acalmá-lo.

Os caçadores gostavam tanto de Josef que guardavam suas melhores peles para ele. Foi isso que o deixou rico. Ele fornecia peles melhores do que qualquer outro negociante, e os peleiros pagavam o que ele pedisse pelas peles. De fato, faziam alguns casacos por ano usando apenas peles que tinham comprado dele, em vez de misturá-las com peles de qualidade inferior. Esses casacos 100% Berlov eram muito especiais e muito caros. Se alguém morresse e não deixasse por escrito quem ficaria com seu casaco Berlov, a família passava anos disputando-o.

Um dia, um mensageiro do rei de Vilna chegou à casa de Josef. O rei queria mandar fazer um casaco de zibelina, e ele insistiu em escolher pessoalmente cada pele. Josef e Gershon, agora um rapaz, levaram quatro fardos grandes de pele de zibelina para o palácio. O palácio era grandioso, com maçanetas de ouro, e a sala para onde eles foram levados a fim de se encontrar com o rei era maior do que casas inteiras.

Josef, que tinha o dom de se sentir à vontade em qualquer lugar, das cabanas simples dos caçadores aos palácios, sorriu e disse alô para o rei.

Gershon também não estava nervoso. Mas então uma moça entrou correndo na sala enorme, rindo — a moça mais linda que ele já tinha visto. Impressionado com a beleza dela, Gershon deixou cair seus fardos. Peles de zibelina se espalharam pelo chão. Ele teve que ficar de joelhos para juntá-las, o rosto vermelho de vergonha enquanto a moça ria mais ainda. Mas não era uma risada malvada: ela era apenas uma moça alegre. E também era boa e ajuizada. Ela se ajoelhou no chão ao lado dele e o ajudou a catar as peles.

— Linda — ela disse, segurando uma pele lustrosa de zibelina contra o rosto. Então os olhos dela encontraram os de Gershon.

A moça era a filha do rei, princesa Verena; o casaco de zibelina ia ser feito para ela. A filha de um rei e um rapaz judeu? Mesmo sendo o filho do homem mais rico de Vilna, isso era impossível. Mas, impossível ou não, eles se apaixonaram. Quando Gershon foi entregar o casaco de Verena, ela pulou em Travesso junto com ele, e fugiram para a floresta. Os caçadores, que amavam Gershon e conheciam a bondade da princesa, protegeram o segredo deles. Eles viviam num pequeno chalé, e durante um ano foram muito felizes. Foi então que Danny nasceu. Mas naquele inverno Verena ficou doente. O frio era terrível, e Gershon a envolveu em seu casaco de zibelina. Mesmo assim, ela não conseguia parar de tremer. Ele acrescentou o casaco dele e seu corpo, mas Verena ficou gelada em seus braços.

Gershon se mudou para a América porque era um país que não tinha reis nem rainhas, e, portanto, não havia perigo de encontrar uma princesa que o fizesse se lembrar do seu amor perdido. Resolveu morar em Los Angeles para não perder o filho dele e de Verena para o frio. E não suportava mais o toque de pele ou de qualquer tecido pesado. Por isso é que só usava camisas simples de algodão e calças surradas agora, em vez das roupas finas que poderia comprar.

Quando eu estava com nove ou dez anos, já tinha ouvido a história de Danny inúmeras vezes. E tinha notado que nem sempre ela era igual. Às vezes a princesa Verena fugia do palácio em seu próprio cavalo. Às vezes o rei jogava o pai de Gershon na prisão e a família perdia todo o dinheiro. Algumas vezes, um dos caçadores, um homem mau de quem ninguém gostava, os traía, e eles tinham que fugir dos soldados do rei, e era então que a mãe de Danny morria de frio.

Não escapara à minha atenção que a história parecia um conto de fadas, tampouco que os cavalos lituanos tinham nomes saídos de filmes de caubói. E eu ouvi mamãe cochichar em iídiche para Pearl:

— Sabe, a mulher dele simplesmente foi embora.

Eu também tinha conhecido o herói da história, Gershon Berlov. Mamãe passou a convidá-lo com Danny para nossos jantares de sexta-feira e para nossos passeios à praia, primeiro por compaixão do colega de Bárbara e meu que não tinha mãe e, depois, por amizade pelo professor de iídiche, com quem ela e Zaide podiam conversar na *mamaloschen*, a língua materna. "Pobre sr. Berlov," mamãe se referia a ele com um suspiro, não só porque estava criando Danny sozinho. No meio dos comerciantes e produtores em ascensão em Boyle Heights, o sr. Berlov era um judeu de aldeia, arrastando os pés pela rua, com os ombros curvados e o terno surrado de tanto uso. Se ao menos eu pudesse dizer que ele compensava sua falta de traquejo social mostrando ser um professor nato, uma dessas pessoas que brilhava ao entrar numa sala como um holofote anunciando a première de um filme... Mas suas aulas no Yiddische Folkschule — a que eu insistia em assistir, apesar das objeções de papai a que eu estudasse a língua da superstição e da pobreza quando tínhamos o privilégio de falar a língua de Shakespeare — ficavam entre o tédio e o caos que surgia quando o mau comportamento de uma criança infectava outras, e nós ficávamos todos fora de controle.

Danny, no entanto, brilhava como um farol, como o filho do rei escondido na cabana de um rude lenhador, vestido em farrapos, que cresce incapaz de disfarçar sua nobreza inata. Mesmo quando via buracos em sua história, eu não o desafiava, porque reconhecia que Danny Berlov era um príncipe deposto.

E eu vivia num mundo de histórias sobre o velho mundo, um lugar mítico que dava origem a narrativas cujos detalhes podiam falhar e mudar, mas que sempre tinham um fundo de verdade. Olhem para Zaide e Agneta! Zaide tinha realmente feito aqueles bichos de lata. Eu enxergava, sob a superfície da fantasia nas histórias de Danny, sua autenticidade emocional — como Bárbara, com sua rapidez para julgar, não poderia ter feito. Essa era outra razão para eu não questionar Danny: porque ele só contava sua história para mim. Esse era o nosso segredo, uma continuação do elo que tínhamos estabelecido no dia em que nos conhecemos, no meio das pilhas de madeira na rua de Sonya. A madeira dura já se tornara fazia muito tempo a casa dos Eppermans, mas agora Danny e eu conversávamos num canto do pátio da escola ou na minha casa, quando não havia ninguém por perto. Ou fazíamos longas caminhadas no Ocean Park, que nos fins de semana de verão se tornava "Boyle Heights à beira-mar".

Nossos passeios deixavam Bárbara uma fera.

— Onde vocês estavam? Eu procurei por toda parte — ela nos acusava quando nós reaparecíamos depois de um passeio até o acampamento familiar de cadeiras e barracas de praia.

Danny ria.

— Estávamos usando capas de invisibilidade.

— Vocês desapareceram por uma hora. Precisam dizer a alguém quando forem desaparecer por uma hora na praia. — Ela olhou na direção das barracas, querendo apoio dos adultos.

Nós tínhamos um contingente diferente de adultos de cada vez, dependendo se papai tinha folga no trabalho e se tia Pearl ou Zaide — embora nunca, depois do divórcio de Pearl, os dois juntos — se juntavam a nós. Os dois que estavam sempre lá eram mamãe e o sr. Berlov, que, surpreendentemente, se tornou um entusiástico frequentador da praia. Tirando os sapatos e as meias e enrolando as pernas das calças, ele se sentava numa velha cadeira de lona amarela e conversava em iídiche com mamãe ou Zaide, ou apenas se recostava satisfeito na cadeira e esticava seus pés magros e cabeludos ao sol, como se nunca conseguisse se aquecer o bastante — talvez lembrando aquele inverno quando a princesa Verena morreu.

— É, eu posso ver quanto eles estavam preocupados — Danny disse brincando, olhando para o único adulto presente, o sr. Berlov, que estava sentado de olhos fechados, fumando um cigarro com um ar satisfeito. Mamãe brincava com Audrey na beira da água, e papai estava nadando sua milha habitual.

— Bem, e quanto a Elaine? — Bárbara apontou com o queixo na minha direção. — Ela é minha irmã. E se ela se afogasse?

— Elaine parece afogada? Você acha que ela é um fantasma?

— Eu não sei. Elaine, você é um fantasma?

— Humm... — Eu tinha acabado de dar uma dentada num pêssego, e o suco estava escorrendo pelo meu queixo.

— Fantasmas não comem pêssegos — Danny disse.

— É mesmo? A última vez que você esteve no céu, Danny Berlov, o que eles comiam?

— Fantasmas comem... — Os olhos de Danny brilharam. — Minhocas! — Nós tínhamos dez anos de idade, afinal. — Eles ganham pratos cheios de minhocas gordas e suculentas e as comem enquanto ainda estão vivas e se mexendo.

— *Você* come minhocas! — Bárbara gritou e correu para a água, Danny correndo atrás dela.

Eu corri também, rindo loucamente, como se fosse a mais bagunceira, a mais animada desse alegre trio. Em vez da intrusa.

Por que eu me sentia excluída, depois de ter passado uma hora sozinha com Danny? Danny estava sempre provocando a minha irmã. Eles discutiam por tudo, desde o que achavam dos professores até sobre qual era a melhor barra de chocolate, Hershey (escolha dele) ou Milky Way (a dela), ou sobre seus filmes favoritos — ela gostava de filmes de caubói, e ele preferia filmes de gângsteres. Ainda assim, por mais apaixonadamente que Danny brigasse com Bárbara, não era eu a irmã para quem ele contava suas histórias trágicas? E ele nunca se importava que eu estivesse por perto quando eles discutiam; até porque os dois gostavam de ter uma plateia. Mas Danny só me falava sobre Gershon e a princesa Verena em particular.

Nessa altura, eu também já tinha saído da sombra de Bárbara e reivindicado meu próprio lugar no mundo. Se ela era ligeira no gatilho, capaz de responder na hora a qualquer insulto, a escola mostrou que eu tinha uma mente ágil. Eu fui uma criança para quem os grupos de letras no nosso livro de leitura da primeira série saltaram da página e se revelaram como sendo *gato, pai* ou *correr*. Os números também se somavam, subtraíam, multiplicavam e dividiam com obediência sob o meu lápis. Até nas aulas barulhentas do sr. Berlov na Folkschule eu aprendi suficiente iídiche para entender quando os adultos cochichavam nessa língua, uma habilidade que não contei a ninguém.

Assim como Bárbara tinha seu próprio grupo de amigas, garotas animadas que tinham aula de teatro depois da escola, eu me dava com garotas como Lucy Meringoff, com quem competia amigavelmente pelas melhores notas da turma. Lucy e eu conhecíamos cada cantinho da Biblioteca Benjamin Franklin; as bibliotecárias nos cumprimentavam pelo nome sempre que subíamos as escadas de mármore branco da biblioteca para pegar mais um carregamento de livros. Romances, poesia, história, biografias — eu gostava de todos eles por suas lombadas atraentes, impressas na diagonal, pelo modo como se abriam para revelar vidas, acontecimentos e linguagem. Eu gostava da fonte elegante, até do cheiro de mofo dos livros mais velhos. Como o diretor tinha previsto no meu primeiro dia de aula, eu desabrochara e me tornara eu mesma — curiosa intelectualmente e elogiada não só por aprender com facilidade, mas pelo que meus professores chamavam de *compreensão*. Não surpreende que Danny me revelasse seus mais ternos segredos.

Ah, mas Bárbara era divertida. Ninguém era capaz de provocar tanta excitação quanto ela, sugerindo aventuras e convencendo todo mundo a participar. Ela começava as brincadeiras na nossa vizinhança e até conseguia que os adultos concordassem com alguns dos seus planos. Por exemplo, no ano em que completamos dez anos, ela quis acampar no Colorado Boulevard, em Pasadena, na véspera do Ano-Novo para conseguirmos lugares na frente para assistir a Rose Parade do Dia do Ano-Novo e convenceu papai, tia Pearl e até o sr. Berlov a ir. Mamãe, que ficou em casa com Audrey, nos embrulhou nos nossos casacos mais quentes e nos fez levar todos os cobertores da casa. Pela primeira vez, fiquei acordada até meia-noite, tomando chocolate quente e contando histórias de fantasma com Bárbara e Danny, e no dia seguinte as jangadas cobertas de flores da Rose Parade foram a coisa mais linda que eu já tinha visto.

Mesmo quando eram apenas Bárbara e eu, eu nunca ficava entediada. E às vezes me metia em encrencas, como quando tiramos da corda os lençóis recém-lavados de mamãe e construímos uma fortaleza no quintal. Uma vez, embora eu protestasse o tempo todo, fui atrás dela até a margem do rio Los Angeles quando ele se encheu de água durante a estação chuvosa. Eu não conseguia parar de pensar em Micky Altschul, a lenda de Boyle Heights, que tinha sido carregado pelo rio durante uma enchente. E mesmo assim, ver o rio em plena glória como La Reina de la Puebla de Los Angeles foi apavorante e excitante ao mesmo tempo. Bárbara soltou um grito de excitação, e eu berrei também, tentando fazer mais barulho do que o rio. E valeu os tapas que levamos de mamãe quando ela, de algum modo, descobriu. Sozinha, eu poderia ter sido uma criança tediosamente boazinha, com quem ralhavam por passar tempo demais com o nariz enfiado nos livros — e talvez um adulto chato e certinho demais. Será que teria me tornado uma tal agitadora se Bárbara não me tivesse feito externar o meu lado rebelde?

Mas Bárbara não tinha apenas um dom para travessuras. Minha irmã podia ser perigosa.

Uma tarde, em novembro de 1932, pouco depois de Roosevelt ter sido eleito presidente — tínhamos onze anos, e estávamos na sexta série —, fomos com Danny à mercearia Chafkin's. Bárbara e eu tínhamos uma lista de compras que mamãe tinha preparado, e a sra. Chafkin nos ajudou a encontrar o que precisávamos. Depois de calcular o total, ela tirou a tira de papelão com o nome da nossa família do fichário que ficava pendurado atrás do balcão e anotou a quantia para somar ao total que mamãe e papai iam pagar no final do mês.

— Pronto, meninas. — A sra. Chafkin nos entregou as compras e dois chicletes. Ela também deu um chiclete para Danny, mas ignorou os itens que ele tinha posto em cima do balcão: duas latas de sopa, um saco com dois quilos de batatas e uma garrafa de leite.

— Eu quero comprar isto — Danny disse.

A sra. Chafkin aparentou estar um pouco nervosa ao ajudar a Bárbara e a mim. Agora ela parecia totalmente sem jeito, embora não fizesse outra coisa a não ser chamar — Eddie?

Eddie era o filho da sra. Chafkin, um rapaz decidido, que entrara para o negócio depois de se formar no ensino médio, alguns anos antes. (Eddie Chafkin um dia iria construir um império de supermercados e se tornar o maior promotor de títulos de Israel em Los Angeles.) Ele veio depressa do escritório no fundo da loja.

— Danny Berlov — a sra. Chafkin cochichou, como se sua voz estivesse presa na garganta.

Eddie Chafkin olhou para as mercadorias em cima do balcão.

— Danny, você tem dinheiro para pagar por isso?

Nenhuma de nós jamais andava com mais de um ou dois níqueis.

— Põe na conta do meu pai — Danny disse.

— Seu pai precisa vir conversar conosco sobre a conta dele. — Eddie tirou a tira de papelão do fichário com o nome *Gershon Berlov* escrito nela e apontou para um *X* preto ao lado do nome.

— Meu pai é muito esquecido! — Danny riu, mas ficou com as bochechas vermelhas. — Eu vou dizer a ele e só vou levar isto para hoje à noite. — Ele empurrou uma lata de sopa na direção de Eddie, que estava parado com os braços cruzados. Todo mundo sabia que o nome dele, além de ter sido escolhido em homenagem a um antepassado morto cujo nome hebraico era algo como Efraim ou Eliezer, também tinha sido escolhido pelos pais de Eddie Chafkin em homenagem ao rei Eduardo VII da Inglaterra, e ele sempre agia com arrogância.

— Isso não é suficiente para jantar — a sra. Chafkin disse. — Que tal algumas batatas também? — Ela tirou três batatas do saco que Danny tinha posto em cima do balcão e as colocou junto com a lata de sopa num saco. E então acrescentou também o leite. — Você vai precisar disto para tomar café amanhã de manhã.

— Mãe! — ouvi Eddie dizer quando estávamos saindo.

Morrendo de vergonha, Danny murmurou que tinha que ir para casa. Ele apertou o pequeno saco de mantimentos contra o peito e saiu correndo.

— Eu odeio Eddie Chafkin — Bárbara resmungou.

— Eu também.

É claro que nós entendemos o que tinha acontecido. Todo mundo estava sendo afetado pela Depressão, que começara com a queda da Bolsa três anos antes e que piorava cada vez mais. A Grande Depressão, como já era chamada, era um cataclisma que afetava todo mundo e do qual os adultos não podiam nos proteger. Por toda Boyle Heights, pessoas que conhecíamos — amigos da família, pais de colegas de colégio — tinham perdido seus empregos. Andando pela rua, eu tinha visto vizinhos com tudo o que possuíam — roupas, panelas, retratos da família, os móveis que ainda não tinham empenhado — em pé na calçada, as pessoas andando em volta dos seus pertences, algumas chorando, outras com as costas tão retas que pareciam prestes a quebrar. E nunca era uma surpresa entrar na nossa cozinha e ver um homem com roupas surradas e olhos baixos comendo a sopa e o pão que mamãe lhe dera quando ele bateu à porta e perguntou se havia alguma sobra de comida.

Pelo menos nós tínhamos um pouco de sopa para dar a eles. Embora papai tivesse tido um corte de salário, e ultimamente mamãe estivesse tensa o tempo todo, algumas pessoas ainda compravam sapatos, e papai não tinha perdido o emprego. Mas o pobre sr. Berlov... quem podia se dar ao luxo de frequentar suas aulas de iídiche? Ele tentou encontrar outras formas de ganhar dinheiro, mas não tinha uma personalidade empreendedora, não como o Homem do Pão de Soja, que ia à cidade toda manhã e comprava doze pães de soja, depois voltava para vendê-los na vizinhança... e atraía a atenção de todo mundo porque quando descia a rua vendendo o pão, ele andava de costas.

Eu sabia que existiam agências de assistência que o sr. Berlov podia procurar. Ou ele e Danny poderiam comer numa cozinha pública. *Uma cozinha pública!* Quando eu ia à cidade, via uma fila de pessoas na calçada esperando por um prato de sopa — normalmente com a cabeça enfiada no colarinho, como se estivessem tentando esconder o rosto caso algum conhecido passasse por ali. Eu não conseguia suportar a ideia de Danny — com a vergonha que ele sempre sentira, mesmo antes da Depressão, por causa da pobreza do pai — tendo que ficar numa fila para tomar um prato de sopa. Eu precisava ajudá-lo. Mas o que podia fazer?

Naquela noite, vi papai sentado em sua poltrona depois do jantar, lendo o *East Side Journal*, o jornal semanal local. Papai gostava especialmente das cartas que as pessoas escreviam para o editor do jornal; ele às vezes as lia em voz alta e comentava com Bárbara e comigo:

— Uma carta para o editor, é assim que um americano diz o que pensa!

Eu levei um bloco de papel para o meu quarto e comecei a escrever. *Eu vi uma coisa horrível hoje. Um menino...* Mas risquei isso, porque não queria apontar tão obviamente para Danny. *Uma pessoa que mora em Boyle Heights tentou comprar comida para a família, mas o dono da mercearia disse que a família dela não tinha mais crédito.* Como um dia eu iria fazer em sumários jurídicos, fundamentei meu posicionamento reconhecendo os argumentos que poderiam ser usados contra ele: os donos de mercearia não tinham condições de doar as mercadorias. E havia ajuda disponível para quem estivesse passando fome. *Mas às vezes as pessoas só precisam de uma pequena ajuda. E se as agências de assistência dessem dinheiro para as mercearias? Os donos das mercearias sabem que fregueses estão passando necessidades e poderiam usar o dinheiro para ajudá-los sem que eles precisassem pedir.*

Copiei cuidadosamente a minha carta numa folha de papel com minha caneta-tinteiro e a assinei como fazíamos na escola quando escrevíamos cartas para, digamos, um bombeiro ou uma enfermeira que tivesse feito uma palestra em nossa escola: *Elaine Greenstein, turma da sexta série da sra. Villier, Escola Fundamental de Breed Street*. Eu a coloquei num envelope e a enderecei ao *East Side Journal*. Quando mamãe não estava olhando, tirei um selo da gaveta da cozinha onde ela os guardava.

Eu enviei a carta na manhã seguinte. Isso foi numa sexta-feira, e o jornal só foi publicado na quarta-feira seguinte. Enquanto isso, Bárbara veio com sua própria estratégia para ajudar Danny.

Na segunda-feira, ela e eu fomos ao Chafkin's depois da escola com a lista de compras de mamãe.

— Você vai pegar as compras — ela me disse. Enquanto a sra. Chafkin me ajudava a pegar as mercadorias para mamãe, Bárbara foi para o outro lado da loja e voltou quando a sra. Chafkin estava calculando o total da nossa compra.

Ela estava cheia de excitação e mistério, e, assim que nos afastamos da loja, eu agarrei seu braço.

— O que foi? — perguntei.

— Você vai ver. — Ela soltou o braço e continuou andando, depressa.

— O que foi que você fez?

— Você vai ver — ela repetiu.

Eu tinha achado que íamos voltar direto para casa, mas em vez disso ela virou na rua Soto, onde ficava a pensão em que Danny morava.

Eu mal o tinha visto desde o incidente no Chafkin's uma semana antes. Isso não era incomum — Danny tinha uma gangue de meninos com quem andava, assim como Bárbara e eu tínhamos nossas amigas —, mas, mesmo quando eu acenava para ele no pátio da escola, ele fingia não ver.

— O que você quer? — ele disse quando abriu a porta. Não nos convidou para entrar.

— Seu pai está em casa? — Bárbara disse baixinho.

— Não. Por quê?

— Nós podemos entrar?

Ele sacudiu os ombros.

Bárbara foi até a pequena mesa de madeira que Danny e o pai usavam para comer e como escrivaninha. Ela abriu a mochila.

— Olha! — Ela tirou lá de dentro várias latas, um tablete de manteiga, um saco de arroz, uma dúzia de coisas no total, e as colocou em cima da mesa.

— E daí? — Danny disse.

— Bárbara, onde você conseguiu isso? — Eu quis saber, pensando por um momento que ela tivesse esvaziado nossa despensa antes de sairmos para a escola naquele dia.

— Onde poderia ser? No Chafkin's — ela respondeu. Então disse para Danny. — É para você.

— Nós não precisamos que você compre comida para nós.

— Eu não *comprei* isso.

As palavras dela ficaram suspensas no ar.

— Você roubou? — Danny e eu falamos ao mesmo tempo, com o mesmo tom chocado, eu senti, por esse ato que toda criança de Boyle Heights compreendia numa escala menor, afanar um chiclete, mas que nunca tínhamos visto numa escala daquelas.

Então a minha incredulidade se transformou em medo, e a de Danny, em raiva.

— Você roubou isto enquanto estávamos na loja? — Meus joelhos tremeram diante da inevitabilidade de que seríamos apanhadas e acusadas.

— Nós também não precisamos que você *roube* para nós! — Danny agarrou as latas e as jogou de volta dentro da mochila dela.

— Tudo bem, então leve tudo de volta — Bárbara desafiou-o.

— Eles vão pensar que fui *eu* que roubei.

— Então você vai ter que comer, não vai?

— Eu levo de volta — eu disse, mas era impossível. Ou eu ia ser chamada de ladra ou teria que acusar Bárbara.

— Não me importa o que você vai fazer com isso. — Bárbara nos olhou com desprezo e saiu, batendo a porta.

Danny olhou para as mercadorias roubadas sobre a mesa. Manteiga. Meia dúzia de ovos. Duas latas de atum, sua comida favorita.

— Desculpe, eu não sabia que ela ia fazer isso — eu disse.

— Você estava lá e não percebeu nada? — Mas a voz dele adquirira um outro tom: de admiração. Por Bárbara ter roubado! Então pensei em contar a ele sobre minha carta, mas não quis estragar a surpresa.

— Como eu poderia saber que ela estava *roubando*? — Eu tinha visto que ela estava aprontando alguma coisa, mas minha imaginação em matéria de transgressão era tão limitada que só pude pensar que estava dando o troco a Eddie Chafkin grudando chiclete em algum lugar ou trocando mercadorias de lugar nas prateleiras, colocando uma caixa de cereal junto com as latas de pêssego.

— Eddie estava lá?

— Não, só a sra. Chafkin.

— Imagino que tenha sido mais fácil. Mesmo assim. — Ele revirou os olhos. — A sua irmã é maluca! Bem, leve isso embora.

— Não posso. Mamãe...

— Acho que é uma estupidez desperdiçar tudo isto. — Ele pegou as mercadorias roubadas e começou a guardá-las.

Dentro de dois dias, o *East Side Journal* estaria na rua com a minha carta publicada. Então Danny realmente teria algo para admirar.

Na quarta-feira, eu vesti minha melhor roupa de ir à escola, uma jardineira azul-marinho e uma blusa branca bem engomada. O *East Side Journal* era entregue (pelo sr. Berlov; esta era uma de suas formas de ganhar um pouco de dinheiro) durante a manhã, então estaria na nossa casa quando voltássemos para o almoço.

Como escritora novata, nunca me passou pela cabeça que o jornal talvez não publicasse a minha carta. Mas o fato é que eles publicaram. Eu vi minha carta publicada quando voltamos para a classe depois do recreio. A sra. Villiers pegou um jornal — o *East Side Journal* — de cima da sua mesa. A sra. Villiers era uma das minhas professoras favoritas, uma mulher suave de uns quarenta anos cujo marido tinha morrido na Grande Guerra. Ela adorava citar ditados famosos e estava sempre com um lápis enfiado no coque louro para o caso de ter uma súbita inspiração para um poema.

— Vejam, crianças! — ela disse. — Vejam como a escrita é poderosa!

Ela me colocou na frente da classe, e eu vi que minha carta não só tinha sido publicada, como também ocupava o lugar de honra no topo das cartas ao editor, debaixo de um cabeçalho gigantesco: "FDR, Preste atenção! Aluna da Sexta Série de Boyle Heights Propõe Política Assistencial." A sra. Villiers pediu para eu ler em voz alta a minha carta. Eu tive que empurrar os óculos, que tinha começado a usar no outono, para cima do meu nariz suado, e minhas pernas ficaram tão tensas de excitação que mal conseguia senti-las. Entretanto, minha voz soou firme, graças às aulas de oratória de papai e a uma inesperada presença de palco, talvez herdada dos *fusgeiers* do lado de mamãe. Quando terminei de ler, a sra. Villiers aplaudiu, e todo mundo aplaudiu junto com ela. Então ela recortou a minha carta e a prendeu na parede. O sr. Roosevelt talvez me convidasse para ir a Washington para aconselhá-lo quando tomasse posse como presidente, ela disse.

Quando as aulas acabaram, saí correndo para o pátio, certa de que todo mundo que eu conhecia sabia da minha fama — como se "Aluna da Sexta Série de Boyle Heights" estivesse impresso numa flâmula balançando sobre minha cabeça. Mas meus colegas estavam indo depressa para casa, como sempre faziam, as crianças atrevidas pulando e gritando e as tímidas e desajeitadas loucas por um rápido retorno às suas vidas reais, onde elas eram os tesouros de suas mães em vez das crianças chatas com quem todos implicavam na escola.

Eu contei a novidade para Bárbara a caminho de casa.

— Você escreveu uma carta dizendo que o Chafkin's devia dar comida de graça para... pessoas que nós conhecemos? — Ela olhou para Audrey, cujas pernas de seis anos trotavam para andar no mesmo ritmo que nós.

— Eu não citei nomes. E não é comida de graça, é dinheiro que o governo daria às mercearias, e então elas... — Meu plano, tão elegante por escrito, soou ridiculamente complicado quando eu tentei explicá-lo. — Você vai ver. Mamãe deve ter o jornal em casa.

— Você escreveu com letra de forma ou caligrafia? — Audrey perguntou, focada no que estava aprendendo na escola.

Eu gemi.

— Por que você não escreveu para a assistência social? — Bárbara disse. — Ou para o prefeito? — Ela não estava sendo obtusa para me aborrecer. A ideia de escrever para um jornal era tão estranha para ela quanto roubar no Chafkin's, o que eu a fiz prometer que não faria de novo, era para mim.

Bárbara pode não ter ficado impressionada, mas papai apreciou a importância do evento. Ele tinha conseguido que o sr. Fine desse uma folga para ele durante o horário atarefado do almoço e estava esperando na varanda. Assim que eu apareci, ele correu e me levantou nos braços.

— Você viu o *East Side Journal*? E você não cometeu nenhum erro de ortografia! — Dentro de casa, havia um exemplar do jornal aberto sobre a mesa da cozinha, e mais uma dúzia de outros exemplares intocados sobre o aparador.

Mamãe também era só sorrisos e disse que ia fazer o que eu quisesse para o jantar aquela noite.

— Almôndegas! — eu disse.

Quando Bárbara viu meu nome impresso no jornal, ela também ficou animada, demonstrando o prazer genuíno que nós sentíamos com os triunfos uma da outra, apesar da nossa perpétua rivalidade. Quando voltamos para a escola depois do almoço, ela levou um *East Side Journal* para mostrar na turma dela.

Todo mundo deve ter sabido da minha carta em suas classes naquela tarde, porque eu fui o centro das atenções na hora da saída. A única pessoa que ignorou o meu status foi justamente aquela que foi o motivo desse status — Danny, que estava esperando com Bárbara no nosso lugar de sempre, na saída do pátio. A única concessão que ele fez à minha fama foi notar que todo mundo estava olhando para mim.

— Eu tenho uma coisa para mostrar a vocês, mas não com as pessoas olhando para nós — ele disse.

Ele estava controlando a excitação, e Bárbara não reclamou de faltar à aula de teatro depois da escola. Ela e eu fomos com Danny para o playground que ficava do outro lado dos trilhos do Red Car. Ele esperou até nos sentarmos num banco, depois abriu a mochila com um gesto teatral. Será que ele ia tirar lá de dentro o *East Side Journal*?

— Para você! — Com um floreio, ele entregou a Bárbara duas barras de Milky Way. — E para você. — Com outro floreio, ele me apresentou dois Snickers. Por último, tirou uma barra de Hershey para ele mesmo.

Barras de chocolate, que custavam um níquel cada, eram guloseimas raras durante a Depressão, caras demais para um menino cujo pai não tinha dinheiro para comprar um saco de batatas. Era sempre Bárbara quem desafiava Danny, e eu esperei que ela dissesse alguma coisa, mas ela já tinha tirado o invólucro do seu Milky Way e estava dando a primeira dentada.

— Danny, onde você conseguiu isso? — perguntei.

— No Chafkin's. No Pollack's. — As duas mercearias locais.

— *Como* você conseguiu?

— Comprei. Snickers ainda é o seu favorito, não é? Será que eu escolhi o tipo errado?

— Eu adoro Snickers. — Comecei a desembrulhar um. — É so que... — Eu nunca tinha duvidado de Danny antes. — Não, você não fez isso.

— Não fiz o quê? — ele disse com a boca cheia de chocolate.

— Você não *comprou* cinco barras de chocolate.

Danny hesitou e olhou para Bárbara. Ela estava dando mordidas pequenas para saborear seu Milky Way.

— E daí? — ele disse.

— Daí, você poderia ter sido apanhado! — Os donos de mercearia guardavam as barras de chocolate no balcão, bem debaixo dos seus narizes.

— Você não quer chocolate?

— Danny, desde quando roubar é o modo de conseguir o que quer? Você não viu a carta que eu mandei para o jornal?

Ele fez uma cara feia.

— A carta em que você diz que meu pai não pode pagar a conta da mercearia?

— Eu não falei nada sobre o seu pai.

— Eu posso cuidar de mim mesmo. Você quer o Snickers ou não?

Bárbara cutucou meu braço.

— Elaine, não seja chata.

— É claro que eu quero. — Desembrulhei meu Snickers e dei uma boa dentada nele.

— Como foi que fez? — Bárbara perguntou com o respeito de um ladrão por outro.

Enquanto Danny explicava como tinha afanado as barras de chocolate enquanto os merceeiros o ajudavam com suas compras legítimas, eu devorei o meu Snickers.

A barra de chocolate mal tocou o vazio dentro de mim. A sensação de exclusão que eu sempre sentira quando estava com Danny e Bárbara não era mais inexplicável. Agora eu via o abismo que me isolava de um lado, enquanto eles ficavam, rindo, do outro. Eu agia de acordo com as regras; um dia iria entender as regras de trás para a frente e brigar para usá-las em meu benefício e dos meus clientes. Mas acreditar no valor das regras estava na minha natureza, assim como Bárbara e Danny eram foras da lei por natureza.

Aquela noite no jantar, eu me entupi de almôndegas e comi duas fatias do bolo de chocolate que mamãe tinha feito em comemoração.

Depois de tanto açúcar e tanta excitação, eu passei mal na escola no dia seguinte. A sra. Villiers pôs a mão na minha testa e me mandou para casa.

— Mamãe? — chamei quando entrei.

Ela não respondeu. Ela devia ter saído. Fiquei um pouco desapontada, mas na véspera eu já tinha sido tão paparicada e, afinal, tinha onze anos, idade suficiente para tomar uma aspirina e ir para a cama sem precisar que ninguém fizesse isso por mim.

Eu abri a porta da cozinha para pegar um copo d'água e vi... eu não sabia o que estava vendo. Esta era sem dúvida a nossa cozinha; eu reconheci o linóleo verde do chão, as cortinas estampadas de prímulas e a mesa de madeira no meio da cozinha. Tinha uma mulher em pé do outro lado da mesa; ela estava de costas para mim e não notou quando eu entrei, mas estava usando o roupão azul de mamãe. E eu reconheci o caldeirão de ferro de fazer sopa e o cheiro de cebolas cozidas. Mas...

Em vez de estar no fogão, o caldeirão de sopa estava sobre um banquinho.

A mulher estava montada sobre o caldeirão fumegante, com as pernas bem abertas e os joelhos ligeiramente dobrados, como se fosse se sentar sobre ele.

E ela estava chorando e falando alto em iídiche.

Fiquei paralisada na porta. Eu não tinha achado que estava muito doente, mas agora me sentia tonta, e o suor começou a brotar do meu couro cabeludo.

— Por favor, Deus, não posso fazer isso de novo — ela disse. — Eu sei que não falo com o senhor tanto quanto deveria. Talvez o senhor não saiba que eu moro na América agora. Mesmo aqui, uma mulher não tem muita escolha a respeito de casamento, é verdade. Mas o senhor acha que eu ainda estou em Tecuci, onde as mulheres têm um filho atrás do outro...

Tecuci era a aldeia de mamãe na Romênia. A mulher conversando com Deus era minha mãe.

— Mamãe? — eu disse.

Ela deu um pulo — e virou o caldeirão. Água e cebolas quentes derramaram no chão, nas pernas e nos pés descalços dela.

— Ai! — Ela correu para a porta, na minha direção, gritando: — O que você está fazendo aqui?

Ela me empurrou, batendo minha cabeça na porta. Assim que fugiu da cozinha e do líquido escaldante, ela se atirou numa cadeira, gemendo.

— Deus do céu, meus pés!

— Mamãe, quer que eu chame o médico? Ou papai? Por que eu não chamo o papai?

— Elaine, não!

— Por favor, posso fazer alguma coisa? Vou pegar vaselina.

— Vaselina, sim. Por que você estava me espionando desse jeito?

Chorando, corri até o banheiro. Quando voltei com a vaselina, a raiva de mamãe já tinha passado. Ela estava pálida e gemeu quando passei vaselina nos pés dela e os cobri com uma gaze.

— Tem certeza que não quer que eu chame o médico? — perguntei.

— Eu só preciso ficar aqui sentada e descansar um pouco.

— Tem mais alguma coisa que eu possa fazer?

— Eu não... Sim, você poderia limpar a cozinha?

— É sopa? Quer que eu guarde o que sobrou?

— Sopa? Você acha que, como dizem das velhas *bubbes*, eu tempero minha sopa mijando nela? — Ela começou a rir loucamente. Deve ter visto que estava me assustando, porque parou e acariciou meu rosto. — Meu bem, não é sopa. Pode jogar fora. E, por favor?

— O quê?

— Não conte a ninguém. Este vai ser o nosso segredo, certo?

Eu limpei o chão duas vezes. Mesmo assim a casa fedeu a cebola durante vários dias. E mamãe mancou por causa dos pés queimados; ela justificou suas queimaduras e o cheiro dizendo que tinha derramado uma panela que estava no fogo.

Bárbara tinha outra explicação para a cena que eu tinha testemunhado. (É claro que eu contei a Bárbara, mas não disse nada a mais ninguém, como tinha prometido a mamãe. Mas dividir a história com minha irmã gêmea não era *contar*; era como tentar entender o que eu vira.)

— Você se senta em cima de uma panela de cebolas cozidas quando não quer ter um bebê — Bárbara disse.

— O quê? Isso é estupidez.

— Foi o que a tia de Sari Lubow disse. Sari uma vez me contou que ouviu a mãe e a tia conversando sobre isso. A tia disse que eram maluquices da terra delas.

Bárbara era minha fonte de informações a respeito dessas coisas; ela captava tudo sobre fatos da vida, do mesmo modo que eu absorvia os conteúdos na escola.

Mas algumas semanas mais tarde papai anunciou que este ano, em vez de ganhar Hanukkah *gelt*, íamos ganhar um presente realmente maravilhoso: um novo bebê estava crescendo na barriga de mamãe. Então, talvez Bárbara tivesse entendido mal e você se agachasse em cima de cebolas quando estivesse *querendo* um bebê? De qualquer maneira, eu sabia o suficiente sobre reprodução humana para ter certeza de que a tia de Sari estava certa: as cebolas eram maluquices.

Mamãe não queria outro bebê. "Desta vez eu não posso", ela tinha gritado para Deus. Quem sabe eu tinha entendido mal as palavras em iídiche? Mas apesar, não, *por causa* da minha confusão a respeito do caldeirão de cebolas, eu tinha certeza do que a tinha ouvido dizer; as palavras ficaram gravadas em mim pela estranheza daquele momento parada na porta da cozinha sem reconhecer minha própria mãe. Ela também tinha dito que as mulheres na América não tinham muita escolha em relação a se casarem. Será que isso significava que ela não amava o papai?

Com tudo isso na minha cabeça, fiquei menos nervosa do que teria ficado normalmente quando Danny foi apanhado roubando no Chafkin's, pouco antes do Ano-Novo. Além do mais, até Eddie Chafkin tinha pena dos Berlov, então o castigo que Eddie aplicou foi relativamente suave: Danny só precisou trabalhar na loja durante dez horas, varrendo e ajudando no depósito, para pagar pelo seu crime.

O que me entristeceu realmente foi o fato de Danny ter parado de me contar suas histórias. Talvez fosse por causa da vergonha que sentiu da minha carta ou porque eu, sua ouvinte inteiramente crédula, o tivesse questionado sobre as barras de chocolate roubadas. Talvez ser apanhado roubando o tivesse obrigado a encarar a dura realidade.

Suponho que as histórias teriam parado de qualquer maneira. Nós fizemos doze anos naquela primavera, estávamos velhos demais para fantasias infantis.

No verão seguinte, quando íamos à praia, em vez de fazer caminhadas comigo, Danny se mostrava obcecado com os homens musculosos. Ele passava o tempo todo perto de onde eles levantavam pesos e fazia pequenos serviços para eles, e os homens o adotaram e o iniciaram na musculação.

Eu perdi a Princesa Verena. E ganhei uma nova irmã, Harriet.

CAPÍTULO 7

VIAGEM POR TERRA

Eu não vou dirigir até Colorado Springs, é claro que não, digo a mim mesma quando me dirijo para leste na rodovia 10. Isso seria loucura, especialmente para uma octogenária de tênis cor-de-rosa que tem que parar de hora em hora para urinar e não pode dirigir depois que escurece porque sua visão noturna está prejudicada. Mas eu não podia ficar nem mais um minuto em casa, não podia tolerar o confinamento das paredes. O que faz uma californiana de verdade quando está nervosa? Entra no carro e pega a estrada!

Eu ainda estou nervosa, mas pelo menos estou me movimentando. Só aprendi a dirigir e tive um carro aos vinte e seis anos, quando os pais de Paul nos deram um Plymouth de presente de casamento. Nós fomos no Plymouth para a nossa lua de mel, quatro dias no Hotel del Coronado em San Diego, e quando não estávamos na cama e nem na praia, Paul me ensinava a dirigir nas estradinhas secundárias ladeadas de abacateiros. Um professor nato, ele foi capaz de explicitar todas as ações que um motorista experiente executa inconscientemente. Eu aprendi bem; sempre fui uma boa motorista. Sessenta anos dirigindo em L. A., e nunca sofri um acidente.

Mas uma coisa que Paul nunca conseguiu passar para mim foi pisar mais leve no acelerador. Desde o momento em que aprendi a soltar a embreagem sem estolar, amei a velocidade! Quando deixo para trás o trânsito sempre lento de Los Angeles, eu acelero o carro — um Jaguar sedã prateado, o presente que dei a mim mesma quando fiz oitenta anos — acima de cento e vinte.

Eu vou dirigir até Victorville; fica só a cento e trinta ou cento e quarenta quilômetros de L. A. Vou tomar um milk-shake de tâmara, como Paul e eu costumávamos fazer quando estávamos indo ou vindo de Las Vegas. Depois eu dou meia-volta.

Mas, por mais depressa que eu vá, não consigo fugir do que Josh me disse mais cedo.

— Aquele cartão que nós achamos na semana passada, do detetive Philip Marlowe — ele disse assim que entrou, tão excitado que cuspiu as palavras. — Eu fiz uma pesquisa rápida. Ele era uma figura.

— Ele era razoavelmente conhecido nos anos trinta e quarenta.

— *Razoavelmente* conhecido? Eu achei artigos de jornal sobre casos importantes que ele ajudou a elucidar. Tinha um repórter que escrevia um bocado sobre ele. Ele fazia o seu amigo Marlowe parecer um cara durão no meio de gângsteres, mas um cavaleiro numa armadura reluzente quando estava ajudando alguém humilde e indefeso. — Josh me lançou um olhar estranhamente cúmplice. — Acontece que os papéis do repórter estão numa coleção particular de história de L. A. a partir dos anos 1940. Eu tinha ouvido falar da coleção. Fiquei curioso a respeito dela, então fui dar uma olhada.

— E...*voilà!* — Ele enfiou a mão na sua caixa de documentos e tirou um envelope lá de dentro. — O repórter devia ser amigo de Marlowe, porque tem todos os arquivos dele. Eu copiei o arquivo sobre sua irmã. Pelo menos calculei que fosse sua irmã — Bárbara Greenstein, a que está nos programas de dança?

— Sim, isso mesmo — eu disse secamente. Para Josh, seguir a pista do cartão até Philip e depois até Bárbara não era nada mais do que uma caça ao tesouro para um bibliotecário, um quebra-cabeça. Mas era a minha vida que ele estava bisbilhotando, minha esperança que era reacesa e, inevitavelmente, seria frustrada. Bem, desta vez não. Eu já sabia o que havia naquele arquivo. Peguei o envelope e o coloquei de lado, depois me virei para o material que tinha colocado sobre a mesa. — Encontrei umas coisas interessantes naquelas caixas da minha mãe. Algumas cartas para editores que eu escrevi quando era adolescente.

Mas Josh era como um gato que tinha trazido um passarinho morto e queria se vangloriar de o ter matado.

— Engraçado a senhora não saber que Kay Devereaux foi o nome que sua irmã usou em Colorado Springs. Quando ela trabalhou no hotel.

Obviamente, Josh tinha entendido mal alguma coisa. Mesmo assim, abri o envelope e tirei o arquivo lá de dentro, um pacote fino, que não tinha mais do que meia dúzia de páginas. Meus olhos percorreram rapidamente a primeira folha, anotações de conversas com a minha família: altura, peso, data de nascimento de Bárbara, quando nós a tínhamos visto pela última vez, os nomes dos amigos dela, e assim por diante. Continuando a ler, eu vi como Philip tinha seguido aquelas pistas, embora suas anotações fossem sucintas, um punhado de nomes ou frases que ele tinha registrado para sua própria referência; eu era capaz de juntar as informações porque já tinha ouvido aquilo tudo mais de sessenta anos atrás. Apenas uma informação era novidade para mim. Aparentemente, ela veio da entrevista dele com Alan Yardley: sob o nome Yardley, ele tinha escrito *Trocadero* e três nomes de mulher — mulheres com quem Bárbara tinha trabalhado lá?

— Fascinante, não? — Josh disse. — Eu posso conversar com a senhora sobre Philip Marlowe, qualquer horas dessas?

Eu fiz sinal para ele ficar quieto e examinei o resto do arquivo.

Dançar numa boate não pode ser considerado a mais estável das profissões, e obviamente tinha dado um certo trabalho encontrar as coristas; havia uma página com diversos endereços e telefones sob cada nome, a maioria deles riscada, assim como os nomes de meia dúzia de boates. Ele tinha achado pelo menos uma das mulheres, embora não estivesse claro qual delas; ele tinha escrito "infeliz em casa" e "soube que Broadmoor Hotel, Colo. Springs estava contratando". Eu calculei que era isso que a mulher tinha contado a ele sobre Bárbara. "Infeliz em casa" me causou uma pontada de dor, mas eu não podia argumentar que a nossa era um família harmoniosa da qual ninguém teria desejado escapar.

Então cheguei ao último item do arquivo: uma carta, escrita a lápis, cheia de erros de grafia, mas numa meia folha de papel timbrado do Broadmoor Hotel.

Marlowe

Tem uma loura oxigenada, chamada Kay Devereaux, que pode ser a sua garota. Ligue se quiser mais informações.

Carl Logan

"Devereaux" estava escrito com todo o cuidado, como se ele tivesse copiado uma letra de cada vez. Minha mão começou a tremer, e as palavras dançaram na frente dos meus olhos.

— É só isso? — perguntei a Josh, com um fio de voz. — Você copiou o arquivo todo?

— Tudo exceto três ou quatro cópias de um retrato que parecia ser da formatura dela no ensino médio... Elaine, você está bem?

— Eu não posso conversar com você esta tarde.

— Claro. Tudo bem. — Ele pegou sua caixa de documentos. — Sua irmã veio para casa, não foi? Depois que Philip Marlowe a encontrou? Você me disse que ela se casou e teve filhos.

— Eu o vejo na semana que vem, na mesma hora. — Eu quase o empurrei porta afora.

Depois voltei para o arquivo e li cada palavra enquanto andava de sala em sala. Não era só por eu estar agitada demais para me sentar; a cada mudança de lugar, a cada mudança de móveis e de iluminação, eu tinha esperança de enxergar alguma luz.

Carl Logan tinha se enganado, só isso. Ele não tinha tido certeza: *Ela pode ser a sua garota*, ele tinha escrito. E no que se baseara para chegar aí? Philip poderia ter enviado pelo correio para ele o retrato de formatura de Bárbara, nós tínhamos dado cópias para ele mostrar às pessoas, mas ela tinha dezoito anos naquele retrato! Eu tenho netos dessa idade, e todos eles têm o mesmo frescor da juventude, os rostos parecendo moedas recém-cunhadas, aguardando o selo da experiência. Logan poderia ter apenas suposto estar vendo aquela garota numa corista de cabelos oxigenados. E olhe a carta dele, toda suja e mal escrita. Um detetive de hotel não era o personagem mais sórdido em qualquer filme policial? Eu apostaria que Logan tinha insistido em ser pago por essa informação, e ele calculou que receberia mais dinheiro se dissesse o que Philip queria ouvir.

Kay Devereaux não era minha irmã. Essa era a única coisa que fazia sentido! Entretanto, outra explicação me martelava a mente, uma explicação que me dava a sensação de ter levado um soco no estômago. Quando não aguentei mais ficar em casa, entrei no carro e fui embora.

Será que já estou mesmo em Victorville? A lanchonete onde Paul e eu gostávamos de parar ainda está lá, à beira da estrada. Eu vou ao banheiro, peço meu milk-shake de tâmara para viagem e tomo um golinho.

Ah, a mistura de tâmaras, leite e sorvete é um dos poucos prazeres revisitados tão bom quanto a lembrança que tinha dele. Ponho o milk-shake no porta-copos do Jaguar para ir tomando ao voltar para casa.

Mas, em vez de voltar para L. A., eu obedeço a Maxene, o nome (em homenagem à irmã Andrews do meio) que dei ao navegador de voz macia do carro. Só de farra, eu tinha programado Maxene para Colorado Springs. É claro que não vou viajar para tão longe. Mas Las Vegas — por que não ir até lá? Passar um dia ou dois, ver um show, jogar nos caça-níqueis? Tem alguém para quem eu precise ligar, algum compromisso para remarcar? Só vou me encontrar com Diane, a jovem advogada que oriento, na semana que vem. E gravei ontem meu comentário para o programa sobre assuntos legais na estação de rádio pública.

Vegas, sim! Vou comprar uma escova de dentes. E um maiô. Uma das coisas que eu lembro com mais satisfação das viagens que fizemos a Las Vegas com as crianças é nadar naquelas piscinas azul-turquesa. Embora eu saiba que, ao contrário do milk-shake de tâmara, que correspondeu à lembrança que eu tinha dele, Las Vegas há muito tempo deixou de ser o lugar que eu amava nos anos cinquenta e sessenta, quando ainda se podia sentir a areia do deserto por baixo do brilho.

Vegas naquela época era o meu primo Ivan, um operador de apostas que morava lá e que sempre nos levava para jantar numa churrascaria e nos apresentava à sua mais recente namorada. Pelo menos eu me tranquilizava pensando que ele era só um pequeno operador, envolvido apenas em pequenos golpes. Se ele fizesse algo realmente grande, não teria tido condições de alugar algo melhor do que a série de modestos apartamentos onde morava? E suas namoradas eram sempre tipos comuns do Meio-Oeste.

Ivan era um dos motivos de eu ir a Las Vegas umas duas vezes por ano. Meus pais o tinham ajudado a vir da Romênia no final dos anos 1930, e eu me sentia responsável por ele. E eu gostava de jogar vinte e um e de apostar nos caça-níqueis; jogar, afinal de contas, é de certa forma um passatempo familiar. E o melhor de tudo: Las Vegas era um refúgio barato e rápido para a família. Tenho certeza de que nenhum dos meus filhos iria pôr os pés em Las Vegas hoje em dia — a ideia de férias de Carol envolve mochilas e parques nacionais, e Ronnie é atraído por lugares onde a diversão

são *museus* e quartetos de cordas, não boás de penas — mas nós passamos temporadas ótimas lá.

Eu era atraída por Las Vegas por outro motivo? Eu me pergunto agora, bebericando meu milk-shake de tâmara e dando cento e trinta no carro na rodovia reta e lisa. Será que eu ia para lá porque parecia um lugar onde Bárbara poderia ter ido parar? Esse foi um dos futuros que imaginei para ela, como uma corista em Las Vegas. Ou ela poderia ter se tornado uma socialite nova-iorquina ou a esposa de um xeique do petróleo fabulosamente rico, com casas em metade das capitais da Europa — Bárbara não iria se contentar com nada pequeno e comum. Não que eu pensasse nela a cada minuto; eu não tinha tempo. Minha irmã desaparecida era simplesmente outro instrumento na minha sinfonia habitual de Paul e crianças e trabalho e política...um oboé, talvez, triste e melancólico, que escurecia todos os outros sons.

Não, eu não *procurava* por ela em Las Vegas, não como mamãe espiando dentro de cada loja nas suas andanças por Hollywood. Entretanto, uma vez achei que a tinha visto. Eu saí correndo como um corredor ao ouvir o tiro de largada, como se meus músculos tivessem sido preparados para aquele momento. Foi em 1958, quase vinte anos depois de ela ter partido. Eu estava andando na Strip com as crianças. Carol tinha sete anos e Ronnie, quatro. Alguma coisa na mulher que caminhava meio quarteirão à nossa frente, suas costas ou seu modo de andar, chamou minha atenção, e larguei as mãos dos meus filhos e corri atrás dela. — Bárbara?

Ela não reagiu.

— Bárbara! — Toquei no ombro da mulher, e ela se virou. O que eu estava pensando? A mulher não tinha nem vinte e cinco anos, enquanto Bárbara devia ter quase quarenta, como eu. — Desculpe — gaguejei, e corri de volta para os meus filhos.

Ronnie chorava, e Carol tentava bancar a irmã mais velha, embora seus olhos estivessem arregalados de medo. Eu os abracei, mantendo os braços em volta deles mesmo quando Carol se debateu e reclamou: "Está quente demais, mamãe." Eu precisava do consolo dos corpos suados dos meus filhos diante da decepção por aquela mulher não ser Bárbara — e da dor profunda que senti naquele momento: porque Bárbara continuava "desaparecida" para nós, só que ela poderia ter entrado em contato com nossa família a hora que quisesse. Mas ela não queria nos ver.

Ela não queria me ver.

* * *

Uma pequena parada no Denny's, na periferia de Barstow. Eu me sento ao balcão e peço uma fatia de torta de maçã, sem estar realmente com vontade, mas para "pagar" por usar o banheiro. Entretanto, a torta está deliciosa, e me demoro saboreando-a.

Fico surpresa, quando volto para o carro, em notar que começa a escurecer. Ainda não são nem cinco horas, mas, é claro, estamos em novembro. Bem, eu já estou a meio caminho de Las Vegas; se der meia-volta agora, vou pegar a hora do rush em L. A. Se vou ter que dirigir depois que escurecer, é melhor para a minha péssima visão que eu esteja numa estrada reta, cruzando o deserto, raciocino.

A paisagem austera me faz pensar na bela e selvagem fotografia do deserto que Alan Yardley me deu, uma foto em preto e branco, toda de luz e sombra. Yardley, quando fui perguntar a ele sobre Bárbara, me deu a impressão de ser o homem mais gentil do mundo. Eu soube depois, por Philip, que o tempo todo em que Yardley me olhou nos olhos com seu olhar triste e cheio de compaixão, ele estava mentindo para mim. Pendurei a foto em todos os escritórios em que trabalhei — agora ela está pendurada sobre a minha escrivaninha, em casa — para me lembrar de que a confiança precisa ser conquistada, não dada cegamente.

Entretanto, era de conhecimento geral que eu confiava nas pessoas com muita facilidade. Enquanto dirijo velozmente pelo deserto, surge o pensamento que tentei evitar a tarde inteira — a outra explicação para o cartão de Philip estar entre os papéis de mamãe e para a carta de Carl Logan no arquivo dele: Bárbara *estava* morando em Colorado Springs com o nome de Kay Devereaux. Philip descobriu e contou a mamãe e a papai. E eles esconderam isso de mim!

— Não! — gritei dentro do carro, da noite, do deserto.

Basta um segundo de desatenção e o Jaguar derrapa e sai batendo num terreno irregular, e só vejo sombras à minha frente. Piso no freio. O carro desacelera, mas continua avançando. Ouço um som metálico e passo por cima de alguma coisa.

Recebo um golpe no peito e sou atirada com violência contra o assento. Então tudo para.

O que vem depois é um borrão de dor e pessoas de uniforme, primeiro a Polícia Rodoviária e os paramédicos, depois médicos e enfermeiras de jalecos brancos no hospital de Barstow.

Eu tenho sorte, o médico do pronto-socorro me diz; parece que meu pior ferimento é uma costela quebrada por causa do airbag. Tirando isso, "a senhora vai ficar com algumas manchas roxas." Vão me manter lá até de manhã para observação, mas depois posso ir para casa. Ele sai, e uma enfermeira que está ao lado diz que vai me levar para um quarto.

Meio tonta, enquanto sou levada numa maca, penso no estado em que estará o meu carro. E, que diabo, vou ter que ligar para Ronnie vir me buscar amanhã. Mas, antes que eu fale alguma coisa, a enfermeira diz: — Espero que a senhora não se importe. O seu celular tocou enquanto o médico estava tratando da senhora, e eu atendi. Era o seu neto. Ele está vindo para cá. Tudo bem?

— Tudo bem — murmuro, minha voz grogue de alguma coisa que eles tenham me dado para dor. Meu neto? Mas o filho de Ronnie, Brian, está na Argentina, trabalhando com fotojornalismo. Então eu me lembro de Dylan. O filho de Carol se mudou para Los Angeles alguns meses atrás; ele jogou beisebol numa divisão secundária e agora estava trabalhando como treinador na Culver City High School.

Deve ter sido Dylan que ligou.

Ainda assim, a última coisa que a enfermeira diz antes que os remédios e o choque me façam adormecer me deixa espantada.

— Seu neto deve ter poderes especiais. Ele ligou porque estava preocupado com a senhora. — Poderes especiais, realmente. Senão, por que Dylan estaria preocupado comigo?

De manhã ele está lá. A enfermeira me acorda dizendo:
— Seu neto pode entrar? Ele passou a noite no saguão.
— Claro. — Fico comovida. E estou tão abalada e vulnerável depois do acidente que meus olhos ficam marejados de lágrimas. Passo as mãos nos olhos e me encolho de dor. Ui! Eu devo estar com o olho roxo.

Instantes depois, um rapaz — bem, uma imagem borrada aparece na porta, não sei o que fizeram com os meus óculos — entra no quarto e exclama: — Vovó!

Mas não é o meu neto. É Josh. Ele corre até minha cama e cochicha:

— Eu tive que dizer que era seu parente, senão eles não me teriam dito nada. E eu não sabia como entrar em contato com alguém da sua família. — Depois de dizer isso, ele olha bem para mim e pergunta, preocupado: — Elaine, você está bem?

— Melhor do que pareço. De verdade. Maldito airbag. — Eu tento rir, mas dói.

— Acho que preciso ver como ficou o outro cara, certo? — ele diz.

— O Sierra Club irá provavelmente me expulsar quando souber o que eu fiz ao deserto.

E o meu pobre Jaguar! Peço a Josh para descobrir o que aconteceu com o carro. Se foi rebocado para algum lugar ou se ainda está no meio das rochas e cactos. Ele sai apressado, contente por ter o que fazer, e volta quinze minutos depois com a notícia de que o carro foi levado para um depósito da Polícia Rodoviária. Eu não tenho dúvida de que o Jaguar vai precisar de extensa lanternagem, mas estou torcendo para ele não ter sofrido nenhum sério dano no motor. Esse parece ser o meu caso, conforme me diz a médica, que chega alguns minutos depois.

A médica desta manhã é uma loura de voz macia que explica a diferença entre uma costela quebrada e uma costela apenas luxada: eu tenho a sorte de estar com a segunda opção. Ela me aconselha a não economizar no analgésico porque o maior perigo é que se doer muito para respirar, e eu evitar respirar fundo, posso ficar com pneumonia.

Depois da médica entra a assistente social, que pergunta quem vai tomar conta de mim quando eu voltar para casa. Eu a acalmo dizendo que vou ficar na casa do meu filho, embora não tenha a menor intenção de fazer isso; posso me virar sozinha. Uma auxiliar de enfermagem me ajuda a me vestir, e estou pronta para ir — mais ou, como é o caso, menos. Depois do desconforto de descer da cama e enfiar os braços nas mangas, não discuto quando a auxiliar de enfermagem quer me levar até o carro de Josh numa cadeira de rodas e reprimo um gemido quando ela e Josh me ajudam a sair da cadeira e entrar no carro.

Depois que entro no carro, um Subaru marrom cujo banco traseiro está abarrotado de livros, roupas e sacos e invólucros de sanduíche (em contraste gritante com o assento do passageiro, que ele deve ter limpado), eu fico razoavelmente confortável. Entretanto, é óbvio que o meu plano de ficar sozinha não vai funcionar. Enquanto Josh avança devagar como uma tartaruga, tentando evitar buracos, na direção da autoestrada, pego o telefone e peço a Ronnie para ficar na casa dele por alguns dias. Isso demora um pouco, já que preciso convencê-lo de que não estou muito ferida, explicar por que a pessoa que está organizando o meu arquivo foi me buscar no hospital e contar uma meia verdade sobre o que eu estava fazendo em Barstow: "Eu cansei de ficar parada e resolvi dirigir um pouco." Em seguida, ligo para a companhia de seguro, informo sobre o acidente e combino para eles rebocarem o carro até a oficina em L. A. E deixo um recado para Harriet dizendo que não pude ir à hidroginástica aquela manhã: nós avisamos uma à outra quando não podemos ir.

Quando guardo o telefone na bolsa, já percorremos pelo menos vinte milhas e estou exausta.

— Tudo bem? — Josh diz.

— Tudo bem.

— A temperatura está boa? Quer que eu ligue o ar-condicionado?

— Não, está bom.

— Que tal um pouco de música? Eu tenho Ella Fitzgerald no *The Great American Songbook*.

— Eu adoro Ella. — Ah, estou sentindo falta do Josh áspero; sua solicitude está me deixando maluca.

— Sinto tanto pelo...

— Eu vou fechar os olhos por alguns minutos, está bem?

— Sim, claro. Vou calar a boca.

Ella começa a cantar "Something's Gotta Give", e eu devo ter mesmo cochilado, porque quando torno a olhar pela janela estamos percorrendo a enorme área entre Riverside e Los Angeles.

— Estamos quase em casa — digo.

— Posso fazer uma pergunta? — Josh diz. — Quando você saiu ontem, por acaso estava indo para Colorado Springs?

— Não. Para Las Vegas.

— *Você* gosta de Las Vegas?

— Você já esteve em Las Vegas?

— Claro. Mas, você sabe, aquele é um lugar vulgar, superficial e falso. Bem... — Ele sorri para mim. — Acho que Las Vegas tem um bocado de qualidades, afinal de contas... Ahn, olha aqui, eu sinto muito sobre ontem.

Eu achava que depois que Philip Marlowe encontrou a sua irmã ela tinha voltado para casa. Ou pelo menos tinha entrado em contato com você — ele acrescenta, claramente dividido entre uma preocupação real por mim e uma imensa curiosidade.

Não tenho dúvidas sobre qual das duas vai ganhar. Talvez eu esteja apenas tonta de tanto analgésico — ou comovida por ele ter dirigido até Barstow e passado a noite no saguão do hospital —, mas não me importo de contar a verdade a ele.

— Não, ela não fez isso. Eu nunca soube o que houve com ela.

— Você não sabia que ele a encontrou em Colorado Springs? Seus pais não contaram a você sobre aquela carta do detetive do hotel?

— Provavelmente não era a minha irmã. — Ou talvez, eu penso, enquanto Ella canta "Love for Sale," eles descobriram outra coisa, algo que Carl Logan contou quando Philip Marlowe ligou, que os fez tomar a decisão de cortar qualquer laço com ela. Digamos que ela não estivesse apenas se apresentando no espetáculo do hotel, mas também fornecendo serviços extras para os hóspedes do sexo masculino?

— Por que ela saiu de casa? — Josh pergunta. — Aconteceu alguma coisa?

— Não. — O que aconteceu para fazer Bárbara ir embora é algo que eu só revelei a poucas pessoas — Tia Pearl, mamãe e papai, Paul... e Philip.

— Chega de falar de mim — eu digo. — Conte-me sobre a sua família.

— A *minha* família?

Eu disse isso para mudar de assunto, mas me ocorre que, embora Josh tenha falado sobre seu doutorado e tenha contado que conheceu a família da sua namorada vietnamita no mês passado, sei muito pouco sobre ele.

— Você tem pais, não tem?

— Minha família, tudo bem. Sabe aquela cena em *Noiva nervosa, noivo neurótico* em que Woody Allen conhece a personagem de Carol Kane e a descreve? "Nova York, judia, de esquerda, pai com desenhos de Ben Shahn?"

— E ela o critica por reduzi-la a um estereótipo cultural? — A cena tinha me impressionado porque eu e Paul tínhamos três gravuras de Shahn. — Esse é você?

— Judeu e de esquerda, sim. Geração diferente, então referências culturais diferentes. Velhos clipes de cigarro de maconha na gaveta de bagulhos, todos os discos de Bob Dylan, dos Stones, e, no caso da minha mãe, de Joni Mitchell. E os quadros do meu pai eram cartazes de marchas de protesto e concertos de rock. Eles eram feitos pelo grupo de design gráfico do qual ele fazia parte... até ir trabalhar numa agência de publicidade em Denver. Esse foi um dos motivos da separação dos meus pais: minha mãe achou que ele tinha se vendido.

— Eles ainda moram em Denver?

— Meu pai mora, com a esposa. Ela é professora da terceira série. Depois que eles se separaram, quando eu tinha cinco anos, minha mãe se mudou para Leucadia, uma daquelas cidades de praia ao norte de San Diego. Ela faz massagem e terapia holística. Como eu disse, um estereótipo cultural.

— Cinco, isso é duro.

— Não. Minha madrasta é ótima, no meu pai predomina o lado esquerdo do cérebro, prático, e na minha mãe o lado direito, visionário; eu posso escolher o que quiser de cada um. E você precisa me ver num avião. Ninguém consegue mais vantagens dos comissários de voo do que quem já viajou como menor desacompanhado.

O que foi que Harriet disse? Cada uma de nós tem uma versão diferente da história da nossa família. E suponho que todo mundo tenha motivos para inventar — e acreditar — em determinada história, como o relato irrefletido de Josh sobre quanto o divórcio dos pais foi indolor para ele. Mas não acredito nele. E imagino qual das minhas histórias, das minhas lembranças, iria soar para um ouvido como... bem, não como ficção, já que acredito na realidade objetiva. Mas o que, no modo como enfeito o meu relato — minha escolha de palavras, o que eu enfatizo ou disfarço, meu tom de voz —, pode parecer escolhido para proteger a mim mesma ou a outra pessoa do sofrimento? Ou da culpa?

É relaxante me recostar, fechar os olhos e ouvir. Durante os quinze minutos seguintes, faço algumas perguntas e fico sabendo que Josh tem duas meio-irmãs em Denver e que sua mãe teve uns poucos relacionamentos sérios, mas principalmente "fez aquele papel de mãe solteira hippie" numa casa fria e caindo aos pedaços, mas ninguém ligava para isso, já que ela ficava a dois quarteirões da praia.

Ele poderia estar descrevendo Carol, que pôs o nome do filho em homenagem a Bob Dylan — o filho que ela ficou esperando quando cursava o segundo ano em Sonoma State. Paul e eu imploramos para ela se casar com o namorado ou (melhor ainda, já que ela só tinha dezenove anos) fazer um aborto e não deixar a escola de jeito nenhum. Ela não fez nada disso. Como a mãe de Josh, ela foi viver aos trancos e barrancos, criando Dylan sozinha, apesar de ter tido alguns relacionamentos, e ganhando apenas o suficiente para não morrer de fome, trabalhando no setor de guarda-roupa do Oregon Shakespeare Festival, em Ashland. Tia Pearl ficaria contente: foi ela quem ensinou Carol a costurar. Carol também é tecelã e faz tecidos originais, desenhos complicados de folhas e pássaros e flores em tons sutis — não fazem o meu gosto, eu gosto de cores fortes e desenhos abstratos, mas são obras de arte. Se ao menos ela tivesse a energia de Pearl! Ela se recusa a fazer propaganda do seu trabalho. Ela sempre desprezou a ambição... Mas, é claro, esse é o meu ponto de vista, o lado que eu mencionava nas nossas brigas quando ela vinha da escola com B menos e até C. Agindo de acordo com o *meu* estereótipo cultural. Será que algum de nós escapa disso? Talvez Bárbara tenha escapado.

Estamos chegando à cidade. Boyle Heights está à nossa direita. E Josh pergunta: — Quer que eu leve você para a casa do seu filho?

— Obrigada, mas quero passar em casa primeiro e preparar uma mala. — E, como qualquer criatura ferida, tenho necessidade de retornar ao meu ninho. — Ele pode vir me buscar.

— Sabe — ele diz — agora que você tem o nome, Kay Devereaux, pode fazer uma pesquisa. Registros oficiais, coisas assim.

É claro, esse é o modo de proceder, e não fazer uma viagem ridícula a Colorado Springs. Eu poderia procurar registros públicos de casamento, divórcio, compra e venda de imóveis, medidas legais. Mortes. Se ela algum dia foi acusada de um crime ou foi para a cadeia. *Foi por isso que mamãe e papai guardaram esse extraordinário segredo? Porque minha irmã, que não tinha visto nada demais em furtar coisas das lojas quando era criança, estava envolvida em algo ilegal?*

— Sou muito bom nesse tipo de coisa — ele acrescenta. — Me avisa se quiser que eu ajude.

— Obrigada. Pode deixar. — Mas só a ideia de chamar Josh, dar a ele uma ideia de onde começar a procurar, já me deixa exausta. Será que alguma vez tive que contar a alguém a história toda, começando do início e tentando chegar até quem era Bárbara e como ela foi embora? Philip, eu contei a ele. Mas todo mundo chegado a mim — minha família, Paul, amigos de Boyle Heights, alguns dos quais permaneceram meus amigos a vida inteira — sabia o que aconteceu; eles também viveram isso. Quanto aos meus filhos, ouviram pedaços da história, e aos poucos Paul e eu fornecemos mais detalhes.

Depois de todo este tempo, existe realmente alguma esperança de encontrá-la? Como Harriet disse, encontrá-la agora poderia levar a diversos resultados, nem todos felizes. Apesar de ser californiana, eu não sou uma pessoa que acredita em sinais, mas vejam o que aconteceu quando simplesmente saí dirigindo na direção de Colorado Springs. Foi como se o universo estivesse erguendo um gigantesco cartaz, dizendo "Entrada Proibida!"

Na minha casa, Josh insiste em me acompanhar até lá dentro. Dou a ele duas notas de vinte para a gasolina. Mas pagar um tanque de gasolina não é agradecimento suficiente para o que ele fez.

— Espere! — digo.

Vou até o escritório e examino as gravuras de Ben Shahn, penduradas numa parede. Planejo dar a *Botânica Cega*, tão sutil, num estilo quase japonês, para Carol, quando eu me mudar, e a ilustração da Hagadá da Páscoa judaica para Ronnie; a minha favorita, a surreal *Galhos de Água e Desejo*, irá comigo para o Rancho Sem Amanhã. Mas, na verdade, eu não vou ter quase espaço de parede lá. Estendo a mão para a gravura e sinto uma resistência, uma dor quase física. Eu me lembro do dia em que Paul e eu compramos aquela gravura e as discussões acaloradas que costumávamos ter a respeito, normalmente enquanto tomávamos um drinque — o pássaro gigantesco estava empoleirado no telhado de uma casa, ou a estrutura era uma espécie de barco? Qual o motivo da arrogância do pássaro, do seu olho arregalado, astucioso? Bem, não tenho nenhuma obrigação de dar um Shahn para Josh. Posso demonstrar minha gratidão com um bela garrafa de vinho. Entretanto...

E então eu compreendo o que quero dar a ele. Vou até o escritório e tiro da parede a fotografia do deserto de Alan Yardley. Ela faz parte da história de Bárbara, um quebra-cabeça ao qual Josh acabou de acrescentar mais uma peça e, penso eu, adquiriu um certo direito sobre ela.

Limpo a moldura com um pano, depois levo a foto para ele.

— Eu quero que você fique com isto.

— Elaine, eu não posso... Isto é um Ansel Adams? Tudo o que fiz foi dar uma carona para você.

— É um Alan Yardley.

— O homem no arquivo de Philip Marlowe?

Eu digo que sim, e ele pega a foto.

— Uau. Obrigado.

Ele pergunta se eu quero que fique até meu filho chegar. Eu quero ficar alguns minutos sozinha na minha casa. Meu corpo castigado precisa voltar ao ninho.

— Ei — ele diz ao sair. — Eu gosto de viagens de carro. Da próxima vez que você tiver vontade de fazer uma, liga para mim.

CAPÍTULO 8
O FANTASMA DO TIO HARRY E O TERREMOTO

Reparei pela primeira vez no fantasma da nossa família na praia em Ocean Park. Deve ter sido no verão em que eu tinha cinco anos, porque lembro que Audrey estava lá num carrinho de bebê — e tanto Zaide quanto Pearl estavam presentes, então isso foi antes de Pearl se divorciar.

Nas nossas idas à praia nos fins de semana, os adultos de vez em quando davam um mergulho para se refrescar, e alguém sempre acompanhava a mim e a Bárbara, ficando de guarda enquanto fazíamos buracos na areia molhada e segurando com força nossas mãos quando nos aventurávamos a entrar no mar. Mas o maior divertimento dos adultos era se deitar nas espreguiçadeiras de lona debaixo da barraca. Eles comiam, conversavam, liam um pouco. Eles contemplavam o oceano — mamãe às vezes ficava horas olhando para o mar — ou se deitavam de olhos fechados, desfrutando daquelas poucas horas de descanso. A única exceção em toda essa indolência era papai, que mergulhava no oceano e nadava a sua milha.

Papai nadava a sua milha sempre que tinha um dia de folga e podia ir conosco a Ocean Park, então eu tinha ouvido variações desta frase muitas vezes. "Vou nadar minha milha", ele dizia, e caminhava rapidamente para a água. Ou alguém perguntava onde papai estava, e outra pessoa respondia: "Nadando sua milha." Isso fazia parte das frases que estavam constantemente girando à minha volta, uma das muitas referências a eventos que ocorriam no mundo dos adultos que eu ouvia e aceitava como coisas corriqueiras. Neste dia, entretanto, *papai nadando sua milha* se tornou uma arca do tesouro de ideias tão enorme e excitante e perigosa que quase explodi tentando absorvê-las: *nadar*, que envolvia deitar de bruços com a cara enfiada no mar, mas, em vez de sufocar e tossir como eu fazia quando uma onda batia no meu rosto, você se movia sobre a água. Uma *milha*, o tipo de distância que você percorreria de carro ou bonde (a pé, você percorria três ou quatro ou dez *quarteirões*), no entanto, papai percorria isso no oceano. *Nadando sua milha* significava também que papai entrava mais fundo no oceano do que apenas até a altura do peito, que era o mais fundo que eu me aventurava; mais fundo ainda do que um passo ou dois além do que dava pé, como Pearl fazia às vezes, rindo e gritando e depois tropeçando até dar pé de novo.

Papai ia tão longe que, da praia, eu não conseguia vê-lo.

— O que deu em você? — mamãe perguntou quando me agarrei nela. — Por favor, Elaine, está quente demais.

Eu não tive palavras para expressar o tumulto de sentimentos que minha nova percepção tinha ocasionado — medo de papai nunca mais voltar, excitação por ele estar fazendo algo que exigia força e coragem, e também a sensação de que eu havia saltado para um nível mais complexo de entendimento das coisas e que estava prestes a alcançar uma nova rede, excitante, mas desafiadora, de significados.

Mamãe encostou as costas da mão na minha testa.

— Venha para a sombra. Beba alguma coisa.

Ela me serviu um copo de limonada no qual o gelo já tinha derretido fazia muito tempo. Eu dei um gole na bebida tépida, mas mal consegui engolir. Meu olhar percorreu rapidamente os banhistas que se agitavam perto da praia e se fixou nos poucos pontinhos distantes que eram os que nadavam depois da arrebentação. Papai vinha sempre da mesma direção depois que nadava a sua milha? Ah, por que eu nunca tinha prestado atenção?

Finalmente, eu o localizei, seu cabelo negro ondulado e seu bigode brilhando ao sol, suas pernas fortes percorrendo a areia. Corri para ele, e ele me segurou contra o peito frio e molhado.

— O que foi, Elaine?

— Você nadou sua milha?

— Nadei. — Ele riu, alegre como um menino. *Que idade ele tinha nessa época? Vinte e sete, vinte e oito?* — Quer que eu ensine você a nadar?

— Sim! — eu disse, a minha fé no meu atlético pai vencendo a minha timidez.

— Deixe-me beber alguma coisa antes. Depois vou dar a primeira aula para você.

Surpreendemente brincalhão, papai trotou como um cavalo e me carregou de volta para o conjunto de barracas e cadeiras. Lá, meu recente salto em termos de compreensão desapareceu. Os adultos pareciam estar falando em código, sua conversa tão estranha como quando eu ouvia os Yamoto falando japonês na nossa rua.

— Quarenta e oito. — Zaide sacudiu os ombros e estendeu o braço para mostrar o relógio.

— Nadando mesmo? — papai disse. — Ou você contou o tempo de entrada e saída da água? — A voz dele soou despreocupada, como se ele estivesse brincando, mas, encostada em seu peito, eu vi o quanto ele ficou tenso.

— Do mesmo jeito que eu contei quarenta e dois — Zaide disse.

— Pai. — Tia Pearl revirou os olhos. — Harry só tinha dezoito anos. E o mar está agitado hoje, não está, Bill? Eu ouvi dizer que está com correnteza.

"Harry" devia ser o tio Harry, irmão mais velho de papai, que eu não conheci porque morreu antes de eu nascer, lutando na Grande Guerra. Essa foi a única coisa que entendi. Eu tentei atrair o olhar de Bárbara, mas ela estava brincando com a bebê Audrey e ignorando a tensão latente entre os adultos, como eu suponho ter feito no passado.

— Pearl, esqueça, está bem? — Papai me pôs no chão sem olhar para mim.

— Toma aqui, Bill. — A mão de mamãe se demorou na de papai quando ela entregou a toalha para ele. — Quer uma limonada?

— Dezessete — Zaide disse. — Ele tinha dezessete. Foi em 1914.

— Pronto. Está vendo? — Pearl disse.

— Será que é demais querer uma toalha que não esteja cheia de areia quando volto da minha natação? — Papai sacudiu a toalha com força, sem se afastar, e a areia voou sobre nós.

Sua zanga pouco característica me fez pensar duas vezes antes de me aproximar dele. Mas eu queria aprender a nadar!

— Papai? — Eu me aproximei dele enquanto ele se secava com a toalha. — Papai?

Talvez ele tenha ouvido minha voz tremer. Ou sua raiva passara.

— O que é, Elaine? — ele disse gentilmente.

— Você disse que ia me ensinar a nadar.

Ele hesitou por um momento, e eu me preparei para ouvir um não. Mas ele sorriu. — É verdade, eu disse.

Como professor de natação, papai era mais paciente do que quando me ensinava poesia ou história. Ele brincou de enfiar a cabeça na água e fazer bolhas. Naquele primeiro dia, fiz bolhas com papai me segurando até ele não me segurar mais. Em pouco tempo ele me ensinou a boiar, e quando eu tinha seis anos já sabia nadar crawl.

Quando fiquei um pouco mais velha, eu às vezes nadava depois da arrebentação com papai. E à medida que minha capacidade de raciocínio, que eu tinha notado pela primeira vez ali na praia, amadurecia, compreendi que a chave para a conversa que eu não entendi era o tempo de quarenta e dois minutos que Harry tinha levado para nadar uma milha aos dezessete anos — e que o fantasma de Harry nadava, sempre um pouco à frente, quando papai nadava a sua milha.

Havia uma fotografia emoldurada de Harry Greenstein, bonito como um ator de cinema no seu uniforme do exército, pendurada na parede da nossa sala de estar. Ele estava também em outra foto da sala, uma foto de toda a família de papai, tirada em 1911, um ano depois de eles terem se mudado de Nova York para o clima mais saudável de Los Angeles, porque nossa *bubbe* estava com tuberculose; mas a mudança veio tarde demais para ela. Sentada ao lado de Zaide no centro do grupo familiar, Bubbe parecia pálida e frágil, e eu sabia que ela tinha morrido no ano seguinte. Mas os filhos! Era impossível acreditar que minha pálida e apática *bubbe* tinha gerado aquelas visões queimadas de sol de vitalidade!

Rechonchudas e sorrindo, usando vestidos escuros com golas de renda branca, Sonya, de nove anos, e Pearl, de oito, estavam uma de cada lado do grupo. Bill — o papai — que tinha onze, estava empertigado atrás de Bubbe; no seu rosto sério, eu reconhecia a mim mesma.

Depois vinha Harry, dominando a foto com sua beleza tranquila. Embora só tivesse catorze anos, Harry não tinha a deselegância típica dos adolescentes, a inibição mal-humorada de quem está em guerra com o próprio corpo. Se havia uma guerra dentro de Harry, ele a tinha vencido. Com um metro e sessenta e oito ou setenta, ele ainda não tinha crescido tudo o que tinha para crescer, mas já tinha atravessado a ponte da infância para a idade adulta. Em pé atrás da cadeira de Zaide e entre papai e Sonya, ele se mantinha ereto como papai, mas com um pouco mais de segurança e humor. Ao lado do esquelético papai, Harry era cheio de corpo, e não só por ser mais velho; ele tinha um corpo naturalmente forte, com ombros largos de nadador.

Harry fez o famoso tempo de quarenta e dois minutos nadando uma milha em julho de 1914, e esse foi o ponto alto de um verão importante, tanto para a família Greenstein quanto para o mundo. Naquele mês de junho, Harry se formou no ensino médio e ele e Zaide fundaram a granja. Em agosto, a Europa entrou em guerra.

Harry se alistou no exército um ano depois. Os Estados Unidos ainda não tinham entrado na guerra, mas ele sabia que ela viria. Quando veio, ele foi mandado para o centro do combate e morreu assim que pôs os pés na França.

— Você lutou na Grande Guerra? — perguntei a papai, mais ou menos na época em que me dei conta do fantasma de tio Harry.

— Eu quis, mas quem iria ajudar Zaide na granja?

Uma resposta bastante simples, mas ela ocultava falhas geológicas que iriam se aprofundar e deslizar e por fim — às 5:54 da tarde do dia 10 de março de 1933 — ruir.

Sexta-feira, 10 de março, não parecia ser um dia que iria mudar tudo. No calendário que tínhamos na cozinha, o dez era simplesmente um quadradinho em branco, um dia cuja principal importância era o fato de cair no meio de três outras datas com um círculo vermelho em volta: o sábado anterior, 4 de março, quando o presidente Roosevelt tomou posse, e o décimo segundo aniversário meu e de Bárbara, em 28 e 29 de março.

Naquela sexta-feira à noite, nós iríamos comer nosso primeiro jantar de Shabbos numa América governada por FDR, uma América que poderia finalmente sair da Depressão. Embora a Depressão prejudicasse a vida de todo mundo, ela não tinha atingido os Greenstein com tanta força quanto tinha atingido tantos outros. Papai ainda tinha um emprego; o sr. Fine precisara despedir dois funcionários, mas tinha despedido pessoas solteiras, não um chefe de família como papai. E papai já trabalhava para o sr. Fine havia dezessete anos! O sr. Fine disse muitas vezes a ele que o considerava como família. Tivemos que apertar o cinto, é claro, e mamãe e papai não falavam mais em comprar uma casa própria algum dia, mas tínhamos conseguido instalar um telefone; e sempre tínhamos o que comer e até roupas novas ou muito bem consertadas, graças à tia Pearl. Pearl estava na verdade prosperando naqueles tempos difíceis. Ela tinha começado a desenhar trajes para o cinema, e o cinema era um consolo que todos, exceto os mais desesperados, se permitiam. Para o tio Leo, também, a Depressão significou movimento na sua livraria em Hollywood Boulevard. As pessoas vendiam livros raros para sobreviver, e Leo só precisava de um punhado de colecionadores ainda ricos — ou novos-ricos, para quem não havia nada como uma estante cheia de clássicos mofados para fazê-los parecer cultos — para garantir um mercado. Zaide também se deu bem, já que jogar era um consolo que nem os desesperados abandonaram.

Nós é que sentíamos pena das *outras* pessoas. Papai dava dinheiro para caridade, e mamãe convidava as famílias "menos afortunadas" para jantar nas sextas-feiras. Isso significava, normalmente, Danny e o pai dele ou — nessa sexta-feira — nossos vizinhos de porta, os Anshel. O sr. Anshel, que trabalhava como tipógrafo, teve o salário cortado pela metade, e, com duas crianças pequenas para tomar conta, a sra. Anshel não podia procurar trabalho. Toda a família Anshel, inclusive David, de três anos, e o bebê, Sharon, tinha uma pele grossa e pastosa. Mamãe dizia que era porque eles quase não comiam carne e tinham que se contentar com batatas e feijão.

Para garantir que os Anshel comessem carne naquela sexta-feira — e para comemorar a posse de Roosevelt — mamãe estava assando dois frangos, nos quais ela tinha esfregado alho, salsa e óleo debaixo da pele e depois tinha polvilhado de páprica e do seu ingrediente secreto, uma pitada de canela. O perfume enchia a casa enquanto minhas irmãs e eu realizávamos as tarefas para o jantar de sexta-feira. Cabia a mim e a Bárbara transformar a mesa da cozinha. Nós levávamos a mesa para a sala de estar, acrescentávamos duas placas e estendíamos a toalha branca que mamãe e papai tinham ganhado de presente de casamento de Pearl. Depois púnhamos a mesa com a porcelana de flores Rosenthal, um presente enviado pelos parentes de Chicago, e os copos de cristal de vinho e de água, que também eram presentes de casamento. Dava a impressão de que todos os presentes que papai e mamãe tinham recebido eram para uso nos jantares de Shabbos, embora a única tradição que seguíamos era mamãe acender as velas nos castiçais de prata e murmurar uma oração. Os castiçais foram um presente do patrão de papai, Julius Fine, e lustrá-los era tarefa de Audrey.

Audrey tinha acabado de colocar os castiçais recém-polidos no aparador, Bárbara e eu estávamos alisando a toalha na mesa, e Zaide estava descansando na sua poltrona com um copo de uísque quando papai chegou em casa. Já eram seis horas? Era melhor nos apressarmos. Mas eu olhei para o relógio e ainda não eram nem cinco e meia. O sr. Fine tinha deixado papai sair cedo da loja.

— Papai! Papai! — Audrey ficou pulando de um pé para outro como um cachorrinho que não consegue conter sua alegria. Pobre Audrey. Quanto mais ela tentava, mais papai se afastava dela. Ela ainda não tinha entendido que havia horas em que nenhuma de nós, nem mesmo eu, sua favorita porque me dava tão bem na escola, devia se aproximar de papai. Quando ele voltava do trabalho, você precisava esperar até ele colocar os chinelos e tomar uns goles de uísque.

Como era de esperar, papai nos ignorou e entrou na cozinha. Um minuto depois, eu ouvi mamãe gritar. Bárbara, Audrey, Zaide e eu corremos para a cozinha e entramos todos juntos pela porta de vaivém.

Mamãe estava largada numa cadeira como se sua barriga de seis meses de gravidez fosse uma bola de praia pesada que alguém tivesse atirado para ela e, ao agarrá-la, ela tivesse caído para trás. Estava com os olhos abertos, mas seu rosto estava tão pálido quanto os dos Anshel.

Papai estava inclinado sobre ela, abanando-a com um pano de prato.

— Água — ele disse.

Bárbara correu para a pia e encheu um copo.

— Quer que eu chame o médico? — perguntei.

— Não precisa. — Papai pegou o copo da mão de Bárbara e o levou aos lábios de mamãe. — Mamãe só está com calor por causa do forno.

Mamãe endireitou o corpo na cadeira e olhou zangada para ele.

— Conte a eles.

Papai respirou fundo. Ele olhou para a porta, mas falou com sua voz de campeão de oratória.

— Eu perdi meu emprego.

— Juli Fine diminuiu suas horas? — Zaide disse, tentando se defender da catástrofe daquela declaração.

Papai sacudiu a cabeça. — A sra. Fine tem um primo que foi despedido meses atrás. Ele não conseguiu achar outro emprego.

— O que quer dizer isso, que papai perdeu o emprego? — Audrey cochichou para mim. Eu belisquei o braço dela para ela calar a boca.

— Charlotte, por que você não vem se sentar na sala para se refrescar? — papai disse.

— Nós podemos terminar o jantar — Bárbara ofereceu.

— Que tal eu dizer aos Anshel que alguém está doente e que não podemos ter visitas esta noite? — Zaide sugeriu.

— E desperdiçar os frangos? — mamãe disse. — Bárbara? Elaine? Os frangos ainda precisam de uns quinze ou vinte minutos para assar. E vocês podem cozinhar as vagens? Eu ia prepará-las com farinha de rosca, mas...

— Eu sei fazer isso — Bárbara disse.

Papai ajudou mamãe a se levantar, e eles foram com Zaide para a sala.

— O que aconteceu? — Audrey perguntou com lágrimas nos olhos. Bárbara e eu explicamos. Então Audrey chorou de verdade. Eu segurei com força os ombros dela e disse que tínhamos que mostrar coragem para mamãe e papai. Bárbara a fez se sentar para partir as pontas das vagens, e eu voltei à sala para terminar de pôr a mesa.

Zaide tinha servido doses de uísque para papai e mamãe, que estavam sentados em extremidades opostas do sofá.

— Que tal um pouco de música, Charlotte? — Zaide perguntou a mamãe.

— Está bem.

Cada comentário e cada gesto, por mais casual, pareciam afetados pela notícia dada por papai. Quando Zaide ligou o rádio na estação de música clássica, eu olhei para o Zenith no seu belo estojo e imaginei quanto tempo iríamos poder conservá-lo antes de sermos obrigados a levá-lo para a loja de penhores.

Papai, mamãe e Zaide tomavam suas bebidas e conversavam nervosamente.

— De onde este primo foi despedido? — mamãe disse.

— De uma agência de publicidade.

— E o que um homem que trabalha com publicidade entende de vender sapatos?

— Ele estava desempregado desde dezembro — papai disse. — Ele tem dois filhos e uma hipoteca.

— Uma hipoteca! Então ele pode comprar uma casa? Audrey, pelo amor de Deus, larga esses castiçais.

Audrey, que tinha entrado devagarinho na sala para colocar velas brancas nos castiçais, deu um pulo.

— Eu não vou rezar com castiçais que nós ganhamos de Juli Fine — mamãe disse. — Não posso nem olhar para eles! Leve-os embora, Audrey. Agora! — Ela tomou um gole de uísque e então disse para papai: — Então, onde fica essa casa que o sr. Publicitário hipotecou?

— No West Side.

— Naturalmente. Fine pelo menos pagou uma indenização para você?

— Sessenta dólares.

Nós pagamos vinte e dois dólares e cinquenta centavos por mês de aluguel.

— Mamãe? — Audrey murmurou. Ela tinha levado os malditos castiçais de volta para o lugar deles, dentro do aparador. Agora estava ali em pé, com uma expressão infeliz, segurando as velas. — Eu devo usar outros castiçais?

— Como você pode pensar em... Não me importa, use outros castiçais.

Com lágrimas nos olhos, Audrey olhou em volta às cegas. Eu percebi que ela talvez não soubesse que havia velas em castiçais ordinários de latão no armário da rouparia, para o caso de faltar luz. Eu ia lhe dizer isso, mas então ela correu para a cozinha.

— Você trabalhou dezessete anos para ele — mamãe disse. — Além do horário, dando hora extra, fazendo qualquer trabalho que fosse necessário. Você acha que o sr. Publicitário com sua hipoteca no West Side vai ficar depois da hora ou sujar as mãos no depósito?

— Se fosse seu primo e minha loja, você não iria querer...

— Não me diga que vai defendê-lo.

— Charlotte. — Papai levantou a mão: *chega*. Ele se levantou para pegar mais bebida.

— Bill tem razão — Zaide disse. — É claro que Fine vai ajudar o primo.

— Primo da mulher dele. — Mamãe se encolheu. — O rádio. Não quero ouvir mais.

Eu corri para desligá-lo.

Como eles podiam ficar tão calados? Eu estava levantando cada garfo para colocar um guardanapo dobrado sob ele, com toda a delicadeza; mesmo assim os garfos e guardanapos faziam um barulhão na mesa.

— Onde você vai procurar? — mamãe disse, passado um minuto.

— Vou começar nas lojas de departamento do centro da cidade.

— Para conseguir outro emprego vendendo sapatos? — Zaide disse.

Era porque Zaide estava sentado debaixo do retrato do tio Harry? De algum modo, esse comentário dava a entender não só *Por que papai iria querer outro emprego de vendedor de sapatos?*, mas também *Por que alguém iria querer um emprego desses?*

— Talvez eu deva perguntar se eles precisam de alguém para gerenciar toda a loja. — Papai deu uma risada seca. — Ou então eu vou ligar para o prefeito e perguntar se ele quer que eu o ajude a governar a cidade.

— Eu só estou dizendo, Billy — Zaide disse — que se trata de uma oportunidade. Você pode recomeçar.

— Recomeçar, papai. Por que eu não pensei nisso?

Mamãe devia ter tocado no braço dele e dito alguma coisa; era assim que ela sempre apartava as brigas entre papai e Zaide. Mas ela continuou olhando fixamente para o seu copo de uísque. Ela raramente bebia álcool, com a exceção de uma taça de vinho nas noites de sexta-feira.

— Sempre se pode ganhar dinheiro — Zaide disse.

— Um homem que trabalhava em publicidade, formado pela UCLA, vai passar o dia inteiro de joelhos tentando enfiar sapatos apertados demais nos joanetes da sra. Scharf. O que você sugere para um homem que não se formou no ensino médio?

— Ora, um pedaço de papel. De que adiantou isso para o primo de Fine?

Felizmente, mamãe finalmente abriu a boca. Mas só para dizer:

— Primo da *mulher* dele. Aquela Trudie Fine, aposto que ela ficou em cima dele noite e dia.

— Você mesmo disse isso — Zaide falou. — Se fosse a sua loja e um membro da família precisasse de ajuda, você ajudaria. Não é essa a ideia, de que a melhor coisa é ter um negócio próprio para poder ajudar a família quando for preciso?

— Que tipo de negócio eu devo abrir com sessenta dólares durante uma depressão?

— Não são só sessenta dólares, eu estou falando num negócio *familiar*.
— Como a vinícola que você queria abrir, papai. Uma vinícola em plena Lei Seca.
— A Lei Seca durou? Se tivéssemos começado naquela época...
— O que nós entendíamos de produção de vinho?
— O que Julius Fine entendia de sapatos quando começou?
— Jesus Cristo, papai! Fine não estava tentando produzir sapatos, apenas vender.
— Bill, Bill — mamãe murmurou.
Zaide, para meu espanto, riu. — Esse é o espírito — ele disse. — Esse é o tipo de briga necessária para seguir em frente, Bill. Eu digo isso porque você é meu filho. Você é tão inteligente quanto qualquer outro; de fato, é mais inteligente do que a maioria das pessoas que ganham dez vezes mais do que você jamais ganhou na loja do Fine e que moram em casas elegantes no West Side. Só tem uma coisa que o atrapalha.

Ele fez uma pausa, e eu pensei em fazer alguma coisa para distrair a atenção de todo mundo — deixar cair um prato? Mas eu não podia quebrar um prato bom. E estava curiosa para ouvir o que Zaide ia dizer.

— Billy, você sempre foi uma pessoa cautelosa. Não há nada de errado nisso, uma certa cautela é bom para os negócios. Mas às vezes um homem tem que assumir riscos. Ter um pouco de...

— *Chutzpah* — papai disse com um sorriso contrariado. Foi aí que eu fiquei assustada.

Chutzpah, eu já tinha ouvido essa palavra muitas vezes, como sendo algo que tio Harry possuía em abundância e como sendo a qualidade que Zaide mais apreciava em alguém. "Harry era capaz de entrar em qualquer lugar nesta cidade e fazer as pessoas comerem na mão dele," Zaide costumava dizer. "Marinheiros ou estudiosos da Torá, não importava, ele tinha bastante *chutzpah* para olhá-los nos olhos e dizer o que pensava. Até para os homens que mandam em Los Angeles." Ou, mais precisamente, banqueiros que poderiam ter salvado a granja. Não que ela tivesse precisado ser salva. A granja foi ideia de Harry, e ele tinha planos brilhantes para tudo, desde obter mais produção das galinhas até publicidade e transporte dos ovos até as lojas. Com Harry na direção, a Granja Saudável Green e Filhos teria sido a maior produtora de ovos do Oeste, Zaide dizia. Conforme fui percebendo a tendência de Zaide para o exagero, passei a considerar essa afirmação com certa reserva. Mesmo assim, como você podia olhar para aquelas fotos de Harry e *não* ver um homem que teria se atirado no oceano da vida... e nadado mais depressa e com mais entusiasmo do que qualquer outro?

Eu também sabia, embora isto nunca tivesse feito parte das histórias de Zaide, que o fato de Harry ter se alistado no exército tinha obrigado papai a deixar a escola aos dezesseis anos para ocupar o lugar dele na granja. Embora, é claro, ninguém pudesse ocupar o lugar de Harry.

E apesar de todo o charme do meu tio Harry quando estava vivo, eu passei a ter horror quando algum adulto — normalmente Zaide — se referia a ele. Ao ouvir falar em Harry, papai ficava tenso e infeliz como tinha ficado aquele dia na praia, embora Zaide não o tivesse mencionado com a intenção de comparar papai com ele; mas quase sempre a comparação estava pelo menos implícita, e era uma competição que papai jamais poderia ganhar. Eu me sentia mal por papai, mas, mais do que isso, sentia a história de tio Harry e papai se repetindo entre mim e Bárbara. Eu era estudiosa, como papai, e Bárbara era empreendedora, uma princesa da *chutzpah*. Havia nela o brilho de tio Harry.

Naquela tarde, embora ninguém tivesse pronunciado ainda o nome de Harry, eu sabia que seu fantasma tinha entrado na sala.

— Isso mesmo, *chutzpah* — Zaide disse. — Mas você tem razão numa coisa. É melhor ter um negócio sobre o qual a pessoa saiba alguma coisa. Uma casa de apostas, por exemplo.

— Papai. — Papai se levantou e deu alguns passos na direção de Zaide. Casualmente, com as mãos juntas na frente do corpo, como se estivesse dando uma aula de história ou de poesia.

— Eu tenho ideias que Melansky não consegue entender — Zaide disse. — Ele não sabe pensar grande. Mas nós dois poderíamos...

— Pai! Por que você acha que Harry se alistou no exército?

Cada nervo no meu corpo vibrou.

— Quem foi que falou em Harry? — Zaide disse.

— Por que Harry se alistou? — papai repetiu.

— Por que alguém se alista? Para servir ao seu país. — Zaide sacudiu os ombros, mas ficou em pé também, e seu sotaque ficou mais forte, um sinal de que papai o havia contrariado. Eu tive vontade de me atirar entre os dois, mas eles pareciam estar conversando racionalmente, e até que ponto dois homens de chinelos poderiam ser perigosos?

— Dois anos antes de entrarmos na guerra? — papai disse.

— Ele sabia que a guerra viria.

— Então ele deixou um negócio que tinha começado apenas um ano antes. Um negócio que estava apenas engatinhando.

— Olha, sei que é difícil ouvir a verdade sobre si mesmo. Mas não...

— A verdade? — papai disse, com a voz alta e rouca. Ele deu mais um passo na direção de Zaide. — A verdade é que Harry se alistou para fugir da sua maldita granja.

— O que é que você está dizendo? — Zaide gritou: — A granja foi ideia de Harry.

A gritaria fez Bárbara vir da cozinha. Nós ficamos grudadas uma do lado da outra quando mamãe, finalmente irritada, gritou:

— Parem com isso! Vocês dois!

— Harry odiava a granja — papai disse. — Odiava galinhas. Ele me disse, quando partiu para o exército, que nunca mais ia comer um ovo na vida.

— Seu irmão foi um herói. Mostre algum respeito por ele.

— Sabe o que ele mais odiava? Odiava ser arrastado para os seus esquemas malucos. Ele tinha medo de ser obrigado a fazer isso pelo resto da vida.

— Malucos? Quem não come ovos?

— Por favor, pai, não é isso que ele está dizendo — mamãe disse.

— Por que você acha que eu fui trabalhar para o Fine? — papai disse. — Porque não me restou nenhuma outra alternativa depois disso.

— Eu não fico mais nem uma noite sob este teto — Zaide berrou.

— Harry estava louco para dar o fora!

— Nem uma noite. — Zaide ladeou a mesa e passou pela porta de vaivém a caminho do quarto dele.

— Bill, como você pôde dizer isso?! — mamãe exclamou.

Papai olhou para o relógio. — Meninas, são dez para as seis — disse firmemente. — Nós temos convidados chegando. A comida está pronta?

— Pode deixar, eu vou terminar o jantar — mamãe disse.

Bárbara e eu fingimos estar ajeitando a mesa; eu piscava os olhos, tentando não chorar, e ela apertou minha mão para me acalmar.

Papai disse para mamãe:

— Como pude *dizer* isso? Ou como pude *não dizer* isso durante todos estes anos?

— Você e seu pai, e o pobre Harry, morto há tanto tempo, isso é problema de vocês. Mas como vamos viver sem a renda do seu pai? Eu vou falar com ele. — Mamãe entrou na cozinha.

Papai se afundou no sofá. Ele parecia tonto, como no dia em que nadou sua milha mesmo estando gripado e saiu do mar pálido e com os dentes batendo.

Eu olhei para a mesa elegante e imaginei a porcelana e os cristais empilhados na calçada depois que fôssemos despejados.

Como se tivessem absorvido o meu medo, todas as coisas lindas sobre a mesa tremeram. Mas não foi só a mesa. O chão estava balançando. As luzes piscaram. A casa inteira fazia barulhos horríveis, além do tilintar ameaçador dos cristais.

Bárbara e eu nos abraçamos, gritando: "Terremoto!" Papai se jogou sobre nós e nos empurrou para o chão enquanto vidros se espatifavam à nossa volta.

Então parou.

Por alguns segundos, a imobilidade pareceu tão estranha quanto o tremor.

— Meninas, vocês estão bem? — Papai se sentou no chão e examinou nossos corpos para ver se estávamos feridas.

Nós soluçávamos como bebês, mas não estávamos feridas. Não como papai, que estava sangrando de cortes na cabeça e nos braços! Mas ele disse que estava bem. Mandou que saíssemos — com cuidado, porque havia vidro quebrado por todo o chão — e esperássemos na frente da casa. Então entrou correndo na cozinha, gritando por mamãe e Zaide.

Bárbara e eu saímos na ponta dos pés da sala, que estava toda revirada. Uma mesa cheia de enfeites tinha virado, e toda a mobília, até o sofá grande e pesado, tinha mudado de posição. Lá fora, nossa varanda de madeira parecia bem, mas os três degraus de concreto estavam rachados, e faltava um bom pedaço do degrau do meio. Testando o chão cada vez que pisava, eu desci os degraus quebrados e fui para a calçada.

Os vizinhos também estavam saindo de casa, todos tontos e olhando para as casas como se temessem outra forma de vingança que elas pudessem adotar por vivermos nelas com tanta desatenção, com tão pouca gratidão por seu esforço constante em manter pregos e tábuas e vigas juntas contra as forças do caos. Exceto pelos degraus da varanda e algumas janelas quebradas, nossa casa parecia incólume, mas o telhado da varanda dos Lischer, três casas abaixo, tinha desmoronado. Uma buzina soava estridentemente, num dos muitos carros espalhados pela rua, sem nenhum motorista à vista.

— Alguém está ferido? Sua mãe, com o bebê? — Era a sra. Anshel.

Que bebê? Eu pensei bobamente, imaginando se ela estava se referindo ao bebê dela, Sharon. Mas Sharon estava bem ali no colo dela. Então eu entendi que ela estava falando da gravidez de mamãe.

— Papai foi buscar os outros — eu disse.

— Diz a ele que precisa fechar o gás... Bárbara, Elaine, vocês estão ouvindo? Venham me chamar quando o seu pai sair.

A sra. Anshel era uma dessas pessoas que se fortalecem numa crise. Usando o vestido azul-marinho e branco e os brincos de prata que tinha posto para vir jantar conosco, ela foi até os Yamotos, duas casas adiante. Disse a eles para desligar a chave do gás — agora eu entendi o que ela estava dizendo —, e o sr. Yamoto foi cuidar disso. Ela mencionou a buzina tocando, e os dois filhos, Teddy e Woodrow, foram levantar o capô do carro.

Papai, mamãe e Zaide vieram dos fundos da casa. Papai e Zaide ajudando mamãe, que tinha um pano de prato apertado contra a testa.

— Mamãe! — gritamos, correndo para ela.

— Eu estou bem, meninas. Alguma coisa caiu na cozinha, só isso — ela disse, mas caminhava com dificuldade e seus olhos mal nos fitaram.

Mas então, como se tivesse sido tomada por uma onda de energia, ela correu para a rua. — Audrey? Onde está Audrey?

Bárbara e eu olhamos uma para a outra, como se magicamente pudéssemos fazer Audrey aparecer. Juntas, olhamos para a casa. O rosto de Audrey não estava em nenhuma das janelas.

— Ela não saiu? — papai perguntou para mim.

Eu sacudi a cabeça.

— Você disse que "as meninas" tinham saído pela frente. Você falou "as meninas"! — mamãe gritou para papai.

Ele já estava correndo de volta para dentro de casa. Zaide estava dois passos atrás dele, e depois Bárbara e eu, mas, mesmo segurando seu bebê, a sra. Anshel tinha conseguido se plantar na nossa frente. — O que vocês estão pensando? — ela disse. — Vão cuidar da sua mãe.

O rosto de mamãe estava cinzento, exceto pelo corte ensanguentado em sua cabeça — não mais coberto pelo pano de prato, que pendia de sua mão. A sra. Anshel levou-a até um dos carros abandonados e me disse para pressionar o pano de prato contra a ferida na cabeça de mamãe. Eu o usei também para enxugar as lágrimas de mamãe, enquanto minhas próprias lágrimas escorriam e encharcavam a gola da minha blusa.

Os rapazes Yamoto tinham silenciado a buzina do carro, e ouvimos papai e Zaide gritando por Audrey. Sem resposta.

— Bárbara, Elaine. — A sra. Anshel certificou-se de que estávamos olhando para ela. — Isto é importante. Audrey estava com vocês quando aconteceu o terremoto?

— Não — nós dissemos ao mesmo tempo.

— Onde foi que vocês a viram pela última vez?

— Na sala — falei. — Mas ela estava indo para a cozinha. — Eu olhei para Bárbara.

— Como eu poderia prestar atenção? — ela disse. — Eu tinha que preparar o jantar.

— Ah, a sua mãe não estava se sentindo bem?

— Sim — respondemos depressa, todas duas entendendo imediatamente que não podíamos revelar o que tinha realmente acontecido.

— Hum. — A sra. Anshel percebeu que havia mais coisas ali. — Bem, Audrey tem algum esconderijo? Algum lugar para onde iria se estivesse aborrecida?

— Eu não sei — eu disse, tão infeliz quanto Audrey tinha ficado quando mamãe ralhou com ela por causa dos castiçais.

Papai e Zaide voltaram sozinhos. E papai começou a interrogar a mim e Bárbara enquanto a sra. Anshel ia organizar um grupo de busca. Nós tínhamos certeza que não tínhamos visto Audrey depois do terremoto?, papai perguntou. E antes do terremoto? Ela tinha ido lá fora?

Querendo ajudar de qualquer maneira, eu mencionei a necessidade de fechar o registro de gás, e papai pediu a Zaide que fizesse isso. Depois mandou que Bárbara e eu ficássemos com mamãe e se juntou ao grupo de busca.

Por que Audrey não estava dentro de casa? Ela teria corrido lá para fora, chateada, depois que eu poderia tê-la ajudado mas não ajudei? Eu perguntei a mim mesma enquanto, em toda a extensão da rua, as pessoas gritavam o nome dela. Ela teria sido soterrada por um prédio? Será que alguém tinha se aproveitado da confusão do terremoto e a tinha sequestrado, como o bebê Lindbergh no ano anterior? O que eu podia prometer a Deus se Ele a trouxesse de volta sã e salva? É claro que eu nunca mais iria implicar com ela. Mas eu precisava oferecer algo mais importante. Que tal ajudar minha família agora que papai tinha perdido o emprego? Algumas crianças, mesmo tão jovens quanto eu, tinham deixado a escola para trabalhar.

Então eu ouvi uma mulher gritar:

— Lá está ela! A garotinha dos Greenstein!

— Vejam, ela foi encontrada! — alguém exclamou.

Eu olhei para os dedos apontados e para as mãos acenando na direção do final do quarteirão e vi... era Audrey! Ela estava no ombro de um mexicano. E aquela ao lado dela não era a tia Pearl?

Mamãe deu um grito e cambaleou na direção deles. Aplaudindo e dando vivas, a multidão abriu caminho para ela. O mexicano baixou Audrey delicadamente dos ombros, e mamãe a abraçou.

— Eu a encontrei na rua em frente ao meu apartamento — Pearl disse. — Tentei telefonar para você, mas a linha não estava funcionando.

Mamãe estava ralhando com Audrey, mas ao mesmo tempo abraçando-a e acariciando seu cabelo e chorando, enquanto o resto de nós as cercou, falando e rindo, uma família feliz outra vez.

— Bill? Charlotte? — Pearl disse depois dos primeiros momentos de alívio por Audrey estar bem. — Papai? — acrescentou com a voz trêmula.

Pearl estava... não apenas bonita, mas parecendo uma estrela de cinema. Usando um suéter verde justo e sapatos de salto alto e batom vermelho na boca, minha tia estava sexy. Ela pôs a mão no braço do mexicano que tinha carregado Audrey; e que não tinha, como os outros vizinhos solidários, se afastado.

— Eu gostaria de lhes apresentar Alberto Rivas — ela disse.

— Bert — o homem disse com um sorriso. — Prazer em conhecê-lo, sr. Greenstein. — Ele estendeu a mão para Zaide.

Zaide lançou um olhar longo e frio para Pearl e saiu andando.

Papai, entretanto, apertou a mão estendida de Bert Rivas. — Obrigado por trazer nossa filha de volta. — Como para enfatizar o quanto ele era diferente de Zaide, ele acrescentou: — Por favor, fique para jantar conosco.

— Bill, você não precisa fazer isso — Pearl disse depressa.

— Ele trouxe Audrey de volta sã e salva. Isso é o mínimo que podemos fazer.

Bert olhou para Pearl. Ela fez sinal que sim, e ele aceitou o convite de papai. Mesmo então, eu disse a mim mesma que ele devia ser um dos vizinhos de Pearl; era um tanto estranho que ele morasse perto de Pearl e não na parte mexicana de Boyle Heights, mas já havia uma certa mistura, como os Yamoto morando no nosso quarteirão e não na área japonesa. E embora a ideia de Bert ser vizinho de Pearl fosse estranha, não era impossível, não como a outra ideia que aos poucos me surgiu na cabeça: de que Pearl tinha posto o suéter sexy para Bert Rivas. Que esse homem mexicano era o namorado da minha tia Pearl.

— Eu não pude evitar — ouvi Pearl dizer a papai enquanto subíamos com cuidado os degraus quebrados da varanda. — O importante era trazê-la para casa. E se houvesse outro terremoto ou se tivéssemos que passar por prédios destruídos? Teria sido loucura levá-la de volta sozinha.

Outra vez dentro de casa, ligamos o rádio e ouvimos que o centro do terremoto tinha sido em Long Beach, uma coisa horrível para as pessoas de lá, mas um alívio para nós, já que Long Beach ficava a vinte milhas de distância. Papai, com a ajuda de Bert, varreu todo o vidro quebrado — quase todas as taças de vinho de cristal, bem como várias peças do aparelho de porcelana Rosenthal. Bárbara e eu rearrumamos a mesa com copos do dia a dia e os Anshel se juntaram a nós para jantar, comemorando o fato de que todos havíamos sobrevivido ao terremoto quase incólumes e Audrey estava sã e salva.

A princípio, todo mundo ficou sem jeito com Bert, e ninguém comentou nada sobre Zaide ter ido para a casa de Sonya. Mas, quando papai abriu uma segunda — e uma terceira! — garrafa de vinho, nós estávamos tendo o Shabbos mais divertido da história da família Greenstein. Depois do jantar, a fumaça dos cigarros dos adultos encheu agradavelmente o ar. E Bert pôs Audrey no colo e cantou belas canções mexicanas.

Papai cantou junto. Eu não fazia ideia de que ele sabia canções em espanhol. Ele parava de cantar durante parte da música, mas se juntava entusiasticamente a Bert quando ele cantava um refrão:

Ay, ay, ay, ay
Canta y no llores.

Porque cantando se alegran,
Cielito lindo, los corazones.

Eu tinha aprendido aquela canção, "Cielito Lindo", na escola. "*Canta y no llores*" queria dizer "cante e não chore." Imaginei se era isso que papai estava fazendo, depois de perder o emprego e de ter aquela briga horrível com Zaide. Será que ele queria retirar o que tinha dito sobre o tio Harry (cujas fotos estavam tortas; nós não tínhamos começado a restaurar a ordem que havia na casa antes do terremoto)? Mas papai tinha um ar desafiador, até mesmo orgulhoso. Por mais que a briga tivesse sido tensa, ele finalmente enfrentara... nem mesmo Zaide; o que papai teve que enfrentar foi o fantasma do tio Harry. E que luta desigual, papai sempre na sombra de um rapaz de ouro, morto num campo de batalha francês aos vinte anos. Papai, cuja imperfeita vida adulta, com suas inevitáveis decepções e oportunidades perdidas e falta de sorte, jamais poderia comparar-se com a promessa da juventude, com as brilhantes possibilidades, que sempre seriam de Harry.

CAPÍTULO 9

PRIMA MOLLIE MUDA O MUNDO

O terremoto de 1933 em Long Beach matou 120 pessoas e causou um prejuízo de 50 milhões de dólares. E provocou rixas na família que nunca foram consertadas.

Zaide já tinha se mudado antes para a casa de Sonya, depois que Bárbara o desafiara a fazer os animais de lata, mas tinha voltado duas semanas depois, reclamando que Sonya o perseguia com o aspirador de pó toda vez que ele andava em cima daquele tapete elegante dela, e que o único assunto de Leo era a sua dispepsia — o que não era de espantar, considerando a comida que Sonya fazia. Desta vez foi diferente. Zaide não voltou. Não que ele tivesse cortado relações completamente com papai, como tinha feito com Pearl. Ainda ia lá em casa e jantava conosco uma ou duas noites por semana, e nós o víamos nas reuniões de família. Mas não era a mesma coisa que ter Zaide morando conosco. Eu não sei se Harriet, que nasceu em junho daquele ano, chegou a ouvir as histórias dele.

E foi sorte eu ter prestado atenção quando Zaide cuidava da figueira do quintal. Poucos dias depois de ele ter ido embora, notei que as folhas estavam começando a murchar e corri para regar a árvore, pensando que não queria que Zaide voltasse para casa e encontrasse uma árvore moribunda. Mas, à medida que a ausência dele foi se prolongando, eu me tornei a guardiã da figueira.

Outras coisas também mudaram. Audrey tinha agido de forma irrefletida e heroica na noite do terremoto, rindo quando contou a todo mundo que, segundos depois de ter entrado na rua da tia Pearl, o prédio todo sacudiu, carros saltavam loucamente no meio da rua, e foi atirada no chão.

— Vejam! — Ela mostrou as palmas das mãos e os joelhos, que mamãe tinha lavado e passado mercurocromo e colocado curativos nas raladuras. Mas durante meses depois disso Audrey teve pesadelos e fez xixi na cama, como se fosse uma criança de dois anos e não de sete. Ela sempre foi sensível, chorona, e agora qualquer coisa desencadeava um ataque histérico nela; ela começava com um espécie de uivo e terminava com um grito.

Papai passava muito tempo com ela. Sentia-se culpado por não ter percebido que ela tinha desaparecido. E ele ficava muito tempo em casa; ficou dois meses sem conseguir emprego depois de demitido da Fine's, e, a princípio, quando recomeçou a trabalhar, eram apenas empregos temporários conseguidos através de Pearl, adquirindo sapatos para combinar com os trajes que ela desenhava para o cinema. Isso iria eventualmente se transformar num negócio de sucesso moderado que incluía, no caso de filmes históricos, pesquisar os sapatos de antigamente e ter uma fábrica que produzia muitas dezenas de pares de cada vez.

O sucesso de papai, entretanto, só viria muitos anos depois. No verão depois que ele perdeu o emprego, Bárbara e eu fomos trabalhar. Bárbara, que sempre tivera jeito para organizar a gangue de crianças da nossa vizinhança, iniciou um grupo de recreação para meia dúzia de crianças cujas mães trabalhavam ou podiam pagar um dólar e cinquenta centavos por semana para se livrar dos filhos. Meu emprego era na livraria do tio Leo em Hollywood Boulevard, o que pareceu perfeito para uma leitora como eu — só que, em vez de ler livros, eu recebia tarefas que o tio Leo considerava adequadas para uma parenta pobre de doze anos, como espanar as estantes e correr até a farmácia para comprar bicarbonato para ele. Danny também estava trabalhando, na mercearia dos Chafkin. Enquanto trabalhava lá para compensar o que tinha roubado, ele impressionou Eddie Chafkin por levar a sério o trabalho; e, depois que pagou sua dívida, Eddie se ofereceu para contratá-lo. Danny debochava do jeito empolado de Eddie e de seus esquemas para espremer mais alguns centavos da loja. No entanto, parecia orgulhoso da energia e do espírito empreendedor do seu patrão, qualidades que faltavam ao pai dele.

Nossos empregos não terminaram quando entramos na Hollenbeck Junior High School no outono seguinte; apenas passamos a trabalhar depois da escola e nos fins de semana. Da noite para o dia, ao que parecia, meus amigos de infância e eu tínhamos nos tornado trabalhadores.

— *E essa não é a melhor coisa que alguém pode ser!* — prima Mollie disse.

Prima Mollie Abrams veio ficar conosco em setembro, quando o sindicato a enviou a Los Angeles para organizar os trabalhadores do setor de vestuário. Ela foi a única coisa boa na avalanche de coisas ruins que aconteceram naquele ano.

Embora Mollie fosse nossa prima, a filha mais velha do irmão de mamãe, Meyr, ela só era cinco anos mais moça do que mamãe, e as duas tinham sido como irmãs quando mamãe morava com a família de Meyr em Chicago.

— Mollie me ensinou inglês com seus livros escolares — mamãe tinha nos dito muitas vezes.

— Mollie costumava pegar escondido a água de colônia da mãe dela em dias quentes, que nós esfregávamos uma no pé da outra. Nós tínhamos os pés mais cheirosos de Chicago.

— Mollie falava um inglês tão bonito. Ela ia obter um diploma do ensino médio e um bom emprego, alguma coisa num escritório.

Mas não foi assim. Meyr machucou as costas e não pôde mais manter o emprego nas docas. Nada mais pagava tão bem, e Mollie teve que deixar a escola aos quinze anos e trabalhar numa confecção. Não que Mollie Abrams fosse o tipo de moça que perdesse tempo se queixando da vida! Na fábrica, sua inteligência — junto com seu dom para arrebatar multidões, sem dúvida herdado de Meyr com seu teatro amador *fusgeier* — a ajudou a progredir. Antes dos vinte anos, ela se tornou presidente do sindicato da fábrica onde trabalhava. Depois atraiu a atenção dos líderes do Sindicato Internacional dos Trabalhadores do Setor de Vestuário Feminino, e eles pediram que ela os ajudasse... em Los Angeles. Prima Mollie vinha ficar conosco!

Ela ia ficar com o quarto que dava para a cozinha e que tinha sido de Zaide — e eu ou Bárbara o dividiríamos com ela! Mas nós só soubemos da vinda dela uma semana antes. Isso me deu muito pouco tempo para ser extremamente boa e provar a mamãe que merecia a honra de dormir com nossa hóspede. Felizmente para mim, o modo como mamãe fez a escolha não foi nem racional nem justo.

Teve a ver com o fato de eu ser a principal torturadora de Audrey, geralmente má para a irmã imediatamente abaixo de mim na hierarquia social; Bárbara, por outro lado, tratava Audrey como um bichinho de estimação inócuo, um canário ou um porquinho-da-índia que ela enchia de atenções um dia e ignorava durante semanas. Era eu que beliscava Audrey, debochava dela e achava a sua existência uma fonte permanente de aborrecimentos. É verdade, eu tinha prometido a Deus que se Ele trouxesse Audrey sã e salva depois do terremoto nunca mais implicaria com ela. Mas Deus nunca visitou nossa casa para cobrar minha promessa. E embora eu tivesse pena de Audrey pelo período difícil que ela estava atravessando, também era horrível para mim acordar numa manhã quente com o fedor de urina na cama ao lado da que Bárbara e eu dividíamos. Pior ainda, eu voltava para casa depois de ter sido escrava do tio Leo o dia inteiro, num ônibus quente, e lá estava papai de joelhos como um cavalo, com Audrey rindo, montada nas costas dele. Eu tinha dado duro para conquistar meu lugar de favorita de papai com minha aplicação durante as aulas dele e na escola. Com Audrey, ele brincava.

Toda essa frustração se manifestou no empurrão que dei em Audrey quando estávamos arrumando o quarto de Zaide para sua nova ocupante.

O quarto que dava para a cozinha estava vazio desde que Zaide saíra, em março. A princípio, não tocamos no quarto porque esperávamos que Zaide voltasse. Quando ficou claro que a partida dele era definitiva, Bárbara e eu pedimos para nos mudar para lá, mas mamãe e papai estavam preocupados com o novo bebê e com problemas financeiros; e o quarto precisava de alguns consertos que ninguém chegou a fazer. Essa demora acabou sendo uma coisa boa. Em vez de um arranjo malfeito para ajeitar o quarto para mim e Bárbara, nós o estávamos deixando *lindo*... para a prima Mollie.

Papai, Bárbara e eu pintamos as paredes de tinta branca, mamãe fez cortinas novas com um tecido de flores azuis e cor-de-rosa e costurou uma bainha num quadrado do mesmo tecido para cobrir o caixote cor de laranja que servia de mesinha de cabeceira. No sábado à noite — faltando só dois dias para a chegada de Mollie! — papai estava pendurando o bonito espelho com moldura de ladrilhos mexicanos que mamãe tinha insistido em comprar, enquanto Bárbara passava óleo na madeira da cama e do guarda-roupa, e Audrey e eu, de joelhos, esfregávamos cada centímetro do assoalho de madeira. Mamãe, segurando o bebê Harriet, estava na porta, supervisionando. Havia um monte de gente naquele quarto pequeno, e Audrey estava sempre me atrapalhando. Além disso, ela mal encostava a escova no chão, e eu estava louca para fazer direito o meu trabalho para mamãe me escolher para dividir o quarto com Mollie.

Quando Audrey esbarrou em mim pela quinta vez, eu a empurrei com o meu quadril.

— Elai-ne! — Ela se esparramou no chão, emitindo o gemido horrível que precedia seus ataques histéricos.

— Audrey, não ouse começar — mamãe disse. Então ela se virou para mim. Eu esperei levar um grito ou um tapa. Em vez disso, mamãe me derrubou com o que disse. — Isto resolve o problema. Elaine, você vai se mudar para cá, junto com Mollie.

— O quê? — Bárbara disse, estarrecida. — Como é que *ela* é recompensada?

— Nem mais uma palavra. Bárbara, você consegue conviver com Audrey. Elaine não. Tudo o que eu quero é um pouco de paz nesta casa.

— Isso não é justo! — Bárbara reclamou.

Ela tinha razão. Mas a culpa que senti não foi nada em comparação com a alegria delirante que me invadiu. Esfreguei o chão com vigor, como se aquela limpeza enérgica pudesse apressar a chegada da minha prima — que era tão importante que o sindicato a estava mandando para Los Angeles de avião.

Nós às vezes esperávamos pessoas na estação de trem, mas eu não conhecia ninguém que tivesse viajado de avião. O voo de Mollie estava marcado para pousar no Glendale Airport na segunda-feira à noite, e nós todos fomos recebê-la. Papai recrutou o tio Leo para nos levar no carro dele, onde minha família mal cabia, e planejamos que mamãe e Mollie voltariam de táxi e o resto de nós com o tio Leo.

O voo de Mollie estava marcado para chegar às sete e meia. Chegamos ao aeroporto às sete e nos posicionamos ao longo da corrente que separava a sala de espera do lugar onde os aviões pousavam e decolavam. Mas passou de sete e meia e não chegou nenhum avião de Chicago; depois sete e quarenta e cinco, oito horas e, para preocupação cada vez maior de mamãe, oito e quinze.

— O voo de Chicago está sempre atrasado — disse um homem, cujo tom de voz despreocupado me lembrou de filmes onde pessoas se vestem para jantar e bebem coquetéis. O homem tinha feito inúmeras viagens de avião, conforme disse. — Correntes de ar sobre as Montanhas Rochosas, não dá para prever.

Papai se aproveitou do atraso para nos dar uma aula sobre aviação. Um avião conseguia voar, ele disse, porque a hélice — "Estão vendo, a parte que está girando muito depressa?" — o empurra para a frente. Quando o piloto apontava o nariz para cima, a hélice puxava o avião para cima. Um homem pediu desculpas por estar interrompendo, mas informou que o que realmente tornava o voo possível era o formato das asas e o vácuo sobre elas. Nenhum de nós falou muito depois disso, exceto tio Leo, que resmungou que tivera que jantar correndo e não estava conseguindo fazer a digestão direito, e ele não tinha dito a papai que ninguém chegava ao aeroporto às sete para esperar um avião marcado para chegar às sete e meia?

Mamãe ficava olhando para o céu, como se pudesse fazer o avião de Mollie aparecer. E não importava que anunciassem que o próximo voo a pousar ia ser de Denver ou San Francisco — ela examinava atentamente cada mulher que descia a escada de metal. Só depois que a última pessoa tinha saído do avião era que ela recuava, com a testa marcada pelas correntes.

Para mim, cada minuto no aeroporto era como respirar o ar mais fresco e doce que jamais havia penetrado nos meus pulmões. Sempre que um voo se aproximava, eu me juntava à mamãe junto à cerca, vendo o avião se transformar de um pontinho distante de luz num monstro ruidoso, mergulhando — meu coração disparava de medo que ele se desmanchasse em milhões de pedaços. Eu suspirava de alívio quando cada avião tocava o solo em segurança e parava. À noite, havia mais luzes descendo do que decolando, mas era ainda mais espantoso ver um avião percorrer o chão como um ônibus desajeitado e de repente erguer-se no ar como um cisne. *Vácuo.* Eu dizia a mim mesma; mas como uma palavra que eu associava com o aspirador de pó da tia Sonya poderia descrever esse milagre?

Só o fato de estar no aeroporto já era excitante. Qualquer outro lugar que eu tinha ido além de Boyle Heights — a praia, o centro da cidade, a livraria de Leo em Hollywood — ainda parecia território familiar. Mas não o Glendale Airport, onde todo mundo estava tão bem-vestido que poderia passar por artistas de cinema com trajes desenhados por Pearl, e o burburinho de conversa era como ouvir rádio, sem sotaques esquisitos nem erros de gramática.

Papai deu dinheiro para mim e para Bárbara e disse que podíamos ir comprar Coca-Cola no bar. Aproveitando ao máximo a nossa liberdade, nós primeiro fomos ao "toalete feminino". Eu usei o vaso, depois fui até a pia, mas fiquei paralisada quando uma mulher negra de uniforme azul engomado se aproximou e me entregou a toalha branca mais macia que eu já tinha tocado.

— Aqui está, senhorita — ela disse, e eu agradeci, mas isso era o suficiente? Bárbara, parada em frente à pia, tinha sua própria toalha branca; eu tentei atrair o olhar dela, mas ela estava absorta passando batom.

— Tome aqui. Eu encontro você no bar. — Ela me entregou o batom e desapareceu.

Enquanto eu passava o batom, a mulher negra pegou a toalha que Bárbara tinha usado. — Também já terminei com a minha — eu disse.

— Muito obrigada. — Eu examinei seu rosto para ver se ela esperava algo mais de mim. Então vi uma mulher colocar uma moeda num pratinho sobre uma mesa. Entrei em pânico por um momento. Será que ia ter que usar o dinheiro que papai tinha dado? Mas eu queria muito uma Coca-Cola. Lembrei que tinha umas moedas no bolso e pus o níquel no prato.

No bar iluminado, Bárbara estava conversando com um rapaz louro que parecia ter a nossa idade. Ele estava à esquerda dela, e ela tinha posto seu suéter no banco à direita para guardar meu lugar, mas quando eu cheguei ela não olhou para mim.

Pedi minha Coca-Cola e fingi estar fascinada pelo cardápio.

— Ah, sim, nós já voamos quatro ou cinco vezes — Bárbara estava dizendo, com uma voz afetada. — Mamãe e papai dizem que é muito mais conveniente do que o trem.

— Sem dúvida — o rapaz respondeu. — Eu mal posso esperar pelo voo de passageiros para a Europa. Os navios são divertidos, mas levam muito tempo para chegar, especialmente saindo de Los Angeles.

O que era um sanduíche Monte Cristo?

— Não ia ser fantástico? — Bárbara disse. — Igual a Lindy.

— Você não ia ter medo?

— Eu nunca tenho medo.

— E você? — O rapaz perguntou. — Ia ter medo? Você — ele enfatizou, e eu percebi que se referia a mim.

— Eu adoraria voar — eu disse.

Ele examinou meu rosto. — Sua irmã? — perguntou a Bárbara.

Por um instante, eu a senti hesitar. Então ela disse que sim e me apresentou — como Elaine Green — e sem parar para tomar fôlego me disse o nome do rapaz, Gregory Hawkins.

— Sim, posso ver a semelhança — Gregory Hawkins disse. E então, — Bem, prazer em conhecê-las. Eu não sabia que era tão tarde. Tenho que ir.

— Por que você fez isso? — Bárbara disse depois que ele foi embora.

— Fiz o quê? — eu disse. — Por que disse a ele que o nosso sobrenome era Green?

Ela sacudiu os ombros e desceu do banquinho. Eu fui atrás dela até onde estava a nossa família, atrás da cerca.

Bárbara se virou de repente, obrigando-me a parar. — Você nunca tem vontade de fingir que é outra pessoa? — ela disse com brutalidade.

E por um momento eu olhei para a minha família através da multidão como se não os conhecesse. Mamãe, com Harriet no colo, estava usando o "conjunto elegante" que tinha feito para o nosso primeiro dia de escola, sete anos atrás, e que já estava fora de moda e apertado nos ombros. Papai e tio Leo eram mais baixos e mais morenos do que a maioria dos homens no aeroporto, e embora houvesse outras poucas crianças pequenas ali, só Audrey estava agachada ao lado da cerca; alguém devia mandá-la ficar em pé. E havia o fato de eles estarem agrupados — não havia outro grupo de mais de duas ou três pessoas — e o modo como estavam grudados na cerca em vez de andarem por ali ou entrarem para tomar uma bebida.

Será que eu parecia igualmente deslocada?, pensei, constrangida. E era só por ser uma garota pobre no meio daqueles viajantes abastados, ou eu parecia irremediavelmente judia? Foi isso que Bárbara me acusou de "fazer"? Era por isso que Gregory Hawkins tinha olhado para mim, visto o mesmo nariz meio grande e o cabelo escuro e ondulado que Bárbara tinha — mas com meu rosto mais fino e de óculos — e tinha perdido o interesse em flertar conosco? Senti uma onda de vergonha que me espantou. De onde tinha vindo essa sensação de "injustiça?" Sim, eu tinha ouvido as histórias de mamãe e de Zaide sobre como os judeus eram tratados em suas aldeias na Europa Oriental, e sabia que minha vida não era nada parecida com as vidas que eu via nos filmes. Ainda assim, morando em Boyle

Heights, eu nunca tinha sido alvo de desprezo ou ódio. Entretanto, foi como se as humilhações e a opressão que mamãe e Zaide tinham sofrido estivessem à espreita para me pegar. Bastava eu me aventurar para fora do meu mundo pequeno e acanhado, vendo a mim mesma como alguém que combinava com o aeroporto devia me ver.

O meu constrangimento continuou depois que voltei para perto da minha família. Harriet tinha feito cocô, mas mamãe não tinha trazido uma fralda limpa, porque nunca tinha imaginado que teria que esperar tanto tempo. Harriet fedia e estava agitada, e mamãe obrigou Bárbara e eu a nos revesarmos carregando-a no colo. Tentei me animar com a chegada e a partida dos aviões, mas só queria estar em outro lugar. Ou até, como Bárbara, ser *outra pessoa*? Olhei para Bárbara, que, embora tivesse que carregar Harriet, estava parada um pouco atrás de nós, mantendo distância da cerca. O modo como ela tinha se referido a "mamãe e papai" e mentido sobre ter andado de avião... se eu tentasse fazer isso, teria me engasgado com a mentira. Como sempre, me espantei — e invejei — com a audácia da minha irmã, sua *chutzpah*. Desta vez, entretanto, uma outra coisa tinha despertado em mim. É verdade, eu não seria capaz de desempenhar um papel como Bárbara tinha feito. Em cada pedacinho da minha pele, em cada pensamento que cruzava a minha mente, em cada palavra que eu pronunciava, eu era Elaine Greenstein. E me sentia feliz com isso! Sentia a integridade (mesmo sem conhecer esse termo na época) de ser eu mesma, e isso me dava um sentimento extraordinário de poder; era assim que me sentia anos depois nos tribunais quando estava no auge da minha carreira. E Bárbara — por um momento eu enxerguei por trás da sua facilidade em mudar de personagem a *necessidade* que ela tinha disso... e fiquei triste por ela.

Mas todos esses pensamentos sumiram quando um novo conjunto de luzes apareceu e alguém gritou: "É Chicago!"

— Mollie! — mamãe exclamou.

O avião pousou, depois se arrastou até a cerca e parou. Homens de macacão empurraram a escada de metal, e de dentro do avião um braço uniformizado abriu a porta.

A primeira passageira a surgir foi um senhora usando um conjunto marrom e um chapéu verde. Meus olhos não se detiveram nela, mas mamãe gritou "Mollie!", e a senhora se transformou numa garota ao descer a escada correndo, gritando "Charlotte!", sem ligar para este não ser o modo indiferente e majestoso com que as pessoas descem de aviões. Mollie beijou os dedos de mamãe através da cerca e passou correndo pelo portão. Então elas se abraçaram, ambas rindo e chorando ao mesmo tempo.

Finalmente, mamãe apresentou cada uma de nós. — Elaine — Mollie disse e me deu um beijo. — Sua mãe me mandou a carta que você escreveu para o jornal. Sinto tanto orgulho de você por brigar por justiça. — Ela disse algo diferente e especial para papai, Bárbara, Audrey e até Leo, e segurou carinhosamente Harriet (sem torcer o nariz por causa do cheiro) enquanto esperávamos suas malas. De perto, a prima Mollie parecia bem mais moça do que quando apareceu na escada do avião. Ela tinha cabelos escuros e rebeldes como os de mamãe (e os meus) que se projetavam para fora do elegante chapéu verde. E os olhos castanhos cintilavam, cheios de energia.

Quando chegamos em casa, mamãe mostrou a Mollie seu quarto e disse:
— Espero que você não se importe que Elaine durma na caminha.
— Me importar? — Mollie bateu palmas. — Vai ser como eu e você, Char, quando éramos garotas.

Ah, as conversas maravilhosas que teríamos! Os segredos que eu iria dividir com a heroína das histórias de Chicago de mamãe. Mas Mollie ficou acordada até tarde naquela primeira noite conversando com mamãe na cozinha, e na manhã seguinte, quando acordei, ela já tinha saído. Naquela noite, mamãe preparou um banquete para o primeiro jantar de Mollie conosco, e nós esperamos uma hora e meia até desistir de esperar por ela e comer. Mas ela só voltou muito tempo depois de eu já ter ido dormir. Quando acordei no dia seguinte, ela já tinha saído de novo.

Foi assim a semana inteira. A mesma energia radiante que me atraiu em Mollie a mantinha trabalhando para o sindicato desde o raiar do dia até meia-noite. De manhã, ela saía por volta das seis horas para falar com as pessoas a caminho das fábricas. Toda noite comparecia a uma reunião ou andava pelo centro mexicano de Olvera Street — a maioria das costureiras eram mexicanas — ou visitava trabalhadores em suas casas.

Eu tentava ir cedo para cama, esperando acordar e conversar com ela enquanto ela se aprontasse de manhã para sair, mas, sendo a mais velha de seis irmãos, Mollie tinha aprendido a não fazer barulho. Ela dormia com o despertador debaixo do travesseiro e o desligava antes que o alarme me acordasse. Ela também era extremamente organizada. Fora os seus perfumes — uma água de colônia floral e o cheiro adulto, ruim mas tentador, de cigarro — ela deixava poucos vestígios de que eu tinha uma companheira de quarto. Sozinha à noite pela primeira vez na vida, eu me penteava com a escova dela e passava algumas gotas de sua água de colônia nos pulsos. Eu queria ser uma costureira mexicana. Aí ela se interessaria por mim.

Não era só eu que me sentia ressentida. Mamãe reclamava que Mollie podia ter ficado em Chicago, considerando o tempo que passava conosco.

— O seu sindicato tem como missão lutar por melhores condições para os trabalhadores. Eles não podem dar uma noite de folga para você ficar com sua família? — ela disse enquanto Mollie se preparava para sair para uma reunião em vez de jantar conosco.

Mollie abraçou mamãe. — Char, querida, com o sindicato ainda começando aqui, nós não podemos descansar. — Ela beijou mamãe e saiu.

— Vinte e oito anos de idade, e ela está casada com esse sindicato — mamãe resmungou.

Na sexta-feira, Mollie ligou à noite para dizer que não passaria o jantar de Shabbos conosco pois ia ser entrevistada por uma estação de rádio.

— O que ela pensa que isto é, um hotel? — mamãe disse, e foi para a cama com enxaqueca. Mais tarde, eu acordei com vozes vindo da cozinha. Mollie tinha finalmente chegado, e mamãe estava chorando e falando com ela em iídiche.

Mollie levou mamãe para almoçar no dia seguinte e no domingo, embora ela tenha passado o dia visitando trabalhadores em suas casas, voltou no final da tarde e jantou conosco. A princípio, o jantar não foi como eu esperava. Todos nós estávamos ansiosos pela atenção da nossa hóspede, e as coisas importantes que eu queria contar a ela — que eu estava escrevendo um artigo sobre Jane Addams, da mesma cidade de Mollie, Chicago, e que tinha sido escolhida para ser editora do Boletim Informativo da escola — foram afogadas pelos outros. Audrey recitou um estúpido poema. Zaide, que tinha ido jantar conosco aquela noite, ficou se gabando dos encontros de extremistas a que costumava comparecer na sua aldeia. Bárbara falou sobre seu grupo de teatro e respondeu as perguntas de Mollie sobre os empregos das mães das crianças e sobre as condições de trabalho que elas tinham.

Então papai pigarreou alto.

— Mollie, posso fazer umas perguntas para você? — ele disse. — Sobre esse trabalho de organização do sindicato?

— Claro — Mollie respondeu, ao mesmo tempo que mamãe disse, com um olhar de advertência.

— Bill...

Papai tinha andado resmungando que alguns dos proprietários de fábricas de roupas eram nossos vizinhos, pequenos empresários que estavam passando por dificuldades durante a Depressão, como todo mundo.

— Eu votei em FDR — papai disse — e quero que você entenda que sou a favor de sindicatos numa companhia grande como a General Motors ou nas minas de carvão. Mas por que visar as fábricas de roupas? Vocês estão falando de pequenos empresários, Jerry Bachman, por exemplo.

— Vocês são colegas de escola de Greta Bachman, não são, meninas? — mamãe disse. — Mollie, quer um pouco mais de *kugel*?

— Obrigada, Char, eu senti saudades do seu *kugel* — Mollie disse, mas o foco dela continuou em papai. — Eu conheci Jerry Bachman outro dia — ela acrescentou.

— Sid Lewis é outro — papai disse. — Ele começou trabalhando numa fábrica em Nova York.

— Sid? — Zaide entrou na conversa. — Um pão-duro. Assim que alguém se torna patrão esquece de onde veio — ele disse, ignorando tranquilamente sua admiração por qualquer pessoa com *chutzpah* para começar um negócio.

Papai disse: — Você não pode me dizer que Sid não tem compaixão pelas pessoas que trabalham com ele. Ele e Jerry pagariam mais aos seus empregados se pudessem.

— Bill, sinto muito ter que dizer isso a você — Mollie disse —, mas seu amigo Bachman é um dos piores sonegadores. Ele paga a algumas mulheres menos de um dólar por semana. O salário mínimo para mulheres na Califórnia é dezesseis dólares, como você sabe.

— Bárbara, me ajuda a tirar a mesa e a trazer a sobremesa — mamãe disse, tentando de novo interromper a discussão deles.

Mas eu não queria que eles parassem. Ao contrário de quase todas as outras discussões a que eu tinha assistido ao redor da nossa mesa de jantar — sobre pessoas que conhecíamos, vivas ou mortas, ou sobre os detalhes dos nossos dias —, Mollie e papai estavam discutindo a respeito de ideias! E Mollie estava defendendo o que acreditava sem medo nem culpa. Não que mamãe não sustentasse sua opinião em brigas com papai, mas ela só brigava por questões domésticas; só rara e timidamente se aventurava a dar alguma opinião a respeito de política. Mollie não. E não estava apenas fazendo afirmações exaltadas do jeito que Zaide às vezes fazia, mas estava calmamente fornecendo argumentos que sustentavam sua tese. Eu sentia como se nossa casa — e além dela, Boyle Heights, Los Angeles e o mundo — tinha se tornado mais espaçosa, como se da próxima vez que eu saísse pela porta as ruas estariam mais amplas e os figos da nossa árvore, maiores e mais doces.

Mollie parou por um segundo depois da interrupção de mamãe. Então, para meu contentamento, ela voltou à discussão.

— Jerry Bachman está violando uma lei estadual — ela disse. — Todos eles estão.

Papai ficou irritado. — Essa é uma acusação muito grave.

— Os patrões! — Zaide disse.

— Escutem todos vocês. — Mamãe riu meio sem jeito. E então *ela* entrou na discussão. — Quem nesta mesa trabalhou de fato numa fábrica de roupas em Los Angeles? Por que ninguém pergunta o que eu acho?

— Você tem razão — Mollie disse. — Você é a autoridade, Charlotte. Você achava que recebia um salário justo?

— Eu... Você sabe, uma imigrante aceita o que conseguir. Você não se queixa. — Envergonhada, ela olhou de Mollie para papai. Seus olhos se fixaram em papai. Mas ela ficou do lado de Mollie! — E eles sabem disso. Sabem que podem trapacear e que nada vai acontecer... Bem, alguém vai querer o meu bolo de semente de papoula?

A discussão sobre a organização do sindicato continuou, embora papai mudasse para um tom menos belicoso. Eu comi meu bolo com prazer, encantada pela força de Mollie, que tinha obrigado mamãe a tomar partido, que nos eletrizou e nos fez pensar em coisas que iam além da nossa vidinha estreita.

Mollie eletrizava a todos que encontrava. Começou a aparecer em reportagens de jornal e de rádio como a jovem dinâmica que estava abalando a indústria de roupas. E ela sacudiu mesmo tudo. Apenas uma semana depois de sua chegada a Los Angeles, as peleteiras abandonaram seus empregos.

Isso foi numa terça-feira, 25 de setembro de 1933. Na manhã seguinte, Mollie deve ter feito algum barulho, ou talvez tenha sido a sua excitação que me acordou.

— Desculpe, meu bem — ela disse. — Volte a dormir.

— Você vai para a greve?

— Não é uma greve. — Ela se movimentava com rapidez e eficiência, abotoando uma blusa listrada de azul e branco.

— Mas o rádio disse...

— Elaine, sabe que o que você ouve no rádio depende de quem é o dono da estação? E que a maioria dos donos das estações de rádio são amigos dos proprietários das fábricas de roupas? — Ela disse enquanto prendia a meia na cinta-liga e vestia uma saia marrom. *Nunca use marrom com azul*, eu podia ouvir mamãe dizendo, mesmo estando hipnotizada pelas palavras de Mollie. — Você sabe disso, não sabe?

— Sim — menti. Eu tinha aprendido que o governo e os ricos, embora nunca FDR, faziam as leis para beneficiar a si mesmos. Mas o rádio! Minha família se reunia em volta do rádio como se estivéssemos ouvindo a palavra de Deus.

— Então, o que foi que os donos da estação de rádio disseram que aconteceu ontem? — Mollie perguntou.

— Que as trabalhadoras abandonaram o trabalho e foram para a rua e que quase iniciaram um motim.

— Capitalistas mentirosos... — Mollie passou a escova no cabelo rebelde. — Foi uma passeata pacífica. Nós cantamos canções do sindicato. Aposto que o rádio não disse isso. Nem que compareceu tanta gente ao teatro onde realizamos nosso encontro que tiveram que abrir outro salão.

Eu fui tomada por uma inspiração. — Posso ir com você?

— Você tem aula, meu bem.

— Só às nove horas. Eu posso pegar um bonde às oito e meia. — Eu pulei da cama e peguei minhas roupas.

— Não há nada para ver. Não há greve nenhuma.

— Mas elas não largaram os empregos? Isso não significa entrar em greve?

— Eu achei que você fosse tímida! — Ela riu. — Do jeito que você nunca desiste de um argumento, você bem que poderia ser advogada.

Foi assim que meu futuro começou. Enquanto Mollie explicava a diferença entre um protesto e uma greve, eu saboreei a nova imagem surpreendente que ela me fez ter de mim mesma, a transformação dos primeiros doze anos da minha vida como "a tímida" para uma garota determinada, *destemida*, uma garota que poderia ser... bem, eu não conhecia nenhuma mulher que fosse advogada. Mas as qualidades que ela tinha me atribuído pareciam qualidades que a própria Mollie possuía.

— Eu não posso ajudar você? — eu disse quando ela terminou, sabendo que a destemida Elaine não aceitaria um não como resposta.

Ela segurou minhas mãos.

— Vamos fazer o seguinte. Quer vir comigo este fim de semana quando eu for visitar as trabalhadoras em suas casas?

— É claro que sim!

Naquele domingo, acompanhei Mollie e uma sindicalista mexicana, Patricia, até o bairro a leste de Boyle Heights para visitar costureiras em suas casas. As conversas ocorreram em espanhol, que Mollie compreendia o suficiente para não precisar de constantes traduções, então eu nem sempre conseguia acompanhar. Mesmo assim, era impossível não sentir a excitação das mulheres em relação ao sindicato, junto com seu terror de que, caso se envolvessem, poderiam ser despedidas ou pior — alguns proprietários tinham ameaçado deportá-las. E ver Mollie em ação! Ela ouvia atentamente o que as mulheres falavam, parecendo saber exatamente o tom certo para responder — sóbrio ou provocador ou indignado — a cada uma. Às vezes tinha que enfrentar um marido desconfiado antes de falar com a esposa, e alguns homens se recusaram a deixá-la entrar; mas, normalmente, Mollie vencia a resistência do marido, que acabava rindo e brincando com ela ou concordando solenemente sobre *la justicia*.

Era impossível, também, não ver o quanto as mulheres precisavam de ajuda. Eu sabia, é claro, que havia gente pobre em Los Angeles, mas a casa mais pobre que conhecia era a de Danny, e embora os dois cômodos onde ele e o pai moravam fossem feios e atulhados, pelo menos as paredes eram retas, e o prédio parecia sólido. No bairro, eu entrei em casebres que pareciam a casinha de galhos dos Três Porquinhos. As casas eram melhores por dentro, muito limpas e enfeitadas com paisagens ou fotos de artistas de cinema recortadas de revistas, e muitas tinham um único artigo de luxo: um rádio ou uma geladeira. Mesmo assim, os interiores estavam sufocantes naquele dia quente de outono. E quando pedi para usar o banheiro numa casa, uma mulher envergonhada fez o filho me levar para uma casinha no quintal. Casinhas não soavam tão horríveis nas histórias que mamãe contava sobre a Romênia, mas ela nunca tinha mencionado o fedor e as moscas. Pensei em prender a urina, mas Mollie planejava passar horas no bairro. E eu não queria desapontá-la nem ofender a senhora, cujo filho estava esperando por mim. Prendendo a respiração, me abaixei sobre a privada e urinei o mais rápido que pude.

Na semana seguinte, não tive dificuldade em ouvir o despertador de Mollie. Acordei todos os dias às cinco e meia, como ela. Sentada na cama enquanto ela se vestia, eu soube de membros do sindicato que tinham sido demitidas e que um número cada vez maior de mulheres estava entrando para o sindicato apesar das demissões e das intimidações. E Mollie estava começando a procurar um prédio para servir de abrigo para grevistas caso se chegasse a isso.

Eu quis visitar o bairro de novo com ela no domingo seguinte, mas ela disse que era a vez de Bárbara. Eu tinha falado animadamente sobre minha experiência a semana inteira, e Bárbara tinha parecido ansiosa para ir, mas ela voltou para casa reclamando que estava se sentindo mal: não quis jantar e foi para a cama com um saco de água quente no estômago. Mais tarde naquela noite — quando mamãe e papai estavam fora jogando cartas e Mollie tinha ido a uma reunião — ela foi até a cozinha para comer alguma coisa.

— Como foi lá? — perguntei, sentando-me com ela à mesa da cozinha enquanto ela tomava uma sopa com torrada.

— Não sei. Tudo bem. — Ela ficou olhando para a sopa, usando a colher para espetar um pouco de gordura que estava flutuando na superfície.

— Mollie não é maravilhosa?

— Mollie não é maravilhosa? — ela repetiu, debochando.

Eu fiquei calada, perplexa com a malevolência na voz dela. E porque eu sempre ficava paralisada quando alguém me confrontava, especialmente Bárbara.

Ela disse, zangada: — Nós conversamos com uma garota chamada Teresa. Ela só tinha dezessete anos. Ela começou a chorar, estava realmente assustada, e Mollie abraçou-a. Uma hora depois, eu disse alguma coisa a respeito de Teresa, e Mollie não sabia quem ela era.

— Bem, eu acho... — Eu tinha notado o que Bárbara estava criticando, mas eu também tinha visto que, apesar da quantidade de pessoas com quem Mollie falava num dia, ela estava totalmente presente para cada uma; como ela poderia fazer isso se ainda estivesse pensando na última mulher que tinha visto ou nas dez antes disso? Ainda assim, mesmo que Bárbara não tivesse percebido o que eu percebera, isso não explicava sua animosidade em relação à nossa extraordinária prima. — Você está zangada porque eu fiquei no quarto com ela? — perguntei.

— Quem foi que disse que estou zangada? — Ela mordeu agressivamente a torrada.

— Por que não trocamos na semana que vem? Eu volto a dormir com Audrey.

— Eu não quero trocar.

— Vamos, prometo a mamãe que vou ser boazinha com Audrey.

— Elaine! — ela berrou na minha cara. — Por que eu iria querer dormir no mesmo quarto que Mollie? Para ficar fedendo a cigarro como você?

— Eu não.

— Sinta o seu cheiro. Suas roupas, seu cabelo. Você fede igual a ela! — Bárbara segurou o meu cabelo, e eu me afastei dela.

— O que há com você? — protestei. — Você fala como se a odiasse.

— Eu apenas não acho que Mollie Abrams seja Deus.

— Nem eu.

— Se ela mandasse você pular do alto de um precipício, você pularia.

— Isso é tolice. — Reprimi lágrimas de frustração. Por que, quando Bárbara discutia comigo, as palavras me faltavam? As mesmas palavras que eram minhas amigas quando eu me sentava calmamente com a caneta na mão?

— Ela chega e trata a nossa casa como se fosse um hotel. Ela mal passa algum tempo com mamãe. Ela é supostamente uma costureira, então como é que as roupas dela são tão mal-ajambradas? Elas nem mesmo combinam! — Essas eram queixas típicas dos adultos, expressas com a segurança natural de Bárbara. — E ela nunca pergunta nada a ninguém sobre a pessoa. Aposto que não sabe nada a seu respeito.

— Sabe, sim — consegui responder.

— Como o quê?

— Como... Eu não sei...

— Está vendo? Sabe como o pai de Greta Bachman chama a fábrica dele?

— Você nem mesmo gosta de Greta Bachman — eu respondi sem muita convicção, reconhecendo que era uma digressão inútil, mas sem saber como enfrentar Bárbara.

— Noni. Ele a chamou assim em homenagem à irmã dele, que morreu de gripe.

Como eu poderia argumentar contra a pobre irmã morta do sr. Bachman? Aí meus olhos caíram no livro que eu estava lendo. — Ela sabe que eu estou lendo *David Copperfield*! Disse que a maioria dos escritores mente, mas não Dickens. E ela tem coisas mais importantes para pensar do que em roupas. Você foi com ela. Você viu.

— Você realmente gostou de sair com ela, não foi? De ver aquelas mexicanas sujas e estúpidas?

— Sujas? Estúpidas? Elas são mulheres! São trabalhadoras!

— Está vendo, você falou igual a ela! Você quer ser como ela, não quer? — Ela se levantou e saiu da cozinha.

Eu fiquei ali sentada, tremendo, abalada pela intensidade da minha própria reação e por ter descoberto o rancor surpreendente que Bárbara sentia por Mollie. Eu até cuspi e disse *kaynehora*, como mamãe fazia, para afastar o mau-olhado por causa das coisas horríveis faladas tão perto da porta do quarto de Mollie.

Outra fonte de aflição foi o distanciamento que a briga causou entre mim e Bárbara. Eu compreendia, é claro, que a minha irmã gêmea e eu tínhamos personalidades diferentes, e já fazia muito tempo que havíamos definido diferentes interesses e amigos. Entretanto, nossas vidas eram tão interligadas que eu poderia jurar que tínhamos... não exatamente as mesmas crenças; era algo mais intrínseco do que isso, como nossas vozes, que ninguém conseguia distinguir. Mas na briga que acabáramos de ter, ao contrário das discussões e xingamentos de nossas brigas de criança, eu tinha sentido vestígios dos nossos eus adultos declarando quem era cada uma de nós, bem lá no fundo. E fiquei perplexa ao sentir o quanto éramos diferentes; eu me senti sem chão. Minha excitação por ter visitado o bairro mexicano com Mollie foi visceral, como o prazer imediato e irracional de morder uma ameixa madura. Como Bárbara foi capaz de não sentir isso? Como ela podia odiar Mollie?

Outra coisa também tinha mudado. Eu tinha enfrentado Bárbara. Encontrara palavras que a tinham feito fugir da discussão. Essa experiência foi estimulante mas perturbadora. Uma coisa era ser destemida perto de Mollie, que via coragem em mim; outra era me tornar aquela nova Elaine o tempo todo, mesmo com Bárbara! A mudança era como aqueles abalos que ocorriam no fundo da terra ao longo dos séculos, abalos que haviam levado ao terremoto de Los Angeles.

Mas nos dias que se seguiram essa nova compreensão das coisas ficou em segundo plano. Isso, como tudo o mais, foi abafado pela greve, que parecia ser inevitável. Mollie cantava canções do sindicato ao se vestir pela manhã e se preocupava em manter os planos em segredo para que nem os proprietários nem o sindicato comunista rival pudessem sabotá-los.

Eu me acostumara com o despertador de Mollie tocando antes do nascer do sol; mesmo assim, estava morrendo de sono na quinta-feira quando abri os olhos e a vi se vestindo à luz de uma vela.

— O que...? — murmurei.

— Volte a dormir, meu bem. São só quatro horas.

Isso me despertou na mesma hora. — É a greve?

Ela respirou fundo. — Sim. Os membros do comitê vão chegar às cinco para pegar os panfletos para distribuir. Eles não sabem disso, mas os panfletos vão dizer às pessoas para irem à sede do movimento em vez de ir para o trabalho.

— Por favor, deixe-me ir.

— De jeito nenhum.

— Eu posso ajudar.

— Elaine. — Ela acendeu a luz, depois se sentou na minha cama. — Isto pode ser perigoso. — Inclinando-se para a frente, tirou o cabelo da testa e mostrou uma cicatriz de uns cinco centímetros de comprimento, logo abaixo da linha do cabelo.

— Olha, Mollie. — Eu senti um aperto no estômago. — Como...?

— Criminosos de Chicago.

— Por favor, tenha cuidado — eu disse.

— Vou ter, eu prometo — ela disse.

E então ela saiu para iniciar a maior manifestação trabalhista que jamais havia atingido a indústria de roupas de Los Angeles.

Depois que a greve das costureiras teve início, Mollie passava quase todo o tempo no quartel-general da greve no bairro das fábricas de roupas.

Nas nossas conversas de madrugada, ela confirmava coisas que eu tinha lido nos jornais ou ouvido no rádio: duas mil pessoas estavam em greve, e foi a esperta Mollie quem planejou o "truque de publicidade," como os jornais disseram, de fazer doze grevistas jovens e bonitas vestirem vestidos de gala e carregar cartazes de greve na frente de uma loja de departamentos que estava realizando um desfile de modas.

Também era verdade que havia conflitos nas filas de piquete, embora Mollie dissesse que os bandidos contratados pelos proprietários eram os responsáveis por isso, enquanto os jornais e o rádio culpavam os que estavam fazendo piquete. Assim como a polícia, que prendeu algumas mulheres e as colocou na cadeia.

— Isso é horrível! — eu disse.

— Não. — Mollie sorriu. — Você se recusa a pagar fiança até o dia seguinte e fica acordada a noite inteira cantando canções do sindicato. Isso deixa os tiras malucos.

Ela tinha sido presa várias vezes em Chicago e não tinha medo de cadeia. Entretanto, não podia ser presa aqui. Como era líder sindical, as autoridades poderiam torcer a lei e mantê-la na prisão por vários dias para tentar esvaziar a greve.

Eu me lembrei disso, mas só depois de falar com o homem que perguntou por Mollie uma manhã, duas semanas depois do início da greve. Eu tinha saído cedo de casa para trabalhar no jornalzinho da escola e estava no meio do quarteirão quando o homem apareceu e me cumprimentou.

— Bom-dia, senhorita, desculpe incomodá-la — ele disse. — Estou procurando por Mollie. Estou muito atrasado?

— Ela já saiu — eu disse. Qualquer desconfiança que eu pudesse ter sentido foi aplacada pelo fato de o homem ter um sotaque igual ao de Zaide e um rosto de raposa, um rosto faminto, como tantos dos sindicalistas cujos retratos eu via no jornal.

— Ah, eu sabia que devia ter acordado mais cedo. Tenho notícias para ela, sobre o sindicato. Você é...

— Prima dela. Elaine.

— Prazer em conhecê-la, Elaine. Stu Malkin. — Ele estendeu a mão para mim. — Você sabe onde eu poderia encontrá-la? Preciso falar com ela o quanto antes. Senão, vou ficar muito encrencado.

— No quartel-general da greve — eu disse, e acrescentei, ansiosa para ajudar: — Ou então ela visita os piquetes organizados nas diferentes fábricas.

Stu Malkin franziu a testa e coçou a cabeça.

— São o quê, cinquenta fábricas? Cem? Eles estão tendo um bocado de problemas em Anjac, não estão? Ou na Paramount? Ou na Kaybel?

Mollie tinha mencionado a Paramount Dress Company. Estava na ponta da minha língua, mas então eu percebi que, se Stu Malkin fosse mesmo do sindicato, ele saberia que eram oitenta fábricas de roupa. E que Mollie sempre saía antes das seis.

Eu não respondi.

— Bem, obrigado de qualquer jeito, Elaine. Você é um anjo. — Ele me deu um dólar de prata. Era dinheiro demais, e então eu soube: eu quase tinha entregado Mollie.

Mas se eu a tivesse mesmo entregado? Será que eu tinha mostrado algo no meu rosto quando Malkin, se este fosse o nome verdadeiro dele, disse "Paramount"? Ele tinha entrado rapidamente num carro marrom e partido. Será que ele iria para a Paramount Dress Company? Encontraria Mollie lá? E então o que faria com ela? Eu precisava avisá-la.

Continuei andando normalmente até o carro dele dobrar a esquina. Aí eu corri para o ponto de bonde na Brooklyn Avenue.

Apavorada, peguei o bonde na direção da cidade. Quando meu pânico inicial diminuiu, percebi que não fazia ideia de onde encontrar Mollie. Em vez de entrar num bonde como uma tonta, eu devia ter corrido para casa e ligado para o quartel-general de greve; o número estava num cartão pregado ao lado do telefone. Tarde demais agora, nós já tínhamos cruzado o canal que marcava o rio Los Angeles (embora o rio estivesse seco nesta época do ano).

Na cidade, peguei o bonde para o bairro das fábricas de roupa. Na rua Nove, eu vi um piquete de cerca de vinte mulheres a meio quarteirão de distância. Eu saltei do bonde e corri até elas. Nada de Mollie! Mas, assim que eu falei o nome dela, uma moça decidida perguntou se podia ajudar.

Enquanto eu explicava que precisava alertar Mollie, olhei para as mulheres que marchavam para cima e para baixo na calçada — e, parada entre elas e o prédio da fábrica, uma fila de meia dúzia de homens musculosos.

A mulher, que se apresentou como a comandante da greve, Norma, chamou quatro mulheres e mandou uma para cada área do bairro para procurar por Mollie. Depois ela se virou para mim.

— Você vai se atrasar para a escola — ela disse.

— Eu posso ficar? Até saber que Mollie está bem?

— Eu não...

— Eu posso marchar com vocês. — Peguei um cartaz que uma das mensageiras tinha deixado para trás.

— Igualzinha a Mollie! — Sorrindo, Norma ergueu as mãos. — Vocês decidem que querem uma coisa, e não há como impedi-las.

Fiquei toda prosa. Eu era igual a Mollie! Será que Mollie havia despertado algo novo em mim? Ou ela tinha reconhecido uma Elaine que estava lá o tempo todo? Ergui orgulhosamente um cartaz e entrei na fila com as mulheres, que me acolheram com carinho quando souberam que eu era prima de Mollie. E eu me tornei mais consciente dos homens, que não eram só grandes, mas tinham um ar malvado.

Os homens também me notaram.

— Você é um pouco jovem para isso, *chica*, não acha? — um deles gritou.

— Ignore-os — Norma disse com firmeza e começou a cantar uma canção engajada que fazia parte do repertório matinal de Mollie, e eu me juntei a ela.

Quinze minutos depois, uma das mensageiras voltou. Mollie estava me esperando, ela disse, e me levou até um carro estacionado numa rua lateral. A única pessoa que vi no carro foi o motorista, um homem com cara de raposa igual a Stu Malkin, mas, antes que eu entrasse em pânico, Mollie levantou a cabeça no banco de trás e acenou.

Ela abriu a porta de trás. — Entre. Depressa... Não, no assento não.

Eu me sentei com ela no chão do carro.

— Conte-me exatamente o que aconteceu — ela disse.

Eu expliquei.

— Tudo bem, vamos — ela disse, e mandou o motorista, Ed, levá-la a um endereço em Hollywood.

Depois que saímos do bairro das fábricas de roupas, Mollie disse que podíamos passar para o assento do carro. Ela e Ed especularam sobre Malkin ser um policial ou um servidor judicial querendo entregar uma intimação a Mollie; num caso ou no outro, quem o mandou devia estar querendo evitar que Mollie discursasse num grande comício marcado para aquela noite, então ela precisava se esconder pelo resto do dia.

Ela não parecia preocupada. De fato, estava alegre, como se isso fosse uma grande piada. Ela disse que nenhum tira ou servidor judicial iria encontrá-la aonde Ed a estava levando.

— E depois disso, senhorita, ele irá levá-la direto para a escola.

— Por favor, posso ficar com você? — implorei, embora sabendo qual seria a resposta.

Mas, para meu espanto, Mollie riu e disse:

— Bem, por que não? Acho que você está aprendendo um bocado hoje, não está?

Quando chegamos a Hollywood, ela me surpreendeu mais ainda.

— Você já fez as unhas alguma vez?

CAPÍTULO 10
MAMÃE E OS *FUSGEIERS*: A HISTÓRIA VERDADEIRA

Mollie tinha imaginado um esconderijo onde nenhum policial pensaria em procurá-la: um elegante salão de beleza em Hollywood. Um homem de uniforme com um galão dourado disse "Bom-dia, senhoras" e abriu a porta para nós. Lá dentro, um tapete persa cor-de-rosa conduzia a uma mesa branca com desenhos cinzelados e pintados de dourado.

— Olá, eu sou Anne Simmons — Mollie disse para a recepcionista loura. Eu disfarcei o espanto, compreendendo a tempo que minha prima não podia dar seu nome verdadeiro porque estava se escondendo. Mollie disse que estava proporcionando a ela e à prima um dia de tratamento de beleza, e gostaria de falar com a gerente porque queríamos "serviço completo."

A recepcionista passou nossa mensagem por telefone e a gerente, sra. Barregas, veio nos receber. Tudo na sra. Barregas era teatral e artificial — cabelo negro preso num coque no alto da cabeça, lábios e unhas de um vermelho vibrante, e o modo afetado como ela disse "Senhorita Simmons, encantada". Mollie perguntou se havia um telefone que pudesse usar, e a sra. Barregas nos levou até seu pequeno escritório, decorado de preto e branco, no fundo do salão.

Ela fechou a porta do escritório, e então disse numa voz perfeitamente normal: "Algum problema? Laura está bem?"

Mollie assegurou-a de que Laura — prima da sra. Barrega, que era uma sindicalista local — estava muito bem, e a sra. Barregas nos deixou sozinhas para usar o telefone. Imaginei que Mollie quisesse falar com seu quartel-general de greve. Eu não tinha imaginado o óbvio.

— *Você* quer ligar para a sua mãe? — Mollie disse. — Ou quer que eu ligue?

Pela primeira vez, na pressa de avisar Mollie e naquela loucura de andar no chão do carro para fugir dos seus perseguidores, minhas pernas tremeram. — Você, por favor.

Mollie foi logo dizendo a mamãe que eu estava com ela e estava bem, depois que eu tinha salvado o dia por ter ido avisá-la. Mamãe falava tão alto que eu podia escutar de longe. Mas ninguém era mais persuasivo do que Mollie. Em cinco minutos, conseguiu que mamãe permitisse que eu passasse o resto do dia com ela.

Eu sabia que o charme de Mollie não evitaria que eu fosse castigada depois. Mas não me importei. Eu estava vivendo uma aventura junto com Mollie e até ajudando o sindicato, embora de um modo diferente do que poderia imaginar. Tirei a blusa, vesti um avental listrado de rosa e branco e entrei numa sala forrada de papel de parede cor-de-rosa para um "tratamento facial" que envolvia me recostar numa cadeira de veludo enquanto dedos experientes passavam creme no meu rosto.

Depois que Mollie e eu fizemos um tratamento facial, a sra. Barregas nos levou para um sofá estofado cor-de-rosa numa sala espaçosa para esperarmos a hora de fazer o cabelo — e, como Mollie observou rindo, para nos sentir como damas ociosas sem uma preocupação no mundo a não ser ficar lindas. A sra. Barregas nos trouxe duas belas taças. A minha tinha suco de laranja, enquanto que a de Mollie tinha um coquetel de suco de laranja e champanhe.

Havia três outras mulheres na sala, uma deitada numa poltrona reclinável com uma máscara sobre os olhos e as outras duas conversando e comendo rosquinhas. As rosquinhas vinham de uma travessa coberta com um guardanapo e eram aparentemente oferecidas a todas as freguesas.

— Que bom, sobrou uma de chocolate! — Mollie pegou uma rosquinha com cobertura de chocolate, colocou num prato e me deu.

— Não, pode ficar — eu disse, e peguei uma com cobertura de caramelo.

— Elaine. — Mollie me fez olhar para ela. — Não tenha medo de pedir o que quer. Que tal dividirmos a de chocolate? — Ela partiu a rosquinha ao meio.

— Eu *gosto* de caramelo — protestei.

— É mesmo? Mais que de chocolate?

Sob o olhar dela, eu admiti: — Não, mas eu gosto de caramelo.

— Ótimo, então vamos dividir as duas. — Mollie partiu a segunda rosquinha, e depois me deu um tapinha na mão. — Você leva tudo tão a sério, Elaine. Como a sua mãe quando tinha a sua idade. Mas a sua mãe, pobrezinha, não tinha escolha. Ela foi posta para limpar a nossa casa no dia em que entrou por aquela porta. Se quisesse passar a vergonha de ser empregada, ela costumava dizer, poderia ter ficado em casa em... Era só uma maneira de falar — ela disse, vendo a minha expressão de espanto. — Algo traduzido do iídiche.

— Eu achei que mamãe gostasse de morar com a sua família — eu disse com a boca cheia de rosquinha de chocolate. — Ela sempre diz que o dia que o tio Meyr mandou buscá-la foi o dia mais feliz da vida dela.

Mollie pareceu confusa, mas só por um momento. Então sorriu e disse:

— Sim, é verdade. Eu e ela nos divertimos tanto juntas... Como está a rosquinha?

— Deliciosa. — Eu vi que ela lamentava ter dito algo sobre mamãe e que preferia não falar mais no assunto. Mas ela não tinha acabado de me dizer para não deixar de expressar a minha vontade? — Por que mamãe disse isso, sobre ser empregada?

— Você sabe. — Mollie encolheu os ombros. — Todo mundo que vinha da Europa esperava que a vida na América fosse ser maravilhosa assim que saísse do navio. As pessoas não esperavam ter que trabalhar em confecções precárias. Foi assim que os sindicatos de trabalhadores do setor de vestuário foram criados, por imigrantes que esperavam mais.

Não era incomum Mollie mencionar o sindicato, mas eu senti algo de evasivo na resposta dela. Durante a fase seguinte do dia de beleza, que foi dedicado a lavar, cortar e pentear o meu cabelo, eu pensei no que ela tinha dito... e me dei conta de falhas no que tinha ouvido de mamãe sobre a vida dela em Chicago, contradições que eu não tinha notado, suponho, porque quando ouvi a história pela primeira vez eu era pouco mais do que um bebê. Mamãe tinha apenas doze anos quando foi para Chicago — a minha idade! Então por que não tinha ido para a escola, em vez de ser colocada para trabalhar a fim de ajudar a tia Ida? E durante a infância na Romênia ela só sonhava em ir morar com o tio Meyr em Chicago. Por que, quando finalmente foi, só ficou uns poucos anos? Por que deixar Meyr e se mudar para a Califórnia?

A sra. Barregas apareceu quando a cabeleireira terminou de pentear o meu cabelo. — Olhe só para você — ela disse. — Uma mocinha. — Ela me entregou meus óculos. Meu cabelo estava macio e ondulado e não todo espetado. Mas, por baixo dos cachos domesticados, minha cabeça girava. Será que tudo o que tinha ouvido de mamãe era mentira?

A sra. Barregas me levou de volta para o salão, cheio de gente naquela hora. Meia dúzia de mulheres falavam, riam e comiam; a travessa coberta com um guardanapo tinha agora uma pilha de sanduíches. Mollie já estava lá, com seu penteado elegante, comendo um sanduíche e tomando uma xícara de café. Ela tinha encontrado um lugar num canto tranquilo do salão, onde havia duas cadeiras meio escondidas por um vaso de plantas. Eu corri para ela, mas tinha tantas perguntas que não sabia por onde começar.

Felizmente, Mollie sabia o que se passava na minha cabeça. Depois de admirar o meu cabelo, ela disse:

— O que foi que sua mãe lhe contou sobre como ela veio para a América?

— Que o tio Meyr veio primeiro? Com os *fusgeiers*? — Mamãe não podia ter inventado os *fusgeiers!* Eu senti um peso no coração ao pensar que a mais encantadora das histórias da família podia ser falsa.

Mas felizmente Mollie disse:

— Isso mesmo.

— Depois — continuei — o tio Meyr não ajudou alguns dos seus irmãos e irmãs a virem para cá, primeiro o tio Nathan e o tio Victor e a tia Dora? E quando mamãe tinha doze anos ele mandou buscá-la?

Mollie tomou um gole de café numa xícara tão delicada quanto a nossa louça Rosenthal. — Quem tem que contar essa história é a sua mãe, então não tenho o direito de falar por ela — ela disse. — Por outro lado, ela pode ter medo de dar um mau exemplo, ou pode não querer falar mal dos meus pais. Nem todo mundo quer olhar a verdade de frente, como eu quero, e acho que você também quer.

Ela me lançou um olhar indagador, e eu balancei tão vigorosamente a cabeça que meus cachos saíram do lugar.

— Então fica só entre nós duas, está bem? — ela disse.

— Eu prometo. — Segredos com Mollie, eu tinha sonhado com isso. Ainda assim, a ideia de ouvir este segredo, algo que mamãe tinha ocultado de propósito?, me excitou e me assustou ao mesmo tempo.

— Seus tios e sua tia Dora já eram adultos quando vieram para a América, então puderam tomar conta de si mesmos — Mollie começou. — Mas a sua mãe... meu pai queria mandar buscá-la, mas minha mãe recusou. Ela disse que a sua mãe ainda era uma criança e que nós já tínhamos crianças demais em casa.

— Ele não mandou buscá-la? — eu disse, absorvendo a ideia de que o dia mais feliz da vida de mamãe era algo que nunca tinha acontecido. Mas se isso fosse verdade e Meyr não tivesse mandado buscar mamãe... — Então como foi que ela chegou à América?

— Ah. — Mollie sorriu. — Ela era muito corajosa e muito inteligente.

O que Mollie me contou começou de um modo parecido com a história que eu sabia. Tio Meyr tinha prometido a mamãe que mandaria buscá-la quando ela tivesse doze anos. E pouco depois do décimo segundo aniversário de mamãe, ela soube que Avner Papo, da aldeia dela, estava partindo com um grupo de *fusgeiers* e implorou para ir com ele. Mas havia duas diferenças cruciais na história. Meyr não mandou buscá-la. E Avner Papo não concordou em levá-la com ele. Mas ela foi assim mesmo.

— Sozinha? — murmurei.

— Eu não disse que sua mãe era corajosa e inteligente?

Mollie devia adorar a história da sua jovem tia e pedir muitas vezes para ouvi-la, porque se lembrava de todos os detalhes, como se tivesse estado lá.

Naquela época, fazia uma década que os primeiros e esperançosos *fusgeiers* como Meyr tinham partido para a América. Centenas deles tinham passado pela aldeia de mamãe desde então, mas não eram mais grupos alegres de jovens embarcando numa aventura. Os viajantes posteriores eram um conjunto desgrenhado de cerca de 150 homens, mulheres e crianças. Um contingente inicial de jovens entrou na aldeia cantando, mas o resto veio se arrastando; uma família de onze pessoas entrou na aldeia uma hora depois do grupo inicial.

Mamãe observou a desorganização do grupo com alegria. Ia ser fácil misturar-se no meio deles.

Na noite anterior à fuga de mamãe com os *fusgeiers*, ela estava tão excitada que não dormiu nem um segundo. Na escuridão, sem saber se estava no meio da noite ou se estava quase amanhecendo, saiu devagarinho da cama que dividia com duas irmãs, foi na ponta dos pés até a cozinha e embrulhou um pouco de comida — metade de um pão, alguns ovos, dois potes da deliciosa conserva de ameixa da mãe (mas só um para comer na viagem, o outro era para Meyr). Ela tinha se oferecido para levar algumas provisões para os *fusgeiers*, então nem a ausência dela nem a falta da comida seriam motivos de alarme imediato. Finalmente, pegou o bilhete que tinha escrito dizendo aos pais que os amava e que ia para junto de Meyr e o enfiou debaixo da cobertura da *challah*, que só era usada no Shabbos; isso só aconteceria dali a dois dias, e ela calculou que nessa altura já estaria tão longe que ninguém a obrigaria a voltar para casa.

Quando ela saiu, começava a clarear. Todos os galos das redondezas cantavam. Será que eles eram sempre tão barulhentos?

— Ela costumava me dizer — Mollie disse — que tinha certeza que os galos estavam dizendo "Peguem Zipporah! O passarinho está fugindo".

Perseguida pelos gritos dos galos, mamãe passou correndo pelo estábulo onde os *fusgeiers* tinham dormido e continuou correndo por duas milhas na estrada que eles iam percorrer naquela manhã. Chegando lá, se escondeu no meio das árvores, tremendo de excitação e de terror de ser apanhada.

Mas Avner Papo não tinha dito que ela dava sorte? Ela nunca tinha achado que tinha sorte, mas talvez Deus tivesse guardado toda a sua sorte e despejado sobre ela aquela manhã, porque cada instinto dela, cada escolha que fez a salvaram de ser descoberta. Eu passei a ver a sorte da minha mãe naquela dia como algo emblemático da sua emigração para a América. Nos pequenos detalhes ela seria bem-sucedida. Eram as coisas grandes que iriam partir seu coração.

Logo os primeiros *fusgeiers* apareceram, cantando. Ela estava louca para se juntar a eles. Mas aqueles eram os jovens, seus corpos e seus espíritos resistentes o bastante para se sentirem revigorados depois de comer algumas migalhas de comida e de passar a noite no chão de um estábulo. Alertas e espertos, os jovens iriam notar na mesma hora se ela aparecesse de repente na frente deles. Ela se conteve para não sair correndo e permaneceu escondida.

Um segundo grupo apareceu dez minutos depois. Mas ela continuou esperando até ver um grupo de pessoas de todas as idades, os adultos já parecendo exaustos e as crianças reclamando. Ninguém reparou quando ela saiu da floresta e se tornou um deles.

Quando todo mundo parou ao meio-dia para comer alguma coisa e descansar um pouco, mamãe se aproximou de uma das moças que estava no grupo de jovens e se ofereceu para dividir a comida com ela. "Conserva de ameixa! Maná dos céus", a moça disse. Ela e os amigos comeram um bocado da conserva de ameixa, mas o sacrifício valeu a pena, porque convidaram mamãe para caminhar com eles. E embora não fossem *fusgeiers* artistas, os jovens planejavam montar uma peça sobre uma menina que trabalhava para um patrão cruel numa fábrica, e quem melhor que mamãe, a mais jovem de todos eles, para fazer o papel da menina inocente? (Eu tinha sabido por mamãe do seu triunfo teatral, que ela levava as plateias às lágrimas.) Caminhando pela estrada com os jovens naquela primeira tarde, mamãe explodia de felicidade.

Quando os *fusgeiers* chegaram à cidade onde iam passar a noite, a alegria dela se transformou em medo. Um líder da comunidade judaica fez um discurso de boas-vindas aos viajantes — e com certeza ele iria anunciar que uma menina tinha desaparecido em Tecuci e pedir a todos para procurá-la. Ela se escondeu, mas ficou com medo que a encontrassem pelo som das batidas do seu coração. Mas ninguém falou nada sobre ela.

— Espere — eu disse. — Mesmo que os pais dela não tenham encontrado o bilhete, devem ter suspeitado que ela tinha fugido com os *fusgeiers*.

— É claro que sim. De fato, eles mandaram um telegrama para Avner Papo, pedindo para ele informá-los caso a encontrasse e para tomar conta dela. E quando souberam que ela estava lá, mandaram um pouco de dinheiro, o que puderam dispor.

— Mas ela só tinha doze anos! — A minha idade. Se eu fugisse... Eu podia até ouvir os gritos de angústia de mamãe. E papai removeria céus e terras até me achar. — Eles não ficaram com medo que acontecesse algo de ruim com ela? Por que não tentaram obrigá-la a voltar para casa?

Mollie suspirou: — Na Romênia, crianças com menos de doze anos estavam sendo mandadas para longe de casa para serem treinadas e aprender uma profissão. Aqui mesmo na América existem crianças de doze anos trabalhando em condições precárias. O que os pais da sua mãe tinham para lhe oferecer se ela ficasse? E eles devem ter visto que ela estava decidida a ir. Se a forçassem a voltar para casa desta vez, ela iria fugir com os próximos *fusgeiers* ou com os que viessem depois. Você entende?

— Sim — eu disse, embora de repente eu me sentisse muito triste. Senti muita pena de mamãe, a filha ignorada, a sétima de nove filhos, cuja partida não causou quase nenhuma repercussão na família. Eu *não* compreendia — me recusava a compreender — a explicação calma de Mollie sobre por que os pais de mamãe a deixaram ir sem um protesto. E ao ouvir Mollie falar sobre ela como se fosse apenas uma outra criança trabalhando em condições precárias... na minha cabeça, ouvi Bárbara reclamando da frieza da nossa prima. Entretanto, nada disso mudou o meu desejo de ser a Elaine que Mollie via em mim, uma garota que não se esquivava da verdade.

Essa não seria a minha última sensação de ambivalência, mas talvez tenha sido a mais dolorosa. Mas eu não tive nenhum sentimento conflitante a respeito do meu desejo de saber o resto da história.

Engoli as lágrimas e me inclinei para a frente. — Avner a ajudou?

— Ah. — Os olhos de Mollie brilharam. — Avner se apaixonou por ela.

— Por mamãe?

— Por que não? Ela não era uma beldade, mas sempre teve um jeito diferente... Você não tocou no seu almoço.

Eu não tinha notado que um sanduíche e um copo de leite tinham aparecido numa cadeira ao lado da minha. Eu dei uma dentada no sanduíche. Dentro dos pequenos triângulos de pão branco havia fatias de frango, uma iguaria que a minha família só comia nas noites de sexta-feira. Continuei comendo, embora mal sentisse o gosto.

Avner achou mamãe e a tomou sob seus cuidados, Mollie continuou, e eles seguiram com os *fusgeiers* até cruzar a fronteira austro-húngara. De lá, tomaram um trem (as passagens foram fornecidas por uma agência judaica) para o porto de Roterdã. As moedas que mamãe tinha economizado não chegavam nem perto do preço da passagem de navio, mas Avner não ia abandoná-la. Cruzando o Atlântico, ela retribuiu o favor. Ela tinha o estômago de um marinheiro, enquanto o pobre Avner começou a suar frio assim que deixaram o porto. Mamãe segurava uma bacia para ele vomitar, dava pedacinhos de pão para ele comer, e lhe dava sopa na boca. Após uma semana, ele finalmente se adaptou ao movimento do navio, e ela o ajudou a subir até o convés para tomar um pouco de ar fresco.

Finalmente, o navio chegou à América. Na cidade onde o primo de Avner morava. Nova York.

— Onde está seu irmão? — o primo de Avner perguntou a ela, desanimado por ter que abrigar não um, mas dois recém-chegados ao seu apartamento. — Chicago? Como você vai chegar lá?

— Eu vou andando! — mamãe declarou. Ela tinha atravessado a Romênia a pé, não tinha?

— De Nova York a Chicago, ela pensa que vai a pé. — O primo debochou, e a família dele agiu como se aquilo fosse a coisa mais engraçada que eles já tinham ouvido.

— Sua pobre mãe! — Mollie disse. — Ela não tinha ideia do quanto a América era grande.

— E quanto a Avner ter se apaixonado por ela?

— Ah, estou chegando lá.

Depois que cansou de implicar com mamãe, o primo enviou um telegrama para Meyr, pedindo a ele para mandar o dinheiro da passagem de trem. Dois dias depois, Avner acompanhou-a até a estação de trem e foi com ela até a plataforma para se despedir.

Mamãe sentiu um nó na garganta, pensando que nunca mais ia ver Avner, que tinha sido mais bondoso com ela do que qualquer outra pessoa em sua vida. Ela disse a ele que ia sentir saudades. Ele disse que também ia sentir saudades dela. Então, apressadamente, ele segurou a mão dela e disse: — Você é muito jovem agora, apenas uma menina. Mas dentro de três ou quatro anos eu posso mandar buscar você. — Ela não fazia ideia do que ele estava falando. Até ele dizer: — Ou eu posso ir até Chicago. Para me casar com você. Para você ser minha esposa.

Por Deus, ela sabia que a expressão em seu rosto era de repulsa. Ela amava Avner, mas como um pai; ele era um velho de cabelos grisalhos!

— Eu não sei. Talvez — ela disse, tentando sorrir, para tirar a tristeza dos olhos dele.

Olhando para trás, ela veria aquele momento na estação de trem em Nova York, quando ela ofendeu Avner Papo, como o momento em que a sorte a abandonou.

Mollie e eu passamos para uma outra área do salão de beleza, onde fizemos as unhas e ela me contou o que aconteceu quando mamãe chegou a Chicago.

Meyr — embora ele não fosse mais Meyr Avramescu e tivesse passado a ser Mike Abrams — foi esperar mamãe e a levou para casa a fim de conhecer sua esposa, Ida. — Sobre minha mãe — Mollie disse. — Algumas pessoas passam por dificuldades, e isso faz com que ajudem todos os que passam por dificuldades. Mas algumas pessoas passam apenas a querer proteger o pouco que têm. Eu estava lá quando sua mãe entrou na nossa casa pela primeira vez; eu estava tão excitada em conhecê-la. Mas minha mãe, antes mesmo de dizer olá, disse:

— Você acha que na América as passagens de trem crescem em árvores?

Ida pôs mamãe para trabalhar, ajudando a cozinhar e limpar e tomar conta dos sobrinhos (quatro quando ela chegou, e depois Ida teve mais dois); ela tinha que pagar pela passagem de trem e pela comida que comia, pelas roupas que usava e pelo pouco de aquecimento no apartamento que aquecia seu corpo. Escola? Isso estava fora de questão. Mesmo que Mike e Ida quisessem que ela fosse à escola, doze anos era tarde demais para alguém que não falava inglês começar a estudar.

— Mas o tio Meyr... tio Mike... não a defendia? — perguntei.

Mollie suspirou. — Sim, às vezes. Mas ele passava o dia todo no trabalho. E trabalhar num matadouro é o tipo de coisa que acaba com o ânimo de uma pessoa. — Pela primeira vez, me ocorreu que quase todas as histórias de mamãe sobre Meyr se passavam em Tecuci. Suas histórias de Chicago eram sobre Mollie.

Havia uma imensa monotonia na vida de mamãe em Chicago. Aos dezesseis anos, ela se rebelou contra os quatro anos de opressão de Ida e trocou a lida do trabalho doméstico pelo trabalho numa fábrica de roupas na rua Maxwell. Continuava tendo pouco talento para a costura, mas sua irmã Dora era supervisora e conseguiu o emprego para ela. Embora tivesse que entregar a Ida seu pagamento, pelo menos Ida não controlava cada suspiro dela. Mas Ida e Mike tinham novos planos para ela.

Um amigo de Mike do trabalho, Hy Slotkin, às vezes ia ao jantar do Shabbos na casa deles.

— Slotkin? — Aquele nome tinha ficado preso na minha memória no dia em que mamãe trancou Bárbara no armário.

Não havia nada de errado com Hy Slotkin, mamãe dizia, toda vez que Mike ou Ida perguntavam, "Então, o que há de errado com Hy Slotkin?" — o que eles faziam frequentemente, porque Hy tinha pedido a mão de mamãe, e eles queriam que ela se casasse com ele. A verdade era que a risada de Hy a deixava extremamente irritada. "Nós o chamávamos de 'Hiena'", Mollie disse. E Hy era feio e tinha braços gordos e uma espécie de careta permanente de tanto fechar as narinas para não sentir o cheiro do matadouro.

Mamãe estava decidida a fugir. Mas ela não podia simplesmente ir embora como tinha feito aos doze anos; não tinha mais esse tipo de coragem. Então os Tarnow, do prédio de Mike e Ida, resolveram se mudar para Los Angeles por causa do reumatismo da sra. Tarnow, e era demais para uma família com uma esposa doente se mudar com três filhos pequenos para o outro lado do país. Eles se ofereceram para pagar a passagem de trem de mamãe e hospedá-la em troca de sua ajuda com a mudança.

Eu já sabia muito do que tinha acontecido depois porque era a história de como mamãe conheceu papai. Mudando-se para Los Angeles aos dezessete anos, ela morava com os Tarnow em Boyle Heights e arranjou um emprego numa fábrica de roupas. Os Tarnow tinham prometido a Mike que iriam tratá-la como se fosse filha deles. Eles estavam de ouvidos abertos e souberam de um ótimo rapaz, filho de um cara que tinha vindo da aldeia do sr. Tarnow na Ucrânia — mas que tinha nascido na América e não tinha nenhum sotaque! Uma coisa levou a outra, e passado um ano, papai se ajoelhou e pediu a mamãe em casamento, um acontecimento que mamãe, que nunca foi muito de escrever cartas, descreveu numa das raras cartas que escreveu para Mollie.

— Mas ela não aceitou na mesma hora — Mollie disse.

— Ela tinha outros... admiradores? — perguntei, acostumando-me com a ideia de que mamãe era uma garota que tinha certo charme. Primeiro Avner Papo, depois Hy Slotkin; talvez homens de todas as partes de Los Angeles a tivessem bombardeado de flores e poemas.

— Não, é só que ser esposa e mãe é uma coisa maravilhosa, mas uma garota precisa aproveitar um pouco a vida antes. Ela fazia passeios nas montanhas ao norte de Los Angeles. Ia à praia com as amigas. Experimentou juntar-se a um grupo de teatro.

— Um grupo de teatro? Mamãe?

— Ela escreveu para mim dizendo que umas pessoas em Boyle Heights estavam começando um grupo de teatro iídiche. Ela tinha feito tanto sucesso com os *fusgeiers* que resolveu se candidatar a um papel na peça deles. Ela e o seu pai, embora ainda não estivessem casados, tiveram uma briga feia a respeito disso. Ele não conseguia aceitar a ideia de teatro iídiche na América. Como uma pessoa inteligente iria aturar um dramalhão em iídiche quando os americanos falavam...

— A língua de Shakespeare. — Era isso que papai tinha dito quando se opôs a que eu tivesse aulas de iídiche com o sr. Berlov.

— Exatamente! — Mollie sorriu. — Ela ficou tão zangada que disse que nunca mais queria tornar a vê-lo.

— Não! — exclamei, perplexa ao imaginar uma situação que tinha me deixado tão perto de não existir. E perplexa ao ver minha mãe como uma moça que tinha desejado coisas para si mesma e as tinha perseguido de forma tão corajosa, implacável até.

— Ela não quis dizer isso. Pobrezinha, a carta dela estava toda manchada de lágrimas. E na carta seguinte que ela me mandou, alguns meses depois, disse que ela e Bill tinham acabado de se casar.

— Ela tentou um papel na peça? — perguntei.

—Engraçado, acho que ela não contou. Mas não pergunte a ela. Como eu disse, isso fica entre nós. Certo?

Eu concordei com um aceno de cabeça.

Passei o resto do dia escondida com Mollie no salão de beleza. No início da noite, um cara do sindicato veio buscá-la para o comício e me deu uma carona até em casa.

Nas semanas seguintes, minha prima Mollie fez história. Ela conseguiu que o sindicato das costureiras de Los Angeles fosse reconhecido e negociou o fim da greve. Depois foi embora, enviada pelo sindicato para a próxima cidade onde havia trabalhadores precisando da ajuda dela.

Quanto mais eu pensava sobre o que ela tinha me contado, mais segura me sentia de que mamãe *tinha* feito um teste para a peça, que ela desafiou papai assim como desafiou seus pais ao fugir. E talvez, se ainda fosse a menina de doze anos que tinha encantado plateias na Romênia — se tivesse conservado um pouco da esperança inocente que leva as pessoas às lágrimas —, ela teria conseguido um papel importante e talvez tivesse tido uma vida muito diferente. Primeiro o teatro iídiche, depois os filmes que estavam começando a ser feitos em Los Angeles. Mas ela não era mais aquela menina cheia de esperança. E eu compreendia por quê.

Achei que compreendia por que mamãe tinha mudado tanto... e por que ela jamais diria uma palavra sobre como tinha realmente vindo para a América. Eu vi que a história que eu tinha ouvido como sendo uma aventura, viagem com os *fusgeiers*, foi de fato uma história de amor. O verdadeiro tema era o grande amor da sua vida, entre ela e seu adorado irmão Meyr. Como ela poderia contar aquela história se tivesse que admitir que Meyr não tinha mandado buscá-la e que deixara a esposa tratá-la como uma empregada doméstica?

Por trás da raiva que borbulhava perpetuamente dentro da minha mãe, vi a cruel decepção. Meu coração ficou partido por ela. E ao meu tempo eu quis repudiá-la. Não queria ficar frustrada e cronicamente zangada como ela.

Prometi a mim mesma... não é que eu quisesse ficar igualzinha a Mollie. Mas eu queria ocupar o mundo de Mollie, aquele lugar espaçoso no qual as pessoas não se preocupavam apenas com o "eu e meu" e com o que alguém tinha dito na peixaria naquele dia; em vez disso, discutiam ideias e lutavam por uma vida melhor para todos. Décadas mais tarde, eu iria encontrar o termo hebraico *tikkun olam*, "consertar o mundo" — trabalhar pela justiça social, manifestar-se não só quando os seus direitos são prejudicados, mas diante de toda injustiça. Mollie, não importavam seus defeitos, tinha se dedicado à tarefa impossível, magnífica, de consertar o mundo, e eu não conhecia ninguém que tivesse uma vida mais enriquecedora. O tipo de vida que eu queria viver.

CAPÍTULO 11

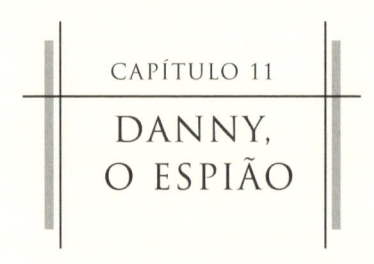

DANNY, O ESPIÃO

Ah! Dia de Ação de Graças!

Eu acordo no Dia de Ação de Graças sentindo-me... não ótima, isso seria pedir demais só duas semanas depois do meu acidente de carro. Mas, pela primeira vez desde o acidente, ousaria dizer que estava "disposta" — e ansiosa pelo meu feriado favorito.

Visto um conjunto de moletom, coloco no DVD do escritório *Tai chi para osteoporose* e faço meus exercícios matinais. Ainda estou me mexendo com certa dificuldade, mas com meus exercícios regulares de tai chi e minha hidroginástica, eu estava em boa forma para uma pessoas de oitenta e cinco anos antes do acidente, e meu médico diz que vou ter uma recuperação "Nota Dez". Repeti para Ronnie e Harriet o que o médico tinha dito quando insisti para organizar o jantar de Ação de Graças aqui, como tínhamos planejado. Eles não tentaram me demover da ideia. Este vai ser o nosso último jantar de Ação de Graças na casa de Santa Monica, e eles também querem que seja aqui.

Ação de Graças é o único feriado que nunca me armou nenhuma cilada. Ao contrário de Rosh HaShanah ou Pesach ou Purim, que provocavam um turbilhão de emoções, o prazer dos meus pais — e depois meu e de Paul — nas tradições e nas comidas especiais se misturava ao desconforto com a religiosidade de nossas origens. E havia uma sensação de estranheza em relação aos feriados judaicos, de estar fora do pensamento dominante americano, que nos provocava uma mistura complicada de orgulho e alienação. E medo; tanto Zaide quanto minha mãe tinham sofrido perseguições em seus *shtetls*, e quando meus filhos eram pequenos, nos anos 1950, só estávamos a uma década do Holocausto.

Quanto aos feriados comemorados pela maioria dos americanos, o Natal especialmente se tornou inevitável — e grandemente tentador — quando a minha geração se estabeleceu fora de Boyle Heights. Todo mês de dezembro, a maioria das casas do nosso quarteirão em Santa Monica era enfeitada com guirlandas de luzes, e o coro e a orquestra da escola das crianças faziam uma apresentação cheia de canções natalinas. Um ano, Paul e eu cedemos aos pedidos das crianças e compramos uma árvore — enfatizando, é claro, que a nossa família não acreditava em Jesus, chamando a árvore de arbusto Hanukka e colocando no topo dela uma Estrela de Davi. Foi papai, que eu considerava o mais adaptado dos meus pais, quem se recusou a pôr os pés na casa enquanto a árvore estivesse na sala. (Nós a pusemos no escritório.)

O Dia de Ação de Graças, entretanto, é comemorado por todos aqueles que têm a sorte de viver na América. E nós éramos, sem um pingo de ambivalência, americanos felizes.

Depois de fazer meu tai chi, preparo minha contribuição para o nosso banquete de Ação de Graças: tortas de abóbora. Eu não chego aos pés de mamãe como cozinheira, mas torta de abóbora é fácil de fazer desde que se use massa semipronta; não é o ideal, mas você recebe elogios derramados apenas por ter seguido as instruções de uma lata de abóbora e usado bastante creme batido.

As tortas estão assando e eu estou comendo cereal e lendo o *Los Angeles Times* quando Ronnie chega. Ainda não são nove horas, mas vir cedo para ajudar foi a condição que ele impôs na nossa negociação acerca do Dia de Ação de Graças.

— Café! — Ele vai direito para a cafeteira, aquele rapagão de um metro e oitenta que surgiu misteriosamente da linhagem compacta da minha família e da de Paul.

Agora que Paul morreu, acho que sou a única pessoa que o chama de Ronnie, mas ainda olho para ele — homem desengonçado de cinquenta e um anos de idade, grisalho e um tanto calvo — e vejo o menino implacavelmente lógico que conseguia *me* vencer pelo cansaço numa discussão. Uma advogada nata, como a prima Mollie costumava me chamar. A cabeça de Ronnie funciona como a minha, como se os neurônios e conexões fossem feitos com o mesmo material e seguindo as mesmas instruções. Meu filho fácil de criar. (Carol não vai estar aqui. Ela virá de Oregon daqui a duas semanas para ajudar na minha mudança.)

Enquanto tomamos café, eu pergunto a ele sobre seu trabalho. Nós ainda estamos conversando, discutindo a estratégia para um dos seus casos, quando Harriet chega, às dez horas. E então já não é tão cedo, temos muito o que fazer.

Ronnie coloca o peru, de dez quilos, no forno, e então ele, Harriet e eu planejamos onde colocar as mesas e cadeiras extras. Nós vamos mesmo reunir todo o clã, vinte e duas pessoas, para nos despedirmos da casa de Santa Monica, cuja sala de jantar e jardim espaçosos a tornaram o local principal de eventos familiares, até mesmo de alguns casamentos no quintal. O jardim está lindo. Eu me livrei da tensão cuidando dele. Ah, vou sentir saudades do jardim, especialmente da figueira, que cresceu de um galho que podei na árvore atrás da nossa casa em Boyle Heights.

Por volta de uma hora, quando estava marcado um jogo de futebol num parque próximo, quase todo mundo já chegou. A esposa de Ronnie, Melissa, insiste em ficar na casa para cuidar do peru e receber os retardatários, e eu me junto ao grupo que se dirige ao parque a dois quarteirões de distância. Membros mais jovens e em melhor forma física trouxeram cadeiras de jardim e as arrumaram na grama para os espectadores. Eu me sento ao lado de Harriet — e pondero, como tenho feito nas últimas duas semanas, se conto ou não a ela o que descobri a respeito de Bárbara.

Mas o que foi que eu descobri, na realidade? Só que um detetive de hotel em Colorado Springs achou que ela poderia ser uma loura chamada Kay Devereaux. Eu tinha feito uma pequena investigação desde que Josh lançou aquela bomba e descoberto apenas uma coisa com certeza: a intromissão ameaçadora da internet em nossas vidas é superestimada. Por exemplo, você pode conseguir registros de licenças de casamento emitidas em Colorado Springs *se* o casamento aconteceu depois de 1981; do contrário, como soube através do antiquado método do telefonema, você tem que ir até o cartório do condado e examinar microfilmes — e deveria haver um monte deles, já que não sei a data do casamento dela. Sem mencionar o fato de que não faço a menor ideia se ela ficou em Colorado Springs ou se casou lá.

Eu pensei em aceitar a sugestão de Josh de me ajudar na busca. Ou em contratar um detetive, alguém que morasse no Colorado. Mas até onde quero ir nesta busca? Digamos que eu a encontre, será que vou me arrepender disso? E o mais provável é que eu investiria tempo, dinheiro e energia emocional e iria acabar de mãos vazias. De novo. Há tão pouco em que me basear — só o nome dela e o fato de que trabalhou no Hotel Broadmoor em... Eu não sei nem isso, porque Carl Logan não datou sua carta. Mas deve ter sido no início dos anos 1940, na época — ou não muito depois — em que Philip a procurava. E então... será que mamãe e papai escreveram uma carta para ela? Mas por que papai não pulou no primeiro trem para Colorado Springs? E por que não me contaram? Será que eles imaginaram que estavam me protegendo? Eu tinha o direito de saber!

— Terra para Lainie — Harriet diz.

— É. — Eu me viro para a minha irmã, que está usando um casaco cor de limão e um boné de beisebol dos Dodgers.

— Você está lidando bem com isso? Com a mudança?

— Sim, eu estou bem. Sou grata. Por tudo isto. Por eles. — Eu faço um movimento de cabeça na direção de nossos descendentes correndo e gritando no jogo de futebol. — E por você. E você, é grata pelo quê?

— A mesma coisa. E sou grata por você só ter atropelado um cacto quando podia... bem, meter na cabeça de dirigir até Barstow. — A expressão nos olhos de Harriet me lembra de mamãe naqueles momentos em que eu suspeitava que ela conseguisse adivinhar meus pensamentos.

— Sabe por que mais eu me sinto grata? — digo. — Por não termos mais que jogar futebol.

— Ninguém a obrigava a jogar.

— Ha! Primeiro eu tinha que jogar porque todas as mulheres Kennedy jogavam. — Nossa tradição de jogar futebol no Dia de Ação de Graças começou em 1960, poucas semanas depois de JFK ser eleito. Não que Paul e eu fôssemos ingênuos o suficiente para achar que Kennedy era um progressista de verdade, mas quem poderia resistir ao sentimento de esperança, à energia e à juventude daqueles democratas irlandeses de Boston, travessos e de cabelos desgrenhados? — Depois foi por causa do movimento feminino, pois eu tinha que dar um exemplo para os nossos filhos.

— Você está se sentindo melhor, não está?

— Muito melhor.

— Ótimo. Olha, tem uma coisa que eu venho pensando desde o dia em que examinamos aqueles livros e papéis. Mas não quis tocar no assunto logo depois do seu acidente...

— O que é?

— É sobre Bárbara.

— Bárbara? — Será que eu disse alguma coisa em voz alta? Ou será que minha Mulher Sábia consegue simplesmente ler a minha mente?

— Você estava dizendo, e se conseguíssemos encontrá-la agora? E eu pensei, você algum dia chorou por ela?

— É claro que sim! No dia em que ela partiu, chorei até não poder mais. Na casa de Pearl. — Mas ao dizer isso, percebo o meu engano. É verdade, eu solucei na casa de Pearl. A lembrança das minhas lágrimas molhando o sofá é tão forte que quase consigo sentir o veludo molhado sob meu rosto. Mas isso aconteceu na véspera da partida de Bárbara. E minhas lágrimas não foram por ela.

— Eu estou me referindo a viver o luto — Harriet diz. — Admitir a perda. Dizer adeus.

— Como observar a Shivá, ficar de luto? Eu não poderia fazer isso a menos que ela tivesse morrido. — E eu sei, porque cheguei no Índice de Falecimentos da Previdência Social, e não há nenhum registro de morte para uma Kay Devereaux com uma idade compatível com a dela.

Eu tenho que contar a Harriet! Ela também tem o direito de saber.

— Não observar a Shivá — ela diz. — Mas que tal criar alguma espécie de ritual? Podemos fazer isso juntas. Talvez numa viagem ao Rancho La Puerta nesta primavera?

— Um sim enfático à viagem para o Rancho La Puerta. — Nós costumávamos fazer uma viagem anual para o spa que ficava logo ao sul da fronteira, ela, Audrey e eu, mas passamos a ir com menos frequência depois que Audrey morreu (como Zaide e papai, ela teve um derrame), seis anos atrás.

— E pensar em fazer um ritual?

— Claro, vou pensar nisso.

Eu não vou mencionar o que descobri agora, durante uma comemoração de Ação de Graças. Mas em algum momento neste fim de semana...

Ainda assim, uma coisa é ser informada na hora, quando havia decisões a tomar e coisas a fazer. Tantos anos depois, o que eu vou ganhar em dividir esta notícia com Harriet a não ser atormentá-la, também, com a suspeita de que mamãe e papai mentiram sobre algo que causou tanta angústia? Nossa tragédia familiar, a perda que, ela tem razão, nós nunca pranteamos. Será que algum dia usamos a palavra "perda?" A princípio, quando encontramos o bilhete de Bárbara e não conseguimos localizá-la, ela tinha simplesmente "partido". Nas semanas e meses que se seguiram, havia "fugido de casa."

A partida dela não foi como uma morte. Incondicional. Clara. Marcada por cerimônias eficazes no seu poder de apertar os parafusos da sua angústia e levar você ao alívio físico do choro. *Agora* você vai até a beira do túmulo, enfia uma pá na terra úmida, recém-cavada, e joga a terra sobre o caixão. *Agora* você se retira da vida rotineira por sete dias, sem sair de casa e cobrindo todos os espelhos. *Agora*, passados os sete dias, o rabino leva você para uma caminhada ao redor do quarteirão a fim de simbolizar o seu retorno à vida.

Shivá ou não, há muito tempo me reconciliei com o fato de Bárbara ter desaparecido; eu aceitei isso anos atrás. E no entanto, nesta tarde ensolarada do Dia de Ação de Graças, enquanto imagino se tivesse sabido onde ela estava, se tivesse ao menos sabido que ela estava viva, se isso não tivesse sido ocultado de mim... Eu sinto o buraco que o desaparecimento dela deixou na minha vida como se o chão tivesse se aberto e engolido os meus filhos.

— Elaine? — Harriet diz, assustada.

— O quê? — digo enquanto meus olhos percorrem os jogadores de futebol, buscando atavicamente primeiro os meus: Ronnie, a filha dele, Zoé, o filho de Carol, Dylan. Carol? No Oregon. E Brian está na Argentina. Todos estão a salvo.

— Você está bem? Você deu um gemido.

— Foi só um bocejo.

Por que fazê-la passar pelo que estou passando agora? Como se eu tivesse aberto os álbuns da família e cada retrato de mamãe e papai estivessem corroídos por ácido?

Felizmente, o desconsolo não dura muito. No jantar, eu me divirto com minha família barulhenta, sentada em três mesas que se espalham da sala de jantar para o escritório. Há uma triste, mas doce, nostalgia quando percebo, nos vivos, traços dos mortos: Ronnie enfia uma faca de trinchar no peru com a mesma expressão satisfeita que cobria o rosto de Paul quando fazia isso. Recordo a gravidade de papai nos olhos sérios da neta mais moça de Harriet. E todos os sabores — as batatas-doces de mamãe, agora preparadas por Harriet; a compota de cranberry de Audrey, que passou a receita para um dos seus filhos. É como se ao olhar ao redor eu pudesse apreciar a festa e reviver cada jantar de Ação de Graças que ocorreu nesta casa... e antes disso, os nossos jantares de Ação de Graças em Boyle Heights. Harriet e eu somos as únicas que restam daqueles tempos, as únicas portadoras daquela história.

Mas percebo que isso não é inteiramente verdadeiro. Danny também estava lá; mamãe sempre o convidava, assim como ao pai dele. É a segunda vez hoje que penso em Danny, e ele fica na minha mente quando todo mundo se levanta da mesa com suspiros satisfeitos de quem comeu até se fartar. E continuo pensando nele durante um jogo de adivinhação, e quando decidimos que finalmente temos espaço suficiente para a sobremesa. As minhas tortas fazem muito sucesso, com razão; estão deliciosas. Como eu disse, se você usar massa pré-cozida e exagerar no creme batido, não tem como errar.

Então, em grupos de três, quatro, cinco ao mesmo tempo, eles se despedem e vão embora, deixando minha casa mais limpa do que quando chegaram. Danny, entretanto, fica; múltiplas versões de Danny — o cão sem dono que ele era quando criança, o rapaz forte que fortaleceu os músculos levantando peso em Venice Beach, o Danny de olhar terno que eu vi em momentos íntimos.

Verifico o fuso horário internacional. Já são onze horas aqui, então não deve ser cedo demais para ligar para ele.

Mas devo ter calculado mal. Minha ligação o acorda.

— *Ken* — ele resmunga.

— Danny, puxa, desculpe, achei que já fossem nove da manhã aí. — Em Israel, onde ele foi morar depois da Segunda Guerra Mundial, embora na época fosse Palestina. Ele largou o revólver depois de lutar contra os nazistas e imediatamente tornou a pegar nele para lutar por um Estado judeu.

— Eu só durmo de vez em quando. Prerrogativa de velho. — Sua voz alerta, ele tinha ido de tonto de sono para totalmente desperto em segundos. A disciplina do trabalho que ele, mesmo aposentado, ainda dizia vagamente ser algo ligado a "importação e exportação". Eu tenho certeza de que ele fazia parte dos altos escalões do serviço secreto israelense, o Mossad.

— Aviva deixa você dormir até tarde? — digo.

A esposa de Danny escolheu o nome dela, que é "primavera" em hebraico, ao emigrar para a Palestina depois de ter sobrevivido a um campo de concentração. Danny mudou o nome dele, também, de Berlov para Bar-Lev — "filho do coração". Ele e Aviva se conheceram quando estavam numa missão de sabotagem contra os britânicos para o Haganah, a resistência. Aviva é uma mulher formidável, com grande força de espírito, a quem admiro profundamente. Ela também é, sem medir palavras, intrometida, uma pessoa que, quando você está saboreando uma torrada de centeio de manhã, insiste em cortar um pepino e um tomate para você, "um café da manhã israelense". E então fica parada do seu lado até você comer tudo. Por causa dela, embora Paul e eu tenhamos feito meia dúzia de viagens a Israel, só nos hospedamos na casa de Danny e Aviva uma vez.

— Aviva... — Ele solta um profundo suspiro. — Já faz tanto tempo assim que nos falamos? Aviva está com Alzheimer.

— Ah, Danny, eu sinto muito.

— Americanos, sempre com o "eu sinto muito". — Qualquer traço de vulnerabilidade surgido ao mencionar a doença de Aviva desaparece e é substituído por combatividade, exatamente como o menino Danny, de queixo erguido diante da pobreza do pai. Será que a gente realmente muda? — Poderia ser pior. Ela ainda está em casa. Tem uma enfermeira que vem e nossa filha, você lembra, Shuli? Ela mora aqui perto. Lainie, é ótimo falar com você. Como vai? Com saúde, eu espero?

— Eu estou bem. Acabei de receber a família toda para jantar no Dia de Ação de Graças.

— Ação de Graças, certo. Então, o que há de novo?

— Eu vou me mudar. Dentro de duas semanas.

— *Mazel tov*. Você finalmente entendeu que não existe outro lugar para um judeu morar a não ser Israel? Tem um apartamento ao lado do de Shuli para vender. Os donos têm pressa em vender, talvez ofereçam algumas vantagens.

— Como blindar o meu carro?

— Como um sentimento de orgulho em ser judeu e a visão realista de que os árabes querem, *sim*, nos empurrar para dentro do mar, não importa o que os seus representantes digam para fazer os tolos dos liberais americanos simpatizarem com eles.

É por isso que Danny e eu não nos falamos com frequência. Ele mora num assentamento na Cisjordânia, e supõe-se que, na nossa idade, seríamos capazes de conviver com nossas diferenças políticas. Pelo amor de Deus, eu consigo fazer isso com minha sobrinha-neta que se tornou mórmon e republicana! Com Danny, entretanto, muitas conversas ao longo dos anos acabaram comigo gritando sobre a destruição dos bosques de oliveiras na Palestina e ele gritando que estavam sendo empurrados para o mar; agora é como se o simples fato de um ouvir a voz do outro provocasse todas as velhas brigas.

Mas não é essa a discussão que quero ter esta noite.

— Danny — digo.

— O que foi? — Ele me conhece desde que tínhamos cinco anos e percebe algo na minha voz. — Você está mesmo bem?

— Você alguma vez... É que eu estou examinando alguns papéis antigos, me preparando para a mudança. Velhas recordações. Você alguma vez teve notícias de Bárbara?

— Essa história é muito antiga. Por que não deixar o passado em paz?

— Você teve?

— Nunca.

— Você tentou encontrá-la?

— Eu já tinha partido quando ela foi embora. — Ele entrou para o exército canadense em setembro de 1939; estava louco para entrar na guerra.

— Estou dizendo depois. Você sabia como achar pessoas.

Ele ri, mas não se dá ao trabalho de negar que era um espião.

— Não para entrar em contato com ela — digo. — Só para saber o que aconteceu, se ela estava bem.

— Em primeiro lugar, você está superestimando a minha capacidade. E eu nunca tive dúvida de que ela estava bem. Depois de todas as histórias que eu ouvi de pessoas que foram forçadas a deixar suas casas e ir para campos de concentração, eu não ia desperdiçar o meu tempo me preocupando com... para ser franco, com uma moça fútil e egoísta que tinha partido por livre e espontânea vontade.

Ele está protestando demais, mas eu não faço ideia se isso quer dizer que ele realmente procurou por Bárbara e não quer admitir ou se é por causa do que aconteceu entre ele e eu, feridas que se tornaram profundas porque éramos tão vulneráveis então, tão jovens.

Se tivéssemos dormido juntos, só uma vez, será que isso iria diminuir a implicância entre nós, a tensão que transforma cada observação em agressão? (Será esse o verdadeiro motivo das nossas intensas discussões políticas?) Uma vez chegamos perto disso. Que desastre. Aconteceu na primeira viagem que eu e Paul fizemos a Israel. Estávamos hospedados com Danny e Aviva, que na época moravam numa casa espaçosa, embora decrépita, em Jerusalém. Uma tarde, fiquei em casa com dor de cabeça enquanto Paul e Aviva foram passear com as crianças, nossas e deles. Eu estava deitada no sofá da sala, o lugar mais fresco da casa, quando Danny chegou do trabalho. E massageou a base do meu crânio, uma maneira eficaz de curar dor de cabeça, ele disse. Então... eu não quero faltar ao respeito com Paul quando digo que em termos puramente técnicos ninguém beijava melhor do que Danny. Beijando, tirando a roupa, tocando lugares que nossas mãos lembravam, fomos até o terraço dos fundos (rejeitando por acordo tácito as camas que dividíamos com nossos cônjuges). Foi só quando estávamos ali deitados completamente nus que eu soube que não podia continuar. Não que eu estivesse sendo nobre ou mesmo que temesse ser apanhada. Vi aquilo como uma falta de imaginação. Dormir com Danny quando eu estava casada com Paul simplesmente não estava em mim.

— Eu não quero ser rude — ele diz. — Mas Bárbara sempre teve um pé do lado de fora da porta. Como a sua mãe, eu acho. Ela também não fugiu de casa? Com os... como eles eram chamados? Os imigrantes da Romênia?

— Como assim, ela fugiu? — Aquilo devia ser uma figura de linguagem. Danny não tinha como saber disso.

— O que significa "fugir"? Ela se mandou no meio da noite. Não foi?

— Sim. Mas como você descobriu?

— Eu devo ter sabido por você ou por Bárbara.

Mas eu não contei a ninguém, não até mamãe morrer. Tenho certeza disso, porque revelar essa história pela primeira vez — a Audrey e Harriet — foi um fato marcante. Eu deixei para contar numa das nossas viagens para o spa no México e esperei até estarmos na nossa segunda garrafa de Cabernet para abordar o assunto. E minhas duas irmãs ficaram atônitas, embora de formas diferentes. Audrey ficou aborrecida por ter sido excluída de mais um segredo de família, enquanto Harriet expressou sua satisfação em ter uma nova imagem de mamãe como uma espécie de fugitiva.

Bárbara foi a única pessoa a quem eu fiquei tentada a contar na época. Nos primeiros dias depois que Mollie me contou esse segredo, quase contei tudo a ela. Mas então o tempo passou, e quando eu pensava na história, uma de nós estava sempre entrando ou saindo, e nunca parecia ser a hora certa para contar. E por que ter pressa se eu via Bárbara todo dia?

Mais tarde me perguntei se teria mudado alguma coisa se eu tivesse contado a Bárbara sobre mamãe. Bárbara deve ter pensado que estava fazendo algo tão ousado, algo que a afastaria para sempre das nossas vidas monótonas. No entanto, o tempo todo, ela estava, sem saber (era o que eu pensava) reencenando o drama da fuga de mamãe — sem saber e de forma muito menos espetacular, comparada com a fuga de mamãe aos doze anos, a pé e sem um tostão, para um país cujo idioma ela desconhecia. Se Bárbara tivesse sabido, eu pensava, será que ela teria encontrado um outro modo de chamar atenção?

Mas ela sabia.

— Aconteceu alguma coisa? — Danny diz.

— Não, nada... Você se lembra da filha de Ronnie, Zoé? Ela entrou para o curso de oceanografia na Universidade de San Diego.

Enquanto Danny e eu nos gabamos de nossos netos, penso no novo mistério que ele me forneceu. *Como foi que Bárbara descobriu a respeito da fuga de mamãe? Quem contou a ela?* Eu suponho que ela deve ter sabido da história por Mollie, como eu. Só que Bárbara não era nada próxima de Mollie. E quanto a papai ou Pearl? Eu podia ver Pearl trocando confidências com Bárbara. Por outro lado, Pearl tinha o hábito de revelar verdades a nós duas; era difícil imaginar que tivesse contado a Bárbara e não tivesse me dito uma só palavra. Há mais uma possibilidade — que a fonte de Bárbara tenha sido a própria mamãe. E enquanto absorvo o que Danny disse, não é difícil imaginar mamãe contando à sua filha favorita que tinha fugido, um ato que exigira muita coragem. Com certeza, isso foi só o que ela confessou. Mamãe não teria abandonado a versão fantasiosa que havia criado e revelado a triste verdade — que o irmão que ela idolatrava não tinha mandado buscá-la. No entanto, não consigo deixar de achar que ela estava disposta a ser completamente transparente... para Bárbara.

Não estou mais na dúvida a respeito de procurar Bárbara. Estou decidida a encontrá-la, e não apenas encontrá-la, mas descobrir o que aconteceu com ela. Quero saber quem ela *era*, entender a cumplicidade entre ela e mamãe, uma cumplicidade que sempre reconheci, porém mais profunda do que eu jamais tinha imaginado.

É meia-noite quando me despeço de Danny, então, em vez de ligar para Josh, envio-lhe um email perguntando se ele pode fazer uma pesquisa sobre Kay Devereaux.

A resposta dele chega em segundos. *Sem problema.*

CAPÍTULO 12
AMOR E MORTE

Uma das tarefas de Danny na mercearia Chafkin era cuidar dos cartazes perto da entrada da loja e nas paredes de dentro. Ele prendia aqueles mais recentes, anunciando a sopa Campbell ou o café Maxwell House ou o sabonete Palmolive, e ficava de olho no quadro de cortiça perto da porta, onde as pessoas tinham permissão para colocar avisos; o quadro nos anos 1930 era coberto de ofertas de quartos para alugar e homens aceitando qualquer tipo de emprego e "porcelana Rosenthal em perfeitas condições: precisando vender". Para manter o quadro organizado, Eddie Chafkin estabeleceu a norma de que nenhum aviso poderia ficar mais do que duas semanas ali, e Danny retirava aqueles cujo prazo havia expirado.

Havia também dois lugares importantes, bem ao lado do quadro de avisos e diretamente atrás do balcão para onde as pessoas olhavam quando a nota estava sendo totalizada, que Eddie dedicava a uma coleção rotativa de cartazes. Esses anúncios (eram realmente obras de arte) mostravam imagens de jovens bronzeados e sorridentes carregando enxadas ou de melões de aparência deliciosa — os belos e jovens pioneiros e a abundância da colheita de uma vida cultivando a terra prometida da Palestina.

Eddie Chafkin era sionista, como todo mundo em Boyle Heights sabia. E que ideia doida, a maioria das pessoas pensava. *Se você quer palmeiras e melões, abra os olhos — você está em Los Angeles.*

Duvido que seja possível voltar os olhos para aquela época e não enxergá-la através das lentes do Holocausto. Em 1947, chorei quando as Nações Unidas votaram a favor da criação do Estado de Israel; todo mundo que eu conhecia estava chorando. Mas em Boyle Heights em 1935, os sionistas eram vistos como uma organização minoritária, até mesmo antiamericana.

Como tia Sonya dizia: — Hershel Chafkin vem de Kiev para Los Angeles, se mata de trabalhar empurrando uma carroça e vendendo legumes de porta em porta e finalmente economiza o suficiente para abrir sua própria loja para quando cair morto com uma angina aos quarenta e oito deixar para o filho adorado um bom negócio... e Eddie quer ir ser fazendeiro na Palestina?

Eu normalmente me desligava do que Sonya falava, porque ela criticava todo mundo que conhecia quando a pessoa não estava ouvindo. Mas papai, que se orgulhava da sua objetividade, também ficava indignado com o sionismo de Eddie.

— A Terra Prometida foi o presente que o pai de Eddie lhe deu ao permitir que ele nascesse na América — papai dizia. — Ele deveria ser grato por ser um cidadão americano. E se Franklin D. Roosevelt viesse a Boyle Heights e visse esses cartazes? O que ele iria pensar, que os judeus não são americanos leais? — Pelo menos, papai dizia, era um alívio que poucas pessoas pensassem como Eddie: ele tinha ouvido que a Organização Sionista da América, à qual Eddie pertencia, não tinha mais de cinquenta afiliados em toda Los Angeles.

Todos os adultos tinham uma opinião, e todas eram negativas. Mollie — que me escrevia das diversas cidades para onde o sindicato a enviava — considerava o sionismo um movimento reacionário porque fazia os trabalhadores judeus se identificarem como judeus em vez de se unirem aos trabalhadores de todos os credos.

Zaide também, apesar de referências ocasionais a Eretz Israel, não tinha nenhum desejo de ir lá.

Então fiquei atônita, num dia de abril de 1935, quando Danny estava se queixando como sempre de trabalhar para Eddie, e mencionei os ridículos cartazes sionistas — e Danny quase me bateu.

— O que há de tão ridículo a respeito de uma terra judaica? — ele perguntou.

— Nós aqui estamos bem melhor. Na Palestina, só há pântanos cheios de malária — eu disse, repetindo comentários que ouvia há anos.

— E se você estivesse na Alemanha?

— Você acha Eddie Chafkin um idiota. Como pode falar igual a ele?

— eu disse, me encrespando contra a arrogância do garoto de catorze anos. E porque eu, aos catorze anos, me encrespava contra tudo. Ou isso, ou então derramava lágrimas humilhantes.

E eu não sabia o que pensar sobre a Alemanha. Adolf Hitler tinha se tornado chanceler dois anos antes e feito coisas malucas, como demitir funcionários públicos judeus, boicotar negócios judeus, até queimar em público livros de autores judeus. Mas a questão era só essa: Hitler era maluco, e quando os adultos falavam a respeito dele, a opinião geral era de que a maluquice, assim como as fogueiras de livros, em breve se apagaria.

— Os judeus alemães não deviam ter permissão para ir para a Palestina? — Danny disse.

— Se eles quiserem ir, é claro que sim. Mas eu aposto que eles prefeririam vir para a América.

— Acorda, Elaine! Você não tem visto os anúncios de aluguel em Los Angeles que dizem "Judeus e cães não são permitidos"? Sabe quantos hospitais aqui não permitem que médicos judeus atendam?

— *Você* quer ir para a Palestina?

— Eu... quero.

Eu me agarrei àquele momento de hesitação.

— Você quer ser fazendeiro?

— Quero viver num lugar onde eu não tenha que me desculpar por ser judeu. Onde um judeu possa ser livre e protegido e orgulhoso de quem é.

— Na América é assim!

Para a América e não para a Palestina era para onde nossos parentes na Romênia queriam vir — e desesperadamente. O mundo poderia estar com os olhos fixos nervosamente na Alemanha, mas as coisas tinham ficado igualmente ruins para os judeus no país de mamãe, onde dois dos irmãos e duas irmãs ainda viviam, bem como a maioria dos seus filhos e um número cada vez maior de netos. Em cartas que faziam mamãe chorar, eles escreviam sobre as duras restrições ao trabalho dos judeus e mencionavam um partido político popular que tinha como plataforma: "A única solução possível para o problema dos judeus é a eliminação dos judeus." Um dos meus tios foi espancado na rua por marginais uniformizados chamados Guardas de Ferro. Uma prima escapou dos Guardas de Ferro mergulhando num monte de lixo e teve que ficar lá por três horas até se sentir segura o bastante para sair do seu esconderijo. Mamãe e os parentes de

Chicago tinham concordado que cada um deles iria preencher papéis na Sociedade Judaica de Ajuda à Imigração para patrocinar a vinda de um parente romeno para a casa deles — uma pessoa jovem, solteira e saudável o suficiente para fazer qualquer tipo de trabalho. Mamãe e papai tinham se candidatado a receber o filho de um dos irmãos de mamãe, um rapaz chamado Ivan, que era dois anos mais velho do que eu.

— A questão — eu disse a Danny — é que eles não querem ir para a Palestina, eles querem vir para a América!

Eu costumava repetir sempre isso, uma vez que Danny e eu estávamos sempre tendo a mesma discussão. E ele sempre respondia:

— Judeus da Romênia, você acha que a América deixará que eles venham? Os judeus precisam de um lugar para onde possam ir quando quiserem.

Danny, eu acho, não esquecia o assunto porque o sionismo se tornou uma missão para ele. Envolveu-se com o movimento Habonim em Boyle Heights, um grupo sionista jovem, e vivia insistindo para eu me filiar. E eu me rebelava contra o sionismo de Danny porque o via como uma traição. Eu era a menina tipicamente americana que papai tinha criado e me sentia livre e segura e orgulhosa de morar nos Estados Unidos. Como Danny podia rejeitar isso? Como podia se sentir mais leal a um abstrato "povo judeu" do que à América? Eu brigava com Danny por causa do sionismo como se defendesse a lei da gravidade e o mundo fosse acabar se eu perdesse. E eu lutava bem. Mollie tinha sido a primeira a ver que eu era uma lutadora, e ela tinha razão. Na realidade, eu estava tomando gosto pela briga, e Danny, persuasivo e apaixonado, era um adversário ideal.

Havia outra razão para eu persistir nessas discussões: para me agarrar à minha amizade com Danny agora que tínhamos entrado no terreno confuso da adolescência. Em vez de brincarmos juntos no parque como fazíamos quando éramos crianças, agora ele me convidava para programas do Habonim; eu resmungava, mas ia assim mesmo, e depois discutíamos. Só nós dois, já que Bárbara se recusava a ter qualquer coisa a ver com o sionismo. Mas isso não a tornava menos atraente aos olhos de Danny. Minha irmã e Danny encontraram outra forma de preservar seu relacionamento infantil: eles se tornaram namorados.

A princípio, quando fizemos treze anos e começamos a ir a festas, Danny convidava a mim e a Bárbara para dançar, com a mesma frequência que os outros garotos costumavam pisar na pista de dança. Então, uma noite, no verão em que fizemos catorze anos, tudo mudou. Numa festa num dos centros comunitários, eu estava conversando com umas amigas, e vi Bárbara vindo lá de fora. Danny estava bem atrás dela. Ambos estavam afogueados e de mãos dadas. Ele pôs o braço ao redor dela e abriram caminho no meio da multidão até a mesa de refrescos, nunca perdendo contato. Enquanto ele enchia dois copos de ponche, ela ficou com a mão no braço dele.

Eu não sabia ao certo o que tinha visto ou talvez me recusasse a aceitar. Mas nas semanas seguintes, sempre que íamos ao cinema em grupo, Danny e Bárbara sentavam-se um ao lado do outro; eu tirava os olhos da tela e via que o braço dele estava sobre o ombro dela. Então eles tiveram seu primeiro "encontro" de verdade, com Danny indo buscá-la em casa. Quando ela voltou aquela noite e entrou no quarto que nós dividíamos (ela tinha se mudado para o quarto que dava para a cozinha depois que Mollie partiu), eu fingi que estava dormindo.

Assim como eu tinha amado Danny Berlov desde a primeira vez que o vira, sempre notara uma energia especial entre ele e minha irmã, algo que reconheceria ao assistir aos primeiros filmes de Tracy e Hepburn nos anos 1940. Quando eu era criança, às vezes ficava magoada quando percebia aquela intimidade entre eles. Mas isso não foi nada comparado com a sensação horrível que tomou conta de mim, um misto de inveja e tristeza, junto com um ódio de mim mesma, por não ter sido a escolhida por Danny.

Bárbara ia ao cinema com Danny, passeava à noite com ele, às vezes passava meia hora desaparecida de uma festa e voltava sorrindo misteriosamente. Eu mantinha minha proximidade com ele brigando a respeito do sionismo.

Foi depois de uma palestra dos Habonim, numa noite quente e úmida de agosto do ano seguinte, que Danny e eu levamos nossa discussão para o playground escuro da nossa velha escola primária. Ele tinha apanhado uma cerveja Schlitz e um punhado de Chesterfields no Chafkin. Sentada no chão, encostada na parede da escola, eu fumei — o que gostava de fazer apesar do aspereza na garganta — e me obriguei a beber aquela cerveja amarga e quente na garrafa que passávamos um para o outro.

— Você não gosta de cerveja, gosta? — ele disse depois de dar um gole e estar prestes a me passar a garrafa.

— Gosto, sim.

— Acho que vou tomar o resto. — Ele pôs a garrafa na boca.

— Isso não é justo!

Eu estendi a mão para a garrafa. Ele agarrou meu punho, me puxou e me beijou. Foi um beijo rude — e desajeitado, com os meus óculos batendo na testa dele e cerveja molhando minha mão.

Eu me afastei. — Por que isso?

— Eu achei que estava na hora de você receber seu primeiro beijo.

— Muito generoso de sua parte. Mas eu já fui beijada, obrigada.

— Por Fred, o anão? — Ele riu. Então tinha notado uma das duas vezes que eu tinha ido a uma festa com Fred Nieman, um garoto inteligente e engraçado que tinha o azar de ser baixo e ter cara de criança. Não como Danny, que seguia um regime de flexões e exercícios que tinha aprendido com os fisioculturistas da praia. Danny tinha apenas uma altura mediana, mas era musculoso e durão, um garoto que os valentões da escola evitavam.

— Fred não é anão — eu disse. — E beija melhor do que você.

— Ah, é?

— É. — Eu joguei a cabeça para trás.

Os beijos de Danny começaram suaves, como os de Fred. Mas eram também provocantes, e ele não beijou a minha boca, apenas; seus lábios tocaram meu rosto e minhas pálpebras e — quem poderia imaginar que aquele fosse um lugar tão sensual? — a minha garganta. Com Fred, eu tinha observado o beijo. Com Danny, eu também beijei. Ele me fez escorregar até estar quase deitada no chão, e algo dentro de mim se dissolveu...

— Não! — Eu tentei me soltar, mas ele tinha me prendido no chão. E com todos aqueles exercícios que fazia, ele era forte. — Danny, não!

Então ele me deixou virar de lado, mas manteve os braços ao redor de mim. — Só mais um pouco?

— Nós não podemos fazer isso. — Eu me afastei, e ele não me impediu.

— Claro. Desculpe. Eu não devia ter... Você não vai contar, vai? — ele acrescentou enquanto nos levantávamos do chão, alisando as roupas.

Eu sabia para quem não queria que eu contasse, e tive ódio dele.

— Que tipo de pessoa você pensa que eu sou?

— Quer fumar? — Ele me ofereceu um cigarro.

— Não... Tudo bem. — Fumar me dava uma trégua na qual meu rosto podia parar de queimar, para eu poder encarar Bárbara quando entrasse.

Enquanto fumávamos em silêncio, ocorreu-me que eu poderia evitar ver Bárbara esta noite. Se eu chegasse em casa antes dela, poderia usar minha estratégia usual, fingir que estava dormindo quando ela chegasse depois de ter passado a noite com as Diamonds, seu clube de oito garotas que se reuniam umas nas casas das outras, ouviam música no rádio e dançavam. Eu me juntava a elas algumas vezes quando vinham à nossa casa — Bárbara tinha que me incluir —, mas eu não combinava com as Diamonds, garotas bonitas, adaptadas socialmente, que atuavam nas peças da escola, aprendiam "dança moderna" e eram populares com os rapazes.

Eu tinha o meu próprio clube com Lucy Meringoff, Jane Klass e Ann Charney. Nós quatro éramos grandes leitoras — daí nosso nome oficial, as Irmãs Brontë — e ouvíamos desde o ginásio que se mantivéssemos nosso ótimo desempenho acadêmico talvez conseguíssemos bolsas de estudo para a universidade. Embora fizéssemos piada em particular da nossa reputação chamando a nós mesmas de Os Crânios, nossos encontros geralmente eram sessões de estudo — nós ansiávamos por aquelas bolsas de estudo — e cultivávamos um distanciamento irônico e espirituoso do melodrama dos romances adolescentes.

Ironia foi a atitude que eu busquei demonstrar enquanto fumava depois de ter beijado Danny. Mas ela teve um bocado de competição. Meu corpo tremia de excitação puramente física, e minhas emoções variavam de culpa por ter traído Bárbara a raiva e vergonha por suspeitar que Danny estava me usando. Talvez eu é que o estivesse usando, meu eu irônico sugeriu, mas sem muito sucesso. (A ironia provaria ser uma aliada durante toda a minha vida, mas naquela época eu era uma amadora em termos de ironia.) E por cima de tudo isso, não consegui evitar um certo sentimento de esperança. Até Os Crânios às vezes ligavam o rádio e dançavam juntas de olhos fechados, imaginando estar sendo conduzidas num salão de baile por Fred Astaire ou Clark Gable. Ou Danny Berlov.

— Quer que a leve até em casa? — Danny jogou fora a guimba de cigarro, que brilhou e depois apagou.

— Não, tudo bem.

E se, sonhei, eu fosse a irmã que Danny realmente amava? Bárbara era alegre e divertida e sabia flertar desde que nascera — uma habilidade que, quando eu tentava exercer, me deixava rindo como boba — e qual era o rapaz que não ia querer namorar uma garota daquelas? Mas eu tinha ouvido o termo iídiche *bashert*, a ideia de duas pessoas destinadas uma à outra; quando Danny estivesse pronto para um compromisso sério, eu tinha pensado, ele escolheria Bárbara ou ficaria com sua *bashert*, eu? *Ele poderia ter me beijado como beijou se não me amasse?* Na volta para casa, quase dancei pela rua.

Audrey devia estar me esperando, porque, quando eu estava a duas casas de distância, ela saiu correndo pela porta e se atirou em cima de mim, chorando. — Onde você estava? Onde você estava?

— Habonim. O que aconteceu?

— Zaide. Eles disseram que você já ia chegar em casa e...

Eu a agarrei pelos ombros. — O que aconteceu com Zaide?

— Ele está no hospital.

Tudo o que eu consegui arrancar de Audrey foi que o tio Leo tinha ligado e dito que Zaide estava doente e que mamãe e papai tinham corrido para o hospital. Eles tinham dito a Audrey para ligar para Bárbara, que estava na casa da amiga, e disseram que eu estaria em casa a qualquer momento...

— Mas você não chegava! — Audrey gritou. — E eu tentei ligar para Bárbara, mas estava ocupado.

Desistindo de saber mais alguma coisa por Audrey, eu liguei para Leo e Sonya. Meu primo Stan, agora com doze anos e sério como o pai, me disse que Zaide estava sentado ouvindo rádio e de repente deu um grito e desmaiou. Sonya e Leo não conseguiram reanimá-lo, então chamaram uma ambulância.

— Os homens da ambulância acham que é um derrame — Stan disse.

Eu não precisei perguntar para que hospital Zaide tinha sido levado. O hospital de Boyle Heights era o Memorial Adventista do Sétimo Dia, onde minhas irmãs e eu nascemos. Era perto o suficiente para ir a pé, mas Audrey ia ter um ataque se eu saísse. Ó não, pobre Audrey! Depois de satisfazer a minha necessidade urgente de saber o que tinha acontecido, vi que Audrey estava pálida e trêmula.

— Desculpe, meu bem, deve ter sido muito assustador para você. — Abri os braços para ela. Apesar de tudo, ela me abraçou. Eu não era uma irmã *totalmente* horrível.

— Zaide vai ficar bem? — Audrey fungou.

— Vai sim. — Esfreguei as costas de Audrey e também comecei a chorar. Quando eu era pequena, Zaide costumava me pegar no colo e me fazer cócegas. Ele soprava a minha barriga, e eu dava gritos de alegria. Quando fiquei crescida demais para sentar no colo dele, passamos a jogar *gin rummy* e a trocar piadas que ouvíamos no rádio. A maioria dos adultos na minha vida, mamãe, papai, minha professora, tio Leo na livraria, esperavam que eu agisse de forma responsável. Mas Zaide *brincava* comigo.

Audrey e eu estávamos chorando quando Bárbara chegou em casa. Tendo que dar aquela notícia desagradável sobre Zaide, não havia perigo de Bárbara olhar para mim e *saber* o que eu e o namorado dela tínhamos aprontado.

Nunca mais eu tive tanto medo de que a minha culpa estivesse estampada no meu rosto.

Não que eu pretendesse repetir aquele ato de traição! Principalmente depois de Zaide ter morrido na manhã seguinte. Não que eu achasse que tinha *causado* a morte de Zaide ao beijar o namorado da minha irmã na hora em que ele estava passando mal; sempre que essa ideia me cruzava a mente, eu censurava a mim mesma por ser supersticiosa como a minha mãe. Mas eu não era mais a garota que tinha beijado Danny. Embora só se tivessem passado alguns dias, eu não era mais uma criança. De fato, Bárbara e eu fomos consideradas suficientemente adultas para assistir ao funeral de Zaide, que ocorreu, segundo o costume judaico, no dia seguinte à morte dele.

Na cerimônia, realizada no cemitério Home of Peace, logo a leste de Boyle Heights, eu me mantive ereta embora me sentisse tonta de tristeza e pelo fato de ter que usar minha blusa de lã azul-marinho e minha melhor saia escura debaixo do sol de agosto. Olhando para o caixão de Zaide (um caixão bonito, caro; foi Pearl quem insistiu) e para o túmulo com a terra recém-cavada, fiquei grata por ter Bárbara ali ao meu lado, de mãos dadas comigo. Porque eu tinha estudado iídiche, que usa o alfabeto hebraico, eu podia pronunciar as palavras de um cartão que o rabino tinha me dado, e pela primeira vez recitei o *kaddish*, a oração dos mortos.

Mas hesitei depois que o caixão foi baixado e vi o que estava acontecendo. Havia uma pá enfiada na terra úmida, e as pessoas estavam indo até lá e jogando uma pá de terra dentro do túmulo — papai primeiro, depois Sonya, depois Pearl, e todo mundo estava enfileirado para fazer o mesmo. Eu olhei para Bárbara; ela parecia tão atônita quanto eu.

— Eu não vou fazer isso — ela sussurrou.

— Nem eu — eu disse, e nós ficamos para trás.

— Meninas. — Eu me virei na direção da voz suave, de sotaque carregado — sr. Berlov. — Isto é para ajudar a alma do seu *zaide* saber que está na hora de voltar para junto de Deus.

Ele nos ajudou a ir em frente. Através de uma nuvem de lágrimas, eu peguei a pá, enchi de terra e joguei sobre o caixão. Entreguei a pá a Bárbara. Ela fez o mesmo e então correu chorando — para os braços de Danny.

Nos meses seguintes, Danny, como sempre, insistiu para eu ir às reuniões do Habonim, mas não deu nenhum sinal de que nossos beijos permaneciam em sua imaginação, do modo como permaneciam teimosamente na minha. Eu dizia que estava muito ocupada para ir às reuniões. Não era mentira. Naquele outono tínhamos ido para a Theodore Roosevelt High School, e eu tinha professores novos para impressionar, professores cruciais que iriam ter muita influência na minha luta para conquistar uma bolsa de estudos para a universidade.

Então, em novembro, o Habonim, junto com diversos outros grupos de jovens, realizou um evento que eu não queria perder porque o palestrante era um professor que tinha fugido da Alemanha nazista e agora ensinava na UCLA. Muita gente, não apenas membros dos grupos jovens, mas também adultos, iam ao programa, que ia ser realizado no salão do Yiddische Folkschule. Papai planejava ir, e achei que Bárbara talvez se interessasse também.

Eu mencionei isso enquanto eu e ela estávamos lavando a louça aquela noite.

— Ouvir uma palestra chata depois de ter passado o dia inteiro na escola? — Ela mergulhou a panela de sopa na pia, respingando água suja. Pulei para trás; eu já tinha colocado uma blusa limpa para ir à palestra.

— É muito importante para Danny — eu disse.

Eu estava curiosa em saber se Danny e Bárbara brigavam por causa do amor que ele tinha pelo sionismo e do desprezo que ela sentia por isso. Será que ela encorajava o envolvimento dele com o Habonim embora não estivesse interessada, como perguntar a um rapaz sobre seu time favorito? Ou esse assunto não era tratado por eles? Embora eu não conseguisse imaginar Danny calado sobre a paixão da sua vida. Ah, mas talvez ele e Bárbara não perdessem tempo em conversa quando estavam juntos. Sem dúvida esse era o medo de mamãe; ela avançava como um gavião sempre que Danny entrava com Bárbara depois de um encontro e frequentemente repetia o aviso que garotas adolescentes pareciam ouvir dos adultos em todas as partes do mundo: "Rapazes só querem uma coisa." Também resmungava sombriamente que as mulheres da nossa família eram tão férteis que um toque de mãos podia provocar uma gravidez. Ela tinha se sentado comigo e com Bárbara e, com uma linguagem extraordinariamente explícita, fez questão que entendêssemos exatamente de onde vinham os bebês e o que nós jamais devíamos deixar que um rapaz fizesse conosco.

Por mais que Danny gostasse de beijar e acariciar, entretanto (e por mais hábil que fosse nisso, pensei com um arrepio), ele também gostava de falar e discutir e tinha sempre discutido com Bárbara. Quando fiquei mais velha, eu compreendi que Danny usava uma polêmica como uma forma de preliminares. Então, eles discutiam a respeito do sionismo? Eu não podia perguntar isso. Eu raramente conversava sobre Danny com Bárbara ou sobre Bárbara com ele. Território perigoso. Como se mostrou desta vez.

— É por isso que *você* vai? Porque é importante para Danny? — Ela me deu um sorriso debochado, e eu me senti exposta, meu amor impossível por Danny Berlov nu e patético como um passarinho recém-nascido que caiu do ninho. *Será que ela sabia?* Danny jamais teria contado a ela; um outro garoto, um garoto que fosse compulsivamente honesto, poderia ter sentido necessidade de confessar, mas não Danny. Bárbara devia estar se referindo à tocha que eu sempre havia carregado por ele; isso já era bastante ruim, uma humilhação que me deixou envergonhada.

— Você não liga para o que está acontecendo na Alemanha? — respondi. Uma defesa tosca, e ela riu.

— Ah, Elaine. Você vai passar duas horas ouvindo uma palestra e acha que merece uma medalha?

— É melhor do que passar duas horas de risadinha com suas amigas e experimentando penteados novos.

— O que importa se eu ligo ou não? Você é que é a séria, a inteligente. — A voz dela soou magoada, mas só por um instante; então o tom debochado voltou. — Diga oi ao Danny por mim.

Você é que é a séria, a inteligente. Talvez fosse só um cutucão para me lembrar que *ela* era a irmã bonita e popular, a irmã que Danny amava. No entanto, a voz dela tinha falhado, eu tinha certeza disso. Ali sentada no salão lotado, esperando a palestra começar, eu imaginei se teria tido um vislumbre do que Bárbara sofria por ser constantemente comparada a mim. Mas até que ponto eu era inteligente se no meu ressentimento por não ser Bárbara eu nunca imaginei que talvez fosse difícil para ela não ser Elaine?

Eu me dei conta de que, dos meus dois companheiros de infância mais importantes, eu tinha feito um esforço para não me afastar de Danny. E eu *conhecia* Danny; entendia do que ele gostava e conversava facilmente com ele. Por outro lado, no que dizia respeito a Bárbara, me parecia que era suficiente morar sob o mesmo teto e dividir um quarto com ela. Mas foi a minha irmã quem se tornou um mistério para mim. Nós raramente conversávamos sobre algo mais importante do que: "Você viu a minha escova de cabelo?" E nas raras ocasiões em que nossas conversas foram além do trivial, quantas vezes eu a depreciei — como, percebi entristecida, eu tinha acabado de fazer uma hora antes? Bárbara não ganhava notas altas como eu, mas isso não queria dizer que era burra. Quando o palestrante se encaminhou para o pódio, prometi a mim mesma que ia me aproximar de Bárbara; ia fazer um esforço para descobrir o que ela pensava da vida e do mundo e ia levar a sério as ideias dela.

Então a palestra começou, e fiquei fascinada. O professor, dr. Blum, não era o refugiado magro, de olhos fundos que eu havia esperado, mas um homem imponente com um estilo pedante de falar. Seu modo natural de falar tornava ainda mais terrível o que ele dizia. Contou que perdera seu emprego na universidade sem nenhum protesto dos colegas cristãos que conhecia havia muitos anos, contou que seus filhos foram barrados das instalações esportivas, que ele fora privado da cidadania e até proibido de hastear a bandeira alemã pelas Leis de Nuremberg. E havia o medo constante da violência física, mas como se podia reclamar quando os agressores usavam uniformes oficiais?

A história tinha uma feiura familiar. Muitas pessoas em Boyle Heights eram imigrantes que haviam sofrido injustiças semelhantes. Mas aquelas coisas tinham acontecido na Europa Oriental e na Rússia, não na Alemanha "civilizada"! E havia uma mesquinhez implacável no antissemitismo dos nazistas. Uma lei relativamente secundária que me deixou gelada foi a proibição do uso de nomes judeus para soletrar alguma coisa para um telefonista — você não podia, por exemplo, dizer "A de Abraão" —, uma regra que entrava tão fundo nos detalhes da vida diária. Era como se os nazistas quisessem que os judeus, e eu suponho que todos os alemães, se lembrassem deles desde o momento em que acordassem até o momento em que fossem dormir.

Em pouco tempo eu estava enxugando as lágrimas, assim como muita gente ao meu redor.

Depois da palestra, os primeiros a formular perguntas foram os líderes dos grupos de jovens que haviam patrocinado a palestra; eles estavam em lugares de honra no palco. Mike Palikow, aluno do último ano e presidente do Habonim, perguntou ao dr. Blum sobre pressionar os ingleses para permitir que mais judeus entrassem na Palestina.

— Esta é uma organização sionista? — O professor pareceu espantado.

— O meu grupo é — Mike disse.

— Bem — o dr. Blum disse —, eu espero que todos vocês aqui presentes pressionem o *seu* governo para permitir que mais pessoas entrem na América. Tenho certeza de que vocês sabem que os Estados Unidos têm uma cota restrita para imigrantes da Alemanha, mas vocês sabiam que não estão aceitando nem a metade desse número?

Danny ficou em pé de um salto na primeira fila e gritou:

— Como o senhor pode dizer isso e não apoiar a criação de um Estado judeu na Palestina?

As pessoas mandaram que ele se calasse, e Mike Palikow disse:

— Danny! Nós ainda não estamos aceitando perguntas da plateia.

O dr. Blum sorriu. — Sinto muito desapontá-lo, meu rapaz. Eu não sou sionista. Próxima pergunta, por favor.

Danny insistiu, a voz rouca de emoção.

— O senhor entrou na América porque tinha amigos que lhe garantiram um emprego. E as pessoas que não têm amigos importantes?

Várias pessoas gritaram: "Demonstre algum respeito!" E um valentão — Dave Medved, uma estrela do time de futebol da escola — correu e passou um braço pelos ombros de Danny.

Enquanto era arrastado para fora do salão, Danny continuou gritando:

— Só há um lugar onde os judeus estarão seguros: a Palestina!

No palco, Mike Palikow começou a pedir desculpas, mas o professor disse: "É bom ver um rapaz que defende suas ideias. E é bom estar num país em que isso é permitido."

Depois de mais dez perguntas, feitas com extrema educação, a apresentação formal terminou, e houve um lanche. O dr. Blum pediu para falar com o fervoroso sionista, mas aparentemente Danny não tinha ficado por lá. Alguém chegou até a correr até a pensão onde moravam os Berlovs, mas também não o encontrou lá.

Eu tinha uma ideia de onde ele poderia estar. Subi até a sala do pai dele no Yiddische Folkschule. Gershon Berlov tinha montado um lugarzinho para Danny quando o filho era pequeno, com alguns brinquedos e um cobertor onde ele podia tirar uma soneca; ele costumava brincar ali quieto enquanto o pai dava aula.

A sala estava escura exceto no canto *dele*, onde um cigarro brilhava.

— Danny. — Eu me aproximei dele, tateando nas mesas enquanto meus olhos se acostumavam com o escuro.

— Elaine?

— É. Ele quer falar com você.

— Aquele *yekke* metido a besta?

— Isso não é justo. — Na nossa vizinhança, onde a maioria era de imigrantes da Europa Oriental, *yekke* era um insulto, um termo usado para judeus nascidos na Alemanha que olhavam com desprezo para nós, tanto no Velho Continente quanto no Novo. Na Europa, os *yekkes* se orgulhavam de seus hábitos urbanos, cultos, comparados com os judeus russos ou poloneses que viviam como camponeses em *shtetls*. As pessoas que vieram desses *shtetls* para a América na virada do século descobriram que os *yekkes* tinham chegado décadas antes. Eles tinham fundado bancos e lojas de departamentos e conseguido um lugar na alta sociedade americana. E faziam caridade, mas não queriam se misturar com seus grosseiros "primos" do Leste.

— Cigarro? — ele disse.

— Obrigada. — Eu me sentei no chão ao lado dele e peguei o cigarro que ele estava oferecendo. — Você não vai falar com ele?

— E pedir desculpas?

— Acho que não é isso que ele quer. Ele disse que gostava de ver um jovem defendendo suas ideias.

— Ele disse? Bem, eu não vou voltar lá. — Danny acendeu outro cigarro com a guimba do primeiro. — E os outros? Estão todos dizendo que eu sou um *putz*?

— Ninguém está falando em você.

— Elaine Greenstein, se *você* mentir para mim, eu nunca mais vou acreditar em ninguém.

— Algumas pessoas acharam você grosseiro.

— Dave Medved me disse que eu era um *putz*.

— É mesmo?

— Um pouco *putz*. — Ele começou a rir, um riso para liberar a tensão, como as crianças costumam fazer.

Eu ri também. E então comecei a chorar, não sei por que — as coisas horríveis que eu tinha ouvido na palestra, a morte recente de Zaide, o fato de estar sozinha no escuro com Danny?

— Elaine, você está bem?

— Estou. — Eu me sacudia de soluços.

Ele me abraçou, de um modo que começou com um gesto de consolo entre amigos. Depois o abraço se tornou outra coisa. Tentei me afastar, juro que sim. Eu me vi ficando em pé e saindo. Virtuosa, uma boa irmã. Imaginei a cena com aquela Elaine boazinha como se fosse um filme — detalhado, mas bidimensional e distante — enquanto Danny beijava meu rosto e eu começava a tremer por dentro.

Eu virei o rosto e a boca para ele.

Minha temporada de duplicidade começou naquela noite. Pela primeira vez eu pratiquei a arte dos adultos de me dividir em duas Elaines, uma das quais traiu a irmã e a outra que — e esta era a arte — *verdadeiramente* se tornou simpática com ela. Eu tinha decidido, na noite da palestra, que ia me aproximar de Bárbara, ser não apenas uma irmã para ela, mas uma amiga; e foi o que fiz. Nós duas fizemos.

A princípio eu tentei puxar os assuntos das minhas conversas com Danny e minhas amigas Os Crânios. Mas Bárbara não era dada a reflexões e nem devorava livros como eu. E também não ajudou o fato de que o único assunto trepidante que eu poderia ter discutido com ela, Danny, pesava como uma pedra em minha língua.

Entretanto, talvez por ter notado que eu estava fazendo um esforço, ela retribuiu. Convidou-me para a aula de dança moderna dela. *Eu*, dançar? Mas insistiu veementemente para eu tentar, e um sábado à tarde engoli minha timidez e fui com ela para o centro comunitário, onde Helen Tannenbaum dava essa aula.

A srta. Helen, fui informada, estudara com Lester Horton. Eu tinha lido sobre Lester Horton no jornal. Ele tinha criado uma dança chamada "Ditadura" sobre os males do fascismo, e outra que celebrava a revolução mexicana. A srta. Helen também combinava dança com política. Depois de fazer conosco uma série de exercícios de aquecimento (que, apesar da minha falta de jeito, foram divertidos), ela nos disse para imaginar que éramos costureiras, presas a máquinas de costura mas lutando para nos libertar. Eu me retorci e ofeguei, tão absorta que não notei que a srta. Helen estava me observando até dizer: "Sim, você é uma dançarina!", um elogio que me deixou tonta de alegria.

— Por que você não me contou que fazia danças antifascistas? — perguntei a Bárbara a caminho de casa.

— Antifascistas? — Ela revirou os olhos. — Você pode ir pela política, eu vou para dançar.

Dançar acabou se tornando motivo suficiente, um bálsamo para a minha voz interior que analisava, interpretava e julgava implacavelmente. Não que a dança fosse maquinal. Vendo a srta. Helen demonstrar um movimento e trabalhando para reproduzi-lo no meu corpo, descobri um espaço novo de inteligência física; ela chamava isso de "memória muscular". No entanto, a dança também era algo embriagador e primitivo, meus pés descalços no chão de madeira, os raros e inebriantes momentos em que eu não fazia apenas passos de dança, mas me transportava para uma essência de dança — era como os versos de Yeats que eu amava: "*O body swayed to music, O brightening glance/How can we know the dancer from the dance?*"

Experimentei esse estado beatífico em raras ocasiões. Bárbara, entretanto, tinha o dom de mergulhar numa emoção ou num personagem. Mudava sua identidade como se fosse um suéter e se transformava em alguém ou em algo diferente. Nossa turma fez uma apresentação, e uma mulher expansiva correu para ela depois e disse que assistir a ela dançar era como ver um anjo. Nós rimos disso por várias semanas. Ainda assim, achei que a mulher expansiva tinha uma certa razão. Bárbara era uma artista.

Nosso amor pela dança — e meu reconhecimento de que no mundo da inteligência física a inteligente era Bárbara — ajudou-nos a recuperar parte da intimidade que tínhamos quando crianças; isso nos permitiu até mostrar nossas fragilidades uma à outra. Ela pedia a minha ajuda com os estudos. Eu pedia dicas para atrair os rapazes, que aplicava com um sucesso surpreendente. Não que eu jamais tenha me tornado a moça alegre e tagarela que ela era, mas adquiri o hábito de tirar os óculos quando estava no meio de rapazes e de lançar olhares para eles; os rapazes não precisavam saber que até eles se aproximarem eu só via borrões. Também não foi ruim o fato de eu ter seios. No outono eles não eram mais do que dois montinhos promissores, mas, quando fiz dezesseis anos em março, eu tinha um corpo. Embora não houvesse ninguém em especial, eu era convidada para sair.

Entre minha vida social mais animada e minha amizade renovada com Bárbara, era inconcebível que eu ficasse com Danny outra vez, escondido dela.

Inconcebível, mas verdadeiro. A princípio, como aquela vez no playground e depois da palestra, isso só acontecia quando as circunstâncias nos juntavam. Ele foi lá em casa uma noite em janeiro para ver Bárbara, mas ela estava na casa de uma amiga, contei; eu estava sentada na varanda, meu refúgio mesmo nas noites de inverno do caos da nossa casa cheia de gente. — Então eu vou visitar *você* — ele disse, e se sentou do meu lado e...

A vez seguinte, algumas semanas depois, mamãe tinha me mandado ao Chafkin para comprar algumas coisas de última hora para o jantar. Danny estava de saída do trabalho. — Eu acompanho você — ele disse. — Entre só por um minuto enquanto eu varro o depósito. — Nós terminamos numa almofada de sacos de batata. Ele enfiou a língua na minha boca. Danny tinha tentado isso no passado; e, nessa altura, mais alguns rapazes também haviam tentado. Mas desta vez eu não recuei; eu o beijei de volta.

Em pouco tempo nós paramos de fingir e simplesmente combinávamos de nos encontrar. E embora eu trocasse carícias com os rapazes com quem saía, Danny foi sempre o primeiro: meu primeiro beijo de língua, o primeiro rapaz que eu não empurrei quando pôs a mão no meu seio por cima de camadas de roupas e depois o primeiro a enfiar a mão sob minhas roupas e tocar os meus seios. Nossos encontros ocorriam a cada duas ou três semanas, geralmente no depósito do Chafkin — em que outro lugar nós poderíamos ter privacidade?

Eu não me dividi completamente. Eu me sentia culpada e insistia em dizer que estávamos enganando Bárbara. Mas ele garantia que não amava menos Bárbara por gostar também de mim.

— Então você não se importaria de contar a ela sobre nós? — eu disse. — Ou de ir ao cinema comigo algumas vezes, em vez de me encontrar escondido?

— Se estivéssemos na Palestina, eu faria isso. Os pioneiros estão criando uma sociedade inteiramente nova na Palestina.

— E quanto à sua prima Mollie? — ele disse.

— O que Mollie tem a ver com...

— Aposto que ela acredita em amor livre.

Mollie acreditava mesmo em amor livre, e numa das histórias que eu contava a mim mesma, eu era uma revolucionária. Ou então eu era uma intelectual irônica que não tinha paciência para as convenções tolas do namoro adolescente, dos encontros e olhares melosos e fantasias de casamento. Estas eram identidades que eu tentava adotar nas noites em que Bárbara e Danny conseguiam ter alguns momentos de privacidade no sofá da sala enquanto eu ficava deitada na cama com um livro na frente da cara, sem conseguir ler uma só palavra. Ou quando eu despertava dos beijos estonteantes no depósito do Chafkin e sentia a vergonha de ser beijada em segredo no meio de legumes e verduras um tanto apodrecidos.

CAPÍTULO 13
UMA MULHER LIVRE

Depois que conhecemos o namorado da tia Pearl, Alberto Rivas, e sua voz melodiosa, Bárbara e eu tecemos fantasias sobre o casamento deles. Nós imaginamos cada detalhe de nossos papéis — e de nossas roupas — para o grande evento e nos referíamos, reservadamente, ao namorado de Pearl como tio Bert.

A primeira vez que eu vi Bert, fiquei chocada por Pearl estar namorando um mexicano. Já era um escândalo quando o filho ou a filha de um dos vizinhos judeus se casava com um cristão; havia famílias religiosas que guardavam Shivá, o luto de sete dias, como se a pessoa tivesse morrido.

Mas meu choque inicial logo se transformou em admiração pela mulher americana moderna que era a minha tia. Como as heroínas de cinema para as quais desenhava roupas, Pearl não se deixava tolher por convenções velhas e antidemocráticas. Ela seguia seu coração. Quanto ao tio Bert, era charmoso, engraçado e bonito, e eu adorava quando ele cantava.

É claro, no entanto, que outros adultos da minha família não eram tão liberais quanto Pearl. Bert só foi à nossa casa com ela algumas vezes e nunca mais com aquela alegria inebriante da primeira noite, quando ele tinha levado Audrey em segurança para casa depois do terremoto. Papai em especial, apesar de todo o seu discurso sobre tratamento igual para pessoas de todas as raças e origens, ficava tenso e frio quando Bert estava por perto.

Bárbara e eu tínhamos juízo suficiente para ficar de boca fechada. Mas um dia, quando Pearl e Bert tinham se juntado a nós para um piquenique, Audrey disse: — Quando é que vocês vão se casar?

— Audrey! — mamãe exclamou, espantada.

Bert piscou o olho para Audrey.

— Eu estou esperando você crescer para me casar com você.

— Audrey, venha comigo — papai disse.

— Mas...

— Agora! — Papai agarrou a mão dela para levá-la para uma conversa particular. E ele olhou com tanta raiva para Bert que eu fiquei chocada.

Pelo menos papai falava com Bert. Zaide tinha se recusado a apertar a mão dele, mesmo depois de ele ter salvado Audrey. Bárbara e eu chegamos à conclusão de que era a oposição de Zaide que impedia Pearl de se casar com Bert. Uma coisa era desafiar Zaide indo morar sozinha depois do divórcio, mas ela devia achar que não podia se casar de novo sem a bênção dele. E como o tempo foi passando sem nenhum sinal de noivado, nós esquecemos o assunto.

Mas agora, quatro anos depois, Zaide tinha morrido, sua ausência era uma dor aguda que ocorria de vez em quando — quando eu sentia um cheiro forte, avinagrado, dos barris de picles no Canter's e tinha vontade de comprar um tempero *kosher* e levar para Zaide no Melansky. Ou quando ouvia uma piada engraçada no rádio e começava a repeti-la para mim mesma e só então lembrava que tinha perdido a minha plateia. Às vezes, eu tinha tanta certeza de ter ouvido a voz dele na sala ao lado que precisava olhar para provar a mim mesma que ele não estava lá.

O único consolo era que Pearl estava livre finalmente para se casar com Bert. Não que tivesse falado alguma coisa sobre isso. Mas ela não estava planejando comprar uma casa em Boyle Heights?

— Uma casa inteira, só para uma pessoa? — Eu ouvi mamãe dizer a papai.

— Ela poderia comprar uma casa em Hollywood ou em Westwood se quisesse morar lá — papai disse.

De fato, Pearl estava indo tão bem desenhando roupas para o cinema que não trabalhava mais em seu apartamento. Ela tinha alugado um andar inteiro num prédio no bairro das confecções. Empregava meia dúzia de pessoas e tinha reservado uma sala para o negócio de papai de fornecer sapatos para combinar com as roupas que ela fazia. Tinha até comprado um carro e aprendido a dirigir! Ela precisava do carro, um sedã Plymouth, para transportar amostras e assim por diante. Mas aquelas eram exigências do seu trabalho. Por que Pearl iria comprar uma casa se não fosse para morar nela com Bert? Bárbara e eu achávamos a mesma coisa e voltamos às nossas fantasias a respeito do casamento de Pearl.

— Será que eles vão fazer algum tipo de anúncio? — Bárbara disse uma noite quando estávamos a caminho do apartamento de Pearl. Isso foi no início do nosso primeiro ano no ensino médio, e íamos escolher tecidos para fazer vestidos novos; Pearl costurava um pouco em casa para a família, geralmente usando retalhos das roupas que fazia para artistas de cinema. — Ou será que ela vai simplesmente começar a usar um anel e agitar as mãos até a gente notar?

— Agitar as mãos não vai atrair nenhuma atenção especial. — Eu ri. — Ela faz isso o tempo todo.

— E se ela se espreguiçar? — Imitando nossa professora de dança, srta. Helen, no seu jeito mais teatral, Bárbara jogou os braços para cima e saltitou pela rua. — Venha! — ela disse, e eu dancei junto com ela, minha timidez misturada com a excitação de agir como uma garota desinibida e impulsiva.

Nós chegamos rindo e suando no apartamento de Pearl, e quando ela perguntou por que estávamos de tão bom humor, acabamos contando.

— Estamos planejando o seu noivado — eu disse.

— E de quem é que eu vou ficar noiva? — A risada dela foi um pouco tensa, mas não dava mais para voltar atrás.

— De Bert, é claro.

— Minhas queridas, eu não vou me casar com Bert. Vocês querem Coca-Cola? Eu comprei para vocês. A menos que prefiram chá, mas vocês devem estar com calor e...

— Coca, por favor. — Bárbara interrompeu a conversa nervosa de Pearl. E então acrescentou: — Por que não?

— Você também, Elaine, Coca-Cola? — Pearl disse.

— Sim, obrigada.

Pearl foi até a pequena cozinha. Nós fomos atrás dela e paramos na porta. Eu estava com uma sensação parecida com a que tive enquanto dançava na rua, ao mesmo tempo desejando não ter começado e louca para continuar.

— Não é por ele ser mexicano, é? — eu disse. — Eu acho horrível que todo mundo seja contra...

— Deixe-me pegar as Cocas primeiro, está bem? — Pearl serviu dois copos de Coca-Cola e nos entregou. Então ela disse: — Vocês não acham que se Bert e eu quiséssemos nos casar já teríamos feito isso?

— Mas vocês não podiam — Bárbara disse.

— Alguém disse isso a vocês?

— Nós calculamos — Bárbara disse.

— Bem, então vocês sabem que nada mudou. — Ela foi até a mesa, onde tinha empilhado meia dúzia de tecidos. — Cuidado com as bebidas. Deem uma olhada neste lindo tecido de lã. É do novo filme de Myrna Loy. — Ela começou a desenrolar um rolo de tecido verde-água.

— Mas agora que Zaide morreu... — Eu disse, com minha vontade de entender falando mais alto do que meu medo de aborrecer Pearl.

— Zaide? Do que é que vocês estão falando?

— Você não podia se casar por causa de Zaide — eu disse. — Porque Zaide não gostava de Bert. Agora você pode.

— Ah. — Pearl parou de desenrolar o tecido. — Foi *isso* que vocês concluíram?

— Não é... — comecei a dizer, mas ela levantou a mão e ficou parada um momento, de olhos fechados. Pearl às vezes fazia isso no meio de uma conversa, como se precisasse organizar as ideias.

Abrindo os olhos, Pearl disse:

— Seus pais iriam me matar. Mas vocês não são mais crianças. E acho que é melhor que saibam por mim. Tudo bem, sentem-se.

Como sempre, quando Pearl estava prestes a nos esclarecer a respeito do mundo adulto, ela se sentava no sofá — que, graças à sua prosperidade, ela tinha forrado com um belo brocado cor-de-rosa — e acendia um cigarro. Eu me sentei ao lado dela, e Bárbara se sentou na cadeira.

— Vocês têm razão, eu não posso me casar com Bert, mas não é por causa de Zaide. Queridas... — Pearl olhou para uma de nós de cada vez, fitando-nos bem nos olhos. — Bert já é casado. Ele tem uma esposa no México.

— Ela não pode dar o divórcio a ele? — Bárbara adotou o tom calmo e sofisticado dos filmes onde essas coisas aconteciam, enquanto minha cabeça girava. Sendo uma leitora ávida e uma assídua frequentadora de cinema, eu sabia que coisas assim aconteciam. Mas elas aconteciam com Anna Karenina ou Jean Harlow, não com a minha tia Pearl.

— No México, na aldeia dele, as pessoas não se divorciam — Pearl disse. — E eu não ia querer que ele se divorciasse dela.

— Eles têm filhos?... Eu não me importo — Bárbara disse.

Ah, mas eu não sabia o que era amar apaixonadamente um homem que pertencia a outra?

— Quatro filhos — Pearl disse.

Eu dei um pequeno soluço.

— Desculpe, meu bem — Pearl disse. — Você não sabia que a sua tia Pearl era uma pessoa tão horrível.

Eu estava chorando demais para falar. Todas as racionalizações que eu tinha feito sobre amor livre caíram por terra, e eu vi a sordidez do que estava fazendo — traindo Bárbara e, o que era pior, estando tão pateticamente apaixonada por Danny Berlov que concordava em ser a outra. Acostumada à autocrítica, eu sabia o que era me sentir envergonhada de algo que tivesse feito, mas essa foi a primeira vez que eu realmente detestei a mim mesma.

Pearl me abraçou e acariciou meu cabelo, a princípio pedindo desculpas — e, como eu não parava de chorar, perguntando:

— Elaine, o que é? Aconteceu alguma coisa?

Aí eu consegui falar; eu preferia morrer a deixar que ela desconfiasse que eu tinha meus próprios motivos para chorar.

— Eu só estou triste por você não poder se casar.

— Ah, não, não fique triste — Pearl disse. — Eu sou uma idiota, devia ter explicado melhor. Eu não *quero* me casar com Bert.

— Mas você o ama — Bárbara disse.

— Amor — Pearl suspirou. — Vocês duas, aos dezesseis anos, devem escutar as canções de amor no rádio e achar que estão no céu quando um garoto toma vocês nos braços e começa a dançar. Pois fiquem sabendo que quando ficarem mais velhas vai ser diferente. Bert é um doce de homem. Mas, minhas queridas, eu não quero ser esposa de homem nenhum.

— Você se casou com o tio Gabe — Bárbara disse.

— E descobri que nem toda mulher gosta de ser casada. De ter um homem dizendo a ela o que fazer, até o que *pensar*! Impedindo-a de dormir com seus roncos. Ficando de mau humor se você não fizer seu *kugel* com o número exato de passas que a mãe dele colocava no dela.

Apesar da infelicidade que estava sentindo, eu fiquei cativada por aquela ideia revolucionária. Compreendi que havia muitos exemplos de mulheres solteiras que, até onde eu podia ver, levavam vidas gratificantes — Pearl, Mollie, muitas das minhas professoras. Mas ninguém jamais havia declarado isso francamente: nem toda mulher gosta de ser casada. E embora Mollie tenha sempre permanecido o meu modelo de ativismo, foi em Pearl que pensei quando surgiu o movimento feminista.

Minha mente também zumbiu com a reverberação de *ronco*, o que me obrigou a pensar o que mais acontecia quando um homem e uma mulher dividiam uma cama. Bárbara e eu tínhamos calculado que Pearl e Bert "transavam", mas era diferente quando eu achava que eles iam se casar. De repente, coisas que eu tinha observado entre Pearl e Bert — o suéter justo que ela usava na noite do terremoto, os olhares íntimos que ela lhe lançava quando ele cantava com sua voz de barítono — me deixaram entrever um pouco do mistério excitante e assustador do desejo sexual adulto.

— E se meu marido não *permitisse* que eu trabalhasse? — Pearl estava dizendo. — Ou se ele tentasse tomar conta do meu negócio e administrá-lo?

— Bert não faria isso — Bárbara disse.

— Ah, *chiquitas* — Pearl disse; era assim que Bert às vezes nos chamava. — Você nunca conhece de verdade um homem até deixar que ele ponha uma aliança no seu dedo. Aí ele pensa que é seu dono. Eu estou contente com a minha vida do jeito que ela é... Mas que bobagens são essas que sua tia *meshuganah* está pondo na cabeça de vocês? — Ela beijou o rosto de Bárbara, depois o meu. — Então, vocês querem vestidos novos para usar nos bailes e deixar os rapazes loucos por vocês?

Pearl só estava dizendo que não queria se casar com Bert para não sentirmos pena dela? — pensei enquanto ela desenrolava a lã fina e o crepe de china. Mas Pearl parecia feliz — animada com seu negócio florescente, excitada com a perspectiva de comprar uma casa. Na realidade, a pecadora tia Pearl parecia ser o mais feliz de todos os adultos que eu conhecia, uma charada que ocupou minha mente por vários dias.

É simples demais dizer que saber a verdade sobre Pearl mudou minha vida ou a de Bárbara. É mais correto dizer que as escolhas que cada uma de nós fez algum tempo depois refletiram quem nós realmente éramos.

No meu caso, ouvir a revelação de Pearl foi o ponto de partida do meu primeiro conflito em relação à ambiguidade moral dos adultos. Ter um caso com um homem casado — isso era característico de mulheres *más*, de destruidoras de lares. (Agora eu entendia a frieza de papai e de Zaide diante de Bert.) No entanto, Pearl era uma das pessoas que eu mais amava e admirava no mundo. Ela era boa, correta e honesta; embora não gostasse de contar verdades desagradáveis, nunca deixava de falar a verdade quando Bárbara e eu perguntávamos. Vejam como ela nos contou sobre Bert, sem procurar desculpas. E no fato de ela não querer se casar havia uma liberdade de pensamento que me deslumbrou.

Não que as escolhas dela não tivessem consequências. Depois daquela conversa, eu sentia uma pontada de tristeza sempre que a via abraçar minha irmã caçula, Harriet, para sentir seu cheirinho delicioso de bebê.

— Eu não sou um bebê! — Harriet protestava. — Eu tenho quatro anos!

— Mas você ainda tem um cheirinho delicioso! — Pearl enterrava o nariz na barriga de Harriet, fazendo-a dar gargalhadas. Apesar de Pearl não ter nenhum desejo de ser esposa, eu desconfiava que ela teria adorado ser mãe. Mas ela parecia estar bem consciente de sua escolha e, como tinha dito, realmente feliz com a vida que levava.

Sim, Pearl estava namorando um homem casado, mas a mulher dele estava muito longe, no México. E ela saía abertamente com ele, sem se incomodar com críticas. Não como eu — traindo minha própria irmã às escondidas!

Alguns dias depois, Danny cochichou, depois de nossa aula de História, que queria me encontrar. E eu disse que não.

Ele veio atrás de mim depois da escola. Eu estava correndo para pegar o bonde para meu emprego na livraria do Leo.

— O que aconteceu? — Danny disse.

— Eu não quero mais...

— Você quer dizer esta semana?

— Eu quero dizer nunca. Meu bonde está vindo.

— Elaine, espere. Não podemos conversar sobre isso?

O bonde, um dos Carros Amarelos da Los Angeles Street Railway, parou. — Eu tenho que ir.

Para meu espanto, Danny entrou no bonde atrás de mim e deixou cair um níquel precioso na caixa de coleta.

— O que está fazendo? — eu disse. — Você não tem que trabalhar?

— Eddie não vai se importar se eu chegar um pouco atrasado.

O vagão estava lotado, e no início não pudemos nos sentar juntos. Mas, no ponto seguinte, a pessoa que estava do meu lado saltou e Danny sentou-se.

— Aconteceu alguma coisa? — ele disse.

— Não.

— Foi alguma coisa que eu fiz? — Ele olhou para mim como se sua felicidade estivesse em minhas mãos. Ninguém jamais havia me olhado assim, e ver aquele anseio nos olhos de Danny! Senti uma sensação inebriante de poder... e uma necessidade de evitar que ele sofresse.

Mas eu respirei fundo e disse: — Eu não me sinto bem com isso.

— Será que podemos nos encontrar de vez em quando para conversar? Não tem ninguém mais com quem eu consiga conversar como converso com você.

— Nós podemos conversar.

Ele abriu um sorriso dissoluto de Errol Flynn para mim.

— Se é só mesmo isso que você quer fazer.

— Nós podemos *conversar* — eu disse, com menos convicção quando ele se inclinou para mim e eu senti seu cheiro.

— Ótimo, fico contente com isso. É melhor eu ir logo trabalhar... Bárbara não falou nada, falou?

Claro que era por isso que Danny tinha pulado no bonde atrás de mim e era por isso que ele tinha ficado tão infeliz — com medo de aborrecer minha irmã.

— Você e Bárbara se beijam? — perguntei.

— Você está brincando, certo? — ele disse baixinho, olhando para a mulher no banco à nossa frente.

— Vocês se beijam? — sussurrei.

— O que você acha?

— Beijo de língua?

— Elaine, você está doida?

A mulher na nossa frente riu. Nós já estávamos no centro e quase chegando ao ponto da Quinta com Olive, onde eu trocava de bonde para ir a Hollywood.

— Vamos saltar, está bem? — eu disse.

— Tudo bem.

— Manda ver, irmã! — A mulher gritou quando saltamos.

De certa forma, o fato de estar dentro do bonde tinha tornado mais fácil conversar. Na rua, encarei Danny por um momento, depois comecei a andar depressa.

— Eu deixo você fazer coisas que ela não deixa? — eu disse. — É por isso que você está sempre querendo se encontrar comigo?

— Eu pensei que você gostasse...

— Talvez seja melhor eu perguntar a ela.

— Não! — Ele segurou minha mão. — Se é tão importante, eu vou fazer mais com ela. Elaine, por favor, olha para mim?

Eu deixei que ele me puxasse para fora do tráfego de pedestres, para baixo do toldo de uma loja de música.

— Danny, você tem Bárbara — eu disse. — O que você quer comigo? — Eu sempre havia tido essa curiosidade, mas nunca tivera coragem de perguntar.

Ele deu uma gargalhada, só que ela saiu como um soluço estrangulado. — *Ter* Bárbara? Ninguém jamais terá Bárbara. — Então ele rapidamente voltou a fazer uma cara de Errol Flynn. — Se você não quer me ver, tudo bem. É só que... você não tem ninguém especial, e você é uma boa garota. Acho que eu senti pena de você.

— Pena de mim? Eu odeio você! — gritei e fui embora.

O fogo do ódio me manteve funcionando, de cabeça erguida, durante aquela tarde no trabalho e na manhã seguinte na escola. Mas logo a minha fúria perdeu a força, a capacidade de sufocar qualquer outra emoção. Eu fiquei arrasada. Quando estava perto das pessoas, eu conseguia representar o papel da Elaine Greenstein que todo mundo conhecia, uma garota inteligente e séria mas que não era menos feliz do que qualquer outra garota de dezesseis anos de Boyle Heights. Mas, sozinha no meu quarto, eu chorava.

Revivi muitas vezes aquele momento, pouco antes de Danny sair andando. Não quando ele disse que sentia pena de mim, eu sabia que ele estava me agredindo porque estava magoado. Mas eu ficava relembrando a insegurança que ele tinha revelado em relação a Bárbara. Isso, eu compreendi com muita tristeza, era o que Danny queria realmente de mim: não era a excitação de ter mais de uma namorada nem uma atração real por mim, embora eu ache que essas duas coisas também existiam. Mas entendi que, mais do que qualquer outra coisa, Danny me via como um seguro, uma réplica piorada de Bárbara que ele tinha de reserva porque não podia contar com a verdadeira.

Era como se ele tivesse intuído algo em Bárbara que se tornou cada vez mais aparente durante nosso primeiro ano no ensino médio. Em setembro daquele ano ela entrou para a escola de dança de Lester Horton, em Hollywood; a srta. Helen a tinha indicado para uma bolsa de estudos. Aceitar a bolsa significava que ela ia ter que parar de dar aula de recreação para crianças, e a princípio papai reclamou dizendo que não podíamos abrir mão do que ela ganhava. Mamãe, no entanto, começou uma campanha para garantir que Bárbara pudesse ir para a escola de dança. Ela descobriu várias maneiras novas de economizar nas despesas da casa. Depois de passar anos insistindo que não precisávamos de caridade, ela se inscreveu no programa de leite gratuito para famílias carentes. E repetia continuamente a palavra *bolsa de estudos* — que papai respeitava, mesmo que a bolsa fosse para uma escola de dança. Ela passou várias semanas naquele outono iniciando todas as conversas com a pergunta, "Sabia que Bárbara ganhou uma bolsa de estudos?"

Bárbara agora ia para o estúdio Horton quase todos os dias depois da escola e só voltava para casa às oito ou nove horas da noite. Também passava os sábados lá e normalmente ficava em Hollywood e saía à noite com seus amigos da aula de dança. A conversa dela agora estava cheia de nomes novos: Lester, é claro, e Bella, a famosa dançarina que dava algumas aulas, e seus colegas de turma. Ela falava principalmente em Oscar, que tocava piano nas aulas, embora Oscar raramente usasse as teclas, ela dizia; ele tocava as cordas dentro do piano ou batucava ritmos no seu corpo. Ele também dava aulas de canto, e Bárbara contou excitadamente que a considerava "um talento natural".

Na noite da festa de Natal do estúdio de dança, ela só chegou em casa depois da meia-noite. Eu acordei quando ela tropeçou, tentando se despir no escuro.

— Opa — ela disse, dando uma risadinha.

Eu acendi a luz.

— Ui! — Ela protegeu os olhos. — Você poderia acender só uma vela?

Eu acendi a vela e apaguei a luz. — Você está bêbada?

— Não. Bem, só um pouquinho. Oscar fez uns drinques.

— Bárbara, você está saindo com Oscar?

— Foi só uma festa. — Com movimentos graciosos e eficientes, ela tirou o vestido e o deixou cair no chão.

— Que idade ele tem?

— Quer um cigarro? — Ela tirou um maço de Chesterfields de dentro da sua sacola de dança. Embora eu fumasse em encontros ou festas, nunca tinha comprado um maço de cigarros. E nem fumado em casa.

— Aqui?

— Por que não? — Mesmo assim, ela abriu a janela.

Nós acendemos nossos cigarros na chama da vela, e eu esvaziei nossa lata de grampos de cabelo para usar como cinzeiro. Bárbara, obviamente um pouco embriagada, se deitou de combinação e disse coisas que em circunstâncias normais teria guardado para si mesma.

— Ah, Elaine, ele tem mãos maravilhosas. Mãos de músico.

— Oscar?

— É. — Ela deu uma longa tragada no cigarro.

— Ele tem mais de vinte anos?

— Meu Deus, não é como na escola, em que é um caso sério namorar um cara do último ano. Nós somos artistas trabalhando juntos.

— Danny sabe disso?

— Sobre as mãos de Oscar? — ela debochou.

— Você sabe o que eu quis dizer.

— Danny Berlov não é meu dono. Nenhum homem jamais será meu dono.

As palavras podem ter sido copiadas de Pearl, mas o sentimento, eu vim a compreender, era típico de Bárbara. Ela continuou a namorar Danny oficialmente — os encontros comunicados a mamãe e papai e Danny indo apanhá-la em casa — enquanto via Oscar com o pretexto de sair com seus amigos da aula de dança. Isso durou mais ou menos um mês. Então Oscar não foi mais mencionado e foi substituído por um dançarino chamado Ted.

Eu não fazia ideia se Danny sabia ou não dos outros rapazes — dos homens, na realidade — na vida de Bárbara. Embora eu fizesse o possível para evitá-lo, havia ocasiões em que eu não podia deixar de vê-lo — por exemplo, quando mamãe convidava a ele e ao pai para o jantar de Shabbos. Às vezes eu estava na mesa quando Bárbara comentava sobre seus novos amigos, suas aulas, seus ensaios para um espetáculo. Quanto a Danny... por mais que ele tivesse se transformado num jovem sionista musculoso e dominador, eu ainda o via como o garoto descalço que tinha conhecido quando tínhamos cinco anos, um menino que mentia para ocultar sua vergonha pela mãe ausente e pelo pai ineficiente.

Amor! Na minha mente, essa palavra adquiriu o tom cansado de Pearl. Eu amava — bem, eu costumava amar — Danny. Danny amava Bárbara. E Bárbara... Pobre Danny, seu verdadeiro rival não era Oscar ou Ted, era algo com que ele jamais poderia competir. Bárbara amava a liberdade. Não que algum de nós — Danny, Bárbara ou eu — pudesse ter expressado isso na época, mas Danny percebeu agudamente. "Ninguém jamais terá Bárbara", ele tinha dito com uma espécie de soluço — e à medida que o mundo de Hollywood e do estúdio de dança foi se tornando cada vez mais o mundo dela, eu vi que ele tinha razão.

Embora uma parte de mim se regozijasse vingativamente com a infelicidade de Danny, eu tinha pena dele. E num sábado de fevereiro de 1938 eu parei de odiá-lo. Na verdade, meu ódio já tinha desaparecido havia muito tempo. Minhas lágrimas tinham secado poucas semanas depois de nossa briga em setembro. E em novembro eu havia ido ao baile de volta às aulas com Fred Nieman, que crescera o suficiente durante o ano anterior e agora parecia um rapaz baixo e não mais uma criança; ele até fazia a barba. Fred não se tornou meu namorado, mas era uma companhia regular. Com o tempo, era o simples hábito que me fazia ficar gelada quando Danny estava por perto.

Na tarde de sábado em que fiz as pazes, eu cheguei em casa do trabalho na livraria e encontrei Danny de quatro no chão da sala; Harriet estava montada nas costas dele, cutucando-o com os pés e gritando: "Vamos, caubói!" Ele costumava brincar com Harriet quando vinha buscar Bárbara para sair, mas ela ainda não tinha chegado do estúdio de dança. Resmunguei um olá, planejando ir direto para o meu quarto, mas então Danny me olhou com uma expressão tão infeliz que eu ri e disse: "Harriet, dá um descanso ao pobre cavalinho." Eu a tirei das costas dele e a distraí com umas balas que tinha no bolso. Danny me perguntou como estavam as coisas e pela primeira vez em meses fiz mais do que murmurar algumas palavras para ele. Nessa altura, eu tinha sido promovida na livraria e estava atendendo os fregueses, e contei a ele sobre uma mulher bizarra que tinha estado lá aquele dia: ela tinha um metro e oitenta, usava uma espécie de túnica de mágico, e estava procurando livros sobre culto a felinos.

— Você quer dizer leões? — ele disse.
— Não, gatos domésticos.
— Se fosse leão eu entenderia.
— Eu quero um gatinho! — Harriet se animou.
— Os antigos egípcios adoravam gatos — eu disse a Danny.
— Não surpreende que a civilização deles tenha desaparecido.

Foi uma conversa tola e sem jeito, mas, depois dela, eu e ele conseguimos conversar de novo. E tínhamos coisas sérias para discutir.

A enxurrada de leis de Hitler contra os judeus parecera atingir o auge com as Leis de Nuremberg de 1935, como se a loucura dele realmente não pudesse ir além; ou, pelo menos, como se os alemães comuns, decentes, tivessem decidido dar um basta naquilo. Mas em 1938 houve uma outra erupção de ódio.

Os primeiros sinais de nova onda de insanidade ocorreram no final de 1937, não na Alemanha, mas na Romênia, onde o líder do perverso partido político antissemita se tornou primeiro-ministro. Em poucos meses, a Romênia fechou todos os jornais cujos proprietários eram judeus e demitiu todos os judeus que tinham algum cargo no governo. Só essas duas ações colocaram na rua nove dos nossos parentes. A notícia terrível provocou o primeiro telefonema interurbano que mamãe jamais havia recebido, do tio Meyr, de Chicago. Nenhum parente deles havia recebido autorização para imigrar, e a família de Chicago planejava contratar advogados, tanto em Chicago quanto na Romênia; ele queria saber se mamãe poderia conseguir um advogado em Los Angeles. Desesperada, mamãe pediu ajuda à tia Pearl, que já tinha garantido um emprego na sua confecção para Ivan, o sobrinho que mamãe e papai tinham proposto receber. Então Pearl deu a mamãe parte do dinheiro que tinha reservado para comprar uma casa.

Mamãe jamais disse uma palavra sobre isso a papai, que teria ficado furioso e envergonhado por ela ter pedido à irmã dele um dinheiro que ele não podia arranjar. Eu só fiquei sabendo porque mamãe me pediu para ir com ela para falar com o advogado de Los Angeles e escrever várias cartas.

Os acontecimentos na Romênia escaparam ao conhecimento de muita gente. No entanto, o mundo inteiro prestou atenção quando a Alemanha anexou a Áustria no mês de março daquele ano e impôs imediatamente leis antissemitas aos judeus austríacos. Depois, como se inspirados pelas novas vítimas, os nazistas estabeleceram novos castigos para o crime de ter nascido judeu. Em abril, os judeus foram obrigados a registrar qualquer propriedade que tivessem dentro do Reich — só essa palavra já soava dura e cruel na minha boca. Depois, os negócios de donos judeus tiveram que ser identificados, uma tarefa realizada com prazer pela juventude de Hitler, que pintava a palavra *judeu* junto com imagens grosseiras nas vitrines. Nessa altura, o próprio presidente Roosevelt resolveu admitir mais imigrantes da Alemanha e da Áustria. Ainda assim, continuávamos sabendo de judeus loucos para fugir e sem lugar para ir.

Danny devorava as notícias. Ele tinha se tornado presidente do Habonim e discursava sempre que podia nas reuniões do grupo e nos fóruns escolares e comunitários para alertar as pessoas sobre a necessidade de refúgio dos judeus europeus. Eu não só ia às reuniões, como também escrevia os cartazes para divulgá-las. E ajudava Danny a escrever artigos para o informativo do Habonim e para o jornal da escola, até mesmo cartas para o *Los Angeles Times* e outros jornais. Os jornais gostavam de publicar "o ponto de vista da juventude", e diversas das nossas cartas foram publicadas. Trabalhando juntos numa carta ou num artigo, tínhamos debates acalorados sobre a linguagem. Eu achava o tom dele por demais incendiário — "se você chamar as pessoas de fracas, elas não vão ouvir nada do que você tem a dizer!" —, e ele dizia que eu "só estava sendo uma boa menina judia e não estava agitando".

Eu ainda discordava dele em relação ao sionismo, mas isso perdera importância frente à minha urgência em *agir* e ao dom que Danny revelou para levar as pessoas a agir. Um contador de histórias nato, ele falava sobre os grandes eventos políticos que estavam ocorrendo na Europa — na forma de pequenas histórias de cortar o coração ouvidas de pessoas em Boyle Heights que tinham parentes lá. Assim como tinha me enfeitiçado com suas histórias quando éramos crianças, ele conseguia levar a plateia às lágrimas e convencê-la a enviar cartas para o Congresso ou a distribuir panfletos na rua. Eu pus minha energia no Habonim porque Danny tornou-o um grupo jovem muito dinâmico, que tentava fazer *alguma coisa*, embora não fizesse diferença para mim se os refugiados iam para a Palestina, para a América, para a Rodésia ou para Cuba — qualquer país que estivesse disposto a abrir as portas para eles.

Danny também era um otimista incorrigível. Sempre que eu me sentia desanimada, ele me convencia que se continuássemos a erguer nossas vozes alguém teria que ouvir. Ele tinha razão. Naquele mês de junho, a América abriu as portas para Ivan Avramescu, meu primo da Romênia.

Ou, como Bárbara o chamava, o Rato.

CAPÍTULO 14

O RANCHO SEM AMANHÃ

Eu saio da piscina depois da aula de hidroginástica, tomo banho e me visto. E então, pela primeira vez, em lugar de ir para casa, vou para o Rancho Mañana. Eu me mudei para lá ontem. Passo pela recepção — uma exigência que me faz sentir como se estivesse no jardim de infância — e garanto à moça solícita demais que é claro que sei chegar ao meu próprio apartamento.

Mas por um momento, depois de tomar o elevador da ala oeste para o terceiro andar, virar à direita no corredor e abrir a porta, tenho a impressão de que entrei no apartamento de outra pessoa. A primeira coisa que vejo, bem em frente à porta, é uma tapeçaria de parede deprimente, uma mistura de mostarda, bege e marrom. No entanto, estranhamente, bem abaixo da tapeçaria marrom há um sofá vermelho-tomate igualzinho ao meu.

Ouço a voz de Carol. — Ei, mamãe... Você gostou?

— Ah, é lindo. Maravilhoso! — digo. Dando um pontapé na minha crítica de arte interna, olho mais de perto o que é obviamente um presente que Carol fez para mim. — Ah, é, o que são estas coisas, mariposas?

— Libélulas. Você não gostou, não foi?

— Claro que gostei! Não sei como você pode fazer cada uma delas com tanto detalhe. É fantástico. E as cores são tão sutis. — Enquanto examino a tapeçaria, eu realmente a aprecio; com precisão extraordinária, Carol bordou dezenas de libélulas esvoaçantes, algumas delas menores que a ponta de um dedo. E tem uma gama extraordinária de cores, diversos tons de dourado, de marrom, de bege. Então por que, quando elogios sinceros saem da minha boca, eles parecem cada vez menos sinceros?

Carol vem ficar do meu lado, torcendo uma mecha do seu longo cabelo, que tem poucos fios grisalhos; vista de trás, com sua blusa de camponesa e calça jeans, minha filha pequena e delicada ainda parece ter dezesseis anos. Ronnie herdou todos os genes para altura. Ela sempre foi um fiapo de gente, com ossos tão pequenos que nós costumávamos rir e dizer que um vento mais forte poderia levá-la; uma brincadeira, mas às vezes eu sentia o coração bater na garganta e temia que ela pudesse mesmo voar como um broto de planta levado pela ventania. Nós a colocamos na ginástica quando era pequena, porque ela tinha o corpo perfeito para uma ginasta e adorava dar cambalhotas, mas não tinha nenhum interesse por treinos e competições.

— As cores estão erradas. Eu sabia — ela diz. — Que droga, eu comprei uma linha azul forte e tentei fazer algo contemporâneo para você, mas... — Ela suspira. — A linha não me dizia nada.

— Carol. — Eu dou um abraço nela. — É lindo. Obrigada. — Eu gostaria de poder convencê-la. Gostaria de ter adorado a tapeçaria no momento em que a vi.

Mais que tudo, gostaria que Carol e eu não estivéssemos fadadas a nos ferir mutuamente e a não compreender uma à outra. Ainda assim, nenhuma de nós jamais foi embora. Mesmo durante o pesadelo que foi a adolescência dela, quando minha doce menina adotou a trindade de sexo, droga e rock'n'roll dos anos 1960, a única coisa que ela nunca fez foi fugir de casa. Havia noites em que eu ficava acordada até as três da manhã, esperando-a, e ela sempre voltava para casa. Como se estivesse honrando um pacto implícito, desaparecer como Bárbara era uma dor que ela jamais iria me infligir. Nós sempre permanecemos em contato, por mais difícil que isso tenha sido.

— Eu fiz uma salada para o almoço — ela diz. — Tudo bem?

— Perfeito. — Empurro os papéis que estão em cima da minha antiga mesa de cozinha, que agora se transformou na minha mesa de jantar; como grande parte da minha mobília, a mesa da sala de jantar não cabe aqui.

Enquanto estamos comendo, o telefone toca. Eu deixo a secretária eletrônica atender, mas é Josh, dizendo: — Descobri uma coisa.

Eu agarro o telefone. — Espere um instante — digo a ele, e vou para o quarto. — O que é? — pergunto depois de fechar a porta.

— É uma coisa que acabou de chegar pelo correio. Eu posso ir aí hoje à noite para mostrar a você. Eu estou livre às sete e meia.

— Sete e meia está bom. — Carol já deveria ter ido embora a essa hora. Ela está hospedada na casa do filho.

— Tudo bem — Josh diz. — Como eu chego aí? Rancho não sei o quê, não é?

Eu dou instruções a ele, depois volto para a sala de estar e jantar e desligo o telefone.

— O que você está aprontando, mamãe? — Carol diz.

— Nada.

— Deixa disso. *Eu* é que costumava levar o telefone para outro lugar.

— Era Josh. A pessoa que está catalogando minhas coisas — eu digo.

— Ah, certo.

— Eu preciso me encontrar com ele esta noite.

— Nós íamos ver um filme!

— Ah, esqueci. Vou ligar para ele e remarcar.

Mas Josh vai estar ocupado amanhã. Eu poderia vê-lo um outro dia mais para o fim da semana, suponho. *Impossível!* Não posso esperar tanto para saber o que ele descobriu sobre Bárbara. Eu digo a Carol que vamos ter que adiar e vejo um clarão de mágoa em seus olhos que não tem nada a ver com o filme. Penso em contar a ela o que está acontecendo, até mesmo em convidá-la para ficar para o encontro com Josh aquela noite. Mas só em pensar nisso sinto um nó no estômago. Bárbara era a *minha* irmã gêmea. Esta é uma pesquisa que eu estou fazendo. Não quero saber a opinião de ninguém sobre como proceder ou, pior ainda, se devo prosseguir. E neste momento, com a dor recente de descobrir que meus pais sabiam a respeito dela e não disseram nada, Bárbara ocupa dentro de mim um lugar que parece muito frágil e exposto. Não estou pronta para falar com ninguém sobre isso. Josh, tudo bem, ele está envolvido desde o começo. E ele é essencialmente um estranho, que eu insisti em pagar para me ajudar. Mas mais ninguém.

— Nós ainda podemos jantar juntas? — Carol diz. — O teriyaki de frango?

Ela decidiu que nós, ela e eu, iremos enfrentar o jantar do Rancho Mañana pela primeira vez esta noite: eles estão fazendo teriyaki de frango, aparentemente um favorito. Sinto um pouco como se Carol estivesse me acompanhando no meu primeiro dia de aula. E estou nervosa com minha entrada nesta pequena comunidade de umas cento e oitenta pessoas, sendo que cruzei com metade delas em algum momento da minha vida.

— Claro — digo. — Eu não entraria na toca do leão sem você.

Durante a tarde, Carol cuida da cozinha enquanto eu arrumo o escritório. E quando pego a pasta de poemas que tinha planejado "perder", penso que Carol talvez possa gostar de ficar com eles; e compartilhá-los com ela é uma vulnerabilidade (ao contrário da busca por Bárbara) que estou disposta a arriscar. Eu abro a pasta, vejo um poema sobre a dama da noite "perfumando os sonhos em Breed Street". Por outro lado, talvez Carol olhe para os poemas e se sinta como eu me senti quando vi a tapeçaria dela na parede — comovida, sim, mas também sem jeito e dividida.

O teriyaki de frango do jantar corresponde às expectativas. Não que isso impeça uma das minhas companheiras de mesa, uma mulher pequena usando um par de óculos com uma enorme armação vermelha que tomava toda a cara dela, de reclamar a cada garfada e de nos regalar com detalhes minuciosos das receitas de frango que preparava. Vou pedir para ser colocada em outra mesa. Sim, nós temos lugares marcados, outro toque de jardim de infância. Que diabo, talvez eu me sente onde bem quiser e dê início a uma rebelião.

Depois do jantar, Carol vai embora, e de repente, como se alguém tivesse enfiado um alfinete em mim, fazendo sair todo o ar, eu me sinto exausta. Quero ir para casa! Com as pernas pesadas como chumbo, volto para o meu apartamento. No meio do caos das caixas da mudança, não tenho energia para abrir um livro ou ligar a televisão e me sento no sofá debaixo das libélulas cor de mostarda.

O peso finalmente desaparece quando a recepcionista liga para dizer que Josh chegou.

— Bonito lugar — ele diz ao entrar. E vai direto para a tapeçaria de Carol. — Uau, o que é isso?

— Foi minha filha que fez. — Meus olhos estão pregados no envelope que ele tem na mão, tão pequeno, apenas um envelope comum.

— Libélulas? — ele pergunta.

— Sim.

— Uau. É legal.

Eu estou prestes a arrancar o envelope da mão dele.

— O que foi que você descobriu?

Ele tira um papel de dentro do envelope, leva um eternidade para desdobrá-lo e finalmente o entrega para mim. É uma cópia de um pequeno artigo de jornal com um fotografia de cerca de doze moças e, em pé atrás delas, diversos homens. Alguém escreveu à mão na cópia "9 de março de 1942", e o cabeçalho é: "Artistas de Colorado Springs participam de tour da USO." O artigo diz que quinze cantores, dançarinos e músicos locais foram contratados para um dos primeiros tours organizados pela United Service Organizations, um grupo formado para oferecer diversão e recreação aos soldados americanos.

— Entrei em contato com uma bibliotecária da Biblioteca de Colorado Springs e invoquei o código de ajuda mútua que une bibliotecários do mundo inteiro — Josh diz enquanto eu examino os rostos. — Ela descobriu isto para mim.

A foto, que parece ter sido impressa de uma microficha, está tremida, e além disso as mulheres estão fazendo pose de coristas, com um dos quadris projetado para a frente e um braço estendido. Nenhuma delas chama a minha atenção. Eu olho a legenda, vejo que o nome Kay Devereaux corresponde a uma garota com cabelo louro platinado e um sorriso reticente. Ela é uma das garotas mais baixas; isso estaria correto. Mas o rosto dela está virado de lado e em parte oculto por uma cortina de cabelo.

— É ela, não é? — ele diz.

— Não tenho certeza. — Eu me levanto para pegar a lupa que guardo perto do telefone, então me dou conta de que não tenho mais a mesinha onde ficava o telefone, os catálogos e vários outros artigos úteis; não havia espaço para ela aqui. Merda!

Josh e eu tentamos aumentar a foto na minha impressora, experimentando diversos fundos. O rosto de Kay se dissolve em pixels.

— E depois desse tour? — pergunto. — A USO não a mandou de volta para Colorado Springs?

— A bibliotecária checou os catálogos telefônicos do resto dos anos 1940 e não encontrou o nome dela. E o Broadmoor Hotel tem uma historiadora. A bibliotecária me pôs em contato com ela. Não há registo de Kay Devereaux ter voltado a trabalhar lá. A historiadora disse que algumas dessas pessoas voltaram para casa depois do único tour da USO, mas

Colorado Springs não era o lar de muitos deles. Outros gostaram daquela experiência, da excitação de estar na frente de batalha e tudo o mais, e se engajaram em outros tours. Isso parece típico da sua irmã?

Parecia típico de Bárbara pintar o cabelo da cor do de Jean Harlow, colocar-se numa situação de perigo e fugir para tão longe de Boyle Heights? Eu sinto um nervosismo... mesmo pensando que esse caminho, caso seja mesmo um caminho, já tem mais de meio século de existência.

— É possível — digo.

Estou pensando que o meu próximo passo é checar com a USO.

— Boa ideia. Ah — acrescento com um arrepio — e checar também as listas de mortos do exército. Se ela tiver morrido numa zona de guerra, talvez eles a tenham computado como morta em combate. — Eu nunca imaginei que ela tivesse estado na guerra. Sempre me preocupei tanto com Paul e os outros rapazes arriscando suas vidas e nunca desconfiei que ela também pudesse estar lá. E nas minhas histórias sobre o paradeiro dela e o que tinha acontecido com ela... sempre, em algum lugar, ela estava viva. E eu ainda existia no seu mundo interior, assim como ela existia no meu. Imaginá-la morta por todas estas décadas no meio dos soldados abatidos, eu imagino um cemitério coberto de névoa na Normandia, é como se parte da *minha* vida fosse apagada.

— Claro, vou dar uma olhada — ele diz. — Mas você já não checou a lista de mortos da Previdência Social e ela não estava lá?

— Sim, é claro — digo, aliviada.

Então existe uma boa chance de Bárbara estar viva. Não Bárbara, mas Kay, digo a mim mesma. Eu ouço minha própria excitação na voz de Josh quando ele diz: "O que você vai fazer quando a encontrar?" Esta é outra razão para eu não querer contar para a minha família: fazê-la esperar nervosamente junto comigo tornaria a espera ainda mais angustiante e a possível decepção arrasadora. Josh, por outro lado, vê essa busca apenas como uma aventura. De fato, ele muda de assunto sem nenhum esforço e me pede para lhe contar sobre Philip Marlowe.

— Claro — digo. — Mas não há muito o que contar. Você quer uma bebida? — Pensar em Philip provoca imediatamente a associação. — Uísque? Vinho? Sprite?

— Uísque está ótimo... Você trabalhou realmente para ele? — ele diz quando eu trago nossas bebidas.

— Sim, mas fiz apenas algumas pesquisas durante poucos meses. Foi em troca de ele procurar por Bárbara.

— Que tipo de pesquisas?

— Nada fascinante — digo ao ver sua expressão ávida. — Principalmente pesquisa de informações. O que me lembro de mais excitante foi de ter ido à prefeitura e pesquisar aqueles mapas que mostram quem tem propriedades. Depois eu pesquisei os proprietários cujos nomes estavam listados. E muitas propriedades estavam registradas em nome de pessoas mortas; alguém estava cometendo fraude.

— Legal.

— Mas meu trabalho terminou quando entreguei as informações pesquisadas. Como eu disse, há muito pouco o que contar.

— Como você entregava a ele suas anotações? Você ia ao escritório dele?

— Não, ele me levava para comer bifes. Bem sangrentos. — A lembrança me faz sorrir. — Ele sempre me levava a um lugar em Hollywood. Parecia um inferninho, mas tinha uma carne maravilhosa. Acho que ele se preocupava por eu não comer bastante carne vermelha.

— Você o *namorou*?

— Minha nossa, não, eu era uma garota.

— Você estava na faculdade, certo? Devia ter vinte, vinte e um anos?

— Eu era uma garota judia de Boyle Heights.

— Ele era antissemita?

— Philip? Não mais do que a maioria das pessoas naquela época.

— Ele alguma vez falou sobre isso?

— O que, tipo "Hitler tem razão"? É claro que não. — Como explicar a este rapaz do século vinte e um, com sua namorada americana de origem vietnamita, o quanto a América era isolada quando eu tinha a idade dele? — Havia uma joalheria, Rosen's ou talvez Rosenberg's, ao lado do restaurante de carnes. Uma noite, um homem estava parado na porta quando passamos, e Philip perguntou se eu o conhecia. Eu disse, "Quem?" E ele disse, "Aquele judeu." Foi antissemita, referir-se a ele como "aquele judeu"? Supor que todos os judeus que moravam em Los Angeles se conheciam? O que ele disse foi apenas o que as pessoas pensavam naquela época. Não foi por maldade.

— Não incomodou você?

— Se eu me aborrecesse com cada comentário inócuo, entraria em guerra com o mundo. — Como Danny. — Mas, quem sabe, talvez tenha me incomodado, já que me lembro disso tantos anos depois.

Fiquei surpresa comigo mesma. Não me lembro de ter pensado nada disso na época. Ou, se tive um certo vislumbre, não fui capaz de articulá-lo. A observação de Philip pode ter incomodado por um segundo e depois foi esquecida ao entrarmos no restaurante e sermos envolvidos pelos cheiros agradáveis de carne e cigarro.

Mas não foi nessa noite que tudo o que ele falava me irritava? Não foi nosso último jantar, a noite em que fiz papel de tola?

Ocorre-me que pode ter havido outro motivo para a tensão entre nós naquela noite. E se ele já soubesse, ao se sentar comigo para jantar, a respeito de Kay Devereaux em Colorado Springs — e não tivesse dito nada? Espero que não. Prefiro pensar bem dele, acreditar que ele só descobriu isso mais tarde, quando não estávamos mais saindo juntos. Porque, depois daquela noite, ele manteve distância. Nunca mais me pediu para trabalhar para ele.

Carol fica até o fim da semana, desempacotando as caixas e me ajudando a plantar mudas do quintal no jardim comunitário. Ela pendura todos os quadros. "Senão eles ainda vão estar em caixas daqui a seis meses. Acredite em mim, eu fiz isso", minha filha nômade me diz. Ela passa a sua tapeçaria para uma parede do quarto. Fica melhor ali — minha colcha, cortinas e cadeira são em vários tons de azul com nuances de amarelo. Mas como eu gostaria de ter tido a reação de Josh quando ele a viu pela primeira vez, aquele prazer visceral imediato em resposta a algo que nós percebemos instintivamente como sendo belo.

No último minuto, quando ela está se despedindo, dou-lhe a pasta de poemas que escrevi quando era adolescente.

— Alguns são poemas de amor que fiz para o meu namorado do colégio — eu aviso, já questionando o impulso que me fez lhe dar os poemas.

Mas ela diz: — Obrigada, mamãe. — E em seguida abre um enorme sorriso, o sorriso que me comovia quando era uma garotinha: como alguém podia ser tão exposto e sobreviver? Ele me comove agora, e eu fico contente por ter dado os poemas a ela.

Aí ela vai embora e eu não estou mais "me mudando para o Rancho Mañana", estou morando aqui. Não me arrependo. Mudar-me para o Rancho Mañana me proporcionou um ambiente sem escadas, equipe de enfermagem caso eu precise e um grupo de pessoas que posso ver sem ter que dirigir durante uma hora. E de muitas dessas pessoas eu gosto de verdade. Mudei meu lugar no restaurante e agora estou me sentando com Ann Charney Adelman, uma amiga desde nosso Clube dos Crânios na escola. Ann tem uma das mentes mais ágeis que conheço, e embora eu só seja obrigada a comprar quinze jantares por mês, quase toda noite vou ao restaurante para desfrutar da companhia dela. Estou sempre encontrando companheiros de inúmeras causas políticas; agora eles requisitam a van de cadeiras de rodas para ir aos comícios. Há também "atividades" — bridge, mah-jongg, ginástica para idosos, artesanato, grupos de leitura, idas ao teatro e à sinfônica e estudo da Torá. (No Rancho Mañana, cerca de 70% dos moradores são judeus; eu sinto como se estivesse de volta em Boyle Heights. De fato, Ann não é minha única colega de infância aqui.)

No Natal e no Ano-Novo, tivemos um sem-número de festas. Para o Reveillon, na noite passada, o Rancho Mañana organizou uma *soirée* com um trio de jazz contratado para o evento. Diversos músicos dentre meus colegas de Rancho, homens que tocavam profissionalmente, participaram, e nós nos divertimos um bocado até as nove horas, quando vimos a bola cair em Times Square e demos boas-vindas ao Ano-Novo na Costa Leste com taças de plástico de uma champanhe passável. Isso foi seguido de uma festa nas acomodações de Ann; um grupo de umas doze pessoas ficou lá até dar realmente meia-noite, e então tomamos mais champanhe (da boa desta vez).

Esta manhã eu estou pagando por cada gole. Mas valeu a pena. Tudo, na verdade, valeu a pena. Exceto pela piada mais recente e mais cruel de Deus. Provocar-me com novas "pistas" sobre Bárbara e depois...

Os documentos da USO foram destruídos num incêndio em 1979.

— Você só pode estar brincando — eu disse, quando Josh me contou isso faz duas semanas. — Documentos queimados são uma complicação conveniente em romances policiais. Romances policiais de segunda categoria. — Levei na esportiva, mas fiquei abalada.

— Sem brincadeira. Vamos para o Plano B. Ela era uma artista profissional, então pode ter tido uma carreira depois da guerra. Eu vou tentar os sindicatos de artistas e a *Variety*, coisas assim.

Mas ele procurou informações em fontes da indústria do entretenimento sem resultados. Nenhum de nós sabia o que fazer em seguida.

Sentada em frente à televisão no dia do Ano-Novo, eu trato da minha ressaca com café preto e torrada e assisto à Rose Parade. Então a TV fala comigo. Não "Olá, Elaine" ou algo assim. Mas a banda da Marinha está marchando na tela, tocando "The Stars and Stripes Forever" e causando toda a ambivalência que a visão de soldados em marcha me causa — orgulho e patriotismo em relação à Segunda Guerra Mundial, revolta pelos jovens jogados nas guerras do Vietnã e do Iraque — e então eu sinto como se houvesse ali uma mensagem para mim.

Pego o controle remoto e desligo a TV. Eu me recuso a começar a receber mensagens de aparelhos eletrônicos. O que virá depois, uma comunicação da minha torradeira? Então compreendo: *Stars and Stripes*, o jornal militar que foi tão importante durante a Segunda Guerra.

Ligo o computador, vejo que os arquivos do *Stars and Stripes* estão on-line. E encontro o que estou procurando. Primeiro alguns artigos que mencionam espetáculos da USO e uma *"chanteuse"* chamada Kay Devereaux. Depois esta notícia de fevereiro de 1946, de Berlim:

Nós nos despedimos da *chanteuse* Kay Devereaux, que se casou com o tenente da Força Aérea Richard Cochran. A bela Kay não só cantou para as tropas durante toda a guerra, mas ficou para erguer o moral das forças de ocupação. Infelizmente, ela está nos deixando para voltar com o marido para o rancho dele em Cody, Wyoming.

Excitada, procuro Richard Cochran em Cody. Nada. Posso pedir a Josh para pesquisar mais. Mas um rancho em Wyoming? Bárbara adorava vida noturna e animação. Sim, ela adorava os filmes de Tom Mix, mas isso não significa que quisesse virar vaqueira.

Eu peguei a fotografia antiga do jornal de Colorado Springs e a lupa (que consegui localizar numa gaveta da cozinha). Mas a lente não ajuda; o que eu preciso é algo que me permita afastar o cabelo platinum blonde que tapa metade do rosto de Kay Devereaux.

Ainda assim, minha própria irmã. Eu não deveria *saber*?

CAPÍTULO 15

PORTÃO DOURADO

— Elaine! Elaine! Vem cá!

A urgência na voz de mamãe me fez ir voando para a cozinha. Ela segurava um pedaço de papel, com os olhos arregalados e as mãos tremendo.

— O que foi, mamãe? O que aconteceu?

Ela me entregou o papel. Era um telegrama... ah meu Deus, era um telegrama da Hebrew Immigration Society. Ivan tinha sido aprovado para imigrar! E nós precisávamos mandar o dinheiro da passagem de navio.

— Ah, mamãe!

Mamãe recitou palavras que eu só tinha escutado da boca de pessoas religiosas: "*Baruch Ha-Shem!*", que, eu sabia, queria dizer: "Deus seja louvado." Ela segurou minha mão, e nós pulamos e dançamos, chorando de alegria, até ela cair numa cadeira, vermelha e ofegante.

Ainda ofegante, ela disse: — Vou ligar para o seu pai e dizer para ele ir ao banco providenciar o dinheiro. — Ela estava guardando um dinheirinho todo mês num fundo para Ivan.

— Quando ele vem? — perguntei.

— Bem... — Mamãe mordeu o lábio, como fazia quando estava fazendo cálculos de cabeça no mercado. — Ele vai querer viajar imediatamente. Mas vai ter que ir até um porto primeiro e depois para Nova York, suponho. Depois tomar um trem. Mesmo assim, talvez consiga chegar aqui no mês que vem. — De repente, ela fez um ar preocupado. — E agora! Onde é que vamos colocá-lo?

Eu tinha que ir para o trabalho — as aulas tinham terminado uma semana antes, e eu estava no meu horário de verão na livraria. Naquela noite, num jantar de comemoração, eu soube do plano que mamãe tinha feito para acomodar Ivan.

— Bárbara e Elaine — ela disse —, vocês vão dormir com suas irmãs — Bárbara e eu demos gritos de indignação — e Ivan vai ficar com o quarto de vocês.

— Nós quatro no mesmo quarto? — gemi. — Isso é impossível.

— Você sabe quantas de nós dormíamos em uma *cama* quando eu era menina? — mamãe disse.

— Ele não pode dormir no sofá? — Bárbara disse.

—- No sofá! — Mamãe deu um tapa na mesa. — Você faz ideia do que o seu primo passou? O que há de errado com vocês, meninas? Negando uma cama a ele! E olhe só para você, mal tocou no seu ensopado. Até parece que você não está contente! — Ela comeu uma garfada do ensopado, seu olhar me ordenando a fazer o mesmo.

Papai não entrou na discussão, mas não ficou surdo às nossas súplicas. Na manhã seguinte, ele propôs outra coisa: Audrey iria dormir comigo e com Bárbara no nosso quarto que dava para a cozinha, e Ivan poderia dividir o quarto com Harriet. Afinal de contas, ela só tinha cinco anos, era pouco mais que um bebê.

Ivan chegou três semanas depois, numa quarta-feira em meados de julho. Todos nós fomos até a Estação Santa Fé (a fantástica Union Station só seria inaugurada no ano seguinte) para esperar o trem dele. Harriet estava tão excitada com seu novo companheiro de quarto que não parava de pular na plataforma. Eu invejei seu sincero entusiasmo. Minha alegria tinha sido prejudicada por um certo ressentimento por todas as mudanças dos últimos dias: eu havia tido que amontoar todas as minhas roupas numa única gaveta para abrir espaço para Audrey, e uma cama beliche tinha substituído a caminha adorável (como eu a via agora) na qual eu dormia desde a época em que dividi o quarto com Mollie. Orgulhando-me de ser adulta, aceitei sem reclamar ficar com a cama de baixo quando Audrey pediu para ficar com a de cima, mas tivemos que trocar de cama quatro vezes, porque ela estava sempre mudando de ideia. Audrey, Bárbara e eu implicávamos o tempo todo umas com as outras enquanto nos esbarrávamos e tentávamos dar espaço para a outra se vestir, abrir uma gaveta... e *respirar*.

Mesmo assim, também pulei de alegria junto com Harriet quando Ivan desceu do trem. *Sim, é ele!* Parecia com o rapaz da foto que nos tinham mandado, e levantou a cabeça quando mamãe chamou seu nome. Mamãe correu para ele. Eu ia fazer o mesmo, mas Bárbara me puxou pela manga.

— Veja aquelas roupas! E ele está sujo — ela cochichou.

— Faz dias, semanas, que ele está viajando — eu disse, comovida pelo rapaz pequeno, de ar assustado, que mamãe estava abraçando. Ivan tinha dezenove anos, mas era baixo e esquelético, inegavelmente um estrangeiro com seu terno formal, grande demais, e seu cabelo cheio de brilhantina.

Mamãe apontou para nós, e ele sorriu.

— Que horror, ele tem dentes pontudos — Bárbara murmurou. — Parece um rato.

— Bárbara, pare com isso! — eu disse, e corri para abraçar nosso primo.

Se eu tinha achado Ivan infantil e assustado, reconsiderei quando ele me fitou com um olhar astuto. E eu sabia suficiente iídiche para entender o que ele disse quando saímos da estação e fomos na direção do ponto de bonde: — Onde está o carro de vocês?

— Ah, nós não precisamos de carro — mamãe disse. — Em Los Angeles, o bonde e o ônibus nos levam a toda parte.

— Todos os americanos têm carro. — Seus olhos escuros e alertas olhavam de um lado para outro, como se desconfiasse que nós estivéssemos escondendo um Buick em algum lugar.

Ele também ficou claramente desapontado com o tamanho da nossa casa e por ter que dividir um quarto com Harriet. Ainda assim, sorriu quando Harriet começou a tagarelar com ele; disse que tinha uma irmã da idade dela, numa mistura de iídiche com inglês. E não era de surpreender que estivesse meio ressabiado, depois de tudo o que tinha sofrido. No jantar, mamãe encheu o prato dele com carne, pudim de macarrão e legumes, e o encheu de perguntas sobre a família. O pai de Ivan, um tipógrafo, tinha perdido o emprego quando o governo fechou os jornais de propriedade de judeus. A família se mudou para um apartamento menor e seu pai ganhava a vida com pequenos biscates, mas a tensão arruinou sua saúde; ele sofria de enxaquecas horríveis e às vezes não conseguia nem sair da cama. Ivan, que tinha sido um estudante promissor de Matemática, precisou deixar a escola para ajudar a sustentar a família. Mesmo assim, os pais tinham insistido para ele ir para a América quando teve a oportunidade.

Era perigoso demais ficar na Romênia, onde Ivan tinha sido até surrado por brutamontes da Guarda de Ferro.

— Aqueles animais! — mamãe gritou. — Eles o machucaram?

— Só o meu pulso. — Ele levantou o braço esquerdo. O pulso era ligeiramente torto; ele devia ter cicatrizado errado depois de quebrado.

Meus olhos se encheram de lágrimas, e mamãe saiu correndo da mesa, soluçando.

— Desculpe por tê-la deixado nervosa — Ivan disse. — Para nós... Essas coisas aconteciam com todo mundo, vocês sabem, com rapazes da minha idade.

— Chega de Velho Mundo — papai disse. — Você está na América agora. Está na hora de olhar para a frente. — Ele anunciou magnanimamente que Ivan devia tirar o resto da semana para se instalar; só precisava começar a trabalhar na confecção da tia Pearl na segunda-feira seguinte.

— Eu não entendo — Ivan disse.

Papai repetiu o que tinha dito, falando devagar — supondo, eu acho, que Ivan não tinha entendido o iídiche dele por causa dos sotaques ucraniano e americano.

— Mas eu não sou obrigado a trabalhar lá, sou? — Ivan disse. — Numa *confecção de roupas*?

— É a fábrica da minha irmã — papai disse. — Ela fez a gentileza de...

— Eu não sei costurar!

— Você disse no seu formulário...

— A pessoa diz o que as autoridades querem ouvir. — Ivan entortou a boca num meio sorriso, triste e cansado. Uma expressão que dizia que ele nos achava incrivelmente ingênuos.

— Bem — papai disse. — Tenho certeza que minha irmã vai achar alguma coisa para você fazer. E você vai estudar à noite, aprender inglês. Aí pode procurar outro emprego.

Mais tarde eu traduzi a conversa para Bárbara, que não tinha frequentado as aulas de iídiche do sr. Berlov comigo.

— Ele é um rato, você vai ver — ela disse.

Bárbara odiava a risada *heh-heh* de Ivan, seus olhos curiosos e o modo como mamãe cuidava dele. E se irritava com a insistência de mamãe e papai para que levássemos nosso primo, que era obviamente estrangeiro mesmo usando as roupas americanas que mamãe comprou para ele, para as festas conosco.

— Como você pode ser tão má? — eu ralhava com ela.
— Elaine, você também não gosta dele. Só não quer admitir isso.

Eu gostaria de dizer que Ivan era uma alma delicada que eu defendia naturalmente, por gostar dele de verdade. É claro que havia ocasiões em que meu coração ficava enternecido por ele, como na noite em que mamãe fez um ensopado romeno-judeu e ao dar a primeira garfada ele suspirou e pareceu vulnerável como uma criança; ou quando punha Harriet nos ombros, como devia fazer com sua irmã mais moça. E talvez, se eu tivesse sido criada com um irmão, não teria ligado para o fato de ele e mamãe acharem muito natural que suas novas irmãs fizessem sua cama e limpassem a sujeira que deixava no banheiro depois de se barbear. Mas havia mesmo algo de dissimulado em Ivan. Tia Pearl, por exemplo, não tinha se importado por ele não ser o alfaiate experiente que dissera ser; ele podia ajudar bastante carregando coisas e limpando a fábrica. Mas ela tinha pedido a papai para falar com ele porque, se ela não ficasse de olho, ele carregava os vestidos com as mãos sujas ou enfiava de qualquer jeito os rolos de tecido nas prateleiras em vez de arrumá-los cuidadosamente. Ela o tinha apanhado jogando paciência quando deveria estar trabalhando e até mesmo fumando cigarros que tinha tirado da mesa dela. E quando eu o vi exibindo seu pulso torto para uma menina numa festa, me lembrei de uma carta que mamãe tinha recebido cinco ou seis anos antes — Ivan não tinha quebrado o pulso jogando futebol?

Mas mesmo que ele tivesse inventado aquela história de ter sido surrado pela polícia, será que isso apagava o fato verdadeiro de que ele havia sofrido na Romênia? E ele tinha que estar infeliz, um rapaz só uns dois anos mais velho do que eu, arrancado de junto da família, um estudante aplicado obrigado a aceitar um emprego subalterno, alguém que falava três idiomas — iídiche, romeno e francês — sentindo-se ignorante porque não sabia inglês. Tentei ser amiga dele, mas meu iídiche era inadequado para qualquer conversa mais profunda. E não era culpa de Ivan, mas a presença dele tornava nossos jantares tensos e constrangidos. Mamãe normalmente conversava com ele em iídiche, mas papai determinou que usássemos inglês na mesa para reforçar as aulas que Ivan tinha começado a frequentar duas noites por semana. Nossas conversas no jantar normalmente pareciam exercícios escolares, e havia momentos desconfortáveis de silêncio em que eu ouvia a mim mesma mastigando cada garfada de comida. Só Harriet, que parecia imune aos humores da família, conversava alegremente com Ivan, sem se importar se ele a entendia ou não, e ele olhava para ela com uma ternura genuína.

Tirando Harriet, a única pessoa com quem meu primo parecia se dar bem era Danny. Danny estava tão ansioso para conhecer nossa vítima real do antissemitismo europeu que foi lá em casa no dia seguinte à chegada de Ivan, abraçando-o e cumprimentando-o fluentemente em iídiche (primeira língua de Danny, que ele e o pai ainda falavam em casa). É claro que convidou Ivan para dar uma palestra no Habonim, com Danny traduzindo. Mas ele não usou Ivan apenas para promover a causa. Uma amizade verdadeira desenvolveu-se entre eles. Conversando em iídiche com Danny, Ivan ria de verdade, não aquele tépido *heh-heh* que deixava Bárbara louca, mas uma risada gostosa, relaxada, que me fazia pensar como ele agiria se não fosse alvo do peso da nossa caridade.

Anos depois, quando via Ivan em Las Vegas, sobrevivendo, eu supunha, com pequenas trapaças, pensava na vida que ele poderia ter tido. Imaginava se ele poderia ter sido um matemático ou um gênio dos negócios se sua vida pudesse ter sido tão transbordante quanto aquela risada. E prometia a mim mesma que iria visitá-lo com mais frequência. (Ele raramente vinha nos visitar em L. A., dizia que tinha muito o que fazer.) Mas eu não cumpria minha promessa. Eu sabia que as características de Ivan que deixavam Bárbara arrepiada — e que, admito, eu achava sinistras — eram mecanismos de sobrevivência que tiveram origem no fato de ele ter nascido num lugar nojento, numa época terrível. Mesmo assim, quando ele morava conosco, parecia furtivo e calculista por natureza. Quando Bárbara o chamava de "O Rato", eu achava, culpadamente, que o nome era adequado.

"O Rato" foi como Bárbara continuou a se referir a Ivan, apesar de Danny gostar dele — aliás, na realidade, por causa disso. Ela ficava furiosa por não poder mais ir a uma festa sem que Danny passasse metade da noite lastimando-se com seu sinistro primo. E se ela finalmente conseguia que Danny dançasse com ela, aí Ivan a envergonhava convidando alguma garota para dançar — se é que se podia chamar aquele movimento esquisito de *dança*. Ele às vezes entendia mal a camaradagem normal de uma garota americana e dava tanto em cima dela que ela tinha que dar um empurrão nele.

Danny defendia Ivan. E ficou furioso uma vez quando Bárbara disse que ia levar Ivan ao cinema com ela e chegou sozinha, dizendo que Ivan tinha ficado em casa com dor de cabeça; e depois ele descobriu que ela tinha saído sorrateiramente pela porta dos fundos para Ivan não ver.

Eu tinha a impressão de que Bárbara e Danny estavam brigando um bocado. Ela voltava cedo para casa muitas vezes quando saía com ele, de cara amarrada, furiosa. E passava mais tempo do que antes no estúdio de dança em Hollywood.

Bárbara se esforçava para manter sua vida no estúdio de dança separada de Boyle Heights. Ela nunca convidava amigos da aula de dança para a nossa casa e, quando ia às festas deles, não levava Danny como par. Mas seus dois mundos colidiam inevitavelmente quando ela se apresentava. Em setembro daquele ano, poucas semanas depois de termos começado nosso último ano no ensino médio, ela dançou no estúdio num programa de solos de alunos avançados. Toda a nossa família foi; mamãe, papai, Audrey e Harriet empilhados no Plymouth de Pearl, enquanto Ivan e eu e, é claro, Danny, fomos de bonde.

A dança de Bárbara era eletrizante. Ao som de um batuque tropical (seu antigo namorado Oscar tocava tambor), ela percorreu o palco com um andar lento e sensual, mas que passava uma sensação de perigo; ela me lembrou uma pantera rodeando sua presa. O batuque foi ficando mais intenso, e ela rodopiou e saltou, golpeando com os braços e as pernas — eu quase pude ver suas garras. Quando ela terminou, eu bati palmas até ficar com as mãos ardendo.

Depois, houve uma recepção com ponche e biscoitos. No meio de um grupo de amigos dançarinos, Bárbara estava com o rosto corado do esforço. Ela lançou um sorriso estonteante para nós — Danny, Ivan e eu — quando nos aproximamos dela. O sorriso deve ter dado coragem a Ivan, porque ele se aproximou e a beijou no rosto.

— Lindo! Lindo! — ele disse num inglês com sotaque mas bastante claro.

— Ah, obrigada — ela murmurou e se virou rapidamente.

— Quem é esse, Babs? — uma de suas colegas de dança perguntou.

— Hum, apenas... vocês não estão morrendo de sede? Vamos tomar um ponche.

— É o primo dela — Danny disse alto. — Ele é um refugiado judeu da Romênia.

— É mesmo? — A garota se virou para Ivan, claramente fascinada. — Quer um ponche? — ela disse, fazendo um gesto de beber.

— Claro.

Ela pegou a mão de Ivan e o levou até a mesa. As outras garotas foram atrás, competindo pela atenção de Ivan.

Isso deixou Bárbara e Danny — e eu — sozinhos num canto da sala, com a festa rolando ruidosamente à nossa volta.

— Contente? — ela disse para Danny. Sua voz baixa carregava uma aura de ameaça que me fez pensar nela deslizando pelo palco, prestes a dar o bote.

— *Qual* é o seu problema? — ele disse.

— Nunca mais faça isso comigo.

— O quê? Lembrar que você é judia? Ou esperar que você aja como um ser humano?

Eu sabia que devia deixá-los a sós, mas não consegui me mexer.

— Você não fica com nojo de si mesmo por ser tão metido a santo? — Bárbara disse.

— *Você* não vê nada além do seu mundinho egoísta?

— Egoísta? Por quê? Porque as pessoas que eu conheço gostam de arte, em vez de falarem o tempo todo no quanto todo mundo odeia os judeus? Se o mundo parasse de odiar os judeus, elas teriam algum outro assunto para falar?

— *Elas?* — Danny repetiu, olhando-a com horror. — *Elas?* Quando é que você vai enfiar na sua cabeça fútil que não é só o seu primo Ivan que as pessoas odeiam? É *você*.

— Ivan é repulsivo. Se os judeus da Europa forem iguais a ele, não me surpreende que as pessoas os odeiem.

Danny ergueu a mão e eu tive medo de que fosse bater nela. Mas ele apenas apontou para o peito dela.

— O que você tem aí dentro? Será que você tem um coração?

Aí ele foi embora.

— Puxa. — Bárbara olhou para mim e deu uma risadinha nervosa.

— Bárbara, você está bem?

— Que droga, quer parar de olhar para mim como se eu tivesse dito: "Heil Hitler?"

— Eu sei que você não quis dizer isso. — Com certeza ela só quis machucá-lo. Ela não poderia ter sido sincera ao dizer aquelas coisas horríveis.

Ela suspirou. — Você não entende. Eu não sou boa como você e Danny. Vamos tomar um ponche.

— Você tem razão, Danny é mesmo metido a santo — eu disse, indo com ela até a mesa de refrescos.

— Você não vê que eu nunca vou ser o tipo de garota que Danny quer que eu seja? Isso me mataria. — Ela me deu um sorriso que não consegui interpretar. Irônico? Desanimado? — Você pode ficar com ele — ela disse.

— Eu não *quero* ficar com ele! — Mas eu protestei para o ar. Bárbara tinha se misturado com a multidão ao redor da tigela de ponche.

Será que ela não sabia que eu já estava curada há muito tempo da minha paixão infantil por Danny? Eu queria fazê-la compreender isso, mas se tocasse no assunto, temia revelar coisas demais.

E não tive chance de conversar com ela sobre coisa alguma. Nos dias após sua briga com Danny, ela se tornou tão inacessível quanto Greta Garbo em *Grand Hotel* — "Quero ficar sozinha!" Em casa, ela ria demais, com uma alegria forçada, e parecia se alimentar apenas de chá bem açucarado. "Estou fazendo dieta", disse quando mamãe observou que ela estava comendo muito pouco. E no nosso quarto à noite, onde costumávamos cochichar depois que Audrey dormia, ela se deitava na cama, se virava para a parede e fechava os olhos enquanto Audrey ainda estava vestindo a camisola.

Na escola, ela e Danny mantinham uma distância gelada. Quando se cruzavam por acaso, fechavam a cara e olhavam para o outro lado. E Danny passou a me evitar também. Sempre que eu me aproximava, ele estava atrasado para alguma reunião muito importante do Habonim, como dizia com um ar superior — cheio de mágoa e de orgulho ferido.

Os colegas cochichavam a respeito do rompimento misterioso entre um dos nossos casais mais admirados. Aparentemente, nem Bárbara nem Danny comentaram sobre isso com ninguém, porque até seus amigos mais íntimos me perguntavam o que tinha acontecido. Não contei nada sobre a briga e concordei com eles que um desentendimento tão apaixonado só poderia levar a uma reconciliação igualmente apaixonada. Não contei nem ao grupo dos Crânios — com quem eu podia comentar aquela encenação de Romeu e Julieta que estava acontecendo na Roosevelt High School — o que eu realmente sentia.

Bárbara e Danny estavam ambos muito magoados, eu não tinha dúvida. Mas eu sentia que algo de irremediável tinha mudado entre eles. Danny não tinha apenas perguntado "Você tem um coração?"; ele a tinha acusado. A princípio eu imaginei horrorizada se ele estaria certo. E, nesse caso, Bárbara jamais o amara? Minha irmã seria capaz de amar alguém? Então, uma noite, cerca de uma semana depois da briga deles, mamãe entrou no nosso quarto quando estávamos nos arrumando para dormir. Falando baixinho — Audrey estava dormindo no beliche de cima —, mamãe perguntou a Bárbara se tinha acontecido alguma coisa entre ela e Danny.

— Nós terminamos — Bárbara disse calmamente.

— Ah, *mein kind*. — Mamãe chegou mais perto e pôs a mão no rosto de Bárbara. — Você e Danny gostam um do outro desde crianças.

— Amor de criança — Bárbara disse, mas a voz dela estava embargada.

— O que aconteceu? — mamãe disse com a voz carinhosa que usava quando caíamos e nos machucávamos.

— Nada.

Mamãe acariciou o cabelo de Bárbara. Por um momento, Bárbara se inclinou na direção dela, como se fosse cair em seus braços e começar a chorar. Então sacudiu a cabeça para afastar a mão consoladora de mamãe.

— Não aconteceu nada — ela disse asperamente.

Rejeitada, a ternura de mamãe se transformou em desconfiança. Ela estendeu a mão para a barriga de Bárbara. — Você não está grávida, está?

— Mamãe! — Bárbara deu um salto para trás. — Não há nenhum perigo de eu estar grávida.

— Você e Danny, vocês nunca...

— Você não acredita em mim? — Bárbara levantou a combinação e mostrou sua barriga lisa e musculosa de bailarina.

— Que vergonha! — Mamãe deu um tapa tão forte no rosto de Bárbara que ela cambaleou. — *A shandeh un a charpeh* — murmurou ao sair furiosa do quarto. *Uma vergonha e uma afronta.*

Bárbara soltou a combinação e ficou ali tremendo. Eu pus o braço em torno dela.

— Isso foi horrível da parte dela — eu disse. — Você está bem?

— Eu a deixei realmente irritada, não deixei? — Ela riu; uma risada seca, dolorosa de ouvir. — Quer um cigarro?

Eu olhei para Audrey, que estava tão imóvel que tive certeza de que estava fingindo que dormia. Vestimos nossos roupões, fomos para a varanda dos fundos e acendemos nossos cigarros.

— Tem certeza que você está bem? — eu disse. — Em relação a Danny?

Ela soprou um círculo de fumaça.

— Eu e ele deveríamos ter terminado há muito tempo. Acho que nenhum de nós teve a coragem de ser o primeiro a dizer isso. Agora que aconteceu, para falar a verdade, estou aliviada.

Mas eu tinha acabado de vê-la tremendo, uma criança magoada prestes a chorar nos braços da mãe. Eu acho que ela amava Danny, *sim*, e estava arrasada por tê-lo perdido. Mas o que ela tinha dito para mim momentos depois da briga deles? Que tentar ser a garota que Danny queria iria matá-la. Eu tinha interpretado essa afirmação como um exagero, uma reação ao drama do momento. Agora começava a achar que ela dissera a verdade. Eu tinha achado que Bárbara controlava Danny, não se importando nem mesmo em fingir um interesse pelo sionismo e em incluí-lo em sua vida em Hollywood. Agora eu percebia que o único motivo para Danny ter se sujeitado àquela situação era que ele simplesmente se recusava a aceitar Bárbara como ela de fato era. Para corresponder à fantasia dele, ela teria que matar algo dentro de si. E junto com sua tristeza genuína, percebi uma alegria visceral, o êxtase de um animal correndo para a floresta depois de ter escapado de uma armadilha.

Na semana seguinte, Bárbara voltou a comer. E o desprezo teatral que ela vinha demonstrando por Danny perdeu a força e o sentido. Ele também se cansou daquilo. Em pouco tempo ele começou a sair com algumas das garotas que estavam sempre zumbindo em volta dele. Bárbara parou de dividir sua vida social entre Boyle Heights e Hollywood e passava quase todas as noites de sexta e sábado com seus amigos de Hollywood.

A outra pessoa cuja vida mudou depois do rompimento de Bárbara e Danny foi Ivan. Eu não sei se ele fazia alguma ideia do papel que tinha desempenhado como tema da discussão entre eles, mas ficou longe de Bárbara depois e passou a me evitar também. Até passou a se encontrar menos com Danny. Ivan estava fazendo seus próprios amigos, caras que tinha conhecido no curso de inglês, ele disse. Saía com eles várias noites por semana e sempre voltava tarde — Pearl reclamava que ele mal conseguia manter os olhos abertos no trabalho. Eu me levantei para ir ao banheiro uma noite às duas da manhã e o encontrei dormindo no sofá, cheirando a bebida e cigarro. Eu o sacudi porque não queria que mamãe ou papai o encontrassem daquele jeito de manhã. Assim que ele abriu os olhos, enfiou a mão no bolso, e várias notas caíram lá de dentro, não só notas de um, mas algumas de cinco e dez.

— Ivan, o que é isso? — eu disse, enquanto ele agarrava o dinheiro e o enfiava de volta no bolso.

— Não é da sua conta. — Essa frase em inglês ele tinha aprendido a dizer quase sem sotaque.

— Eu não vou contar para ninguém. É só que talvez você não saiba o que é legal e o que não é legal na América. Onde você conseguiu esse dinheiro?

— Cassino.

— *Você* está jogando? — Como ele conseguiu transformar seu magro salário em tanto dinheiro?

Ele sacudiu negativamente a cabeça.

— Eu sou bom em matemática. Eu ajudo. Você não conta?

— Eu...

Ele segurou minha mão e apertou com força. — Você não conta.

— Está bem. — Desde que ele estivesse falando a verdade sobre o cassino, e acreditei nele por algum motivo, então ele não estava envolvido em nenhuma atividade criminosa. E entre as atividades de Zaide na casa de apostas e as proezas de mamãe nas cartas, o jogo era praticamente um negócio familiar.

Isso aconteceu em meados de outubro. Uma semana depois, Ivan parou de trabalhar para a tia Pearl e se mudou da nossa casa. Ele tinha conseguido um emprego num barco cassino, que funcionava como boate e estava ancorado ao largo de Long Beach, logo depois das águas territoriais americanas, e um colega de trabalho ofereceu a ele um quarto num apartamento em San Pedro. Mamãe ficou preocupada, achando que não tinha feito o sobrinho sentir-se em casa, e o que seus irmãos e irmãs iriam dizer? Por outro lado, o objetivo de se responsabilizar pela vinda de Ivan não era dar a ele uma chance de seguir seu próprio caminho? Quem iria pensar que aconteceria tão depressa? Isso era a América! Mamãe o fez prometer que viria visitar a família nos feriados, e ele partiu rodeado de beijos — até um de Bárbara, que ficou encantada de se livrar dele e recuperar o quarto só para nós duas, sentimento que eu compartilhava.

Em novembro, as coisas já tinham voltado ao normal, só que Danny ainda me evitava.

Herschel Grynszpan mudou isso.

Ele tinha exatamente a mesma idade que eu, dezessete anos. Se seus pais tivessem ido para Los Angeles quando deixaram a Polônia, talvez ele tivesse sido meu colega na Roosevelt High. Mas a família tinha se instalado em Hanover, Alemanha, e quando as condições ficaram críticas, ele foi mandado para a casa de parentes em Paris. No final de outubro, os alemães expulsaram a família dele, junto com outros dezessete mil judeus nascidos na Polônia. Mas os poloneses se recusaram a recebê-los, e eles ficaram detidos numa cidadezinha na fronteira.

No dia 7 de novembro de 1938, Herschel comprou um revólver, foi até a embaixada alemã em Paris e atirou e feriu um funcionário nazista. Dois dias depois, o funcionário morreu. E os alemães se vingaram. Ao contrário da palavra dura e brutal, *Reich*, *Kristallnacht* soava como algo saído de um conto de fadas. *Kristallnacht* cintilava; evocava o silêncio dos pinheiros carregados de neve que eu tinha visto no cinema. *Kristallnacht*, a "noite dos vidros quebrados", de fato cintilou quando vândalos atiraram cacos de vidro por toda a Alemanha e a Áustria e atacaram mais de duzentas sinagogas e milhares de lojas de judeus.

Em Boyle Heights, dezenas de organizações juntaram forças e planejaram um comício para aquele domingo. Eu soube que Danny tinha sido convidado para falar como representante dos grupos de jovens, e daí a dois dias — suponho que depois de ter tentado cumprir a tarefa sozinho — ele me pediu para ajudá-lo a escrever seu discurso. É claro que concordei; isso era muito mais importante do que qualquer ressentimento bobo por ele mal ter falado comigo durante tanto tempo.

Na sexta-feira, nos encontramos depois da escola no pequeno escritório de Eddie Chafkin nos fundos da loja; pastas relativas às atividades sionistas de Eddie e Danny ocupavam um quarto das prateleiras metodicamente organizadas. Ambos estávamos tão indignados com a *Kristallnacht* que não houve nenhum constrangimento entre nós, nenhum sinal do longo intervalo na nossa amizade. Retomamos rapidamente nossas discussões habituais a respeito de palavras e ideias. Danny, com os punhos cerrados como se mal pudesse esperar para pegar numa arma também, disse que Herschel Grynszpan era um herói. Eu admirava a coragem de Herschel; mas mesmo assim ele era um assassino. E como Danny ia falar em público, eu queria que ele defendesse a letra da lei.

— Que letra da lei quando as leis são feitas por nazistas? — ele disse.

— Herschel matou uma pessoa.

— E se ele tivesse assassinado Hitler? Você seria contra?

— Você não acha que o seu discurso deve ser sobre o que os alemães fizeram na *Kristallnacht*? E na necessidade de ajudar as pessoas a emigrar?

Nós discutimos meia hora e só chegamos a um consenso porque Danny não podia ficar mais tempo fora do trabalho.

Uma semana depois, voltamos ao escritório de Eddie porque a Alemanha tinha retaliado mais ainda, banindo todos os estudantes judeus das escolas alemãs, e nós queríamos escrever uma carta para os jornais de Los Angeles. Mas a urgência que havia logo depois da *Kristallnacht* tinha passado; desta vez foi como se estivéssemos nos encontrando pela primeira vez depois de eu ter assistido à briga dele com Bárbara, e não ficamos à vontade um com o outro. Rascunhamos a carta sem nossas discussões habituais. Em quinze minutos, Danny se levantou para voltar ao trabalho.

— Obrigado, Elaine — disse.

— De nada. — Eu me virei para a máquina de escrever de Eddie e enfiei um papel com o logotipo do Habonim.

Danny pigarreou. — Obrigado, de verdade. Eu nem sempre digo... quer dizer, espero que você saiba o quanto eu agradeço...

Este era um Danny que eu nunca tinha visto antes, acanhado e sem palavras.

— Fico feliz em fazer isto. Não *feliz*. Essa não é a palavra certa — eu disse, também meio sem graça. — Mas isto é importante.

— É isso que eu estou querendo dizer. Você é... uma boa pessoa. — Ele se dirigiu para a porta, mas voltou.

— O que foi?

— Bem, eu acho...— Ele desviou os olhos e falou bem depressa: — Eu queria dizer que compreendi que para eu gostar realmente de uma garota, ela tem que ser uma pessoa que eu respeite.

Ele saiu rapidamente do escritório.

Se Danny estava tentando dizer que gostava de *mim,* era tarde demais, pensei enquanto atacava as teclas da máquina de escrever. Ele havia tido sua chance e tinha me feito passar pela humilhação de ser a garota reserva. Mas que importância tinha o que Danny queria? Mesmo que eu tenha sido apaixonada por ele, era uma criança na época. E, como Bárbara disse, aquilo não passou de uma paixão infantil.

Que droga! Eu tinha posicionado minha mão erradamente sobre o teclado e errado uma frase inteira. Arranquei o papel e recomecei. Quando terminei as cartas — para o *Los Angeles Times,* o *Herald* e o *Herald Express,* bem como para os jornais de Boyle Heights — eu as deixei na mesa e atravessei rapidamente a loja, torcendo para Danny estar ocupado com um cliente e eu poder acenar de longe para ele.

Mas ele estava arrumando prateleiras, e gritou:

— Espere!

— Eu tenho que ir para casa — eu disse.

— Você já viu *A dama oculta?*

— O filme de Hitchcock?

— Quer ir na sexta-feira?

— Eu... — Fiquei muda, consciente da presença de Eddie, que nem fingiu que não estava escutando.

— Sexta-feira, então? Ótimo.

Como eu era idiota! Eu tinha visto *A dama oculta* duas semanas antes, quando estreou, e poderia ter dito isso. Mas os Berlovs não tinham telefone, então eu não podia ligar para o Danny aquela noite e esclarecer as coisas. Eu falaria com ele no dia seguinte na escola.

Na cama naquela noite, eu sentia ora frio ora calor, chutando as cobertas e tornando a me cobrir em seguida. *Para eu gostar realmente de uma garota, ela tem que ser uma pessoa que eu respeite.* Não era com isso que eu costumava sonhar, que Danny sentia atração por Bárbara mas que sua ligação verdadeira era comigo? *E veja aonde esse sonho me levou!* Pensei, chutando as cobertas. *A namorar escondido no depósito do Chafkin.* Mas agora ele tinha me convidado para sair. Tremendo de frio, tornei a puxar as cobertas.

De manhã, eu estava com dor no corpo inteiro e me arrastei até a mesa do café. Eu devia estar com uma aparência péssima, porque até Harriet perguntou se eu estava doente. Mamãe pôs as mãos abençoadamente frias no meu rosto e mandou que eu voltasse para a cama. Ela até chamou o médico.

Eu tinha pegado a gripe que estava no ar, o médico disse quando foi me ver naquela tarde. Essa gripe não era forte, ele tranquilizou mamãe. Mesmo assim, a palavra *gripe*, para alguém que tinha testemunhado a epidemia de 1918, causava horror. Mamãe murmurou *kaynehora* contra o mau-olhado que tinha identificado uma garota tola que chamava atenção demais tirando tantos As na escola, e rezou para que as forças do mal não prestassem atenção em suas outras filhas. Ela tirou Bárbara do nosso quarto e proibiu todo mundo, inclusive papai, de me visitar.

Só mamãe entrava no meu quarto — mamãe na sua versão mais carinhosa, levando caldo de galinha e leite quente com mel; me ajudando a sentar na cama, passando o braço pelo meu ombro e me convencendo a comer. Ela me dava banhos de esponja e aspirina Bayer para a minha febre e me abraçava, dizendo palavras carinhosas em iídiche, quando eu tremia de febre. Mesmo me sentindo tão mal, eu gostava dos afagos de mamãe e da lassidão febril que fazia com que eu me sentisse um pequeno animal, toda a minha atenção voltada para o meu próprio corpo, sem espaço para pensar em outra coisa.

Eu passei quase dois dias inteiros dormindo. Então, quando minha febre cedeu, Audrey, Harriet e papai ficaram doentes ao mesmo tempo e mamãe teve que cuidar deles. Ainda fraca, mas não mais consumida pela doença, eu estava louca por distração. E fiquei feliz quando Bárbara entrou sorrateiramente no quarto.

— Veja o que achei. — Ela estendeu um livro para mim.

Era um livro de poemas de Muriel Rukeyser, um exemplar novinho em folha como os que eu costumava manusear na livraria do tio Leo mas não tinha dinheiro para comprar.

— Bárbara, obrigada!

— Ah, não fui eu que comprei. Eu o achei ao lado da porta da frente. — Ela sorriu. — Acho que ele teve medo de dar de cara comigo.

Havia um bilhete entre as folhas. *Querida Elaine, quando eu falei na Dama Oculta, não estava me referindo a você! Fique logo boa. Lucy disse que você ia gostar deste livro. Lembranças, Danny.*

— Danny nunca me deu nenhum livro — Bárbara falou num tom brincalhão, mas procurei algum sinal de tristeza nos olhos dela.

— Você se importa?

— Quando foi que você me viu sentada quieta lendo um livro? — Ela pegou uma escova e começou a pentear meu cabelo embaraçado pelos dias de febre. — Nossa, aposto que você está louca para lavar a cabeça.

— Não foi isso que eu quis dizer.

— Querida, eu não me importo nem um pouco.

A indiferença dela podia ocultar muito sofrimento. Entretanto, eu ouvi condescendência, a *noblesse oblige* das pessoas naturalmente atraentes para com aquelas que precisam batalhar para serem amadas. *Igualzinha a Danny!*, pensei, olhando com raiva para o presente dele e me recusando a tocar nele por um dia inteiro.

Mas meu tédio se tornou insuportável, e um livro novo era tentador demais para resistir. E ler poemas sobre um desastre numa mina em West Virginia, mesmo tendo sido um presente de Danny, não diminuiu minha determinação de resistir a *ele*.

Quando voltei para a escola depois de duas semanas de convalescença, ele me convidou para a grande festa de Reveillon no salão do Workmen's Circle. Eu devia ter deixado claro na hora que não queria namorá-lo, mas ainda estava fraca da doença; foi essa a desculpa que dei a mim mesma. Então eu disse que não sabia se estaria me sentindo suficientemente bem para sair no Ano-Novo. Eu esperava que algum outro rapaz me convidasse para a festa — você não precisava de um par para ir, mas quem iria querer entrar num baile de Reveillon acompanhada de amigas? Mas ninguém mais me convidou, e resolvi ficar em casa.

Ah, mas aí chegou o dia do Reveillon e todo mundo ia sair. Bárbara tinha uma festa em Hollywood, embora tivesse dito a mamãe e papai que ia ao baile do Workmen's Circle. O resto da família ia passar a noite na casa de Sonya e Leo. Eu preferia morrer a ir junto com a família, a filha imbecil que aos dezessete anos não tinha seu próprio programa. Mas por que eu tinha que passar o Reveillon sozinha só para evitar Danny?

E como deixar passar a chance de usar meu primeiro vestido a rigor, um presente de Hanukkah de Pearl feito de seda cor de cobre? O vestido tinha um corpete cortado na diagonal, cintura bem apertada e uma saia que formava um drapeado sobre meus quadris. Quando Pearl estava experimentando o vestido, eu tive medo de que ele fosse sofisticado demais para mim. Ela disse que uma garota de quase dezoito anos merecia um vestido adulto e que a cor ia realçar os reflexos dourados dos meus olhos castanhos. E realçou mesmo!

Eu fui me encontrar com Lucy e Jane na casa de Jane. Nossa quarta Crânio, Ann, tinha um namorado — Bill Adelman, o gênio da classe em matemática — e ia à festa com ele. Nós ajeitamos os cabelos e a maquiagem umas das outras, passamos o Chanel nº 5 da mãe de Jane, e cada uma deu um gole na garrafa de uísque que Lucy tinha conseguido com o irmão mais velho. Era um uísque ordinário, que queimou minha garganta, mas o efeito — e a sensação da seda do vestido em minhas coxas — me fizeram sentir atrevida e adulta enquanto caminhávamos para o baile.

No vestíbulo, Lucy e eu tiramos os óculos e os guardamos dentro da bolsa; Jane prometeu ficar de olho para não cairmos dentro de uma tigela de ponche.

Entrei no salão e fiquei tonta com o barulho da orquestra e do vozerio das pessoas, todas embaçadas por causa da minha miopia. Na mesma hora, como se estivesse me esperando, Danny apareceu do meu lado.

— Você conseguiu! Você está... — Ele deu um passo para trás e olhou para mim. — Uau! Você está linda.

Ele estendeu a mão e me conduziu para a pista de dança.

Eu já tinha dançado com Danny antes, em festas nas quais todo mundo dançava com todo mundo. Mas desta vez, na última noite de 1938... não foi só o fato de ele me apertar com mais força. Dançar com ele naquela noite foi mais íntimo do que nossas antigas sessões de carícias, como se tivesse desaparecido uma distância psíquica entre nós. Quando uma música terminava, ele mantinha os braços em volta de mim e murmurava coisas em meu cabelo. "Elaine, você é tão linda... Como eu fui idiota." Ele acariciava minhas costas, e o calor da mão dele combinado com a maciez da seda proporcionava uma sensação deliciosa, como se ele estivesse acariciando minha pele nua.

Eu não deixei que ele me monopolizasse a noite inteira. Pelo menos no início. Eu dançava uma ou duas vezes com Danny, depois voltava para junto das garotas, esperando para sermos tiradas para dançar. Mas como ele continuou me tirando para dançar, e no intervalo das danças ficávamos conversando com nossos rostos quase se tocando — e à meia-noite, quando ele me deu um longo beijo na frente de todo mundo — eu não me senti mais a namorada reserva. Eu me senti a garota pela qual ele sempre estivera esperando.

CAPÍTULO 16

BASHERT (ALMA GÊMEA)

— Danny Berlov de novo não! — mamãe gemeu quando Danny voltou a frequentar a casa, desta vez por minha causa.

— Qual o problema com Danny? — eu disse.

— Com um pai que nunca tem dois tostões, e o filho um sonhador *meshuganah* que quer ser fazendeiro na Palestina... o que ele vai fazer da vida?

— Você nunca disse isso quando Bárbara estava saindo com ele.

— Eu nunca achei que Bárbara fosse se casar com ele. Mas você... você iria até o fim do mundo por aquele rapaz.

— Bem, eu não vou ser fazendeira na Palestina! — respondi, aborrecida com seu olhar de pena, e porque ela entendia Bárbara tão bem, mas estava tão enganada a meu respeito. Como ela podia olhar para mim e ver ainda a garota tímida que costumava obedecer à irmã? Será que não tinha notado que eu me tornara uma moça determinada?

Eu sentia a mesma frustração quando era "doutrinada" por tia Pearl, que me alertava sobre o sofrimento que eu poderia causar em Bárbara e sobre o perigo de Danny me namorar por eu ser irmã de Bárbara. Será que ela não via que Danny tinha me escolhido por mim mesma? Será que ninguém conseguia *me* enxergar?

Na realidade, uma pessoa na minha família parecia contente por mim, Bárbara. Eu tinha tomado coragem no dia do Ano-Novo e tinha contado a ela que Danny e eu tínhamos passado grande parte da noite anterior dançando juntos; eu queria que ela ouvisse isso de mim e não como fofoca na escola. — Lainie, eu sempre soube — ela disse, e me deu um abraço.

Minha coragem só foi até aí. Eu não perguntei *o quê* ela sempre soubera; eu não queria saber se ela estava ciente dos nossos encontros clandestinos... que iam permanecer na minha mente como a coisa mais abominável que eu jamais fiz. Nos anos 1970, de vez em quando eu me via numa festa onde alguém insistia em jogar algum jogo psicológico da moda. Uma das perguntas sempre era, "Qual é o seu maior segredo?" Aqueles amassos com o namorado da minha irmã sempre me vinham à mente, e nunca os mencionei.

Mas não importa o que ela soubesse ou deixasse de saber, Bárbara se ajustou rapidamente à situação. E Danny também. Uma noite em fevereiro, ela estava em casa quando ele veio me buscar para ir ao cinema. Os dois conversaram naturalmente, sem nenhum sinal de que houvesse ficado alguma mágoa entre eles.

Quanto ao resto do nosso mundo, depois que as pessoas se recuperaram da surpresa de Danny estar saindo com "a outra gêmea Greenstein", todo mundo concordava que era como se eu e Danny fôssemos feitos um para o outro — *bashert*. A intensidade intelectual que já existia entre nós e nosso compromisso apaixonado com ideais se intensificaram agora que estávamos juntos. Colaborando em artigos e cartas para jornais, debatíamos ainda mais acaloradamente do que antes. E com a proximidade da nossa formatura em junho, tínhamos discussões apaixonadas sobre o que planejávamos fazer de nossas vidas. Danny e eu tínhamos ideias radicalmente diferentes sobre nosso futuro porque tínhamos visões radicalmente diferentes do mundo e do nosso lugar nele.

Para mim, a faculdade era o pote de ouro na ponta do arco-íris, o prêmio que eu almejava havia anos. Finalmente eu estava preenchendo meus formulários de admissão para UCLA e USC... e começando até a olhar para além da faculdade e imaginar o que queria fazer com o meu diploma. Mollie tinha dito que eu poderia ser advogada, e em suas cartas sempre repetia que eu tinha nascido para estudar Direito. Bem, por que não? Eu sonhava em ir para a Faculdade de Direito e lutar pelos trabalhadores nos tribunais. Eu falei nisso com papai, mas ele franziu a testa e disse que uma coisa era uma família investir num filho para ele entrar numa profissão como Medicina ou Direito, mas ensinar era um trabalho respeitável para uma moça instruída. As ideias que Mollie punha na minha cabeça! Até minha professora favorita, srta. Linscott, disse: — Uma moça de Boyle Heights tornar-se professora é motivo de muito orgulho.

Danny, no entanto, era a favor de eu me tornar advogada — e, num sentido mais amplo, fazer algo que realmente importasse. Nossa divergência em relação às ambições mútuas dizia respeito ao sionismo. Todas as minhas visões de futuro eram na América: eu não conseguia me imaginar como advogada em outro lugar, não conseguia me imaginar morando em outro lugar. Danny queria muito ir para a Palestina e lutar por um Estado judeu; estava louco para lutar, de tal forma que não via sentido em fazer planos para uma vida em Los Angeles.

— Você não quer aceitar a oferta de Eddie? — perguntei. Eddie Chafkin tinha dito a Danny que se ele estudasse Administração no Los Angeles City College, Eddie organizaria suas horas de trabalho de forma a acomodar o horário de aulas; além disso, daria a Danny responsabilidades de gerência e aumentaria seu salário. — Ele quer *pagar* para você estudar.

— Para eu ser um lojista? — Danny caminhava em frente ao banco onde eu estava sentada em Hollenbeck Park. Sua necessidade de ação era visceral, como o ímpeto com que enfiava as mãos debaixo das minhas roupas quando estávamos sozinhos.

— Para você aprender a gerenciar um negócio. Você não acha que a Palestina precisa de gente que saiba administrar coisas? Pelo menos preencha o formulário de admissão do City College.

— De que adianta? Vai haver uma guerra.

— Você fala como se *quisesse* uma guerra.

— Eu quero que alguém enfrente Hitler.

— Mas você ouviu o que ele disse: *Vernichtung*. — Esta palavra horrenda significava "extermínio." Hitler tinha anunciado em janeiro que, se a guerra fosse declarada, *Vernichtung* seria o destino de todos os judeus da Europa.

— Você não acha que ele vai fazer isso de qualquer jeito?

É claro que eu não achava. Que mente sã, em 1939, poderia ter ao menos *imaginado* a maldade e o planejamento tecnológico do *Vernichtung* dos nazistas?

— Acorda, Elaine — Danny disse. — O resto do mundo está se lixando para o que Hitler fizer com os judeus. Quanto mais da Europa você acha que vão permitir que ele tome?

Isso foi em março, e a Alemanha tinha acabado de ocupar toda a Tchecoslováquia, expandindo-se para além da região dos Sudetos, que a França e a Inglaterra tinham cedido no outono anterior.

À medida que a primavera progredia e nossa turma se aproximava da formatura, falava-se cada vez mais em guerra, aumentando a inquietação que todos sentíamos ao nos aproximar de uma nova etapa de vida. Notícias boas, como ser aceito numa universidade — inclusive a minha aceitação na USC com bolsa integral — ou conseguir um emprego, provocavam uma alegria nervosa. Especialmente quando envolviam os planos futuros dos rapazes.

Na nossa formatura em junho, olhei para os meus colegas de turma com suas becas e não consegui deixar de imaginá-los, até mesmo os rapazes menores e mais delicados, usando uniformes e carregando armas.

Mas ainda não. Primeiro nós todos tivemos que trabalhar.

Para mim, o trabalho significava simplesmente mais do que eu fazia desde os doze anos: ajudar tio Leo na livraria. Eu ainda tinha que desempacotar e arrumar os livros nas estantes e correr até a farmácia para comprar sal de frutas para Leo, como fazia desde o começo. Mas eu não era mais a única *schlepper*; Leo tinha dado ao filho dele, Stan, que agora tinha quinze anos, um emprego de verão de meio expediente para ele aprender o negócio "começando de baixo". E ao longo dos anos Leo tinha passado a confiar em mim para atender os clientes, procurar livros raros e fazer encomendas. Eu tinha uma voz agradável — a "voz de rádio" pela qual eu e Bárbara éramos elogiadas — e cuidava dos contatos telefônicos de rotina. A única diferença, agora que eu tinha um diploma de ensino médio, era que Leo tinha me dado um aumento de dez centavos por hora.

Mas a formatura provocou grandes mudanças nas vidas de Danny e Bárbara.

Uma semana depois que nos formamos, Danny largou o emprego no Chafkin's. Ele tinha arranjado um emprego que pagava muito melhor e que alimentava, pelo menos um pouco, sua fome de lutar contra Hitler, numa fábrica em Long Beach que construía navios para a Marinha dos Estados Unidos — navios nos quais ele esperava lutar assim que a América entrasse na guerra. Era o tipo de lugar que não contratava muitos judeus, mas o emprego exigia força, e Danny disse que o patrão era um cara legal que não ligava para o tipo de nome que Berlov era; ele olhou para os ombros fortes de Danny e o contratou na hora. Nem todo mundo no estaleiro era tão tolerante. Parecia que uma vez por semana Danny brigava com um colega de trabalho por causa de algum comentário antissemita. A primeira vez que vi o rosto dele depois de uma briga, eu beijei todos os machucados, mas comecei a desconfiar que ele procurava brigas — anunciando que era judeu, ofendendo-se com os insultos que todos nós tínhamos aprendido a ignorar e em seguida se demorando em lugares onde com certeza daria de cara com o ofensor.

— Você quer que eu seja um bom menino judeu? — disse quando eu o questionei.

— A maioria dessas pessoas não é ruim, apenas ignorante. Elas vão se acostumar a ver você todo dia, e se você pilheriar com elas de vez em quando...

— Elaine, você trabalha numa droga de uma livraria. Você não faz ideia.

Ele tinha razão ao dizer que eu não entendia o duro mundo masculino de um estaleiro. Por outro lado, eu trabalhava em Hollywood desde os doze anos, e este era o primeiro emprego dele fora de Boyle Heights. Mas nada que eu dizia mudava o ar de desafio que ele havia assumido, a sensação de que Danny já estava em guerra.

Bárbara também encontrou um emprego bem pago, embora estivéssemos proibidos de comentá-lo. Através de um amigo da aula de dança, conseguiu ser contratada como corista do Trocadero em Sunset Strip. Um clube elegante, de classe, que tinha uma clientela de artistas de cinema, ela enfatizou ao dar a notícia a papai e mamãe.

— Não, não é respeitável — papai disse.

— Papai, é igual no cinema, Ginger Rogers. — Bárbara tinha levado o uísque noturno dele e dito a mamãe para relaxar no sofá que ela iria terminar de fazer o jantar. Ela tinha me pedido para ficar junto para dar apoio moral a ela.

— Qualquer moça pode mostrar as pernas numa boate — papai disse.

— Uma garota que tem a sorte de se formar no ensino médio... Você pode conseguir emprego num escritório.

— Não há empregos em escritórios. Veja! — Ela estendeu a página do *Los Angeles Times* do último domingo com os anúcios de empregos para moças, meras duas colunas. Eu tinha sugerido que ela usasse os anúncios para fortalecer sua argumentação, embora eu mesma tivesse minhas reservas a respeito do emprego no Trocadero. Em primeiro lugar, ela era menor de idade, algo de que papai obviamente não se deu conta. Ela devia ter conseguido uma identidade falsa.

— E estes aqui? — ele disse. — Recepcionistas, telefonistas. Vagas abertas.

— Diz aqui que querem pessoas com experiência.

— Olha aqui, este foi feito para você. Mulheres que se expressam com clareza e que desejam ser locutoras de rádio.

— Papai, isso é uma escola. Eles só querem que você pague para ser treinada, e depois onde estão os empregos? No Trocadero, eles são muito cuidadosos com as coristas. Eles têm até uma supervisora para garantir que ninguém nos incomode.

Papai sacudiu a cabeça. — Uma boate, isso não é lugar para uma moça decente trabalhar. Por que você não conversa com sua tia Pearl? Quem sabe ela não precisa de alguém para atender o telefone. Ou...

— Tia Pearl vai ter que arranjar emprego para a família inteira?

Bárbara tinha ido longe demais. Papai ficou vermelho e fechou a cara.

— Nenhuma filha morando debaixo do meu teto vai dançar numa boate — ele disse.

— Tudo bem! — Bárbara respondeu.

Eu prendi a respiração. Será que ela estava ameaçando se mudar? Se não era respeitável dançar numa boate, morar sozinha seria um escândalo.

— Você disse que tem uma supervisora? — mamãe entrou na conversa.

Nós todos olhamos para ela. Ela repetiu a pergunta.

— Sim, para não deixar que ninguém nos incomode — Bárbara disse. — E eles mandam a gente para casa de táxi.

— Eles pagam a corrida? — mamãe perguntou. — Não descontam do seu salário?

Bárbara confirmou.

— Então aqui estão as regras. Você volta direto para casa depois do trabalho. Elaine, espero que você me diga se ela não voltar. Você não sai com nenhum homem que tenha conhecido na boate. Você *nunca* toma um drinque lá. Está entendido?

— Sim!

Papai puxou o pigarro. — Charlotte, o que você planeja dizer quando perguntarem o que a sua filha faz?

Bárbara tinha antecipado esta pergunta. — Que tal dizer que sou recepcionista num hospital e trabalho no turno da noite?

— Eu já trabalhei em teatro um dia. Com os *fusgeiers* na Romênia. — Mamãe fez um ar sonhador. E pensei na parte da história que ela não tinha contado, no segredo que eu tinha ouvido de Mollie: que mamãe tinha feito um teste para trabalhar num grupo de teatro iídiche em Los Angeles.

Se mamãe projetou seus sonhos não realizados naquele emprego numa boate, isso não significou que deu trégua a Bárbara. Na primeira semana de trabalho de Bárbara no Trocadero, mamãe ou papai ficava acordado até ela chegar, para ter certeza de que vinha direto do trabalho para casa e ver o táxi com seus próprios olhos. Eu sabia que a boate não pagava o táxi. Mas Bárbara me disse que eles pagavam tão bem que ela podia voltar de táxi.

Mesmo depois que mamãe e papai relaxaram sua vigilância, ela não arriscou sua sorte. Voltava do Trocadero para casa com a seriedade e a pontualidade de quem trabalhasse num hospital — bem, até onde eu sabia, já que tinha desenvolvido a capacidade de continuar dormindo quando ela entrava no nosso quarto de madrugada. No decorrer do verão, quase não nos encontrávamos acordadas. Quando eu me vestia de manhã sem fazer barulho, ela estava dormindo numa mistura de cheiro de suor, cigarro e água de colônia Shalimar. Mas eu não sentia cheiro de álcool. Ela podia ter tomado um ou dois drinques, mas nada que indicasse orgias noite adentro.

Nossos caminhos poderiam ter se cruzado entre o término do meu trabalho (eu trabalhava de dia) e o início do dela, mas ela saía horas antes de se apresentar na boate. Dizia que estava tendo aulas de canto e dança ou visitando estúdios de cinema. Ela me mostrou as fotos que tinha tirado para deixar nos estúdios. Havia duas fotos diferentes. Numa delas, ela projetava uma imagem adolescente (para papéis de mocinha inocente). A outra era um foto glamorosa, com um sorriso provocante, que me fazia lembrar de Paulette Goddard. "Isso não foi caro?", perguntei. Ela respondeu que um amigo — cujo nome, Alan Yardley, estava impresso atrás das fotografias — tinha tirado as fotos de graça, como um favor para ela. Com certeza isso não era impossível. E o fato de ela nunca ter mencionado o nome de Alan Yardley não significava nada; eu já a tinha ouvido falar de alguém que ela tivesse conhecido no Trocadero? Talvez fosse só o fato de termos passado tão abruptamente de uma convivência tão próxima durante dezoito anos a mal nos vermos que me deixava inquieta e me levava a supor que ela tinha uma vida secreta.

Não que eu dedicasse muito tempo pensando em Bárbara. Eu estava mergulhada na minha vida, assustada e excitada com minha entrada na USC em setembro, acompanhando avidamente as notícias da Europa... e apaixonada. A excitação era sexual, é claro. Coisas para as quais eu havia dito não antes — quando tinha apenas quinze anos e quando era a namorada reserva de Danny — agora eu adorava. As mãos e os lábios dele nos meus seios. Seus dedos deslizando para dentro da minha calcinha e me penetrando, o primeiro homem a me tocar ali. E minha mão dentro das calças dele, até ele gemer e se afastar. Tocar e beijar era só o que ousávamos fazer. Ele carregava uma camisinha na carteira — todos os rapazes carregavam — e às vezes me pedia para transar com ele. Mas não me pressionava. Em primeiro lugar, estávamos sempre correndo o risco de sermos apanhados, quer estivéssemos ao ar livre num parque ou no sofá da minha casa, com meus pais dormindo do outro lado do corredor. E apesar de todo o nosso ardor, nenhum de nós perdia de vista o que queria da vida. Se eu ficasse grávida, isso arruinaria tudo — para nós dois, já que Danny iria fazer a coisa certa e se casar comigo. É claro que nós queríamos nos casar um dia — não falávamos no assunto, mas estava subentendido —, mas primeiro eu tinha que terminar a faculdade e Danny tinha que se posicionar no mundo. (Outra coisa que não discutíamos: eu esperava que, quando estivéssemos prontos para nos casar, ele já tivesse criado juízo e decidido morar na América e não na Palestina.)

Mas o momento mais excitante foi quando não nos tocamos. Estávamos na sala tarde da noite, em julho, namorando no sofá, quando Danny se afastou e disse: — Deixe-me olhar para você.

— Está bem — eu disse, deitada com a blusa aberta e o sutiã desabotoado. Eu não estava usando combinação; estava quente demais.

— Agora deixe-me *ver* você. — Delicadamente, ele empurrou minha blusa por sobre meus ombros.

Eu me sentei. Fui para a ponta do sofá. Tirei a blusa, mas não o sutiã. Danny já tinha visto meus seios, é claro, afastando minhas roupas enquanto estávamos abraçados, mas isto era diferente. Eu curvei os ombros protetoramente.

— Por favor? — ele disse.

Tirei o sutiã, satisfeita por ser míope demais para ver direito o rosto dele.

Eu sabia que ele não ia pedir mais do que isso. Mas uma ousadia estranha tomou conta de mim e fui até a luz do luar que entrava pela janela. Tirei a saia e a calcinha e fiquei nua diante de Danny.

Nenhum de nós disse nada por alguns instantes. Então ele falou:

— Elaine Greenstein, eu vou amar você eternamente.

— Danny Berlov, eu vou amar você eternamente — respondi.

Eu voltei para o sofá e tornei a vestir a blusa e a saia, embora não me importasse com a roupa de baixo. Mas estendi a mão para os meus óculos.

— Sua vez — eu disse.

— O quê?

— Eu quero olhar para você.

— Seus pais.

— Você não se preocupou com eles quando pediu para eu fazer isso. Está com medo? — eu o desafiei, embora prendesse a respiração por um momento, prestando atenção em qualquer ruído que viesse da minha família adormecida.

Ele foi até o facho de luar e tirou a roupa. Eu o tinha feito ejacular, mas sempre com a mão dentro de suas calças, e olhei primeiro, avidamente, para o mistério do seu pênis — que estava mole porque que ele estava nervoso. Percebi que o que mais me excitava era o que eu já conhecia, o corpo tão familiar das idas à praia que eu seria capaz de desenhá-lo de olhos fechados; o torso e os membros esculpidos pelo levantamento de peso e pelo trabalho pesado. O queixo firme e o cabelo negro caído sobre um dos olhos.

Nu ao luar, Danny era tão lindo que meus olhos se encheram de lágrimas.

Esperei até ele tornar a se vestir, então fui até ele e o beijei de leve. Ele me abraçou com força, mas eu disse não. O momento era tão perfeito que eu quis preservá-lo para sempre.

Eu sou do meu amado, e o meu amado é meu, eu lia no "Cântico dos Cânticos", um dos poemas que devorava. E eu escrevia poemas; sentada debaixo da figueira do jardim ou no bonde, indo e voltando do trabalho, as palavras se derramavam de mim. *Eu* era poesia, capaz de ser eu mesma, sem nada para esconder, e capaz de ser amada. Até cantava quando não tinha ninguém por perto, "Bei Mir Bist du Schön" e "Over the Rainbow" (*O mágico de Oz* tinha acabado de sair).

Haveria alguém mais feliz e com um futuro mais promissor do que eu naquele verão de 1939? Coisas que eu desejara a vida inteira não eram mais sonhos vagos, e sim a realidade para a qual eu despertava todas as manhãs. Eu ia para a universidade. O rapaz que eu tinha amado desde o instante em que o vira também me amava. Eu estava tão deslumbrada pela minha própria felicidade que qualquer preocupação que tivesse a respeito de Bárbara não passava de uma pequena faísca diante da luz que me envolvia.

Então, uma noite em agosto, algo me despertou. Foi o som de Bárbara chorando. De bruços, com o rosto enfiado no travesseiro, chorava tanto que não conseguia abafar o som.

— Bárbara, o que foi? — Sentando-me ao lado dela, esfreguei suas costas por cima das lantejoulas da sua fantasia. Ela não devia usar fantasia em casa. — Aconteceu alguma coisa no trabalho?

Ela disse alguma coisa, mas eu não entendi por causa dos soluços.

— Quer um pouco d'água?

Ela fez sinal que sim.

Corri até a cozinha e enchi um copo, e ela sentou na cama e tomou toda a água como uma criança sedenta. Então ficou em pé. — Ajude-me a tirar isto! Agora! — Ela se virou e eu abri o fecho da fantasia, na verdade um maiô coberto de lantejoulas. Ela o tirou como se estivesse se esforçando para arrancar teias de aranha de sua pele, depois pegou a camisola e vestiu.

— Quer um cigarro? — eu disse.

Ela fez uma careta.

— Eu respiro tanta fumaça de cigarro e charuto toda noite que tenho fumaça nos pulmões em vez de oxigênio. Emprego glamoroso, hein?

— É esse o problema? O seu emprego?

— Sim... o emprego. Dor nos pés, dor nas costas, e toda noite eu tenho que me livrar daqueles porcos que... — Seu sarcasmo desmoronou. — Porcos que...

— Bárbara, o que foi? — Eu a abracei. — Alguém a machucou?

Ela enterou o rosto no meu ombro e soluçou.

— Alguém a machucou? — repeti, quando as lágrimas dela diminuíram um pouco.

— Você não pode contar a ninguém.
— Eu não vou contar.
— Prometa! Nem a mamãe nem a papai. E nem a Danny.
— Eu prometo.
Ela respirou fundo.
— Um cara me manda um bilhete na boate — ele é produtor e eu devo ir vê-lo em seu escritório na Warner Brothers. Eu já sou grandinha, eu sei. Se ele quiser me beijar, me apalpar um pouco, tudo bem, desde que me coloque num filme... Estou deixando você chocada, não estou?
— Não. — *Sim*.
— Ele... ele... Merda, eu sou tão burra! Tão... — Eu a sinto tremer. — Eu sabia como agir, certo, não deixei que ele encostasse um dedo em mim a menos que me prometesse um papel. Mas ele prometeu. Ele me mostrou um contrato com meu nome escrito! Assinou o papel e me fez ir até o lado dele da mesa para assinar o meu nome. E então ele desabotoou a calça. Ele me obrigou a... pôs... na minha boca... — Ela se afastou do meu abraço, e sua voz ficou dura. — Grande coisa, você faz isso com Danny, certo? O pau fedorento de um velho, você só precisa de uma garrafa de Listerine depois. Mas ele disse que ia entrar em contato comigo sobre um filme e não entrou. Depois eu descobri que ele não é produtor na Warner Brothers, é só um contador lá. Burra, burra! Esta noite eu o vi na boate. Pedi para falar com ele, e ele disse que podíamos conversar no carro dele. O babaca estava tentando conseguir outra sessão de sexo oral. Eu quase disse que sim, para poder arrancar seu pau peludo com uma dentada.

"E então?", ela disse passado um momento. "Você não vai dizer nada?"

— Ah... — Eu não teria ficado surpresa se nenhum som tivesse saído da minha boca, como se eu estivesse sonhando. Eu não estava horrorizada apenas com a coisa horrível que o homem tinha feito com ela. Eu estava horrorizada com ela! Ela tinha entrado no escritório dele esperando algo assim; tinha sido conivente com aquilo. Se o homem fosse um produtor de verdade, ela teria achado que valera a pena?

— Elaine! Toma aqui. — Ela acendeu um cigarro e passou para mim.
— Merda, eu nunca devia ter contado para você.

Olhando para a garota do meu lado, eu não conseguia acreditar que ela tinha sido criada junto comigo na casa da rua Breed. Alguém tinha substituído a minha irmã por uma vadia esperta.

Mas ela não era esperta. Apesar de toda aquela demonstração de dureza, Bárbara só tinha dezoito anos. Eu recuperei a voz.

— Ele é um monstro.

Ela revirou os olhos. — Ele é um homem.

— Você não pode fazer nada?

— O quê, por exemplo? Ligar para a mulher do cara e dizer que o marido dela é um babaca? Ela já deve saber disso. Ou talvez eu deva reclamar com Jack Warner? — ela sacudiu a cabeça. — Olha, não sei por que fiquei tão aborrecida. Aposto que todas as garotas que trabalham comigo poderiam contar a mesma história.

— E se você arranjasse um emprego diferente?

— Fazendo o quê?

— Que tal dançar na companhia do sr. Horton?

— Algumas pessoas nesta família precisam ganhar dinheiro de verdade. Está tudo bem. Eu só precisava de um ombro para chorar. Obrigada... Ei, estou exausta. Vou dormir um pouco.

— Bárbara, você tem certeza que está bem?

— Só o que está ferido é o meu orgulho. — Ela se virou para o outro lado e se enfiou debaixo das cobertas.

Ela estava dormindo quando eu saí na manhã seguinte. Esperei acordada até ela chegar do trabalho naquela noite, mas ela não quis conversar. Eu desconfiei que ela tinha se arrependido de ter revelado mais do que pretendia e não insisti. Mas depois disso fiquei preocupada com ela. Eu temia que sua tendência a mergulhar de cabeça nas coisas pudesse colocá-la numa situação pior que a do falso produtor, alguma coisa perigosa.

Além da minha preocupação com ela, outra coisa tinha ficado na minha cabeça depois daquela conversa. Eu a ouvia dizer, *Grande coisa, você faz isso com o Danny*. Mas Danny e eu nunca tínhamos feito *aquilo*. Será que ele tinha feito com Bárbara? Eu teci fantasias a respeito. Quando estivéssemos namorando e eu estivesse segurando seu pênis, eu poderia deslizar pelo corpo dele e colocar a boca no lugar da minha mão. Mas não tive coragem, e ele nunca pediu.

E então uma outra coisa tomou conta dos meus pensamentos. A guerra. No dia 23 de agosto, a União Soviética assinou um pacto de não agressão com a Alemanha. Naquela noite, depois do jantar, Danny e eu nos sentamos no Canter's com vários amigos: minha amiga Ann e o namorado dela, Bill; Burt Weber, que era um dos companheiros de Danny do Habonim; e uma adição recente ao nosso grupo, Paul Resnick.

Paul tinha se formado na Roosevelt High dois anos antes de nós e tinha entrado para a Brigada Abraham Lincoln, composta de americanos de esquerda que tinham lutado com os republicanos na Espanha. Ele tinha voltado para casa em abril, depois da derrota dos republicanos, e estava indo para a USC, como eu. Paul não fazia segredo de ser membro do Partido Comunista nem do seu desprezo pelo sionismo, e ele e Danny, ambos igualmente belicosos, discutiam sobre seus ideais com o vigor de jogadores num campo de futebol. Os dois gravitavam em torno um do outro, e sempre que Danny e eu saíamos com amigos, o grupo normalmente incluía Paul — alto e magro, muito louro, com um sorriso irônico que nos fazia lembrar que só ele dentre nós todos havia se libertado do casulo de Boyle Heights e *sobrevivido*. Ele tinha atirado em outros homens e havia escapado por pouco de balas e granadas dos inimigos. Ele tinha bebido vinho no gargalo da garrafa e cantado canções dos partisans; ele cantava algumas para nós, numa voz de barítono surpreendentemente doce. Havia mulheres também. Ele só fazia menção a elas quando eu estava presente, mas era óbvio que Paul tinha cruzado o abismo à beira do qual o resto de nós se debruçava tremendo. Ele tinha feito sexo.

Eu entrava nas discussões de Paul e Danny, embora me faltasse a fé verdadeira que eles possuíam — eu não achava que nenhum *ismo* fosse salvar o mundo. Mas a briga me agradava. E eu estava decidida a enfrentar Paul porque ele me irritava. Eu não suportava o modo como Danny e os outros rapazes se tornavam garotos de olhos arregalados sempre que Paul contava suas histórias de guerra. Para ser justa, Paul não pintava uma imagem gloriosa da sua vida de soldado; mesmo assim, todos os rapazes ouviam como se estivessem sentados no cinema, assistindo a um filme de guerra, e mal podiam esperar para experimentar o calor da batalha.

O que mais me perturbava em Paul era ele se arrepiar ao me olhar. E o arrepio que eu sentia de volta. Mesmo quando eu saía com outros rapazes, ninguém a não ser Danny conseguia olhar para mim e demonstrar aquele tipo de atração sexual, como se o seu olhar fosse uma carícia. Paul foi o segundo homem a provocar essa reação. Talvez por causa da sua maior experiência sexual, acho que ele sabia que tinha o poder de me deixar nervosa, o que me deixava determinada a não demonstrar isso. Parecia uma competição: ele ganharia se eu fraquejasse, mas se eu não desse nenhum sinal da agitação que ele provocava em mim, então a vitória era minha. A minha sensação de estar numa batalha constante com Paul me fazia discutir o tempo todo com ele — como fiz na noite do pacto de não agressão.

Foi Danny quem primeiro provocou Paul.

— O que você acha do seu camarada Joe Stalin agora?

— Eu acho que Stalin entende o quanto uma guerra pode ser devastadora. Ele sabe que não se trata de brincadeira de criança. — O olhar desafiador de Paul se demorou em mim, eu fiquei sem jeito e pedi uma Coca; ele estava tomando café.

Recusando-me a permitir que ele me intimidasse, eu o encarei de volta. — E quanto aos ideais elevados dos comunistas? Vocês não se dedicam a combater o fascismo? Não existe fascista pior do que Hitler.

— Não, não existe. Mas por que o povo soviético deve lutar contra Hitler quando os países capitalistas estão com suas bundas gordas na cadeira?

— E se a França e a Inglaterra declararem guerra? — Burt disse.

— A França e a Inglaterra ficaram olhando e disseram, "Ocupem a Áustria. Ocupem a Tchecoslováquia." Elas disseram para Franco, "Tome a Espanha."

— Mas e se fizerem isso? — Burt disse.

— Então eu entro no primeiro navio para a Inglaterra para me alistar — Danny disse. — Alguém vai comigo?

Danny já tinha dito isso antes — todos os rapazes falavam em lutar pela Inglaterra ou pela França ou por qualquer país que tivesse a coragem de dizer não a Hitler primeiro —, mas naquele momento isto se tornou real. Ia haver uma guerra, e Danny ia lutar nela. Eu peguei meu copo de Coca, agarrando-me ao frio escorregadio da condensação do lado de fora.

— Eu vou! — Burt disse.

— Eu também! — Bill falou, mas Ann olhou severamente para ele.

— Você vai fazer muito mais pelo mundo como físico do que como soldado — ela disse. Bill tinha ganhado uma bolsa de estudos para Princeton. (Sim, ele acabou trabalhando em Los Alamos.)

Seguiu-se um momento de silêncio nervoso.

— E você, Paul? — eu disse. — Você convenceu Danny e Burt a entrarem para o exército inglês. Você vai junto com eles?

— Eu vou me alistar quando os Estados Unidos entrarem na guerra.

— Então, enquanto Danny e Burt estiverem lutando contra Hitler — eu disse friamente — acho que você vai estar assistindo a jogos de futebol na USC.

— Elaine! — Danny disse, e todo mundo me olhou de cara feia. — Paul acabou de passar dois anos lutando. E ninguém está me obrigando a fazer nada. Eu decidi sozinho.

Em poucas semanas, Danny conseguiu o que queria. Ele ia para a guerra.

No dia 1º de setembro, a Alemanha invadiu a Polônia. A França e a Inglaterra declararam guerra dois dias depois, e Danny começou a levantar dinheiro para ir à Inglaterra. Então, no dia 10 de setembro, o Canadá entrou na luta e tudo o que ele precisava fazer era viajar pela costa até a cidade canadense mais próxima, Vancouver. Isso foi num domingo. Na manhã seguinte, Danny largou o emprego e comprou uma passagem de trem. Burt também. Eles partiriam na quarta-feira às sete e quarenta e cinco da manhã.

Eu queria passar cada minuto que restava com Danny, mas tinha acabado de começar a estudar na USC, e nem mesmo alunos de famílias ricas — muito menos uma estudante bolsista de Boyle Heights — tinham coragem de matar aula na primeira semana de estudo. E quando eu tinha a chance de me encontrar com ele, a confusão dos preparativos para a partida significava que estávamos sempre no meio de um bando de gente. Mesmo na última noite dele... Eu planejei ficar a noite inteira acordada com ele e acompanhá-lo até a estação na manhã seguinte, mas todo o nosso grupo de amigos ia estar presente; a despedida ia ser na casa de Burt.

Quando saltei do bonde, vindo da USC, naquela terça-feira à tarde, não fui para casa. Andei até a pensão onde ele e o pai moravam — o território que mamãe tinha declarado proibido porque era fácil demais ficarmos sozinhos lá. O que eu queria... e temia era encontrar Danny sozinho naquela tarde. Eu tinha tomado uma decisão: eu queria que fizéssemos amor antes de ele partir.

Suando de nervosismo, entrei na pensão e subi a escada até o segundo andar. Aproximando-me da porta de Danny, eu o ouvi rir — não a risada gostosa que ele teria dado se estivesse com um grupo de amigos, mas um riso baixo, íntimo, que associei com nossos momentos a sós. Outra voz riu junto com ele. Uma garota?

Eu bati na porta. Eles pararam de rir abruptamente.

— Danny? — chamei. — Danny, sou eu.

— Elaine! Só um instante.

Ouvi ruídos apressados. E uma risadinha. Sem dúvida, uma garota.

Experimentei a porta. Não estava trancada.

Danny, com o rosto vermelho e o cabelo molhado de suor, estava fechando o zíper da calça. Atrás dele, igualmente suada e enfiando a blusa parcialmente desabotoada para dentro da saia, estava Bárbara.

Suas bocas estavam se mexendo. Mas eu não conseguia ouvir nada a não ser o rugido dentro da minha cabeça. Danny veio na minha direção. Eu saí correndo.

— Elaine, espere! — ele disse.

Eu não sei se ele veio atrás de mim. Continuei andando, as ruas de Boyle Heights um borrão de velocidade, calor e lágrimas. Eu não tinha ideia para onde estava correndo até chegar lá — na casa de tia Pearl, a bonita casinha de dois cômodos que ela tinha comprado naquela primavera numa vizinhança mais antiga a alguns quarteirões de onde Danny morava.

Quando cheguei à casa de Pearl, eu hesitei, recuperando o fôlego na moita de azaléas de cada lado da escada. Será que eu conseguiria contar a alguém o que tinha acontecido? Será que eu *sabia* o que tinha acontecido?

— Elaine. — Pearl estava parada na porta. — O que aconteceu?

Eu fiquei ali parada, com o estômago queimando.

Ela desceu rapidamente os degraus.

— Querida, você deve estar tão nervosa com a partida de Danny.

O perfume forte das flores me fez lembrar de mim mesma parada na porta de Danny, sentindo o cheiro de perfumes que eu não tinha identificado conscientemente até então: *Shalimar. Sexo.*

Eu vomitei nas azaléas.

CAPÍTULO 17

A QUERIDINHA DO RODEIO

Ela era a queridinha do rodeio, uma voz que todos amavam ouvir no sistema de alto-falante do Buffalo Bill Cody Stampede, um festival que acontecia todo ano de 1º a 4 de julho, e do Cody Nite Rodeo, menor e que durava todo o verão. Em todo caso, foi isso que aconteceu com Kay Devereaux Cochran — que mais tarde se tornou Kay Applegate, depois Kay Farris e finalmente Kay Thorne — segundo artigos publicados no *Enterprise* de Cody, Wyoming, que Josh me deu para ler. As histórias vão de 1946 — uma notícia de que Richard Cochran levou sua noiva, descrita como uma "estrela da USO" de volta para Cody — a 1999, quando ela era uma das "lendas" citadas numa edição do jornal dedicada ao octogésimo aniversário do Stampede.

Não foi só isso que Josh trouxe para mim. Tem também um fôlder colorido do OKay Ranch Adventure — o hotel fazenda de Kay.

— Era uma fazenda normal quando ela se mudou para lá com Cochran — Josh explica enquanto eu procuro por minha irmã em fotos de uma mulher loura usando sempre uma roupa franjada de vaqueira. Ela tem formas generosas, voluptuosas nas primeiras fotos e vai ficando corpulenta ao longo dos anos, mas seu sorriso provocante de Mona Lisa sugere que ela não tem dúvidas de que é atraente para os homens. Quatro maridos. Acho que ela teve provas disso.

— Cinco anos depois, eles a transformaram num hotel fazenda — ele diz. — Deve ter sido ideia dela, porque ela conservou a fazenda depois que eles se separaram.

— Mas agora o nome é OKay?

— Ela mudou o nome depois do lançamento do filme *Gunfight at the O. K. Corral* nos anos cinquenta. Ótima jogada de marketing.

Aqui está ela, no fôlder do hotel fazenda, embora a palavra *fôlder* não faça justiça a um catálogo oferecendo tudo, desde rafting até manejo de gado, cursos com naturalistas e serviços de spa; bem, aqui está ela montada num cavalo monstruoso com a naturalidade de alguém que nasceu com uma sela presa na bunda. A fazenda atualmente é administrada pelo filho dela, George Applegate Jr. Também fotografado a cavalo, ele é um tanto barrigudo, mas muito forte, com um rosto gênero Robert Mitchum e uma farta cabeleira prateada. George Jr. é a imagem do vaqueiro — e não se parece com ninguém da minha família.

Quanto a Kay, até a mais antiga dessas fotos foi tirada certa de dez anos depois que Bárbara foi embora, e as imagens estão tremidas, provavelmente copiadas de microfichas. As fotos mais nítidas — e as únicas coloridas — são do aniversário do rodeio e do fôlder do hotel fazenda, e nelas Kay já tem mais de oitenta anos. Com seu cabelo sempre louro e seu rosto bem-humorado e rechonchudo, com a pele curtida dos anos passados ao ar livre, ela se parece... não com mamãe ou comigo quando envelhecemos, nem com minhas outras irmãs. Ela se parece mais com a velhota que foi governadora do Texas.

Eu pego a lupa.

— Tem que ser ela! — Josh parece uma criança insistindo que Papai Noel existe.

Eu respondo cautelosamente: — Ela tem a altura certa. — Em fotos de grupo, todo mundo é mais alto que Kay. Eu gostaria de poder ver a cor dos olhos dela. Ou achar uma foto na qual, em vez do seu perpétuo sorriso de Mona Lisa, ela estivesse com a boca aberta, e eu pudesse procurar o espaço entre seus dentes da frente, um traço que nós quatro herdamos de papai.

— A altura certa e a idade certa — ele diz. — E a voz dela parece com a sua.

— A voz dela? Tem alguma coisa on-line? — Apesar da minha determinação de examinar os fatos com calma, sinto uma onda de excitação.

— Bem, na realidade... — ele diz, de um jeito hesitante que não é próprio dele, — falei com ela pelo telefone.

— Você ligou para ela? Mas o que foi que deu em você? — O que tinha dado em *mim*, tratando de algo tão delicado com um rapaz de vinte e quatro anos?

— Eu só liguei porque...

— Você achou que isto era um jogo?

— É claro que não. — Ele fica vermelho como se eu o tivesse esbofeteado. Ótimo! — Elaine, por favor, ouve. Eu só liguei por causa da bibliotecária. Nenhum dos arquivos de jornal estão on-line, então eu tive que ligar para ela e pedir tudo. A bibliotecária ficou desconfiada ao ver um cara de L. A. pedindo tudo o que eles tinham sobre "Miz Kay". Então eu inventei uma história. Disse que estava pesquisando para fazer um documentário sobre mulheres que fizeram parte da USO durante da Segunda Guerra Mundial. E então comecei a pensar, Cody parece ser tão pequena, e se ela disser alguma coisa para Miz Kay? Eu achei que ia ser menos suspeito se eu mesmo ligasse para ela.

— O que foi que você disse? — Todas aquelas semanas seguindo cada pegada de Kay Devereaux... quanto ele teria prejudicado o trabalho?

— Que estou apenas fazendo uma pesquisa preliminar e perguntei se ela falaria comigo caso eu fosse até lá para filmar uma entrevista. Foi só isso, de verdade. — Ele arrisca um sorriso. — E você não precisa saber se ela está na fazenda dela ou passando o inverno na Flórida? Você não vai entrar em contato com ela?

— Eu... — Todas as vezes que ensaiei o que diria se pudesse falar de novo com Bárbara, mas era como se eu estivesse fantasiando uma conversa com Eleanor Roosevelt ou com Cleópatra. E eu imaginava conversar com a *Bárbara* que existia na minha memória... não com a formidável realidade de Kay Devereaux Cochran Applegate Farris Thorne.

Se Kay Devereaux Cochran Applegate Farris Thorne *for* Bárbara. Digo a Josh que preciso examinar o material que ele trouxe e agradeço por havê-lo pesquisado, embora ainda esteja furiosa por ele ter feito aquela ligação. *A voz dela parece mesmo com a minha? Ou Josh estava apenas querendo que parecesse?*

Depois que ele vai embora, mergulho nos artigos de jornal, que ele arrumou em ordem cronológica. Acompanho a carreira de Kay, desde sua primeira aparição cantando algumas canções em 1948, depois passando a anunciar eventos, até se tornar "a voz do Stampede" no rádio. Eu também identifico os principais acontecimentos na vida dela — casamentos, divórcios, nascimentos. Ela tem três filhos: uma filha, Dana Cochran, nascida em 1949, e dois filhos, Timothy Cochran, nascido em 1952, e George Applegate Jr., nascido em 1957.

E Kay não foi parar no jornal só por causa dos rodeios: diversos artigos são a respeito dos negócios dela. Além de administrar um hotel fazenda bem-sucedido, ela abriu o primeiro cinema multiplex da região em meados de 1980 — uma iniciativa discutível, já que havia alguns temores de que o multiplex fosse ameaçar um amado cinema dos anos 1930. Mas Kay adorava o velho cinema, ela disse a um repórter; de fato, adorava ver filmes em cinemas como aquele quando era criança e adolescente. Onde foi isso? O repórter perguntou. — Em toda parte — ela respondeu evasivamente (na minha cabeça). — Meus pais estavam sempre se mudando.

E talvez fosse para compensar a resposta evasiva — afinal, ela estava tentando apaziguar os ânimos na cidade — que ela disse:

— Nós costumávamos chamar o cinema de Polly Seed Opera House, porque as pessoas levavam sementes de girassol para comer enquanto viam o filme. No final da sessão, o chão estava coberto de cascas.

Tornei a ler. Li uma terceira vez. Boyle Heights não podia ser o único lugar onde as pessoas mastigavam sementes de girassol no cinema, eu disse a mim mesma. Mesmo assim, Polly Seed Opera House! Eu mergulho no resto dos artigos, mas já lendo sem tanto cuidado e, sim, buscando pistas. Encontro obituários de três dos seus quatro maridos, inclusive o último, Thorne; ela está sozinha agora, como eu. Não vejo mais nada que grite "Bárbara" para mim. Mas estou excitada demais para me concentrar; meus olhos saltam sobre as páginas. Vou tornar a ler os artigos, com mais atenção, mais tarde. Neste momento, meu apartamento parece pequeno demais para mim. Eu pego meu casaco, minha bolsa. Hesito um momento, lembrando o que aconteceu da última vez que dirigi meu carro naquela agitação. Mas nada mais irá satisfazer minha necessidade de movimento.

Só preciso fazer uma coisa primeiro. Ligo para a minha irmã — Harriet — e a convido para jantar. Essa notícia pertence também a ela.

Então entro no Jaguar. Não importa para onde vou; eu só preciso dirigir.

Harriet chega às sete e meia, depois de ter atendido o último paciente do dia.

— Oba, camarão e tudo — ela diz, levantando a tampa de um dos recipientes de comida que eu tinha comprado.

— E o outro é frango ao curry. Cabernet, certo? — Eu resolvo deixar que ela se ambiente um pouco antes de contar as novidades. E uma taça de vinho vai cair bem. Tudo bem, uma segunda taça. Comecei antes de

Harriet chegar, enquanto lia o resto dos artigos — e fiquei dividida entre um sentimento de gratidão por Bárbara ter tido uma vida boa e um sentimento de amargura porque, se ela estava se dando tão bem, não havia desculpa por não ter entrado em contato conosco.

— Cabernet é perfeito. — Harriet coloca uma porção generosa de arroz, camarão e frango no seu prato e suspira de contentamento ao dar a primeira garfada.

Harriet poderia ser descrita em inglês com o termo frio e clínico *gorda*, mas na verdade ela é *zaftig*, o termo iídiche que faz muito mais justiça às curvas sensuais da minha irmã e ao seu apetite pela vida. Uma garota *zaftig* dá a maior dentada possível na vida e mastiga com gosto. Eu estou pensando em Harriet, mas percebo que poderia estar descrevendo Kay; ela sem dúvida parece uma mulher que não recusaria uma costeleta suculenta ou uma fatia de bolo de chocolate.

Eu, por outro lado, sou uma dessas mulheres chatas que contam calorias. Exceto pelas poucas calorias do vinho. Quando encho a minha taça pela terceira vez, Harriet me lança um olhar penetrante.

— Você disse que precisávamos conversar — ela diz. — O que houve?

Ela está tão impaciente para entrar no assunto quanto eu. Mas eu tive a chance de absorver tudo aos poucos ao longo de dois meses e tento ir devagar com ela.

— Lembra daquelas caixas de papel que encontrei no apartamento de mamãe? Bem, eu achei isto numa delas. — Tiro o cartão de Philip do topo dos documentos que empilhei numa cadeira ao meu lado.

Ela olha para o cartão por um momento.

— Philip Marlowe... ele esteve lá em casa para falar com mamãe quando eu tinha seis ou sete anos? Um homem grande, musculoso, não gordo?

— Isso.

— E era um detetive! — Harriet espeta um camarão. — As crianças têm ideias engraçadas. Eu me lembro de achar que ele era médico. Mamãe me mandou brincar lá fora para poder falar com ele em particular. Um detetive! Mamãe estava metida em alguma encrenca? E quem era Kay Devereaux?

Eu tinha esperado que o cartão fosse prepará-la um pouco. Mas ela era tão pequena, e obviamente ninguém contou a ela o que Philip estava fazendo por nossa família.

— Harriet. — Meu tom de voz a faz largar o garfo e me encarar. — E se Kay Devereaux fosse Bárbara?

— Nossa irmã Bárbara? — ela diz espantada.

Eu balanço a cabeça.

— Lainie, isto é só um cartão.

— Foi só a primeira coisa que eu encontrei.

Eu relatei a história, mostrando a ela as "provas" na ordem em que as havia encontrado: a pasta do arquivo de Philip sobre o caso, a foto de artistas de Colorado Springs que se juntaram a USO, artigos sobre o casamento de Kay Devereaux em Berlim e sua vida em Wyoming. Harriet folheia os diversos documentos e pede um ou outro esclarecimento, mas não reage, nem mesmo à referência a Polly Seed Opera House. É como se sua mente fosse um lago tranquilo recebendo tudo o que eu dizia sem se agitar. Por outro lado, entendo o que Harriet está fazendo: ela está assumindo sua identidade profissional, em que se sente confiante e com as coisas sob controle. Ela está me ouvindo como se eu fosse uma paciente em terapia... assim como eu estou apresentando o meu caso como se estivesse no tribunal.

Ela continua agindo como terapeuta depois que eu termino, com um olhar compassivo e uma voz apaziguadora.

— Sei o quanto você sempre desejou encontrá-la. Ao ver esse cartão e a pasta do detetive, você deve ter achado que isso significava alguma coisa.

— Eu a encontrei mesmo. — Começo a espalhar os recortes de jornal sobre a mesa, no meio dos nossos pratos e das caixas de papelão de comida.

— Espere um instante! — Ela levanta a mão. — Você não precisa me convencer que seguiu a pista dessa mulher, Kay, desde Colorado Springs. Mas se ela fosse Bárbara, mamãe e papai teriam nos dito.

— Foi o que pensei a princípio, também. Mas a Polly Seed Opera House?

— Nos anos 1920 e 1930, esse devia ser o apelido de diversos cinemas em todo o país. Pense bem. Você vê mesmo Bárbara indo parar numa fazenda no meio do nada?

— Veja o que ela fez da vida! Ela encontrou uma maneira, morando no fim do mundo, de se tornar uma estrela! — Eu argumento, apesar de ficar em dúvida. O comentário sobre a Polly Seed Opera House foi a única "prova" que encontrei. Os artigos não tinham mais nada que fosse revelador.

— Lainie. — Ela toma as minhas mãos. — Eu posso imaginar o que significa para você achar que a encontrou, sua irmã gêmea.

— Você parece que *não* quer encontrá-la! — Eu digo, zangada ao pensar que meu desejo possa estar me cegando.... não só o desejo de achar Bárbara, mas de atribuir a ela a vida alegre e bem-sucedida relatada nos artigos sobre Kay. A mulher montada no belo cavalo, como se fosse a dona do mundo, é ela que eu quero que Bárbara seja.

Harriet estende a mão para a garrafa quase vazia de Cabernet.

— Quer dividir o resto?

— É todo seu.

Ela enche a taça, toma um gole. — A maioria das *minhas* lembranças de Bárbara são sobre a fuga dela e o impacto que isso teve em todo mundo. Antes disso... De vez em quando, aquela garota charmosa que tinha um cheiro fantástico, eu me lembro daquele perfume maravilhoso...

— Shalimar.

— De vez em quando ela notava a minha presença, e uma nuvem de Shalimar se abaixava e me beijava ou cantava uma canção para mim. Mas ela nunca estava em casa. Ela não estava sempre indo fazer alguma coisa em Hollywood?

— Aulas de dança. Na Horton School. Ela tinha uma bolsa. Harriet, não é possível que você não se lembre disso! — digo quando ela faz um ar vago. Não era só o fato de que a bolsa de estudos de Bárbara e seu sucesso na escola de dança fossem triunfos familiares. Mas a ansiedade com que ela saía correndo para Hollywood, seu desejo por uma vida fora de Boyle Heights, eram partes icônicas da história familiar, o tipo de coisa que você revê quando está tentando entender o que aconteceu depois.

— Mas é isso que estou dizendo — Harriet diz. — Eu não tinha com ela a mesma ligação que você. Eu disse isso antes, quando você abordou o assunto. Eu me senti ambivalente em relação à ideia de encontrá-la. E só pensei no quanto seria tenso tentar entrar em contato com ela. Mas isto! Se encontrá-la significa ter que aceitar que esse detetive a localizou e contou a mamãe e papai, e eles nunca nos contaram... Jesus! — Ela se levanta e caminha de um lado para o outro, como se quisesse se afastar de tudo isso.

— Você está me pedindo para trocar a dor antiga e entorpecida de ter sido abandonada por uma irmã que eu mal conhecia pela dor de me sentir tão traída por papai e mamãe que a minha vontade é ir até o cemitério e gritar para seus túmulos. Eu odeio que depois de tantos anos Bárbara possa vir a envenenar a lembrança que guardo deles. Agora, *isso* se parece com a Bárbara da qual me lembro, envenenando tudo.

A raiva dela, eu também sentia. Entretanto, apesar disso, toda vez que olho para as fotos de Kay com sua roupa de vaqueira e penso *Bárbara*, meu coração se alegra.

— Então você acha que pode ser ela? — pergunto.

Harriet fica pensativa, com uma expressão tão parecida com a de Pearl quando estava concentrada que por um momento é a minha tia que está ali do meu lado.

— Você tem umas fotos de Bárbara, não tem? — ela diz. — Por exemplo, de quando vocês estavam no ensino médio?

Meus álbuns de retratos estão organizados; Carol os colocou em ordem quando me ajudou a embalar minhas coisas no mês passado. Eu encontro o álbum certo, enquanto Harriet traz uma luminária de pé para perto da mesa. Ela pega seus óculos de leitura, eu dou a ela a lupa também, e ela começa a comparar os retratos de Bárbara e as fotos de Kay Devereaux. Para dar mais espaço a ela, vou para a cozinha e preparo um bule de café descafeinado. Comprei um daqueles brownies gigantescos que vendem hoje em dia; eu o corto em quatro pedaços de tamanho normal e arrumo os pedaços num prato. Então, não tendo mais o que fazer, fico parada ao lado de Harriet enquanto ela examina as fotos com a lupa.

Olhando por cima do ombro dela, eu vejo Kay aos trinta, quarenta, cinquenta anos e mais, e digo a mim mesma que estas mesmas fotos não me convenceram quando as examinei mais cedo. Mas agora não é só o fato de enxergar Bárbara na curva do rosto de Kay ou na determinação do seu olhar; é o tipo de reconhecimento visceral que acontece no dia de visita dos pais numa colônia de férias, quando você examina a multidão de crianças e seu olhar é atraído imediatamente para o *seu* filho, a *sua* filha. E se eu tivesse guardado para mim mesma a descoberta de Kay? Teria sido suficiente simplesmente *acreditar* que eu sabia quem era Bárbara e onde ela estava, um último elo delicado demais para expor para uma mente mais fria como a de Harriet?

Meu Deus, foi por *isso* que papai e mamãe não disseram nada? Porque não tinham certeza e precisavam que Bárbara fosse Kay Devereaux, que estivesse viva e feliz em Colorado Springs? E eu, aos vinte anos, não teria dissecado cada "prova" que Philip deu a eles, mais interessada na verdade do que no consolo?

Harriet passa quase uma hora examinando as fotos, segurando a lupa com uma das mãos e com a outra torcendo uma mecha de cabelo; ela nem toca nos brownies. Então, finalmente, ela tira os óculos de leitura e esfrega os olhos.

— Dizem que gêmeos têm problemas em se conectar emocionalmente com outras pessoas quando se tornam adultos — ela diz. — Isso ocorre principalmente com gêmeos idênticos, mas também acontece com gêmeos fraternos. Eles estão sempre buscando o tipo de intimidade que tinham com o gêmeo.

— Você está dizendo... o quê? Que eu tenho uma necessidade neurótica de encontrá-la? Que não fui capaz de me relacionar intimamente com as pessoas por causa dela?

— Eu não estava me referindo a você. Olhe para *ela*. Quatro maridos.

— Então você acha que essa é Bárbara?

— Sim. Talvez. Não. Todas as respostas anteriores. — Ela passa a mão pelo cabelo. Depois me lança um olhar de terapeuta. — O que acontece se telefonarmos e a Vaqueira Kay disser "Bárbara de quê?"

— Talvez ela não diga isso — respondo, embora pense mais uma vez na realidade intimidante de Kay Devereaux Cochran Applegate Farris Thorne.

— Ora, Elaine.

— Então você acha que nós não *devíamos* procurá-la?

— Eu só acho que precisamos antecipar como ela vai reagir — e como vamos nos sentir. E eu gostaria de considerar a opção de que você conseguiu um dos melhores resultados possíveis para a solução do mistério familiar e que talvez devêssemos deixar as coisas como estão. Mas não vamos tomar nenhuma decisão agora. Que tal conversarmos sobre isso amanhã?

— Está bem.

— Nenhuma decisão por enquanto. Prometa.

— Hum — eu digo sem me comprometer.

Nós nos abraçamos. Dou metade do brownie para ela levar para casa.

— Prometa — ela torna a dizer antes de sair. Como se pudesse ver a ideia que surgiu na minha mente.

É uma ideia louca. Ela tem razão em preferir pensar melhor a respeito. Mas depois que ela sai, agitada demais para ir dormir, ligo a televisão.

Tem um programa de que eu gosto, mas depois de dez minutos, percebo que não estou prestando atenção. Eu pego um baralho; jogar paciência é uma forma segura de me distrair.

Eu não posso fazer isso.

Mesmo assim, largo o jogo de paciência, ligo o computador e praguejo em voz alta porque ele leva tanto tempo para começar. Eu me sinto... impaciente. Irritada. *Viva.* Enquanto imprimo os horários de voo, me agito pela sala, uma agitação nervosa, de velha.

Harriet me fez pensar com aquele seu "Bárbara de quê?" Não há nenhuma maneira satisfatória de entrar em contato com Bárbara, pela primeira vez em mais de meio século, por telefone. Preciso ir até lá para ver o rosto dela no momento em que eu disser: "Sou eu, Elaine."

Cody tem um aeroporto. De lá, preciso chegar ao OKay Ranch, que, de acordo com o fôlder, fica a trinta e sete milhas da cidade, doze delas numa "paisagem espetacular" — nas Montanhas Rochosas. No meio do inverno. Seria prudente esperar até a primavera. Isso me daria tempo para planejar cuidadosamente minha abordagem, e eu não teria que dirigir em estradas montanhosas em janeiro.

Mas o que foi que Josh disse depois de me trazer de Barstow para casa? *Ligue para mim da próxima vez que tiver vontade de pôr o pé na estrada.*

CAPÍTULO 18
DESAPARECIDA

Pearl me abraçou enquanto eu vomitava sobre suas flores. Depois me levou para dentro, para o local habitual de nossas conversas sérias, o sofá de dois lugares que ficava encostado na parede creme da sua casa em estilo espanhol.

— Eu já volto — disse, entrando rapidamente na cozinha. Voltou segundos depois com um copo d'água e uma toalha molhada que passou no meu rosto e nos meus braços.

E eu contei minha história, soluçando.

— Ele nunca deixou de amá-la, não foi? — eu disse, chorando.

— Shh, Elaine. Shh.

— Você sabia! Você me avisou que talvez ele estivesse saindo comigo porque eu era irmã dela.

— Mas eu estava errada. Qualquer pessoa que tenha visto você e Danny juntos não teria dúvidas de que ele a ama. Danny e Bárbara. Eu não sei. Mas existe alguma coisa entre eles.

— Sexo?

— Ora, Elaine, quando se trata de um rapaz de dezoito anos tudo está ligado a sexo. — Ela olhou para mim. — Você e Danny fizeram...

— Eu queria fazer! Hoje. Foi por isso que eu... — *E Bárbara chegou lá primeiro.*

Ah! Era como se eu tivesse levado um soco no estômago. Eu tinha focado a minha raiva em Danny. Agora a sensação de traição se transferiu para Bárbara, e fiquei abalada. Como se, compactada naquele momento irrevogável em que abri a porta e a vi com Danny, estivesse a dor de ela ter sido o primeiro amor dele; e muito mais profundo do que isso havia a rivalidade que eu sentira a vida toda ao competir com Bárbara pelo amor de mamãe... e sempre mamãe a escolhia. Eu soltei um gemido.

— Elaine! Elaine! — Pearl exclamou, mas continuei soluçando, resistindo aos esforços dela para me acalmar. Por que eu tinha fugido como uma criança? Eu queria estar de volta à casa de Danny, para bater na minha irmã até meus punhos ficarem ensanguentados. Pelo menos Danny tinha um motivo para me trair: ele nunca tinha deixado de amá-la. Mas Bárbara? Eu a vi parada atrás dele, vermelha e desgrenhada. *Triunfante*? Ela estaria tentando deliberadamente me destruir?

— Elaine! — Pearl segurou meu braço e me entregou um copo com um líquido amarelo dentro. — Beba isto.

Tomei um gole. Uísque, amargo. Bebi a dose toda e consegui falar.

— Como ela pôde fazer isso? Será que ela me odeia?

— Meu bem. Eu não sei por que ela... Senta aqui. — Ela me abraçou. — Eu gostaria de poder dizer alguma coisa para melhorar a sua dor.

Pearl ficou abraçada comigo enquanto a noite caía. Entre minhas crises de choro, havia momentos de silêncio em que eu simplesmente flutuava, exausta e vazia.

Durante uma dessas calmarias, o telefone tocou. Pearl tinha ignorado diversas chamadas antes, mas desta vez ela perguntou se podia ir até a cozinha atender o telefone.

— Sua mãe — ela disse quando voltou alguns minutos depois. — Eu disse que você ia jantar comigo. Tudo bem? Eu ia fazer uma salada e cozinhar umas batatas.

— Está ótimo — eu disse, embora não conseguisse imaginar alguma coisa passando pela minha garganta.

— Ela perguntou pela festa esta noite. Eu disse que você estava chateada com a partida de Danny e que achava que você não ia.

Ó, não, a festa. Mas talvez a desculpa que Pearl tinha dado a mamãe pudesse funcionar para os meus amigos também. Com certeza Danny não ia dar um pio sobre o verdadeiro motivo da minha ausência.

— Você quer passar a noite aqui? — Pearl perguntou.

A pergunta me lançou no futuro, na eternidade em que eu tinha que dormir a menos de um metro de Bárbara. Só de pensar nisso eu fiquei arrepiada.

— Tia Pearl, por favor — eu implorei — posso vir morar com você?

— Ela hesitou, e eu insisti. — Eu digo a eles que preciso de mais silêncio para poder estudar.

Pearl suspirou. — Você e sua irmã vão ter que conversar.

— Por favor? Eu pago pelo quarto e pela comida.

— Lainie, eu não sei... Vou preparar a comida agora, está bem?

Ela voltou para a cozinha. E eu me enrosquei no sofá, uma garota cujos problemas poucas horas antes limitavam-se aos desafios de ser uma caloura na USC e à partida de Danny para a guerra.

A menos que eu estivesse vivendo no mundo da fantasia. Com uma clareza flutuante (eu tinha bebido o uísque de estômago vazio), considerei a possibilidade de que esta não tivesse sido a primeira visita de Bárbara ao apartamento de Danny. Eu não tinha imaginado o que ela andaria fazendo, saindo de casa toda tarde muito antes do horário dela de trabalho? Talvez o segredo fosse que ela estava visitando Danny às escondidas.... como eu costumava fazer quando ele era namorado *dela*, pensei, desta vez cheia de culpa. Se Bárbara tivesse nos apanhado no depósito do Chafkin's, o que teria sentido?

— Não é a mesma coisa! — protestei em voz alta. Se Deus estava tentando me dar uma prova do meu próprio remédio, Ele tinha entendido mal. Não que o meu comportamento não tivesse sido desprezível, mas éramos crianças na época. Agora estávamos no limiar da nossa vida de adultos.

Mas eles não podiam estar se encontrando sem eu saber. Mesmo que eu acreditasse que Bárbara era capaz de algo tão horrível, Danny jamais teria me magoado desse jeito. *Ou teria?* No sussurro venenoso da dúvida, ouvi as justificativas que ele dava por estar se encontrando comigo às escondidas e imaginei se teria errado completamente no meu julgamento acerca do caráter dele, se em vez de haver razões complicadas e desculpáveis para o seu comportamento, ele era simplesmente um manipulador que gostava de nos jogar uma contra a outra. Eu viria a ver Danny como um homem que gostava de subterfúgios simplesmente por gostar. Não acho que ele já tivesse se tornado esse homem; isso não aconteceria antes da guerra. Mas naquela tarde eu tive essa intuição e fiquei deprimida — ou assim imaginei ao olhar para trás e dissecar o fracasso do meu primeiro amor. Mas esse exercício frio e racional só iria acontecer anos depois.

Naquele dia, na casa de Pearl, eu era como um animal ferido, entocado no sofá... imóvel até ouvir alguém subindo os degraus da varanda. Uma voz chamou através da porta de tela. — Sra. Davidoff?

Danny.

— Sra. Davidoff? — ele chamou. — Eu estou procurando Elaine.

Era no cair da tarde, e a sala estava escura. Rezando para ele não me ver, prendi a respiração.

Mas Pearl veio da cozinha. — Danny, espere um instante — ela disse.

Eu dei um pulo e sussurrei: — Não.

Pearl pôs as mãos nos meus ombros. — Eu o mando embora se você quiser. Mas você não vai ter outra chance. Se não falar com ele e ele morrer na guerra, você será capaz de perdoar a si mesma?

— Eu gostaria de matá-lo com minhas próprias mãos. Agora.

— Eu sei. E ele merece isso.

Mas Pearl tinha razão. Por tudo o que Danny tinha sido para mim, eu não podia me recusar a vê-lo na véspera de ele partir para a guerra.

— Deixe-o entrar — eu disse.

— Luz? — Ela apontou para a luminária.

— Não!

Pearl disse a Danny que eu estava lá e abriu a porta para ele.

— Desculpe — ele murmurou para Pearl.

E então ele entrou. O meu *bashert*. Ele ficou parado, me olhando na sala escura... de um jeito que me fez lembrar da noite gloriosa em que ficara nu na minha frente. Senti um zumbido na cabeça, e minhas pernas cederam. Eu me sentei, lutando para não desmaiar.

— Danny, cuide-se, está ouvindo? — Pearl disse. Ela estava de costas para mim, então eu não pude ver o olhar que lançou para ele, mas ele pareceu encolher vários centímetros.

— Sim, senhora.

Então Pearl saiu da sala. Deixou-me a sós com ele.

Ele deu vários passos na minha direção e caiu de joelhos. — Elaine, desculpe. Eu sinto tanto... — Ele deu um soluço. Eu nunca tinha visto Danny chorar, nem mesmo na infância. Por um instante, meus olhos encheram-se de lágrimas. Isso me deixou ainda mais furiosa com ele.

Dei uma bofetada nele com tanta força que minha mão ardeu.

— Como você teve coragem?

— Desculpe. Desculpe. — Ele levou a bofetada e continuou ali ajoelhado, chorando.

— Como você pode fazer isso? Com ela? — Tornei a bater nele, sentindo uma alegria selvagem em machucá-lo.

— Elaine, por favor! — Ele agarrou minhas mãos.

— Me solta!

Ele me soltou e ficou em pé, fora do alcance dos meus tapas.

— Você *trepou* com ela? — perguntei. Eu nunca tinha dito aquela palavra antes. O fato de dizê-la me fez sentir adulta e má.

Ele enxugou os olhos na manga.

— Não, eu não... fiz amor com ela, Elaine. Eu amo *você*.

— Você tem se encontrado com ela?

— Como assim?

— Você tem se encontrado com ela em segredo? — Estudei o rosto dele, atento a qualquer mudança sutil de expressão que me dissesse que eu estava certa. Mas ele pareceu atônito, e acreditei quando disse que não. Mas isso não diminuiu a minha raiva.

— Por favor, aquilo foi uma coisa maluca. Eu estava num estado febril, me preparando para partir. Ela veio me desejar sorte e me deu um beijo de despedida, só isso, mas então... você sabe.

— Então *o quê*?

— Eu me sinto muito mal por ter magoado você...

— Ela fez sexo oral em você? — *Você faz isso com Danny, certo?* Ela tinha dito para mim.

— Elaine, você não vai deixar que eu peça desculpas? — Agora *ele* é que parecia zangado. Será que achou que derramando algumas lágrimas iria consertar tudo? Será que achou que eu estava tão apaixonada assim por ele?

— Fez ou não fez? — eu disse. — Não minta para mim!

— Está bem, fez. Mas foi só, eu estou sendo completamente honesto com você, está bem? Foi só porque ela costumava fazer antes, quando nós namorávamos.

— E por que você nunca me pediu para fazer? — perguntei.

— Fazer sexo oral... Você deve estar brincando! Eu tenho respeito demais por você. Eu não pedi *a ela* da primeira vez, ela simplesmente fez... Olha, eu não culpo você por me odiar neste momento. Eu mereço. Mas vou partir amanhã. Você não vai me desejar sorte?

Eu espero que você morra! Mas só de pensar nisso eu me senti mal.
— Boa sorte — eu disse.
— Eu amo você.

Ele fez uma pausa, e eu formei uma resposta na minha mente: *Eu também amo você.* Eu o tinha amado até poucas horas antes. Eu tinha amado Danny sem reservas. Por mais profundamente que ele tivesse me magoado, naquela balança entre amor e ódio havia anos de amor. E talvez esta fosse a última vez que iria vê-lo. Uma parte minha queria dizer aquelas palavras. E uma parte minha sentia que se eu as dissesse estaria enfiando uma faca no peito. Eu tinha parado de chorar, mas recomecei.

— Elaine. — Para meu horror, ele pôs um joelho no chão diante de mim. — É uma hora horrível para isso, mas eu estava planejando dizer isso esta noite. E não vou ter outra chance.

— Danny, não — eu murmurei, embora ficasse hipnotizada quando ele tirou algo do bolso e estendeu para mim, na palma da mão. Era uma caixinha.

— Elaine, quer se casar comigo? — Ele abriu a caixa, e eu vi o brilho de um anel na sala escura.

— Não! — Se ele estava me pedindo em casamento apenas por causa do que tinha feito, como uma espécie de pedido grandioso de desculpas, se ele achava que podia me obrigar a perdoá-lo e cair em seus braços, isso era algo humilhante. E se estivesse dizendo a verdade, e tivesse realmente planejado isto, então como pudera me trair com Bárbara?

— É o anel da minha mãe. Eu disse que estava planejando pedir você em casamento. Esta noite.

— Danny, vá embora!

— Diz que vai ao menos pensar nisso.

— Vá! — Eu o empurrei.

Depois que ele saiu, eu solucei nos braços de Pearl. E tornei a implorar para ir morar com ela. Assim como Bárbara havia tido a iniciativa em termos de sexo quando estava namorando Danny, eu suspeitava que ela é que tinha transformado o beijo naquela tarde em algo diferente. Isso não era desculpa para o que Danny tinha feito, mas e minha irmã? Eu não ia suportar passar nem mais uma noite respirando o mesmo ar que ela.

Bárbara deve ter sentido a mesma coisa. No dia seguinte, ela foi embora.

* * *

Eu não soube de nada até chegar em casa da USC na tarde seguinte. Eu planejava jantar em casa e depois voltar para a casa de Pearl; ela tinha concordado em me deixar ficar pelo menos mais uma noite.

Eu me preparei quando entrei no nosso quarteirão, prestes a encarar mamãe pela primeira vez desde que minha vida tinha desmoronado — e antecipando uma briga por eu ter ficado na casa de Pearl; a proximidade que eu e Bárbara tínhamos com Pearl era um espinho enfiado no peito de mamãe. Eu estava sem forças para enfrentar aquela briga. Depois de uma noite horrível, em claro, eu tinha me obrigado a aguentar o dia todo na faculdade, me atrapalhando quando um professor me fazia uma pergunta e correndo para o banheiro para chorar. A última coisa que eu queria era ouvir mamãe dizer que não sabia por que eu achava que a minha própria casa não era boa o suficiente para mim. Mas, se eu não acabasse logo com isso, ela ia estourar com Pearl.

— Ela chegou! Ela chegou! — Harriet gritou quando subi os degraus da varanda.

Mamãe avançou para mim antes que eu tivesse dado três passos para dentro de casa. Ela brandiu uma folha de papel com algumas linhas escritas em tinta preta. — O que você sabe sobre isto?

— Sobre o quê? — Meus nervos em frangalhos rangeram quando eu contemplei a minha família inteira, exceto Bárbara, reunida na sala. Mamãe, Audrey e Harriet estavam todas em pé, Audrey com lágrimas escorrendo pelo rosto. Só papai, sentado em sua cadeira, parecia calmo, mas ele também olhou para mim interrogativamente.

— Charlotte, deixe ela largar os livros primeiro! — papai disse. Olhando zangado para mamãe, ele continuou: — Elaine, é uma carta da tola da sua irmã, que nunca deveria ter tido permissão para trabalhar numa boate.

— Que boate? — Audrey murmurou.

Enquanto eu depositava os livros na mesa, mamãe explicou que tinha ido ao quarto de Bárbara ao meio-dia, porque Bárbara sempre ia até a cozinha tomar café a essa hora. Mas o quarto estava vazio.

— E eu achei isto no travesseiro dela!

Ela me mostrou o bilhete.

Queridos mamãe e papai,
Não se preocupem comigo, eu estou bem, apenas preciso seguir meu próprio caminho. Amo vocês.

Bárbara

— Por que ela faria isto comigo? — mamãe gemeu. — Se você soubesse o calafrio que senti ao encontrar essa carta! Eu sei que nunca mais vou tornar a vê-la.

— Você irá vê-la esta noite mesmo — papai respondeu. — Nós iremos até aquela boate para pôr um pouco de juízo na cabeça dela.

— Existe algum homem? — mamãe me perguntou.

Além do meu? — Tenho certeza que ela foi morar com alguma amiga. — E tinha mesmo. Não senti nenhuma preocupação, nenhuma centelha de intuição própria de gêmeos, de que havia algo além da minha egoísta irmã agindo de modo melodramático e deixando a família inteira em polvorosa.

— Elaine — papai disse —, você sabe se aconteceu alguma coisa? Algum problema que sua irmã está tendo e que devêssemos saber antes de ir procurá-la esta noite?

— Ela provavelmente quer apenas morar sozinha.

— Morar sozinha? — Mamãe me lançou um daqueles olhares que me faziam sentir transparente. — O que aconteceu entre você e sua irmã?

— Bárbara e eu raramente nos vemos acordadas hoje em dia.

— Na mesma noite ela vai embora e você falta à festa de despedida de Danny e fica na casa da sua tia Pearl — mamãe insistiu.

— Eu estava triste com a partida de Danny. Precisava de um lugar calmo para ficar.

— Você está triste com a partida dele então resolve não o ver?

— Charlotte — papai interveio. — Vamos jantar. Depois eu e você iremos àquela boate para pôr um pouco de juízo na cabeça da nossa filha.

— Como se eu pudesse comer — mamãe disse, ainda me examinando.

Ela e eu misturamos ovos e batatas fritas para uma refeição durante a qual papai tentou fingir que estava tudo normal, perguntando às minhas irmãs e a mim sobre a escola. Harriet colaborou com a fantasia; recebendo mais atenção do que de costume na mesa de jantar, disse quem eram suas colegas favoritas, quem já sabia ler um pouco, quem tinha cachorro, e pediu para ter um cachorro também.

Depois do jantar, mamãe vestiu sua melhor roupa, um vestido de seda verde-musgo com a blusa drapeada na frente, uma das criações de Pearl, e ela e papai chamaram um táxi, um luxo, para levá-los ao Trocadero.

Eu instalei minhas irmãs na frente do rádio para ouvir *Amos' n'Andy*, depois liguei para Pearl para dizer que não precisava dormir lá naquela noite porque Bárbara ia dormir na casa de uma amiga. — Não, não aconteceu nada — eu disse. *Pelo menos, nada que já não tenha sido destruído pela minha odiosa irmã*. Eu torci para papai e mamãe não conseguirem convencê-la a voltar para casa. Melhor ainda do que ir morar com Pearl era ter o quartinho aconchegante que dava para a cozinha só para mim.

Quando mamãe e papai voltaram, um pouco depois das dez, papai estava com o braço passado em volta de mamãe e ela cambaleou quando ele a levou até uma cadeira.

— Elaine, prepare um chá para a sua mãe — ele disse.

— O que aconteceu? O que foi que ela disse?

Papai suspirou.

— Sua irmã não estava lá. Ela largou o emprego ontem à noite. Tenho certeza que ela está bem, mas ninguém soube dizer onde ela está... Você! Volte para a cama — ele disse para Audrey, que estava agachada na escada.

— Eu vou fazer o chá. — Corri para a cozinha, querendo uns minutos para refletir.

— Esqueça o maldito chá! — Mamãe tinha saído do seu estupor. A voz dela foi como um soco. — Elaine, venha até aqui e olhe para mim.

Eu obedeci.

— O que aconteceu entre você e Bárbara ontem?

Eu tinha pensado que não podia odiar Bárbara mais do que já odiava. Mas ela tinha me deixado para expor minha humilhação para papai e mamãe enquanto se escondia na casa de uma amiga, se divertindo... ou não? *Por que ela tinha largado o emprego?*, pensei com uma primeira sensação de alarme. Se ela planejou morar sozinha, então precisava do emprego mais do que nunca.

— Elaine! — mamãe disse.

— Eu... — Mas não adiantava desconversar, mamãe já tinha adivinhado. — Eu fui até a casa de Danny e ela estava com ele.

— Fazendo o quê?

— Aos beijos e abraços.
— Só isso?
— Como eu posso saber?
— Elaine! — papai disse com firmeza. — Você e Bárbara tiveram uma briga?
— Não, eu apenas fui embora.
— E foi direto para a casa da sua tia Pearl — mamãe fungou. — Não procurou sua própria mãe.
— Eu só...
Para meu alívio, papai ficou focado no problema.
— Pense, Elaine — ele disse. — Para onde ela teria ido? Quem são as amigas mais íntimas dela?
Eu comecei com as amigas de Bárbara do Diamonds. — Susie Graf. Alice Wexler...
— Olhem só para vocês! — Mamãe revirou os olhos. — Vocês não percebem que agora nós sabemos exatamente onde Bárbara está?
Eu olhei espantada para ela. — Onde?
— Bem — mamãe disse. — Acho que uma pessoa não precisa ter uma bolsa de estudos para a universidade para ser inteligente.
— Charlotte!
— Onde mais ela poderia estar — mamãe anunciou — a não ser no trem para o Canadá? Com aquele imprestável do Danny Berlov.
— Não — eu disse. — Danny não teria...
— Por que não? — mamãe se aproveitou da minha hesitação.
Eu tinha achado que não restava mais nenhum segredo, que nenhum pedacinho da minha vida continuava privado, mas não podia expor o fato de Danny ter me pedido em casamento.
— Ele está se alistando no exército, ela não pode estar com ele — eu disse. — Ele nem vai ficar no Canadá. Talvez tenha um mês de treinamento, mas depois irão mandá-lo para a Inglaterra.
— *Você* teria pensado em tudo isso — mamãe disse —, mas sua irmã teria? Danny Berlov teria?
— Charlotte, isso não faz sentido — papai disse com sua voz de vamos ser razoáveis. — Elaine tem razão. Danny vai entrar no exército canadense. E como Bárbara teria dinheiro para comprar uma passagem para o Canadá? Ou para pagar um lugar para morar lá?

Mas mamãe insistiu, e papai concordou em ir até a Western Union no dia seguinte e mandar um telegrama para Bárbara na estação de trem de Vancouver.

— Não mande para Vancouver — eu disse, apesar da minha relutância em dizer qualquer coisa que apoiasse a fantasia de mamãe de que Bárbara estivesse no trem. — O trem leva um dia e meio para chegar lá. Mande para a estação de... — Eu tinha consultado os horários com Danny, séculos atrás. Sacramento? Não, o trem já tinha deixado Sacramento. — Portland, essa é a próxima cidade onde o trem irá parar por uma hora, e haverá tempo de entregar um telegrama.

— Escreva para Danny Berlov também — mamãe disse. — Diga que o consideramos responsável pela segurança da nossa filha... ou que esperamos que ele se case com ela. E se aquele safado a tiver engravidado? E depois vai para a guerra e morre, deixando-a sozinha com um bebê no Canadá.

Ela não podia estar grávida! Eles não tinham ido tão longe, Danny tinha jurado que não para mim.

Embora papai tenha cedido aos desejos de mamãe, ele também me pediu para fazer uma lista das amigas de Bárbara para telefonarmos e perguntarmos se ela estava na casa de alguma delas.

— E se eu for falar com algumas delas amanhã? — sugeri.

— Não ouse fazer isso — mamãe disse. — Se você começar a perguntar onde ela está, todo mundo em Boyle Heights vai dizer que a filha desmiolada dos Greenstein fugiu de casa.

— Elaine — papai disse —, *você* vai para a faculdade assistir a suas aulas. E eu não vejo motivos para entrar em contato com ninguém neste momento. Vamos esperar mais um dia, e tenho certeza que ela vai voltar para casa por vontade própria.

— Ela está naquele trem, você vai ver — mamãe declarou. Aí ela se aproximou e acariciou meu braço. — Pobre Elaine.

— O quê? — eu disse, mais desconfiada de sua compaixão do que de suas acusações. Eu sabia me defender das perguntas de mamãe. Mas, se ela mudasse para o seu raro humor consolador, eu tinha a sensação de que viraria uma menina inconsolável de três anos de idade.

Mas ela disse apenas: — Não gaste suas lágrimas com Danny Berlov. Ainda bem que você se livrou dele.

* * *

Naquela noite, eu fiz a lista que papai tinha pedido, começando com as garotas do Diamonds — apesar de que, se Bárbara quisesse mesmo se esconder, ela jamais iria para a casa de alguém em Boyle Heights. Eu tinha conhecido algumas amigas dela da aula de dança, ou a ouvira falar a respeito delas, e acrescentei os nomes que consegui lembrar.

Também levei em conta o Trocadero. Eles tinham deixado mamãe entrar no camarim aquela noite e conversar com as coristas, e todas tinham dito que não sabiam onde Bárbara poderia estar. Desejei saber se ela tinha alguma amiga especial lá, uma garota que talvez pudesse revelar algo à irmã de Bárbara, uma garota da mesma idade que ela, mas que não tinha contado para mamãe. Mas Bárbara e eu tivemos tão pouco contato durante o verão que eu não fazia ideia de quem eram as amigas dela.

Mas, enquanto eu me preparava para procurar por Bárbara em Los Angeles, não podia deixar de ver uma lógica maluca na teoria de mamãe de que ela estava no trem para Vancouver. Não que eu achasse que ela tivesse partido *com* Danny, que os dois tinham planejado isso — uma coisa era ele sucumbir à tentação do momento, mas nem mesmo o Danny que eu naquele momento desprezava seria capaz de fugir com minha irmã poucas horas depois de ter me pedido em casamento. Mas Bárbara podia ter entrado em pânico depois de eu a ter encontrado com Danny, ter tido medo da minha raiva e achado que eu iria contar a mamãe e papai, que iriam cair em cima dela assim que entrasse em casa. Desesperada para escapar, a primeira coisa que lhe veio à cabeça foi o trem que ia partir na manhã seguinte. Era um ato de ousadia — irritante — e o tipo de coisa que eu podia ver minha irmã fazendo.

Quando fui me deitar naquela noite, descobri que além do bilhete que ela tinha deixado para mamãe e papai, havia um segundo bilhete debaixo do meu travesseiro.

Lainie, desculpe, eu te amo.

Eu tive vontade de rasgar o bilhete de tanta raiva. Mas algo me fez guardá-lo na caixa de tesouros que tinha ganhado de tia Pearl quando era criança. Será que tive uma premonição de que o bilhete ia ser a última coisa que eu receberia de Bárbara? O que me lembro de ter sentido por ela foi raiva e uma certa preocupação — mas muito pequena. Consegui dormir aquela noite. E no dia seguinte, na faculdade, consegui prestar atenção nas aulas. Consegui até me sair bem com o professor de Economia, que nos interrogou com a ferocidade de um tigre atacando uma presa. Nem mesmo a minha angústia em relação a Danny diminuiu a alegria que senti depois de responder uma pergunta difícil e o professor balançar a cabeça como se estivesse guardando o meu rosto; esse era o tipo de reconhecimento que eu experimentava no início de cada ano escolar, o momento em que um novo professor identificava Elaine Greeenstein como uma das alunas inteligentes — só que desta vez estava acontecendo não na escola pública de Boyle Heights, mas na Universidade de Southern California.

Entretanto, a ausência de Bárbara me fez sentir a necessidade de fazer *alguma coisa*. Depois da minha última aula, liguei para casa para ver se haviam tido alguma notícia dela. Nada. Audrey me disse. Então fui até o curso de dança de Bárbara em Hollywood. Encontrei quatro amigas dela lá. Disse-lhes que ela tinha ido para a casa de uma amiga, mas que tinha se esquecido de nos deixar o nome, será que elas sabiam quem era? Elas disseram que não, mas me deram os nomes e telefones de algumas outras pessoas.

Eu planejava telefonar para essas pessoas assim que chegasse em casa, mas mamãe não quis nem ouvir falar nisso. Eu já tinha falado demais sobre Bárbara, ela disse, furiosa.

— Mamãe, nenhuma dessas moças mora perto de Boyle Heights!

— Como você sabe que elas não têm parentes aqui?

— Nós não estamos vivendo na época de Jane Austen. Nossa família não vai ficar prejudicada se souberem...

— Não há necessidade de criar problemas — mamãe resmungou. — Nós sabemos onde ela está, naquele trem.

O trem estava marcado para chegar em Portland às sete e quarenta, e naquela noite, depois do jantar, a ansiedade de mamãe ficou tão palpável que o simples fato de sentar na mesma sala que ela me deixou nervosa. Eu fui para o meu quarto e abri *Beowulf*, que tinha que ler em inglês arcaico e traduzido. Mas, embora eu me obrigasse a olhar para o livro, só conseguia ver o trem se aproximando de Portland. Às sete e meia, desisti de estudar e me juntei ao resto da família reunida em volta da mesa da cozinha, perto do telefone de parede. Papai estava jogando um jogo de peixes com Audrey e Harriet, e mamãe estava arrumando nervosamente coisas no armário.

Às sete e quarenta, começamos a lançar olhares para o telefone e para o relógio, e às oito ficamos simplesmente sentados olhando para eles. Quando o telefone finalmente tocou, às oito e quinze, papai atendeu.

— Bárbara! — mamãe exclamou, grudando no cotovelo dele. Nós todas nos aproximamos, ouvindo o que ele dizia.

— Sol, como vai? — papai disse.

Era uma ligação comum, e eu voltei para a mesa. Aí eu ouvi papai dizer: — Burt ligou para você da estação de trem em Portland? Que bom.

— Sol Weber — mamãe sussurrou. O pai de Burt Weber.

— Ela não desapareceu, é claro que não — ouvi papai dizer. — Só foi passar algumas noites na casa de uma amiga e se esqueceu de dizer qual... Foi só uma ideia maluca que a minha mulher teve. — Ele franziu a testa para mamãe. — Mas é claro, ela está na casa de uma amiga... Não, não precisamos de nenhuma ajuda. Obrigado por ligar.

Papai desligou e nos disse o que Burt Weber tinha dito. O telegrama de papai, entregue quando o trem chegou em Portland, tinha deixado Danny tão nervoso que, em vez de apenas mandar um telegrama em resposta, ele havia insistido com Burt para ligar para casa (o pai de Danny ainda não tinha telefone) e deixar bem claro que Bárbara não estava com Danny. E caso algo tivesse nos dado a ideia de que ela poderia estar no trem, Burt assegurou ao pai que ele e Danny estavam sempre andando por toda a extensão do trem para esticar as pernas durante a longa viagem e que podiam assegurar que Bárbara não estava lá.

— Sol Weber! — mamãe gemeu. — Ele tem uma boca maior do que a pior *yenta*. O que você disse no telegrama para deixar Burt Weber tão nervoso?

— Quem é que tinha certeza que ela estava no trem? — papai perguntou em resposta.

— Papai? — Audrey disse, com a voz cheia de ansiedade. Nós já tínhamos visto mamãe e papai brigarem, mas não assim. Mamãe geralmente implicava e papai fazia uma cara feia; ele raramente levantava a voz.

— O que é, Audrey? — Papai tentou sorrir para ela.

— Se Bárbara não estiver no trem, isso é ruim?

— Não, de fato é uma boa notícia. Significa que a tola da sua irmã está aqui em Los Angeles, afinal.

— Quando é que Bárbara vai voltar para casa?

— Logo. Vejam só que horas são. Você e Harriet deviam estar na cama.

— E se escrevermos para o sr. Keen? — Audrey insistiu. Ela estava se referindo a *Mr. Keen, Tracer of Lost Persons*, um programa de rádio.

— Vá para a cama! — mamãe disse. — Agora!

Audrey ficou com os olhos marejados de lágrimas. Pobre criança, ela era nervosa por natureza, e com toda a nossa atenção voltada para Bárbara, ninguém tinha tentado diminuir o impacto da crise familiar sobre ela.

— Ei — eu disse a ela. — Que tal vocês se prepararem para dormir e depois eu ler uma história de *Nancy Drew*? — Passei o braço pelo ombro dela, dei a mão a Harrriet e levei as duas para o quarto.

Harriet era pequena demais para entender direito o que estava acontecendo e tinha uma natureza alegre demais para se estressar com tempestades familiares. (Pelo menos era o que eu achava na época, observando minha irmã caçula, sempre sorridente.) Audrey, entretanto, estava visivelmente histérica. Fiz o possível para responder com paciência às perguntas que ela me fez: que tipo de emprego Bárbara tinha e por que tinha sido um segredo? Por que mamãe e papai acharam que Bárbara tinha ido embora com Danny? Danny não era meu namorado? Consegui responder a todas essas perguntas, embora de forma resumida. Mas o que eu podia dizer quando ela perguntou:

— Bárbara está bem? Por que não liga? Aconteceu alguma coisa ruim com ela? — Como eu podia acalmar a ansiedade dela se a minha estava tão alta?

Eu não tinha realmente acreditado que Bárbara estivesse no trem, mas a especulação de mamãe tinha me dado uma história para servir de pano de fundo para a ausência dela, uma história na qual ela penteava o cabelo, tomava café e ficava sentada vendo a Califórnia e depois o Oregon passar pela janela do trem. Ela devia estar escondida na casa de uma amiga em L. A. — esta sempre fora a explicação mais plausível —, e isso me deu vontade de sacudi-la até seus dentes baterem. Mas já fazia dois dias que tinha partido, sem uma palavra, e eu não estava mais irritada, estava assustada.

As notícias de Burt tinham afetado papai e mamãe da mesma maneira. Quando voltei para a cozinha, mamãe não tentava mais manter a ausência de Bárbara em segredo; em vez disso, estava percorrendo a lista que eu tinha feito das amigas de Bárbara e ligando para elas. Entre uma ligação e outra, gemia que este era o castigo de Deus pela aflição que ela tinha causado aos pais. Então respirava fundo e ligava para o número seguinte da lista. E papai... Eu nunca o tinha visto tão nervoso. Andando de um lado para outro e fumando sem parar, meu pai normalmente tão ponderado oscilava entre esbravejar contra a filha imprudente e se preocupar por ela estar correndo algum perigo. Uma hora ele dizia que não devíamos ter o trabalho de procurá-la porque sem dúvida amanhã ela entraria em casa sem ligar a mínima para a confusão que havia provocado. Logo em seguida ele queria ligar para a polícia.

— Mas por que a polícia se envolveria? — ele disse. — Ela tem dezoito anos e deixou um bilhete, e vejam onde ela trabalhava... Mas a questão é justamente essa. Uma garota com um emprego desses não tem como saber se manter longe de problemas. Elaine, o que você acha? — Ele se voltou para mim com olhos suplicantes. Comecei a gaguejar uma resposta, mas ele já estava outra vez reclamando do egoísmo de Bárbara.

Como já estava outra vez andando de um lado para outro, papai entrou rapidamente na sala quando ouvimos um barulho na porta da frente. Eu estava poucos passos atrás, e mamãe terminou rapidamente sua ligação e veio atrás, gritando:

— Bárbara!

Mas era Pearl, seu rosto sem pintura e seu cabelo preso em rolinhos, como se ela estivesse se aprontando para ir dormir antes de sair apressadamente. — Eu tentei telefonar, mas estava ocupado — ela disse. Recebi um telefonema de Ruth Eder. Que história é essa de Bárbara ter ido para Vancouver com Danny?

— Vamos nos sentar. — Papai acendeu um abajur e se sentou pesadamente, como se naquele momento tivesse ficado velho.

Ele tirou do bolso o bilhete de Bárbara, que tinha dobrado e guardado na carteira, e contou a Pearl o que tinha acontecido nos últimos dois dias.

— Por que vocês não me contaram?! — Pearl exclamou num determinado momento, mas não estava disposta a perder tempo ficando ofendida.

Quando papai terminou, ela ficou em silêncio por alguns instantes, de olhos fechados, refletindo. Então ele perguntou: — Ela tem muito dinheiro?

Mamãe sacudiu a cabeça.

— Ela dá quase todo o ordenado dela para mim. Por quê?

— Eu imaginei se ela teria dinheiro para passar uma ou duas noites num hotel. Ou mesmo sair da cidade. Existem muitos lugares para ir, não apenas Vancouver...

De repente, meu mapa de onde Bárbara poderia estar cresceu de Los Angeles para o mundo inteiro, um universo no qual ela se perderia para sempre. Eu reprimi um soluço.

Mas mamãe estava dizendo:

— Ela tem um pouco de dinheiro para despesas, só isso.

— Bem, ela vai precisar de todo o dinheiro que conseguir — Pearl disse. — Por que não deixamos uma mensagem para ela no banco?

— Que banco? — mamãe disse. — Desde quando ela tem um banco?

— Ela me pediu orientação para abrir uma poupança. Isso deve ter sido no último inverno. Eu disse a ela para usar o Union Bank no centro da cidade e acho que ela iria lá.

— Você não achou que devia nos contar? — mamãe disse, zangada como costumava ficar sempre que uma de nós recorria a Pearl. E seus nervos estavam em frangalhos; ela tinha acabado de ligar para oito ou nove amigas de Bárbara, lutando para manter o pânico fora de sua voz enquanto cada uma das moças dizia que não fazia ideia de onde Bárbara podia estar.

— Charlotte, eu achei que você soubesse — Pearl disse. — Mas não vi isso como algo que eu precisasse comunicar a você. Achei que era uma boa ideia, muito responsável da parte dela querer abrir uma conta no banco.

Mamãe se encrespou. — Não cabe aos pais dela decidirem isso?

— Esse bilhete — papai interrompeu. — Você vai pedir a eles para entregar a ela?

— Vou levar lá amanhã cedinho e conversar com o meu gerente. Ele pode alertar os caixas e pedir a eles para dar o bilhete a Bárbara quando ela for lá.

Todos nós voltamos para a cozinha para papai escrever o bilhete. Mamãe voltou a telefonar, embora já fossem dez e meia da noite. Ela acordou diversas pessoas e teve que aturar a irritação delas e já não estava mais conseguindo disfarçar o pânico que sentia.

Papai começou várias cartas, mas amassou todas elas.

— Eu culpo a mim mesmo — ele disse para Pearl, suspirando. — Eu jamais deveria ter permitido que ela aceitasse aquele emprego.

— Ó, Billy — Pearl disse, dando um tapinha na mão de papai. — Se não fosse o emprego, seria outra coisa. Ninguém conseguiria impedir Bárbara de alçar voo.

— Alçar voo? — Mamãe, que estava entre uma ligação e outra, virou-se e olhou zangada para Pearl. — Esse é o tipo de conselho que você dá para as *minhas* filhas, Pearl? Que elas alcem voo?

— É claro que não. Não desse jeito.

— Eu sinto muito que você não tenha seus próprios filhos, mas, se minhas filhas precisarem de conselho, mande elas falarem comigo.

— Por favor — papai disse. — A última coisa que precisamos é brigar.

— Não me diga que você vai ficar do lado dela — mamãe disse.

Pearl se levantou.

— Bill, se você quiser escrever o bilhete e entregar para mim amanhã de manhã, eu levo até o banco — ela disse, e saiu pisando duro.

— Tia Pearl. — Eu corri atrás dela até a varanda.

— Elaine, se você estiver com algum problema, fale com sua mãe — Pearl disse alto. Depois ela passou o braço pelo meu ombro. — Como você está indo? Como está a faculdade? — ela murmurou.

— Tudo bem.

— Está acompanhando as aulas?

— Sim.

— Não ouse deixar que sua irmã prive você disso.

Eu não sei o que papai escreveu no bilhete, mas ele saiu cedo na manhã seguinte com Pearl para levá-lo ao banco. Mamãe planejava continuar ligando para as famílias das amigas de Bárbara. Eu me ofereci para ajudar, mas, se havia uma coisa a respeito da qual mamãe, papai e Pearl concordavam, era que nada deveria atrapalhar os meus estudos.

Eu tinha que me obrigar a sair de casa para ir à faculdade, afastando-me dos problemas familiares como se estes fossem um ímã me puxando para trás. Quando me libertava dele, no entanto, a USC era um refúgio. Todo mundo em Boyle Heights me conhecia como a filha dos meus pais, uma das "garotas Greenstein". Na USC eu era simplesmente outra caloura. Eu não andava arrastando minha família inteira atrás de mim.

Era assim que Bárbara se sentia quando ia para Hollywood?

Eu não era totalmente anônima, é claro. Eu me encontrei com Paul na rua. Ele ficara sabendo de Bárbara e perguntou se podia fazer alguma coisa para ajudar.

— Não, obrigada — eu disse, em guarda contra algum olhar ou comentário, já que Paul, como todos em Boyle Heights, deviam ter descoberto que nós achamos que Bárbara tivesse fugido com Danny. E como Paul Renick poderia resistir à chance de me desestabilizar? Mas em sua voz e seus olhos eu só vi preocupação.

— Estou falando sério. Ligue para mim se eu puder ajudar — ele disse.

Minhas aulas de sexta-feira terminaram ao meio-dia. Do ponto do bonde até em casa, três pessoas me perguntaram se havia alguma notícia de Bárbara; e, quando abri a porta de casa, ouvi:

— A universitária, aqui está ela!

Era tia Sonya, plantada no sofá com sua cesta de costura — embora não houvesse sinal de que estivesse costurando alguma coisa.

— Eu vim assim que levei as crianças para a escola esta manhã — Sonya me disse. — Para fazer o que puder. Embora não entenda por que seus pais a deixaram trabalhar num lugar daqueles! Bem, imagino que eles pagavam melhor do que se supunha.

— Como assim? — Eu odiava quando Sonya me lançava uma isca, mas ela obviamente estava sabendo de alguma coisa.

— Seu pai foi ao banco hoje de manhã e adivinhe. Sua irmã tinha uma poupança lá, mas não tem mais. A primeira coisa que ela fez na quarta-feira de manhã foi ir até lá e retirar todo o dinheiro. Cento e trinta dólares! Você pode imaginar?

Não, eu não podia imaginar. Bárbara só ficava com dois ou três dólares de cada ordenado e os gastava em roupas e cosméticos e táxi.

— Como ela podia ter tanto dinheiro?

— Não fazendo algo respeitável — Sonya disse sombriamente.

— Você não sabe disso — mamãe disse, vindo da cozinha. Ela estava usando seu melhor vestido de andar em casa e um pouco de batom, como se não quisesse demonstrar nenhuma fraqueza na frente de Sonya.

— Charlotte, encare os fatos — Sonya disse. — Meu irmão alguma vez conseguiu ganhar cento e trinta dólares num mês inteiro?

— Onde *está* papai? — interrompi.

— Na boate — mamãe disse. — Ele combinou de falar com o gerente. Pearl tirou a tarde de folga e o levou de carro. Ele quer descobrir o que estava havendo lá.

— Como se um homem igual àquele gerente fosse admitir alguma coisa! — Sonya disse. — E eles já saíram há mais de duas horas. Eu não tentei dizer a eles que você não chega perto de um homem desses e simplesmente o acusa de...

— Bem, Sonya! — Mamãe abriu um sorriso forçado. — Foi muito gentil de sua parte vir até aqui, mas não quero impedir você de cozinhar seu jantar de Shabbos.

— Está tudo bem. A minha empregada está cuidando disso. — Sonya tinha uma empregada mexicana. — Tanto dinheiro assim, tem que haver um homem. Qual é o problema das mulheres desta família? Será que ninguém sabe que é preciso manter a virgindade até o casamento?

— Sonya!

— Pearl com aquele *schvartze* — Sonya continuou. — E agora Bárbara...

— Sonya, cala já essa maldita boca!

Eu e Sonya olhamos atônitas para mamãe. Eu já tinha perdido a conta das vezes que a ouvira dizer: "Se não precisássemos do emprego de Elaine na livraria do Leo, o que eu não diria para aquela mulher." Agora ela tinha dito.

— Se não sou bem-vinda aqui... — Sonya enfiou teatralmente a saia na qual não tinha tocado dentro da caixa de costura.

— Se me der licença, eu tenho que preparar o jantar — mamãe disse. — Elaine, você não tem dever de casa?

Agradecida, segui mamãe pela porta de vaivém da cozinha. Eu me ofereci para ajudá-la a preparar o jantar, mas ela me disse para ir estudar.

No meu quarto, refleti sobre a riqueza da minha irmã — e sua aparente disposição de usar o sexo como moeda. Ela tinha procurado o "produtor" esperando algo semelhante ao que acontecera; o que a deixou aborrecida foi ter sido enganada quanto ao contrato. Ainda assim, o que ela teria tido que fazer por cento e trinta dólares? Isso era uma fortuna.

Papai e Pearl só voltaram bem mais tarde. Audrey e Harriet já tinham voltado da escola, e mamãe tinha mandado as duas para a casa dos Anshel, nossos vizinhos. Mas ela não tinha conseguido desalojar Sonya do sofá. Então nós três — mamãe, Sonya e eu — ouvimos o que tinha acontecido naquela tarde. O gerente da boate tinha sido muito afável, papai disse;

ele tinha até lamentado o fato com eles em iídiche. E tinha lhes mostrado um livro-caixa com tudo o que pagara a Bárbara; não havia um centavo a mais do que ela havia entregado a mamãe, mais o que guardava para seus gastos pessoais. Não havia nada que pudesse explicar o dinheiro que ela tinha no banco.

— Mas ele nos disse que algumas moças ganhavam um dinheiro extra trabalhando como modelo — papai acrescentou.

— Modelo? — mamãe disse. — Em lojas de departamentos?

— Para fotógrafos. — Papai olhou para as próprias mãos. — Você sabe, fotos de *pinup*. Garotas bonitas de roupa de banho.

— *Gevult* — Sonya disse. — Tem um homem que é dono de uma livraria a alguns quarteirões da do Leo, o sr. Geiger. Você precisa vê-lo, Elaine. Ele tem fotos de garotas no quarto dos fundos.

— Bárbara jamais faria isso! — eu disse.

Não que eu tivesse visto algum dos itens "especiais" que diziam que Arthur Gwynn Geiger vendia no seu quarto dos fundos. (Na parte da frente da loja dele, diziam, os belos livros nunca saíam das estantes.) Mas Gaiger de vez em quando ia até a loja de Leo — todos os livreiros no Hollywood Boulevard se conheciam —, e eu raramente sentia uma repulsa tão visceral por alguém como a que sentia por aquele homem gorducho, afetado, de uns quarenta e poucos anos. O olho esquerdo dele era de vidro, seu olhar era frio e falso, e ele insistia em me olhar nos olhos, obrigando-me a encará-lo para eu não me sentir mal-educada. A ideia de que Bárbara pudesse ter alguma ligação com Geiger me deixou arrepiada.

— É claro que não — Pearl disse, e olhou zangada para Sonya. (Com Sonya presente, mamãe e Pearl tinham esquecido a rusga da noite anterior e se aliado.) — Tudo o que ele disse foi que *algumas* garotas serviam de modelo!

— Tanto dinheiro assim, o que quer que ela estivesse vendendo, não eram maçãs na esquina — Sonya disse.

— Na verdade — papai disse — ele nos deu os nomes de três fotógrafos. — Mostrou uma folha de papel com o logotipo do Trocadero, com alguma coisa escrita à mão. — Nós fomos procurá-los, por isso é que demoramos tanto. Mas nenhum deles conhecia Bárbara.

— Ó... — Eu prendi a respiração.

Felizmente, Sonya falou antes de mim: — Como se eles fossem admitir alguma coisa para *você*! — E ninguém notou a minha reação.

Enquanto eles debatiam o que fazer em seguida, eu pensava se devia ou não dizer que tinha reconhecido o nome de um dos fotógrafos: Alan Yardley. Era o amigo que tinha feito fotos de Bárbara por uma "ninharia". Será que ela pagou pelas fotos servindo de modelo para ele? E talvez mais alguns trabalhos adicionais para ganhar dinheiro? O fato de Yardley ter negado que a conhecia sugeria que algo desagradável havia acontecido. Eu não ia tocar no assunto na frente de Sonya, é claro. Mas por que contar a mamãe e papai, quando isso só serviria para aborrecê-los? O importante agora não era saber como ela tinha conseguido cento e trinta dólares. O que importava era que ela *tinha* dinheiro; não estava sozinha e sem um tostão.

Eu não disse nada.

Na manhã seguinte, sábado, Pearl veio buscar papai de carro, e eles saíram para ir às estações de trem e de ônibus. Se Bárbara tinha limpado a conta do banco, então talvez tivesse deixado Los Angeles; eles planejavam mostrar o retrato da formatura dela para os caixas e perguntar se algum se lembrava de ter vendido uma passagem para ela, e para onde.

Fui para o meu emprego na livraria. Na hora do almoço, fiz uma caminhada e me vi diante da loja do Geiger. Imaginei se ele vendia fotos tiradas por Alan Yardley. Entrei na loja. Geiger não estava, mas uma mulher de expressão dura, usando um vestido justo, veio na minha direção como para evitar que eu avançasse mais.

— Desculpe, endereço errado — eu disse, e saí.

Se ao menos eu pudesse ver se havia alguma foto dela, teria uma ideia melhor do que fazer. Mas minha breve incursão na loja de Geiger me fez compreender que eu não teria coragem de pedir para ver seu estoque especial. Paul, por outro lado... Um universitário poderia entrar na loja de Geiger e ser bem recebido, e Paul, um cara vivido depois de ter lutado na Espanha, era capaz de ser bem-sucedido. Ele tinha dito que eu podia ligar para ele e tinha parecido sincero. Mas será que eu queria pedir ajuda a Paul Resnick? Isso significaria contar a ele que minha irmã talvez tivesse posado para fotos de *pinup*. E se ele encontrasse fotos dela na loja de Geiger? Eu podia confiar nele?

Para minha surpresa, a resposta que me veio à cabeça foi sim. Liguei para Paul na empresa do pai dele. Ele chegou à livraria uma hora depois, e eu expliquei o que tinha em mente.

A visita dele à loja de Geiger só demorou vinte minutos. Quando voltou, ele me entregou um pacote do tamanho de uma foto de quatro por seis, embrulhada em papel pardo e amarrada com um barbante.

— Você tinha razão — disse.

— Obrigada. — Eu fiquei grata não só pela ajuda, mas por ele não demonstrar nenhum acanhamento infantil. E embora eu estivesse louca para correr para algum lugar privado e abrir o embrulho, não quis me afastar imediatamente de Paul. A presença dele me deixava mais segura. — Você perguntou se ele tinha fotos de Alan Yardley?

— Aquele Geiger é um nojento, não é? Quando perguntei sobre Yardley, ele disse que eu obviamente era um conhecedor e que tinha recebido as fotos mais recentes dela ontem. Talvez tenham sido tiradas depois que ela saiu de casa.

— As mais recentes? — Olhei para o pacote nas minhas mãos suadas.

— Comprei quatro fotos diferentes, que parecem tiradas em quatro sessões diferentes.

— Como vou saber qual é a mais recente?

Ele sacudiu a cabeça. — Você vai saber... Elaine, espero que isso não soe como um consolo vazio, mas já vi bem piores.

— Obrigada. E mais uma vez obrigada por sua ajuda.

— Se você precisar de mais alguma coisa, promete ligar para mim?

Depois que ele saiu, fui para o banheiro e desamarrei o barbante do embrulho. Paul tinha dito que já vira coisa muito pior, e ingenuamente esperei encontrar fotos sensuais de lingerie, talvez até alguns nus. Ela *estava* usando lingerie numa foto — um penhoar transparente que não deixava nada para a imaginação — e olhava para a câmera com um sorriso provocante. Essa era a mais discreta. Nas duas outras, estava completamente nua, em poses provocantes, fazendo beicinho e arqueando as costas para trás para realçar os seios.

E Paul tinha razão: não havia dúvida sobre qual tinha sido a última foto. Ela estava sentada num banco, um pouco inclinada para trás. Uma das pernas estava levantada e o pé apoiado meio de lado no banco, de modo que dava para ver tudo. Ela estava com um olhar vazio e não tentou sorrir. Ela sabia que ninguém ia ligar para o rosto dela.

Essas não eram fotos de *pinup*. Eram fotos obscenas.

Eu tive ânsia de vômito. E fiquei com muita raiva. Eu queria ir correndo até a loja de Geiger e quebrar a vitrine, bater com um bastão de beisebol na cara de Geiger, queimar todas as fotos sujas. Depois eu destruiria a câmera de Alan Yardley. E em seguida iria atrás da safada da minha irmã! Nas três primeiras fotos ela estava flertando com a câmera. Será que ela considerava posar como modelo uma travessura? Devia saber que suas fotos iam ser manuseadas, babadas e pior. Será que não se importava? Será que *gostava* da ideia?

 Ouvi Leo pigarreando do lado de fora do banheiro. Eu já estava lá dentro havia dez minutos. Puxei a válvula e abri a torneira com força. Minhas mãos pareciam sujas. Eu as esfreguei debaixo da água quente e tornei a lavá-las depois de refazer o embrulho e enfiá-lo dentro da bolsa.

 Tentei voltar a trabalhar, mas estava me sentindo realmente mal: tonta, enjoada. Eu disse a Leo que não estava passando bem e saí cedo. Não conseguia tirar da cabeça aquela última foto. O que quer que Bárbara tivesse sentido durante as outras poses, sentar-se com as pernas abertas não é nenhuma travessura. E apesar de sua pretensa sofisticação, ela só tinha dezoito anos. Olha como ela tinha caído na conversa do tal "produtor". Com que tipo de gente estaria metida agora, e que conversa estariam passando nela? Será que eu devia insistir com papai para ele ir à polícia? Pelo menos ele precisava falar com Alan Yardley de novo. Se, como Paul supôs, a última foto foi tirada depois da partida de Bárbara, talvez Yardley soubesse onde ela estava.

 Mas para isso eu teria que contar a papai sobre as fotos. E não seria suficiente contar. Ele insistiria em vê-las. Ainda assim, se Bárbara estivesse associada a homens como Yardley e Geiger, eu teria o direito de guardar o segredo dela? Eu só tinha dezoito anos, também. Isso era grande demais para mim.

 Resolvi que só contaria a papai. Eu só precisava conseguir falar com ele longe de todo mundo. Isso foi fácil. Entrei em casa esperando a confusão habitual que encontrava todo dia desde a partida de Bárbara. Mas papai estava sozinho na sala, sentado na poltrona, lendo um livro. Mamãe estava de cama com enxaqueca, ele disse, e Pearl tinha levado Audrey e Harriet ao cinema.

 Papai me contou as últimas notícias a respeito da busca por Bárbara. Ele e Pearl tinham ido às estações de trem e de ônibus, tinham ido até às companhias de navegação, mas ninguém se lembrava de ter vendido uma passagem para Bárbara. Os vendedores trabalhavam em turnos diferentes, é claro, e eles planejavam voltar durante a semana e tentar de novo.

— Como *você* vai indo? — Ele me olhou com uma ternura surpreendente e fiz força para não chorar.

— Estou bem — eu disse.

— Sua primeira semana na faculdade e nem pudemos conversar a respeito. Conte-me sobre suas aulas e seus professores.

Enquanto eu respondia as perguntas de papai sobre a USC, não conseguia afastar os dedos das fotos obscenas de Bárbara dentro da minha bolsa.

Mas eu não podia deixar que papai a visse daquele jeito. Resolvi queimar as fotos. Bárbara ia voltar para casa; ela ia pelo menos entrar em contato conosco quando tivesse vontade. Eu só tinha que esperar até ela estar pronta.

Mas não consegui fazer isso.

CAPÍTULO 19
UMA JUDIA INTELIGENTE

O estúdio fotográfico de Alan Yardley ficava numa rua lateral a Hollywood Boulevard. Fui lá depois da aula, na segunda-feira. Eu estava nervosa, lembrando do nojo que senti na loja de Geiger. Mas o pequeno saguão, onde uma mulher de meia-idade de ascendência japonesa me anunciou pelo interfone, parecia uma galeria de arte; as paredes muito brancas continham apenas meia dúzia de fotografias bem espaçadas entre si, belas cenas do deserto.

O próprio Yardley me surpreendeu por ser... a palavra que me vem à mente é *refinado*. Eu imaginei que ele fosse me deixar um tempão esperando e estava preparada para passar horas ali, mas ele abriu imediatamente a porta do estúdio e me convidou para entrar. E havia tanta delicadeza em Alan Yardley. Ele devia ter uns cinquenta e poucos anos, calculei, e era magro e alto, com mais de um metro e oitenta, embora caminhasse meio curvado, como que para não intimidar as pessoas. E embora eu o desafiasse assim que entrei no estúdio, dizendo que ele tinha mentido para papai, o olhar dele permaneceu gentil e um tanto triste.

— Você a conhece! Eu tenho algumas das fotos que você tirou dela! — eu disse.

— As fotos? — ele falou baixinho.

— Da loja de Arthur Geiger.

— Ah. — Ele me olhou com seus olhos tristes. — Desculpe, mas não vi nenhum propósito em mencionar as fotos para o seu pai. Achei que isso iria apenas aborrecê-lo. Ele sabe?

Eu sacudi a cabeça.

— Então você achou a mesma coisa. Você não quis magoá-lo. Ridiculamente, comecei a chorar.

— Ora, ora — ele disse. — Eu vou ver se o chá está pronto. Eu pedi a Harumi para fazer um chá. Por favor, sente-se.

Ele foi até o saguão, deixando-me alguns minutos sozinha para me recompor. Eu me controlei e olhei em volta.

Uma área aberta na extremidade da sala era onde Yardley encenava suas fotos. O espaço no momento tinha um banco coberto com um tecido cinzento aveludado, e um biombo fornecia um pano de fundo agradável. Duas câmeras montadas em tripés e diversos postes de luz estavam virados para o "palco". Logo atrás das câmeras, no centro do estúdio, havia uma mesinha baixa e duas cadeiras de madeira. Num dos lados da sala, ele guardava diversos acessórios: bancos, cadeiras, plataformas, cortinas e assim por diante. O lado oposto era uma área de trabalho com um mesa de luz e mais equipamentos fotográficos. E na parede acima da mesa de luz havia mais das austeras fotografias do deserto que eu tinha visto no saguão.

Entretanto, apesar do acúmulo de objetos, o estúdio era surpreendentemente tranquilo. Mesmo antecipando um confronto com Yardley, algo naquelas fotografias do deserto fez com que eu me sentisse calma.

Yardley voltou carregando uma bandeja com um bule de chá de cerâmica branca, duas canecas brancas sem asas e um prato de biscoitos de amêndoas.

— Joshua Tree National Monument — ele disse, acompanhando o meu olhar na direção das cenas de deserto. — Você já esteve lá?

— Não.

— O lugar mais bonito do mundo. Sente-se, por favor — ele disse enquanto pousava a bandeja na mesinha.

— Está bem.

Ele serviu o chá, um líquido dourado e transparente, nada parecido com a mistura escura que tomávamos em casa.

— Açúcar?

— Sim, obrigada.

— É chá-verde japonês. Eu não recomendaria leite, mas se você quiser... — Havia um bule menor.

— Está ótimo — eu disse, impaciente. Por mais que estivesse sendo gentil, era esse homem que tinha convencido Bárbara a expor a vagina para a câmera. — Sr. Yardley...

— Alan.

— Quando foi que você tirou a foto mais recente?

— A mais recente...?

— A que ela está *naquele* banco. — Eu o tinha avistado no meio dos acessórios dele. — Com as pernas abertas.

Ele suspirou.

— Você viu aquela? Hmm, acho que foi algumas semanas atrás.

— Arthur Geiger disse que só recebeu aquela em sua loja no último fim de semana.

Apesar do meu tom combativo, ele respondeu calmamente.

— Deve ser isso mesmo. Eu levo algumas semanas para revelar o filme, fazer as cópias e depois entregar as fotos aos meus clientes. Por favor, por que você não me diz o que quer, e talvez eu possa ajudar.

— Você tirou aquela foto na semana passada, depois que ela saiu de casa? Você a viu?

— Ah, e você acha que eu sei onde ela está! Desculpe, não. Isto deve ser um choque horrível para você. Eu sabia que Bárbara queria morar sozinha, mas fiquei surpreso por ela ter ido embora tão de repente...

— Você a conhecia *bem*? — O que mais ele a tinha convencido a fazer?

— Não, nada disso. Eu não me envolvo com as garotas que posam para mim. Mesmo que eu tivesse vontade, e não tenho, Harumi jamais permitiria. Minha esposa. — Ele fez sinal com a cabeça na direção do saguão. — Mas as garotas e eu sempre tomamos chá e conversamos um pouco primeiro. E elas geralmente falam por que estão posando, o que querem fazer com o dinheiro.

— Quanto dinheiro? — perguntei, pensando na poupança de Bárbara.

— Cerca de trinta dólares a sessão. Mais se a garota fizer uma sequência.

— Ou se ela abrir as pernas?

— Ah, bem. Este é um negócio sórdido, não vou insultar a sua inteligência fingindo que não é. Mas eu trato as garotas com respeito. E sendo os homens como são, há um mercado excelente para este tipo de coisa. Passar algumas horas posando permite que as garotas paguem por aulas de canto ou de interpretação. Ou por uma faculdade. E permite que eu faça aquilo que *eu* amo. — Ele apontou para as fotos do deserto.

Yardley era apenas um canalha mais educado do que Geiger, eu disse a mim mesma. Ainda assim, era fácil imaginar Bárbara sentindo-se à vontade com ele, fazendo-lhe confidências. A gentileza dele parecia genuína e não simplesmente uma fachada para me enganar. Mas mesmo assim ele estaria tentando desviar minha atenção com suas maneiras refinadas e seu chá e suas fotos maravilhosas? Ele estaria escondendo alguma coisa a respeito de Bárbara? E haveria alguma maneira de eu enxergar por baixo daquela fachada e saber alguma coisa?

— Se você pudesse ver como isto está acabando com a minha mãe, com a minha família inteira... — eu disse. — Se houver alguma pequena coisa que lembre de ter conversado com ela...

— Eu gostaria que houvesse.

— Você disse que ela queria morar sozinha. Ela lhe deu alguma ideia de onde gostaria de ir?

— Eu achei que ela quisesse alugar um apartamento com uma ou duas amigas.

— Alguém em particular? Ela mencionou algum nome?

— Deixe ver... Não, não me lembro de nenhum nome.

Tudo o que ele disse era plausível: que ela tinha tirado a última foto semanas atrás, que Bárbara só tinha falado vagamente dos seus planos. Mas eu não conseguia deixar de pensar que estava sendo enganada por um mestre. Yardley sabia exatamente até onde eu era capaz de ir. Com a minha altura e o meu peso, dificilmente eu iria atacá-lo como um valentão de filme para obrigá-lo a falar. E nem ia voltar lá com papai, porque eu teria que mostrar as fotos para ele. A polícia? Mas ela se envolveria? E, caso se envolvesse, uma investigação não iria apenas arrastar Bárbara e o resto de nós para a lama?

— Ela alguma vez falou em deixar Los Angeles? — perguntei.

— Não que eu me lembre.

Ter ido tão longe, ter descoberto que ele tinha tirado as fotos obscenas de Bárbara e tê-lo confrontado; e sair sem nada!

— Alan! — Eu bati com minha xícara na mesa, satisfeita com o barulho da porcelana na madeira. — Você a viu na semana passada, eu sei que viu! Onde ela está?

Durante a minha explosão, o rosto dele permaneceu sereno. (Anos depois, quando a geração dos meus filhos praticava ioga e zen budismo, eu iria me perguntar se ele havia estudado alguma disciplina oriental.) Mas pela primeira vez naquela tarde, ele falou com veemência.

— Eu juro que não sei onde ela está. Se isto for algum consolo, Bárbara me pareceu uma garota que sempre saberá se virar sozinha. Eu gostaria de poder ajudar você. Mas vou lhe prometer uma coisa, Elaine. A menos que ela tenha saído de Los Angeles, eu tenho certeza que terei notícias dela quando ela quiser posar de novo. E farei tudo para convencê-la a entrar em contato com você.

— E você vai tirar mais fotos dela? — respondi.

Ele sacudiu os ombros. — Essa decisão é dela.

De repente, não sei de onde veio essa força, eu me tornei um dragão.

— Alan, minha irmã tem dezoito anos. Ela é menor de idade. Você não vai tirar mais fotos dela. E vai parar de vender as que já tirou.

Se não?, eu podia ouvi-lo pensando. Mas ele disse: — Está bem.

— Os negativos também?

— Os negativos também. Quer mais uma xícara de chá enquanto eu vou buscá-los para você? — ele disse calmamente, como se estivéssemos ali simplesmente conversando amenidades.

— Não, obrigada.

Ele começou a examinar as gavetas do arquivo. E eu finalmente me dei conta de que Bárbara tinha de fato desaparecido. Em menos de um dia, ela tinha largado o emprego, esvaziado sua conta no banco — uma conta que ela deve ter levado semanas ou meses posando para juntar — e desaparecido. Eu tinha pensado que ela havia ido embora numa crise de pânico. Mas um ato impulsivo deixa muitos furos, e nós não tínhamos encontrado nenhum furo no plano de Bárbara. Era como se ela tivesse calculado uma maneira de encobrir cada pista. O fato de eu a ter apanhado com Danny a tinha obrigado a partir naquele dia, mas será que ela já vinha planejando fugir?

Yardley me entregou um envelope cheio de fotos e negativos.

— Eu entendo agora por que ela tinha tanto orgulho de você — ele disse. — Você acabou de entrar para a USC, não foi?

— Sim.

— E vai ser advogada?

— Ela contou isso para você? — eu disse, surpresa em pensar que, enquanto Bárbara tomava chá e conversava com aquele homem gentil que atraía confidências, algumas das confidências eram a meu respeito.

— Como eu disse, ela tinha orgulho de você. E inveja.
— De mim?
— Você tem coisas importantes à frente. Faculdade, uma carreira. Temo que sua irmã tenha descoberto que seu emprego glamoroso significava ter que afastar as mãos bobas dos homens e cuidar dos joanetes nos pés. E ela estava em apuros, como tantos jovens hoje em dia. Mas, depois de conhecê-la, eu me aventuro a dizer que você sabe quem é e qual o seu lugar no mundo.
— Isso não é verdade! — protestei, não só porque eu não me sentia assim, mas também para negar sua tentativa de me definir.
— Bem, quem sou eu para dizer? — Ele me deu um sorriso triste. — Eu sou apenas um pornógrafo que gosta de fingir que é artista.

Paul me ajudou a queimar os negativos uma noite, naquela mesma semana, na fábrica do pai dele. Mas nada mais terminou de forma tão clara.

Papai tornou a conversar com vendedores de passagens mais algumas vezes nas semanas seguintes. E ele, mamãe e Pearl, em diversas combinações diferentes, faziam a ronda das boates; até cento e trinta dólares uma hora terminam, e Bárbara poderia ter conseguido outro emprego como corista. Começaram nos lugares chiques, visitando todos eles nas duas primeiras semanas. Mas aos poucos as boates foram ficando mais mambembes e as saídas, mais esporádicas. Papai também foi à polícia, mas, como temia, a polícia não ia montar uma busca para uma garota de dezoito anos que tinha trabalhado numa boate e saído de casa por vontade própria.

De quantas maneiras você pode procurar alguém que está decidida a não ser encontrada? E por que continuar a procurar uma garota que tinha dinheiro de sobra, não importa como o tenha conseguido, e que era tão cruel a ponto de não mandar nem mesmo um cartão-postal para a mãe saber que ela ainda estava viva? Mas, toda vez que um de nós — mamãe, papai, Pearl ou eu — dizia que havíamos esgotado todos os recursos e que estava na hora de desistir, alguém sugeria um novo caminho. Papai falou com o único detetive particular que conhecíamos, Ned Shulman, que tinha um escritório em Soto, mas ficou ofendido com as insinuações de Shulman e com o que ele teve coragem de cobrar. Era melhor gastar nosso dinheiro — bem, o dinheiro do tio Leo e da tia Pearl — em anúncios nas colunas pessoais de Los Angeles e de outras cidades da Califórnia e na recompensa oferecida por informações.

Nós divulgamos os anúncios durante seis meses, e papai checava as respostas que pareciam promissoras; as respostas continuaram a chegar esporadicamente, durante um ano. Diversas vezes a polícia ligou, e papai foi até o necrotério para ver o cadáver de alguma garota não identificada, uma tarefa da qual voltava pálido, mas forçando um sorriso, para que soubéssemos imediatamente que não se tratava de Bárbara.

Mas o tempo passou. As pessoas que encontrávamos por acaso em Boyle Heights pararam de perguntar se tínhamos notícia dela. Nós seguimos adiante. Bem, todos nós, menos mamãe. O resto de nós tinha a sorte de ter uma vida fora de casa, mas mamãe... pelo menos ela não passava o dia inteiro de camisola, chorando, como uma vizinha que teve que ir para um sanatório. Mamãe se vestia de manhã. Com a ajuda de Audrey, principalmente, ela cozinhava e mantinha a casa razoavelmente limpa. (Não surpreende que Audrey tenha herdado os dotes culinários de mamãe.) Participava das conversas. No entanto, fazia tudo isso como se nada — como se nenhum de nós — fosse real para ela. Uma tarde, eu ia de bonde para a loja de Leo e a vi caminhando por Hollywood Boulevard, espiando para dentro de lojas e restaurantes. Algo me disse para não me aproximar dela. Mas mencionei isso para Audrey e descobri que uma ou duas vezes por semana mamãe saía de casa de manhã e ficava horas na rua.

Eu ainda acordava todas as manhãs na cama que tinha sido de Bárbara (nós tínhamos desmontado a outra cama) pensando nas minhas duas perdas, Bárbara e Danny. Uma dor. Um momento, dependendo da minha disposição naquela manhã, de tristeza, preocupação ou raiva. Mas então eu saía, pegava o bonde para a USC, e mergulhava... não apenas nas aulas, mas num mundo social fervilhante, um grupo que se juntava na "nossa" mesa no grêmio dos estudantes para discussões políticas apaixonadas e que se reunia nos fins de semana para continuar os debates, tomar vinho barato, dançar e flertar. Era um grupo no qual, para minha surpresa e satisfação, eu me sentia inteiramente à vontade.

Você sabe qual é o seu lugar no mundo, Alan Yardley tinha dito. Eu não havia acreditado nele; como poderia, na minha segunda semana na USC, quando para onde quer que eu olhasse só via garotas louras e bem-vestidas e rapazes fortes que jogavam futebol, gente que falava sobre fraternidades e irmandades e carros que os pais tinham comprado para eles? Era um território desconhecido no qual eu achava que seria sempre uma forasteira. Mas, quando a novidade diminuiu, encontrei diversos colegas que levavam os estudos tão a sério quanto eu e que se importavam com o que estava acontecendo no mundo. E não eram só rapazes e moças intelectuais, com sobrenomes judeus e usando óculos. Uma garota da minha turma de inglês, com uma bela cabeleira loura à moda de Veronica Lake, me chamou para um fórum de debates sobre luta de classes e se tornou minha amiga.

E no final do meu segundo mês na USC, Hank Graham me convidou para sair. Hank era o zagueiro do time de futebol mais jovem da universidade e também a estrela da nossa aula de Economia. Ele entendia conceitos com uma rapidez estonteante; dizendo-se um conservador, ele tinha até confiança suficiente para desafiar nosso professor, defensor do liberalismo. Às vezes, saindo da aula, ele discutia comigo — não de um jeito agressivo, mas por seu engajamento teórico. Quando me convidou para ir ao cinema, achei que estivesse brincando. Mas ele não estava. Não que tenha me levado algum dia a uma das festas da sua fraternidade ou a uma reunião com seus amigos. Ele era o primeiro rapaz com quem eu saía que tinha carro, e não importava se o encontro começava no cinema ou num concerto (Hank me apresentou à música de câmara, que se tornou uma paixão da minha vida inteira), nós terminávamos estacionando em algum lugar, como Mulholland Drive. Ele era um cavalheiro, tentando, mas nunca forçando. Mas num certo ponto eu compreendi que ele me considerava uma aventura sexual, uma garota com a famosa licenciosidade da "judia exótica". A ideia me divertiu: Elaine Greenstein, aventura sexual de alguém? E para ser justa, a aventura foi dos dois lados. Hank era o primeiro rapaz com quem eu saía desde Danny, e adorei trocar carícias com alguém que não fosse ele; melhor ainda por ser um rapaz que eu não amava. Mais do que isso: como se Bárbara carregasse toda a sensualidade de nós duas, na ausência dela eu descobri meu lado mais atrevido. Será que ela agora frequentava bibliotecas, onde quer que estivesse? Será que pegava livros e adorava o cheiro deles?

Ainda assim, eu não gostava de ser a judia que Hank escondia dos amigos. Pelo menos, foi o que disse a mim mesma quando comecei a recusar os convites dele. (Eu dizia que estava ocupada, e ele não parecia ligar.) Mas acho que algo maior havia mudado. Eu não sentia mais uma compulsão de voltar para Danny.

A princípio, depois daquele dia em que o peguei com Bárbara, a raiva e a dor eram tão fortes quanto o meu amor. Ele me mandava cartas, implorava o meu perdão diariamente naquele primeiro mês. Só de ver uma carta dele eu tinha vontade de gritar. Eu me recusava a abrir as cartas e dizia a mamãe para jogá-las no lixo; e então, algumas vezes, chorando e xingando, eu pescava alguma do lixo e lia. Depois o batalhão dele partiu para a Inglaterra, e as cartas diminuíram para duas ou três por semana. E embora ele ainda dissesse em todas as cartas o quanto me amava e o quanto lamentava por ter me magoado, também falava sobre a Inglaterra e a vida no exército. Eu sabia o que havia nessas cartas porque comecei a lê-las, mesmo sem responder. O momento em que abri a porta do quarto dele e o vi com Bárbara não tinha parado de me assombrar; durante anos, uma coisa ou outra — ver o sr. Berlov na rua, sentir o cheiro de Shalimar, até mesmo ouvir uma risada baixa e sensual — trazia aquela lembrança à minha mente, e eu ficava enjoada. Mas alguma coisa tinha mudado. Eu tinha parado de pensar num futuro com Danny: podia ler as cartas dele com a parte de mim mesma que o via como o meu amigo mais antigo e torcia para ele voltar são e salvo da guerra.

Mais tarde eu me perguntaria como, depois de ter amado Danny desde criança, pude me libertar tão depressa dele? *Será* que vislumbrei nele algo que mudou para sempre o que ele significava para mim? Por outro lado, talvez tudo tivesse sido diferente se ao menos ele não tivesse partido no dia seguinte — se eu tivesse tido tempo para aplacar minha raiva e para ele se aproximar de mim aos poucos, para fazermos uma dança sutil de perdão e culpa e eventual reconciliação.

E talvez nada disso importasse. Ao longo dos anos, eu iria ver gerações de romances de escola com todo o seu drama — e sua evanescência. E pensaria se Danny e eu já não estaríamos nos afastando um do outro quando saímos da escola e entramos no mundo; e se teria sido por isso que, na primavera seguinte, eu já estava pronta para me apaixonar por Paul.

Paul havia feito parte da minha vida aquele tempo todo. Nós tínhamos duas aulas juntos, História e Inglês, e andávamos com o mesmo grupo de esquerdistas do campus. E eu era grata pela ajuda que ele tinha me dado depois que Bárbara partiu — e por sua discrição. Em Boyle Heights ficaram sabendo que ela dançava no Trocadero, mas eu nunca ouvi nenhum boato sobre as fotos. Ao encontrar Paul no campus ou numa festa, eu às vezes reparava no olhar carinhoso que ele me lançava, mas ele não tentava mais me irritar. Suponho que tivesse pena de mim ou ficasse com vergonha, já que tinha visto as fotos.

Então, uma tarde em maio, pegamos o mesmo bonde no final do dia e nos sentamos um ao lado do outro. E quando saltamos em Boyle Heights, ele perguntou se eu queria dar uma volta.

— Tenho pelo menos duas horas de leitura para fazer — eu disse.

— É primavera — ele disse. — Sinta só o perfume. — Nós estávamos parados ao lado de uma dama-da-noite, abrindo suas pétalas no final da tarde e exalando um perfume indolente.

No bonde, tínhamos conversado sobre o que era a obsessão de todo o país: a guerra. Na semana anterior, a Alemanha tinha feito invasões súbitas e simultâneas na Holanda, na Bélgica, em Luxemburgo e na França. Holanda e Luxemburgo já tinham se rendido. Agora a França e a Bélgica estavam lutando por suas vidas — com a ajuda da Força Expedicionária Britânica, que incluía a unidade de Danny e de Burt, do Canadá.

Mas no nosso passeio a guerra não existiu. *É primavera*, Paul tinha dito, e era como se ao anunciar isso, ele tivesse feito da primavera o fato mais importante do universo, mais real do que qualquer outra coisa. Era um desses finais de tarde perfeitos de maio, o sol agradavelmente quente mas ameno, um sol que beijava tudo — as ruas, os prédios, Paul e eu — com sua luz dourada. Flores se abriam, as damas-da-noite e também papoulas da Califórnia nas cores laranja, amarela e vermelha. Caminhando na direção de Hollenbeck Park, senti minhas pernas se movendo na articulação do quadril com uma alegria animal que só havia sentido na época em que dançava.

Também havia outra coisa, a atração que tinha sentido antes entre nós. Mas não era mais uma centelha, algo que *poderia ser sexual*. Como se aquela atração tivesse ganhado força durante os meses em que ficou adormecida (meses, Paul me disse depois, em que ele tinha se afastado, dando-me tempo para esquecer Danny), permeando a tarde. Ela estava presente nos olhares que Paul e eu trocamos, nas papoulas coloridas, na maciez da grama sob meus pés descalços quando eu tirei os sapatos no parque. E o perfume embriagador da dama-da-noite — sempre que me lembro do nosso primeiro beijo, aquela tarde no parque, a lembrança está impregnada do seu perfume.

   Eu não amava Paul com o doce abandono do meu amor por Danny. Graças a Deus. Uma universitária, agora, eu me arrepiava ao pensar na doçura e na ingenuidade infantis de que havia recentemente me livrado. Naquele verão de 1940, Paul se tornou o primeiro e único homem com quem eu jamais faria amor. Ainda assim, reservei partes minhas onde ele não podia entrar, evitando que chegasse perto demais com observações irônicas. Ele reagia vigorosamente. Como nós gostávamos de nossas guerras! Namorar Paul — e depois estar casada com ele — tinha o tipo de magnetismo que eu costumava invejar entre Danny e Bárbara.

   Escrevi a Danny para contar que estava saindo com Paul; eu senti que devia isso a ele. Ele não respondeu, mas eu não sabia se era por causa da notícia ou se ele tinha iniciado um trabalho perigoso. Eu tinha ouvido boatos em Boyle Heights de que, depois da evacuação de Dunquerque no final de maio, Danny, cujas primeiras línguas foram polonês e iídiche, tinha se apresentado como voluntário para ir para trás das linhas inimigas como espião.

   No dia 12 de setembro de 1940, exatamente um ano depois de ter visto Bárbara pela última vez, eu passei o dia todo nervosa. Todos nós estávamos nervosos e sem conseguir falar no assunto. Sem dúvida, onde quer que ela estivesse, e o que quer que estivesse fazendo, ela devia estar pensando em nós. E sua persistência em *nossos* pensamentos, em nossa saudade, era tão intensa que eu tive a impressão de que poderíamos fazê-la aparecer ou pelo menos telefonar para nós. É claro que não ocorreu nem uma coisa nem outra. Aí o dia terminou, e veio o dia 13 de setembro, depois o dia 14 e assim por diante.

   A vida prosseguiu teimosamente.
   Eu terminei meu segundo ano na USC, com notas ótimas, como no ano anterior. Paul e eu terminamos depois de uma de nossas brigas explosivas, e eu o odiei por aqueles momentos — e odiei saber que tinha lhe dado o poder de me magoar. Mas a briga também me fez compreender o quanto Paul era importante para mim. E quando voltamos uma semana depois, com

uma sessão ardente de sexo, eu não consegui me lembrar de detalhes da briga. (Durante o nosso casamento, costumávamos brincar que nenhum de nós nunca pensou em divórcio, mas que pensamos várias vezes em assassinato.)

A guerra se espalhou. A Alemanha atacou a Iugoslávia, a Grécia, e até mesmo a União Soviética, para angústia do nosso grupo de esquerda. Havia uma discussão constante a respeito da entrada dos Estados Unidos na guerra, e mais rapazes de Boyle Heights foram se alistar no exército canadense, dois deles logo em seguida à terrível notícia de que Burt Weber tinha sido morto lutando no Norte da África.

Na minha casa, só havia cinco lugares na mesa de jantar; ninguém mais cometia o erro de colocar seis. Eu soube por Audrey que mamãe ainda saía duas vezes por semana e imaginei que fosse para Hollywood, mas ela não parecia mais um zumbi: voltou a ser ela mesma.

Eu odiava aniversários, aqueles marcadores falsos no calendário que suscitavam uma expectativa que eu não conseguia evitar. No dia 28 de março Bárbara faria vinte anos, e eu no dia 29. Fiquei acordada até tarde nas duas noites, recusando-me a esperar em casa por uma carta ou um telefonema que não viriam. E nas duas noites eu fiquei bêbada, o que no meu caso não envolvia dançar em cima de mesas; quando eu bebia, eu ficava realmente bêbada — agitada, engraçada e, segundo Paul, perigosamente sensual, como se tivesse um canivete escondido no sutiã. Quando o dia 12 de setembro chegou — dois anos — eu fiz a mesma coisa.

Era 1941. Eu era uma adulta, estava no penúltimo ano da faculdade e não era mais virgem. Um rapaz que eu conhecia tinha morrido na guerra. Se havia momentos em que eu ansiava por dividir uma história com Bárbara ou ouvi-la rir — se, sozinha no *nosso* quarto, eu abria a tampa da minha caixa de tesouros e relia o bilhete dela, ou pegava uma echarpe que ela tinha deixado para trás e a apertava contra o nariz para sentir o perfume dela —, na manhã seguinte eu estava calma e ativa de novo: Katharine Hepburn em *The Philadelphia Story*, Rosalind Russell em *His Girl Friday*, Bette Davis em qualquer coisa.

Eu tive a impressão de estar num filme, dizendo frases que me surpreendiam por sua sofisticação, na primeira vez que falei com Philip Marlowe. Acho que foi ele quem provocou isso em mim.

Aconteceu em outubro daquele ano na livraria de Leo. Eu estava trabalhando sozinha uma tarde. Um céu ameaçador e trovoadas roncando nas montanhas haviam desencorajado os fregueses, deixando apenas um punhado de clientes habituais, pessoas que liam livros inteiros em pé nos corredores — e que eu sabia serem incapazes de roubar um livro. Bastava olhar de vez em quando para eles do escritório, onde eu estava estudando para uma aula de introdução ao Direito.

Levantei os olhos ao ouvir a sineta sobre a porta quando Philip entrou. Continuei olhando porque ele não se enquadrava ali. Não porque era bonito no estilo agressivo dos valentões de cinema; tínhamos fregueses com aquela aparência. Mas aqueles homens entravam na loja como qualquer outro amante de livros — enquanto andavam, seus olhos percorriam as estantes dos dois lados, e após darem alguns passos eles paravam, atraídos por um título ou pela aparência de uma lombada. Esse homem caminhou reto em minha direção, e embora fosse educado ao abrir caminho pelo corredor, senti nele uma violência contida que me pôs em alerta e me deixou curiosa.

Ele abriu a carteira e me mostrou um distintivo. Fora conversar com os tiras cansados que davam uma paradinha na loja, minhas únicas experiências com a polícia tinham sido quando ajudei Mollie a se esconder dela e quando papai era chamado ao necrotério para olhar cadáveres de garotas. Eu não disse nada, ganhando tempo para pensar. E tirei os óculos, distanciando-me; embora segundos depois eu tenha percebido que aquela era uma atitude que eu adotava na adolescência quando havia rapazes por perto. Bem, o tira era mesmo bonito; mais do que isso, os olhos dele indicavam inteligência e humor.

Ele perguntou se eu faria um favor a ele.

— Que tipo de favor? — Não importa quem aquele tira estivesse perseguindo, eu achei que ficaria do lado da pessoa.

Mas ele queria informações sobre Arthur Gwynn Geiger. E perguntou como se desejasse que algo de ruim acontecesse com Geiger, o que me deixou inclinada a fazer tudo para ajudá-lo. Eu odiava Geiger por ter arruinado Bárbara, mesmo sabendo que culpá-lo não era racional. Ele só tinha vendido as fotografias; eu deveria ter dirigido o meu ódio para Alan Yardley por ter tirado e distribuído as fotos, ou para o sistema capitalista por transformar garotas em objetos, ou, por que não, para a própria Bárbara por ser tão tola. Mas não importa; eu sentia aversão era por Geiger.

Ainda assim, eu não sabia o que o tira queria com Geiger. E este homem era mesmo um tira? Qualquer um podia mandar fazer um distintivo com uma estrela, e havia alguma coisa esquisita naquele homem. Ganhando tempo enquanto decidia se confiava nele ou não, respondi evasivamente. E flertei um pouco com ele. Ele também foi evasivo. Eu nunca tinha visto um tira com uma mente tão ágil. Eu estava certa quanto à inteligência do seu olhar.

Ele perguntou por uma edição de 1860 de *Ben-Hur* com uma errata específica. Fui procurar e vi que *Ben-Hur* só tinha sido publicado em 1880.

— Não existe — eu disse.

— Certo. A garota na loja do Geiger não sabia disso.

— Isso não me surprende. — Eu tinha visto a garota que trabalhava para Geiger, uma peruazinha falsa; acho que ela mal sabia ler.

Então o homem me disse que era detetive particular, e então o que tinha parecido esquisito a seu respeito se encaixou. Eu disse a ele o que achava de Geiger, sem falar nada a respeito de Bárbara, é claro. E sem mencionar o negócio ilícito de Geiger — obviamente ele já sabia disso.

Dois dias depois, todos os livreiros da rua ficaram agitados com a notícia da morte de Geiger. Ele tinha sido assassinado com um tiro.

Na semana seguinte, o detetive voltou à loja de Leo. Desta vez ele se apresentou: "Philip Marlowe." E perguntou se podia me levar para jantar depois do trabalho.

— Você matou Arthur Geiger? — perguntei. — Eu teria adorado saber que Geiger havia sido desmascarado publicamente ou falido. E não teria me importado nem um pouco se ele tivesse levado um bruta surra. Mas assassinato...

— Você não leu os jornais? — ele disse. — Ele foi morto por um sócio. Foi uma briga entre ladrões.

— Você acredita em tudo o que lê nos jornais?

Ele riu. Foi uma boa risada, sem nenhuma maldade. Quando parou de rir, olhou sério para mim.

— Eu não matei Geiger. Mas matei outro homem. Estava protegendo uma pessoa. Mas talvez você não encare dessa maneira e prefira não jantar comigo.

Eu pensei um pouco. Não só no fato de ele ter matado uma pessoa, mas na atração perigosa que sentia por ele.

— Por outro lado — ele disse lentamente — talvez você queira me contar qual era a *sua* diferença com Geiger e se ela agora está resolvida.

Como ele adivinhara que eu tinha motivos particulares para odiar Geiger?

— Este é um convite para comer um hambúrguer ou você vai me pagar um bom bife?

Comemos um bom bife no jantar, embora ele não se parecesse nada com o que eu conhecia como "bife" — os cortes de carne baratos que mamãe preparava raramente e que dividia entre nós. No restaurante pouco iluminado em Hollywood onde Philip me levou, o garçom pôs um enorme filé na minha frente. Era a carne mais deliciosa que eu já tinha provado.

Eu não tinha planejado falar nada a respeito de Bárbara. Mas tomei uma dose de uísque, e o lugar era acolhedor e enfumaçado, e Philip ouvia com profunda atenção, seus olhos surpreendentemente gentis oferecendo compreensão, mas não, felizmente, piedade. Acabei contando tudo a ele naquela noite enquanto jantávamos, sobre as fotografias obscenas e Arthur Geiger e Yardley, que eu desconfiava que tivesse mentido para mim, mas como eu poderia obrigá-lo a falar? Contei até sobre o momento terrível em que encontrei Bárbara com Danny. Tenho certeza de que provocar confidências nas pessoas era uma das habilidades profissionais de Marlowe, mas o que me fez realmente confiar nele foi o fato de ele me lembrar Paul. Ele tinha a mesma... *bondade* inata, esta parece uma palavra antiquada e uma escolha estranha para definir um homem que tinha acabado de me contar que havia matado alguém. Mas em Philip, como em Paul, eu via um homem bom — justo, generoso, compassivo, um homem de princípios que escolhia suas guerras com sabedoria, mas que quando resolvia lutar não recuava nem desistia.

Depois que lhe contei sobre Bárbara, ele me fez uma proposta. Faria uma investigação discreta para ver se conseguia descobrir alguma coisa sobre ela. Em troca, eu o ajudaria com pesquisas e coisas do tipo.

Não concordei imediatamente. Eu já havia tido minhas esperanças reavivadas muitas vezes e, logo em seguida, frustradas. E depois de dois anos parecia haver menos chance ainda de sucesso. Mas decidi que era errado não falar com papai e mamãe sobre a oferta. Eles insistiram em se encontrar com ele. Mamãe, especialmente, adorou-o. Na sala da minha mãe, o detetive musculoso ficou parecendo um cachorro grande, manso, embora dono de uma lábia excepcional. Ele ouviu com uma gentileza respeitosa quando ela contou que tinha fugido de sua cidade natal e nunca mais tinha visto seus pais, e pediu uma segunda fatia de bolo de maçã. E foi assim que o nosso trato começou.

Ele ligou alguns dias depois para me dar minha primeira "tarefa" — ir até a biblioteca para pesquisar as páginas sociais dos jornais nos últimos seis meses, procurando ligações entre uma dama da sociedade e um belo rapaz que eu imaginei ser um trapaceiro. Foi uma tarefa entediante que me tirou qualquer ilusão de que o trabalho de detetive era uma coisa excitante. Ele me mandou levar o resultado da pesquisa para ele durante o jantar no restaurante com os filés fantásticos. Ele também tinha novidades para mim. Tinha ido ao estúdio de Alan Yardley em Hollywood mas descobriu que Yardley fechara o estúdio quase dois anos antes; ele tinha se mudado para Twentynine Palms, perto do Joshua Tree National Monument, segundo informação do dentista que tinha um consultório ao lado.

— Ele queria ser um *artista* — Philip debochou. — Você deve tê-lo assustado. Parece que ele fugiu poucos meses depois... O que foi?

— Eu estou pensando no quanto fui idiota. — Eu *gostei* de Alan Yardley.

— Por quê?

— Acho que pelo fato de ele ter mentido com convicção e eu ter sido ingênua o suficiente para acreditar nele.

Para minha surpresa, Philip disse: — Você é mais inteligente do que isso. Diga-me o que foi que lhe agradou nele. — Ele ouviu com atenção quando eu falei da gentileza de Yardley e disse que suas fotos belas e serenas tinham me dado a sensação de que a Terra possuía uma ordem profunda e inata que iria superar todo o caos que os seres humanos haviam imposto a ela.

Philip disse que não podia ir atrás dele naquele momento, mas às vezes tinha trabalhos que o levavam para aquelas bandas e então ele iria visitar o fotógrafo.

Algumas semanas depois, eu recebi outra missão e outro jantar, embora nenhuma informação nova. Mas Philip estava com um trabalho novo em vista que o levaria até Palm Springs, e talvez ele pudesse fazer uma pequena viagem até Twentynine Palms para conversar com Yardley.

Esse jantar aconteceu na primeira semana de dezembro.

Naquele domingo, 7 de dezembro de 1941, os japoneses bombardearam Pearl Harbor. Los Angeles inteira, o país inteiro, virou um caos. Na segunda-feira, os Estados Unidos declararam guerra contra o Japão; três dias depois, declararam guerra contra a Alemanha e a Itália. Muitos rapazes que eu conhecia se alistaram imediatamente; havia longas filas na porta de cada centro de recrutamento.

Paul resistiu a partir correndo para a guerra. Como diversos colegas meus de turma, ele planejava esperar até o final do semestre, daí a seis semanas apenas; ainda haveria muito tempo para lutar, ele disse. Eu entendia que depois de lutar na Espanha, Paul não tinha nenhuma ilusão infantil sobre glórias e não precisava provar sua coragem; essa era uma das coisas que eu amava nele, o fato de ser um adulto, um homem. E a ideia de ele ir para a guerra e arriscar sua vida me enchia de angústia. No entanto, a febre da guerra tinha tomado conta de mim, também; como não tomaria? Toda vez que outro rapaz de Boyle Heights se alistava ou um antigo colega passava pelo campus de uniforme, eu sentia uma sensação de orgulho. Eu agora estava ansiosa para agir, não para deixar a guerra para depois das provas. Eu nunca disse nada disso para Paul, porque entendia que ele estava agindo racionalmente enquanto o resto de nós dançava ao som de um tambor primitivo, mas sua frieza e racionalidade me enraiveciam. Eu também estava furiosa comigo mesma: como eu ousava julgá-lo quando ninguém esperava que *eu* pusesse um uniforme e me dispusesse a morrer?

Sempre nervosa, eu acordava de manhã tensa e mal-humorada depois de ter tido sonhos tumultuados e enchia meus trabalhos escritos de adjetivos inflamados. Pelo menos quando a escola estava funcionando, eu podia passar o dia sentada nas aulas, mergulhada nas minhas frustrações. Nas férias de Natal, trabalhei na livraria em horário integral e tinha que ser gentil o dia todo.

Com tanta loucura acontecendo, só tornei a ver Philip poucos dias antes do Natal. Nós nos desentendemos desde o primeiro momento. Ele estava carregando um pacote grande, achatado, embrulhado em papel branco, debaixo do braço — será que tinha comprado um presente de Natal para mim? Eu não tinha nada para ele, mas deveria ter? Esse era um daqueles momentos difíceis quando eu me sentia tão ignorante da cultura americana quanto uma imigrante recém-chegada. Então ele tornou as coisas ainda piores. Nós estávamos indo no carro dele para o restaurante, e ele disse: — Você o conhece?

— Quem?

— Aquele judeu. — Fez um sinal na direção da Joalheria Rosen's, onde um homem de pele morena e cabelo ondulado mais ou menos da cor do meu estava parado na porta. Sem casaco apesar do frio da noite, o homem parecia trabalhar na loja e ter ido até ali fora para um descanso. Talvez fosse o próprio Rosen.

— Não — eu disse. — É claro que não.

Não foi nada demais, um comentário solto de um homem que tinha me perguntado sobre Boyle Heights como se o lugar ficasse em outro planeta. Mas acho que isso me deixou mais irritada do que eu já estava, mais inclinada a me ofender.

No restaurante, depois de trazerem nossos drinques, ele disse:

— Você daria um bom tira.

— Isso é um elogio? — eu respondi.

— Vá com calma, benzinho.

— Bem, você não tem os tiras em alta conta.

— Um *bom* tira, foi o que eu disse. Quer saber por quê? Ou prefere pegar essa faca de carne e enfiar em mim?

— Desculpe. É... tudo. — Eu tomei um gole do meu drinque e parei de olhar de cara feia para ele.

— Puxa! Dá para ver por que Alan Yardley se arrependeu dos seus crimes e foi ter visões no deserto.

Eu não entendi o comentário dele, mas a notícia importante era que ele sabia alguma coisa sobre Yardley. — Você esteve com ele?

— Estive. Você tinha razão a respeito dele. Ele é boa gente.

— O que foi que ele falou sobre Bárbara?

— Como você suspeitou, ela procurou Yardley depois que você a pegou com o seu namorado. Parece que ela se sentia segura com ele. Bons instintos, como você. Eles fizeram, como ele disse com tanta delicadeza, mais um sessão de fotos; ela precisava do dinheiro. Então ele e a esposa a abrigaram aquela noite na casa deles. Talvez eu esteja ficando tolo e ingênuo, mas acho que ele não tinha segundas intenções com ela.

Eu concordei com a cabeça. — Eu conheci a esposa dele.

— No dia seguinte, ele a levou de carro até o banco e depois até a estação de trem em Riverside.

— Por que até tão longe? — Riverside ficava a umas cinquenta milhas de Los Angeles. Se ela ia pegar um trem, por que não pegá-lo na cidade?

— Aparentemente, ela teve medo de que a família mostrasse o retrato dela nas estações de trem. Ela não queria ninguém atrás dela.

Mesmo já tendo aceitado o fato de que Bárbara estava planejando fugir, espantava-me ver com que precisão ela tinha antecipado nossas ações e agido preventivamente para se proteger delas. Será que estava tão desesperada assim para sair de casa?

— Coma o seu filé — Philip disse. — É bom para você.

Eu mal tinha notado que um filé tinha sido colocado na minha frente. Obedeci e comi alguns pedaços.

— Imagino que Yardley tenha mentido sobre tê-la ajudado a fugir porque prometeu isso a ela? — eu disse.

Ele concordou com a cabeça. — Não posso dizer que tenho muito apreço pela antiga profissão dele, mas diria que é um homem de palavra.

— Então por que ele contou para você agora?

— Engraçado — ele disse, arreganhando os dentes num sorriso. — Dizem que eu sou o tipo de pessoa que atrai confidências. E nesta altura, quem na estação de trem de Riverside iria se lembrar dela?

— Seus poderes de persuasão se estenderam a ponto de ele revelar para onde ela foi?

— Ele disse que não sabia.

— Não sabia ou não quis dizer?

Ele riu. — Eu devia ter levado você comigo. Você o fez parar de tirar fotos obscenas e dedicar a vida à arte. Talvez você conseguisse...

— *Do que* é que você está falando?

— Foi aquela visita que você fez a ele que o levou a abandonar aquele negócio sujo. — Ele levantou uma sobrancelha, com uma expressão divertida, e meu mau humor voltou.

— Você está debochando de mim?

— Eu não faria isso. Segundo Yardley, o encontro com você mudou a vida dele. Quando ele enxergou o que fazia através dos seus olhos. De fato, ele me pediu para lhe dar isto. Como forma de agradecimento.

Ele me entregou o pacote que estava carregando. Eu o abri. Era uma das fotografias de Yardley do deserto: areia, vegetação e céu lindamente gravados em preto e branco.

— Ele pensa que isso torna aceitável o que ele fez? Eu não quero isto — eu disse, mesmo pensando o quanto aquela fotografia ficaria linda na minha parede, e algo em mim se alegrou pelo fato de Yardley estar morando no deserto que ele amava. Mas eu estava infeliz naquela noite, à beira das lágrimas ou de um ataque de raiva, e escolhi a raiva.

— Bem, isto não combina com a minha decoração — Philip disse.

— Fique com ela assim mesmo. Talvez venha a valer alguma coisa um dia. Então, segundo Yardley, sua irmã disse a ele que ia enfiar um alfinete numa tabela de trem e decidir na sorte.

— Como ele pôde deixar que ela fizesse isso? Ela só tinha dezoito anos.

— Ele achou que ela tinha bastante dinheiro, e bastante esperteza, para tomar conta de si mesma.

— Se conseguíssemos a tabela de horários dos trens que saíram de Riverside naquela tarde...

— Elaine. — Ele olhou para mim com uma compaixão que me deixou furiosa. Eu tive vontade de dar nele. — Pense bem. Ela estava planejando fugir há muito tempo. Fez trabalhos que deve ter achado humilhantes, mas que lhe permitiram economizar dinheiro suficiente para fugir. Ela se deu ao trabalho de pegar um trem numa outra cidade para que ninguém a seguisse. Meu bem, escuta, para algumas pessoas não basta sair de casa. Algumas pessoas, por razões que elas provavelmente não sabem explicar, sentem que estão fugindo para salvar a própria vida.

— Pessoas da minha família realmente *fugiram* para salvar a vida! — eu disse. — Meu avô estava sendo perseguido por homens que queriam matá-lo. Minha mãe, se não tivesse saído da Romênia... você sabe o que está acontecendo lá agora?

— Acho que faço ideia.

— Não faz não! Você não faz a *menor* ideia!

Mais tarde, entendi que tinha reagido com tanta força porque o que ele acabara de dizer e as novas evidências que ele tinha me trazido sugeriam algo que eu me recusava a acreditar: que Bárbara tinha querido cortar todos os laços conosco. Comigo. Isso me fazia sentir destituída da vida. Não só de quem eu era agora, mas da identidade dupla que eu tivera desde o momento do meu nascimento, dezessete minutos depois do dela: Bárbara e Elaine, "nós".

— Onde você vai procurar em seguida? — perguntei, meus olhos desafiando-o a sugerir interromper a busca.

— Acho que vou fazer amizade com algumas coristas. Elas parecem apreciar o meu charme. — Ele me lançou um sorriso tão satisfeito que fui obrigada a rir.

Eu tomei mais um drinque, e voltamos a discutir e a flertar como nos nossos jantares anteriores.

O flerte não significava nada. Philip habitava uma Los Angeles diferente da minha, uma cidade onde as pessoas andavam armadas e tomavam seu primeiro drinque do dia antes do almoço, um lugar onde as conversas mais corriqueiras continham insinuações sexuais. Ele flertava comigo tão instintivamente, tão naturalmente, quanto respirava. Eu sabia disso.

Mas eu estava agitada naquele dia. A guerra, a tensão que estava sentindo com Paul, e agora tendo que imaginar Bárbara fugindo para salvar a vida — fugindo de mim. Quando Philip estava me levando para casa depois do jantar, eu cheguei perto dele e o beijei.

— Bem — ele disse. Ele entrou numa rua lateral e parou o carro junto ao meio-fio.

Ele me beijou de volta. Por um momento. Depois me empurrou delicadamente.

— Podemos ir para o seu apartamento? — eu disse. Apesar de ter tomado alguns coquetéis, eu não estava bêbada. Eu queria viver na Los Angeles dele, mesmo que só por uma noite.

— Ah, benzinho — ele disse. — Você não é esse tipo de moça. Você odiaria a si mesma amanhã de manhã.

— Não odiaria não.

— Então *eu* odiaria a mim mesmo de manhã.

— Mentiroso — eu disse, provocando-o. Meus dedos procuraram sua virilha e confirmaram que ele estava com o pau duro.

Ele segurou meu pulso com tanta força que eu gritei.

— Pare com isso. Vá se sentar ali. — Ele me empurrou para a extremidade do banco, perto da janela.

Em silêncio, ele me levou para casa.

Philip tinha razão. Eu não era aquele tipo de moça. Eu me senti culpada só por ter pensado em trair Paul. E temi tornar a encontrá-lo. Eu devia fingir que nada tinha acontecido? Pedir desculpas por agir como uma idiota e culpar a bebida? Resolvi agir de acordo com a atitude dele; ele já devia ter passado por outras situações difíceis como esta. Mas se passaram várias semanas, e não tive notícias dele. Finalmente, no final de janeiro, eu liguei e o encontrei no escritório. Numa conversa tensa, difícil — será que ele também ficara envergonhado? —, ele disse que tinha conversado com as coristas e que nosso trato tinha terminado.

Então eu disse adeus a Bárbara. O que mais podia fazer? Eu estava dizendo adeus a tanta gente em 1942. Paul se alistou no exército. Todos os rapazes estavam indo para a guerra.

CAPÍTULO 20
GELO NEGRO

Uma imensidão de neve cobre as planícies que se estendem dos dois lados da rodovia. A estrada em si parece limpa, mas a mulher que nos alugou o Explorer no aeroporto de Cody nos alertou sobre o gelo negro.

— A superfície da estrada vai parecer limpa, mas tem uma camada de gelo transparente sobre ela — ela disse. — Vocês têm que testar a tração do carro.

O aviso chegou tarde demais. Eu já estava fora de controle: já estava deslizando e derrapando ao reservar voos e quartos de hotel para Josh e para mim, arejar meu mantô de lã, comprar botas de neve e fazer cópias de fotos de família para levar. Tudo isso aconteceu na semana passada, depois que Josh me trouxe a informação sobre Kay Thorne. Eu disse a mim mesma que tinha que agir depressa para conseguir realizar esta viagem durante as férias de inverno de Josh... como se de alguma forma eu estivesse orquestrando a precipitação. Na realidade, é como rolar uma escada.

Eu fiz isso uma vez; deve ter sido uns trinta anos atrás. Num minuto eu saí do meu quarto e comecei a descer a escada carregando uma pilha de pastas e pensando no caso em que estava trabalhando; no minuto seguinte, eu estava deslizando numa velocidade impressionante, mas com tempo suficiente para me espantar com o fato do corpo de uma mulher de quase setenta quilos ser capaz de descer tão depressa — e com minha incapacidade, mesmo chutando as grades do corrimão, de parar. Quando finalmente aterrissei no final da escada, fiquei um instante parada, no meio de um monte de papéis espalhados, examinando meu corpo para ver se podia me arriscar a me levantar sem ajuda. Tive sorte, só quebrei dois dedos do pé. Mais tarde eu consegui recordar vividamente o momento em que pisei no primeiro degrau da escada e, com uma espécie de curiosidade distante, a própria queda. O que não consegui recordar foi o instante em que perdi o chão.

Foi quando eu descobri o cartão de Kay Devereaux?

Foi quando Bárbara partiu?

Ou os acontecimentos que me trouxeram até aqui começaram muito antes, em algum momento da nossa infância em que nossos olhos se fitaram em perfeito entendimento, ou estávamos rindo e nossas risadas, idênticas em volume e ritmo, se misturaram numa só voz?

Harriet, a única pessoa da família a quem contei a verdade sobre esta viagem, tentou me convencer a deixar primeiro que a notícia sobre Kay Thorne assentasse, antes de fazer qualquer coisa: ela se ofereceu para ir comigo na primavera se eu ainda estivesse disposta. Mas ela não insistiu em estar presente. E mesmo que eu fosse capaz de esperar, quando imaginei nós duas chegando no OKay Ranch e falando com minha irmã gêmea pela primeira vez em mais de sessenta e cinco anos, compreendi que isso era algo que eu tinha que fazer sozinha.

Isto é, sem ninguém exceto o meu companheiro desde o início desta investigação, Josh — que está dirigindo o Explorer pela rua principal de Cody.

— É aqui mesmo, certo? — ele diz. — O Buffalo Bill Village?

Eu levanto os olhos e vejo a placa do hotel que reservei (que, apesar do nome pitoresco, é um Holiday Inn). A viagem de avião até lá levou o dia todo, metade do tempo no ar e metade entre conexões no aeroporto de Denver, de modo que vamos ficar no hotel esta noite e de manhã vamos partir para a fazenda de Bárbara.

Josh tira a bagagem do carro, não só nossas malas, mas um enorme estojo preto com uma câmera de vídeo profissional — desnecessária, e foi um horror passar com ela pela segurança em Los Angeles. Mas ele está tão encantado com a história que inventou, de filmar um documentário sobre artistas da USO durante a Segunda Guerra Mundial, que chega quase a acreditar nela. O entusiasmo dele tem seu valor. Ele telefonou para Kay assim que liguei para ele, e ela ficou entusiasmada em ser entrevistada; ela até o convidou para ficar na fazenda. Ainda bem que ele não estava tão envolvido na mentira que tinha inventado a ponto de aceitar.

Na realidade, Josh se mostrou um bom companheiro nesta viagem. Ele fez algumas perguntas no aeroporto de Los Angeles esta manhã — como eu estava me sentindo diante da perspectiva de tornar a ver minha irmã e o que planejava dizer a ela? —, mas, quando mudei de assunto, entendeu e não tornou a perguntar.

Eu passei meia hora me instalando no meu quarto, depois me encontrei com Josh no restaurante do hotel para jantar. Ele me livra do esforço de conversar falando sobre os bares da cidade que ele localizou para visitar naquele noite. Depois do jantar, vou para o meu quarto e assisto a um pouco de televisão.

Às onze, tomo um Ambien, apago a luz e permaneço teimosamente acordada.

O mostrador luminoso do relógio marca 11:42 da primeira vez que olho para ele.

Depois 12:26.

E 2:10.

O quarto está abafado. Já fechei todas as entradas do aquecimento. Em Los Angeles, nunca ligo o aquecimento à noite; nas noites frias, uma colcha quente é o bastante. Eu me levanto e abro a janela, deixando entrar uma lufada de ar gelado. Avisto a silhueta escura das montanhas a oeste. Onde *ela* está.

Nessa distância visível, ela está dormindo ou permanece, também, acordada? Lutando contra a insônia? Talvez ela seja uma coruja e passe a noite assistindo a velhos filmes na TV a cabo. Ter finalmente uma geografia para ela, um lugar no mapa, torna-a mais real; ela está colorida e não mais preto e branco. Será que ela alguma vez voltou seu pensamento para Los Angeles e imaginou como eu estaria? Ou sempre ocupei um lugar muito mais secundário na vida dela do que ela na minha? Talvez nenhum lugar? Estou prestes a conhecer a resposta para essa pergunta.

Eu não quero saber.

Não quero me arriscar a descobrir que não significo nada para ela. *Elaine? Claro, eu me lembro. Como vai você?* Melhor se ela ficar furiosa comigo por eu ter aparecido lá, se ela me expulsar da fazenda com uma espingarda. Ódio ou medo, pelo menos eu importo.

O que você espera conseguir com isto?, Harriet me perguntou. Uma pergunta razoável, e a razão é a minha pedra de toque; sou advogada não só por formação mas por minha própria natureza. E a resposta? Quero ver a mulher verdadeira por trás da Kay pública de todos os artigos de jornal e dos fôlderes coloridos do hotel fazenda, eu disse a Harriet. Quero ver por mim mesma se ela está bem. Chegar ao fundo do mistério da nossa família. Tentar alguma espécie de reconciliação, até mesmo de *cura* (embora essa palavra seja de Harriet, não minha).

Todas as respostas que dei a Harriet fazem sentido. Eu poderia convencer um júri com cada uma delas. A razão, entretanto, não tem nada a ver com a energia que se apoderou de mim e me trouxe até aqui — Wyoming às três da manhã, deslizando sobre o gelo negro.

Finalmente caio num sono tão tenso que trinco os dentes com força e acordo como se tivesse levado um soco no queixo às quinze para as oito.

— Você está bem? — Josh diz quando me encontro com ele para o café.

— Eu vou estar bem depois de duas xícaras de café — digo; eu espero. — E você?

Ele grunhe. — Música country, ela sempre faz você achar que tem que tomar mais uma cerveja por causa da garota que deu o fora em você e o deixou tão infeliz que você destruiu um carro e no dia seguinte perdeu o emprego... Mas nada como umas cervejas para fazer as pessoas falarem sobre uma das lendas locais.

— Kay?

— *Miz* Kay. A primeira coisa que todo mundo disse foi que ela é uma empresária incrível, uma das pessoas que inventou a versão moderna do hotel fazenda. Depois de mais umas cervejas, a história ficou realmente interessante. Ela tem a reputação de ser uma castradora.

— Eles usaram essa palavra? — Foi isso que o intelectual de direita disse que eu era, "uma castradora inteligente", a crítica que achei tão divertida que recortei a coluna e a emoldurei. Será que Bárbara sabe que *ela* é vista desse modo? E como se sente a respeito? Eu posso perguntar a ela! Meus nervos estão à flor da pele com a expectativa.

"Castradora", "durona", e recordo algo sobre "mastigar os maridos e depois cuspi-los". Não que as pessoas considerem isso uma coisa ruim. Todas elas respeitam *Miz* Kay. Exceto seus próprios filhos. Ela se dá bem com o filho que administra a fazenda — George Junior, do segundo marido. Ele e a mulher moram com ela. Mas o filho e a filha do primeiro casamento, isso é outra história. O filho lutou no Vietnã e voltou para casa com um problema de drogas. Ele saiu de casa anos atrás; a história é que ele agora está limpo, mas liga para ela umas duas vezes por ano para pedir dinheiro.

— Como sabem disso?

— Boa pergunta. Talvez apenas se encaixe na lenda. De todo modo, as pessoas *dizem* que ela e a filha, Dana, brigavam como cão e gato quando a filha era adolescente. Dana se casou e se mudou para Seattle anos atrás. Mas teve que voltar para a fazenda no ano passado com a filha mais moça. Um divórcio complicado.

Então Bárbara não era uma mãe perfeita. Assim como eu. Assim como toda mulher.

A manhã está clara e fria. Segundo o mostrador no painel do Explorer, está fazendo três graus quando saímos do hotel pouco depois das nove. À medida que nos dirigimos para oeste, a temperatura cai. Estamos subindo o tempo todo, embora os picos das montanhas estejam longe, enquanto atravessamos uma campina ondulante, um espaço que se estende infinitamente, no qual os poucos sinais da ação humana — uma ou outra cerca, rebanhos de gado — são meros pontinhos no meio da neve.

E talvez isto seja tudo o que eu preciso — habitar, brevemente, esta paisagem que ela escolheu para morar, sob um céu tão vasto que as poucas nuvens lá no alto são meros fiapos brancos. Talvez ter chegado até ali seja o bastante.

Bem, eu não sou mais uma criança, tremendo de medo no alto de um escorrega. Se disser a Josh que quero dar meia-volta agora, ninguém vai zombar de mim por ter me acovardado. Eu só queria não me sentir tanto como essa criança, minhas pernas bambas, minhas mãos e pés incapazes de obedecer as minhas ordens.

— É aqui? — Josh diz quando nos aproximamos de uma saída para uma estrada rural.

Eu checo as minhas anotações, desnecessariamente, porque as decorei.

— Sim.

Agora estamos nas montanhas. Josh tem que diminuir a velocidade para trinta milhas por hora, às vezes vinte, para avançar pela estrada sinuosa de mão dupla. E eu me instalo no limbo de estar em trânsito, no qual percorreremos esta estrada para sempre; no qual eu não recuo mas nunca tenho de confrontá-la. Sinto-me satisfeita.

Mas logo aparece uma placa de madeira com o emblema da fazenda, a silhueta estilizada de um cavalo, anunciando que a entrada para o OKay Ranch fica cem metros à frente. O emblema é um tanto tosco, como se tivesse sido desenhado por uma criança, mas é nisso que reside o seu charme; ele provoca um reconhecimento instantâneo. Ele me faz pensar nos filmes de caubói das tardes de sábado, e aposto que tem o mesmo efeito nos clientes potenciais que planejam suas férias no hotel fazenda.

— Parece que chegamos no velho oeste — Josh diz.

Uma estrada bem tratada conduz a um portão de madeira com um arco por cima onde está gravado "OKay Ranch" e o emblema do cavalo. Rústico mas high-tech, o portão se abre suavemente quando Josh diz seu nome no interfone e depois torna a fechar atrás de nós. A estrada faz uma leve curva, e imagino que os hóspedes devam ficar encantados ao avistar a casa, uma construção graciosa feita de toras de madeira, com as montanhas atrás.

— Não surpreende que ela seja uma empresária bem-sucedida — Josh diz, verbalizando meus pensamentos. Minha irmã sabe montar um espetáculo.

Nós entramos no estacionamento, grande o suficiente para abrigar uns cinquenta carros, embora esteja vazio hoje. O hotel está fechado para o inverno, e devemos continuar por mais um quarto de milha até chegar à casa da família.

— Me dá um minuto — eu digo quando Josh consulta nossas anotações para ver qual das diversas estradinhas secundárias devemos tomar. Eu odeio me sentir tão nervosa. A noite maldormida. A altitude. Meu terror.

Mas eu não tenho um minuto. Uma motoneve se aproxima rapidamente de nós por sobre a neve acumulada ao lado de uma das estradas. Está fazendo menos oito graus do lado de fora, mas a pessoa que dirige a motoneve não se deu ao trabalho de pôr um chapéu. Seus cachos louros voam, e eu me pergunto se a neta foi enviada para nos receber.

Ela entra rapidamente no estacionamento e para ao lado do carro, do lado do motorista. E eu vejo que o rosto sobre o casaco azul é tão velho quanto o meu.

— Josh! Seja bem-vindo — ela diz. Mesmo com um leve sotaque do Oeste, é a minha voz saindo de sua boca.

Josh salta do carro e vai cumprimentá-la, e ela aperta a mão dele com força. Ao me ver, fica surpresa, depois encolhe os ombros.

— Sigam-me até a casa — diz.

Uma curva fechada e ela parte levantando neve, uma mulher vigorosa acostumada com aquele terreno acidentado. Animada. Livre. Minha irmã.

Não se parece com nenhuma das vidas que imaginei para ela. Entretanto, quando ela sai velozmente na nossa frente, eu vejo a Bárbara que furtava mercadorias para Danny, a menina que gritava de alegria na margem do rio depois de uma chuva forte. A menina que nos abandonaria para sempre sem olhar para trás? Mas aquela Bárbara eu nunca entendi; aquela é a irmã que quero sacudir até ela me dar uma resposta. Ah, agora eu me sinto preparada, minhas costas ficam retas e meus sentidos alertas; é a excitação que eu sentia quando entrava num tribunal.

— Você está bem? — Josh pergunta.

— Estou ótima.

A estrada conduz a uma casa que parece suficientemente grande para abrigar uma família de dez pessoas. O que devia ser uma casa de fazenda de madeira está inserida no meio da estrutura, cercada por anexos de madeira e pedra. Ela não tem a arquitetura majestosa do hotel; este é um lugar onde as pessoas moram. Ela entra numa garagem grande — lá dentro tem dois caminhões, uma van e três SUVs — e estaciona numa fila de cerca de doze motoneves.

Josh estaciona do lado de fora da garagem. E eu salto do carro. Caminho na direção dela.

Sair da motoneve não é tarefa fácil para ela. Ela tem que executar uma série de manobras para saltar do assento baixo; depois se apoia no veículo e aceita o braço de Josh para ficar em pé. Ela deve estar sentindo dor, mas não dá sinal disso quando se vira e me dá aquele seu sorriso de lábios cerrados.

— Eu não sabia que Josh ia trazer alguém. — Ela estende a mão. — Eu sou Kay Thorne.

Eu ouço Harriet me avisando que estou perseguindo uma ilusão. Então Kay Thorne sorri, mostrando a falha entre os dois dentes da frente. Eu respiro fundo.

— Bárbara — digo. — Sou eu, Elaine.

Eu imaginei este momento tantas vezes. Eu a vi recuar. Ou fazer um ar de espanto e fingir não me conhecer. Ou chorar de alegria.

Por um segundo, ela fica tão imóvel que parece ter parado de respirar. Então ela dá uma gargalhada.

— Minha nossa! — Ela me olha de alto a baixo. — Minha nossa! Lainie, você é uma velha.

— Dezessete minutos mais moça do que você! — Eu dou um abraço nela e ela me abraça de volta. Meu Deus, ela ainda usa Shalimar! Eu posso sentir o corpo dela tremendo. Ou será que é o meu que está tremendo?

Dou um passo para trás, mas conservo as mãos em seus ombros.

Ela passa a mão no meu rosto.

— Não chore. Vai congelar. — Ela olha para Josh. — Ele não está fazendo nenhum documentário sobre a USO, está?

— Não.

— Grande mentiroso. Não é bonito enganar senhoras idosas — ela diz brincando. Ainda gosta de um flerte. — Especialmente senhoras idosas que são exímias atiradoras.

— Desculpe, madame. — Ele sorri de volta.

— Seu neto? — Ela pergunta para mim. — Ele tem os olhos de Danny.

— Um amigo, Bárbara. Eu não me casei com Danny.

— Você está brincando. Bem, Jesus, Elaine, você está bem? Você não veio até aqui em pleno inverno porque está morrendo de câncer ou algo assim, veio?

— Eu estou bem. Vim porque não fazia ideia de onde você estava até uma semana atrás. — Mas reprimi a amargura da minha voz. Não quero ficar zangada, quando está indo tudo tão bem. — E você? Você está bem?

— Não posso me queixar. Bem, eu *posso* me queixar, e me queixo. Mas nada muito grave.

— Ei! — Josh nos interrompe. — Vocês se importam se um rapaz da Califórnia entrar na casa para fugir deste frio?

Assim que ele diz isso, percebo que meu casaco de lã, perfeito para visitas no inverno à minha filha no Oregon, não me protege nada aqui. Eu me viro na direção da casa.

Bárbara não se mexe. Quem sabe ela não consegue?

— Você precisa de ajuda? — pergunto.

— Elaine! — Ela me olha com o meu próprio Olhar Azedo. — Espere. A minha família está aqui. Você não vai contar a eles, vai?

— Pelo amor de Deus, Bárbara. Eu não vim aqui para desmascarar você.

— Kay. Meu nome é Kay.

— Tudo bem! — Que importa se ela chama a si mesma de Rainha de Sabá? Ninguém mais foi capaz de me transtornar tanto ou de me deixar com tanta raiva. Esqueça a voz dela e a falha entre os dentes; agora eu sei sem sombra de dúvida que esta é a minha irmã. — Você vai permitir ao menos que eu use o banheiro? Minha bexiga está transbordando.

— Quem eu digo a eles que você é?

— Que tal — Josh interrompeu — dizer que ela é uma velha amiga da USO? E que eu a estou usando como consultora?

— Você não trouxe uma câmera, trouxe? — ela pergunta a ele. — Eles estão esperando que eu seja uma estrela de cinema.

— Está no carro. Eu vou buscar.

Vou até o carro com ele e pego minha bolsa com fotos da família e nos encontramos com ela mancando a caminho de casa.

— A artrite deve ser a vingança de Deus contra as dançarinas — ela diz.

Eu me recuso a sentir pena dela. Mesmo assim, ofereço o meu braço e ela aceita enquanto nos dirigimos para uma porta lateral. Subo atrás dela os quatro degraus, que têm barras de metal sólidas de cada lado.

Então minha irmã abre a porta de sua casa.

Nós entramos num vestíbulo. Dois cachorros se lançam sobre nós, uma confusão de latidos e línguas ávidas. Eu rio e deixo que eles lambam as minhas mãos.

— Você tem cachorros? — ela diz, surpresa.

— Eu costumava ter. Spaniels. O último morreu três anos atrás. — Estou desabotoando o casaco o mais rápido possível, eu não estava brincando a respeito da minha bexiga, mas meus dedos estão dormentes e o vestíbulo é apertado. Além de nós três e dos cachorros, as paredes estão entulhadas de casacos e jaquetas de lã pendurados em ganchos, e há botas suficientes espalhadas pelo chão para preencher o estoque da sapataria Fine & Son.

Finalmente eu consigo tirar o casaco. — Banheiro?

— Dana! — ela chama. — Esta é a minha amiga Elaine, da USO. Mostre a ela o banheiro.

— Claro — diz uma mulher de cinquenta e poucos anos que estava esperando perto do vestíbulo. Dana, a filha. Apesar do meu ceticismo sobre o falatório local, Dana parece uma mulher que voltou para casa depois de um divórcio complicado. A pele dela está emaciada, seu cabelo manchado está com três centímetros de raiz branca.

— Você também trabalha com cinema? — ela pergunta enquanto me leva por um pequeno corredor; mas fala como se não estivesse ligando.

— Sim.

— Que ótimo — ela diz.

Dana espera por mim, depois me leva até a sala e me apresenta a George e à esposa dele, Lynn. Kay — não, *Bárbara!* Vou chamá-la como ela quiser, mas não vou censurar a maneira como penso nela — não está à vista.

— Ela foi trocar de roupa para o filme — Josh diz, percebendo minha ansiedade. — Volta já.

— Isso é o que você pensa! — George tem a falha entre os dentes, e Dana também; este deve ser um daqueles traços que dominam qualquer outro gene. — Você nunca tentou tirar minha mãe da frente de um espelho.

Junto com sua beleza gênero Robert Mitchum, George tem um jeito seguro e à vontade que talvez convencesse até a mim a montar num cavalo. Ele me leva até uma cadeira puída, mas confortável, ao lado de uma lareira que, aleluia, parece conter uma árvore inteira em chamas. E eu me lembro de onde vi aquela autoconfiança visceral antes — nas fotos do tio Harry.

Lynn, que consegue ser ao mesmo tempo simples e chique, com cabelo louro crespo e brincos turquesa, é charmosa como o marido e demonstra um dom típico de hoteleira para conversar. Ela faz algumas perguntas a Josh sobre o filme e a mim sobre minhas excursões com a USO; por sorte, os anos passados no tribunal me ensinaram a raciocinar rápido.

Lynn está preenchendo o tempo enquanto esperamos por Bárbara. Quando se passam dez minutos, depois quinze, até George fica inquieto. Eles devem ter trabalho para fazer. Sem dúvida, sou a única que está com medo que Bárbara tire uns brilhantes do cofre, pule na sua motoneve e desapareça para sempre.

— Vou terminar de preparar meus bolinhos de canela — Lynn diz. — E que tal um chocolate quente? Ou vocês preferem café? Ou chá?

— Não recusem o chocolate quente de Lynn — George diz. É por causa dela que as pessoas dizem que o OKay tem a melhor comida de todos os hotéis fazenda do país.

— Chocolate está ótimo — digo.

— E você? — ela pergunta a Josh, e ele aceita.

— Eu também quero, com creme de verdade, não aquela porcaria sem gordura — Bárbara diz. Ela voltou e está parada perto da porta. Vestiu uma saia de couro preta e um colete franjado preto por cima de uma blusa vermelha de gola rulê e botas de caubói pretas. Como Barbara Stanwyck em *The Big Valley*, e não apenas por causa dos trajes; mas na maneira como todos se voltam para ela com respeito.

— Como seu eu fosse ousar impedir você de entupir suas artérias — Lynn diz carinhosamente. — Vou mandar Jen trazer quando estiver pronto.

— Não para cá! — Bárbara diz com tanta veemência que a família olha para ela espantada. Ela joga a cabeça para trás e anuncia: — Estaremos no meu escritório.

— Mamãe, você não acha... — Dana começa, mas para. — Nós arrumamos a sala para você filmar aqui. A luz, sabe? E seu escritório deve estar um gelo.

Pobre Dana, tendo que voltar para casa, a mãe fazendeira-matriarca e um casal poderoso do Oeste; eu gostaria de poder ser para ela o que tia Pearl foi para mim. Eu abro um sorriso para ela.

— Josh pode ficar aqui e se preparar — Bárbara diz. — Elaine e eu temos coisas particulares para conversar.

Eu me obrigo a ficar em pé; estou odiando ter que sair de perto da lareira. Mas Bárbara e eu precisamos mesmo conversar a sós.

Usando uma bengala elegante, de madeira escura enfeitada com prata, ela me conduz a uma ala mais nova da casa. Nós entramos numa sala espaçosa com uma escrivaninha numa extremidade e três cadeiras agrupadas em volta de uma mesa baixa na outra. Há uma enorme janela dando para as montanhas. É uma vista linda. E a sala está tão fria que o lado de dentro das janelas está congelado. Quando me sento, levo um susto; o assento da cadeira é um bloco de gelo.

Mas ela está ajustando um termostato numa parede coberta de fotos, dizendo: — Vai esquentar depressa. — Então puxa uma cadeira para perto de mim e se inclina na minha direção, examinando o meu rosto. — É mesmo você. Eu senti saudades suas... É verdade. Conte-me sobre você. Você se formou na universidade?

— Você nunca procurou o meu nome na internet ou na biblioteca? Não sentiu nem um pouco de curiosidade?

— Eu tentei. Mas computadores são um mistério para mim. E eu tentei "Elaine Greenstein" e "Elaine Berlov". Como é o seu nome?

— Resnick. Eu me casei com Paul Resnick. Você se lembra dele? — pergunto. Ela faz um ar vago e eu continuo: — Ele era dois anos mais adiantado do que nós em Roosevelt e lutou na Guerra Civil Espanhola.

— Então, você se formou?

— Sim, em Direito.

— Então você foi mesmo estudar Direito! E se tornou Eleanor Roosevelt?

— Eu defendi umas pessoas contra Joe McCarthy nos anos cinquenta. Depois assumi casos relativos a direitos humanos e repúdio à guerra. E questões ligadas a mulheres... Fui chamada de castradora.

— Não diga. — ela ri. — Eu ouvi dizer que é isso que certas pessoas me consideram. Mas você fez mesmo tudo isso? — Ela sorri para mim. — Lannie, você foi sempre tão corajosa.

— Eu? *Você* é que era corajosa. O modo como você mergulhava de cabeça nas coisas.

— Eu só era desmiolada. E tola... Você não teria um cigarro?

— Parei de fumar em 1964, depois do relatório sobre tabagismo e saúde. E de novo em 1967. E parei de vez em 1971. Quando tia Pearl apareceu com câncer de pulmão.

— Ah. — Uma sombra cruza o rosto dela. Então ela diz, alegre de novo: — Meu Deus, eu adorava Pearl. Ela chegou a se casar com o namorado mexicano? Ou com alguém?

— Não. Mas ela e Bert viveram juntos depois que ela saiu de Boyle Heights e comprou uma casa em Los Feliz. E ele cuidou dela no fim. Ele foi maravilhoso.

— Aquela Pearl! Eu não me dei tão bem em conseguir ficar longe do altar... Acho que você já sabe disso, não é? — ela diz sarcasticamente. — Você provavelmente poderia me contar coisas a meu respeito que nem eu mesma sei.

Caímos no silêncio incômodo de pessoas que têm pouco a dizer uma à outra. Ou demais.

— Este lugar é muito bonito — digo.

— Nós gostamos dele... Meu Deus, faz tanto tempo. Então... Danny morreu na guerra?

— Não. Depois da guerra ele se mudou para Israel, ainda era Palestina na época. Ele se tornou um figurão no Mossad, o serviço secreto israelense. Não que ele admita isso.

— Então ele ainda está vivo? Vocês mantêm contato?

— De vez em quando. Falamos de política.

— Foi por isso que você não se casou com ele? Por que não queria morar em Israel?

— Eu não me casei com Danny porque cresci. E me apaixonei por Paul! Não teve nada a ver com... qualquer outra coisa. — Era ridículo ficar zangada mais de meio século depois de ter dado de cara com ela na casa de Danny, numa atmosfera carregada de sexo e traição. Pego minha bolsa e mudo de assunto. — Eu trouxe retratos.

— Ah, eu adoraria vê-los.

Eu levei dezenas de fotos de férias e reuniões familiares, além de retratos de casamentos, formaturas e bar mitzvahs. Olhar as fotos preencheu os intervalos entre nossa conversa. Eu digo a ela que pode ficar com as fotos se quiser, e ela agradece, mas recusa. Ainda assim, examina avidamente as fotos das pessoas que conheceu quando éramos jovens. E eu conto a ela sobre nossas vidas — e mortes.

Enquanto ela vê as fotos que levei, examino as que estão penduradas nas paredes. Muitas são de pessoas usando roupas de faroeste e montando cavalos ou em pé ao lado deles. Mas algumas fotos não têm pessoas. A *família* dela. Não nós, mas cavalos! De repente fico furiosa.

Ela está olhando para uma foto do meu casamento quando diz:

— Sei que são águas passadas, mas eu sinto muito pelo que aconteceu... aquele dia com Danny.

— Águas passadas — eu repito, mas então explodo. — Quem está ligando para o que você fez com o Danny? Mas que tal desaparecer sem uma palavra? Que tal deixar mamãe e papai morrerem sem saber onde você estava, que você estava viva!

— Vocês teriam me deixado em paz? Olhe para você! Tem a audácia de fazer uma pesquisa sobre mim e, uma semana depois de descobrir onde estou, aqui está você!

— Você achou que eles iam pular num avião para ir até Cody, Wyoming? Mamãe e papai, nos anos 1950? Ou que multidões de parentes judeus iriam fazer reservas no seu hotel fazenda para passar as férias? Era disso que você tinha tanto medo, de que as pessoas descobrissem que você é judia?

— Eu *não* sou judia!

Isso é tão absurdo que eu fico olhando para ela, boquiaberta, enquanto ela firma a bengala no chão e fica em pé. — Elaine, você não compreende. Você acha que estou vivendo uma mentira como Kay Thorne. Mas Bárbara Greenstein era a mentira. Eu me sentia sufocada tentando ser ela.

Algumas pessoas não saem de casa apenas; elas têm a impressão de que estão fugindo para salvar a própria vida. Saltei no pescoço de Philip quando ele disse isso, e pulo no pescoço de Bárbara agora, ficando em pé e gritando:

— Essa é a melhor explicação que você tem por partir o coração de mamãe?

— Foi para isso que você veio até aqui, para me dizer que nenhuma explicação é boa o bastante? Grande surpresa, Elaine. Eu nunca fui boa o bastante para você.

— Isso não é...

— Shh! — Ela inclina a cabeça na direção da porta.

— Vovó? — Uma voz de menina chama do corredor.

No olhar de pânico que trocamos, parecia que tínhamos oito anos e mamãe estava prestes a entrar e ver algo que queríamos esconder.

— Vovó, você está bem? Eu trouxe o chocolate quente.

— Ótimo! — Bárbara grita. — Espere um segundo só, Jen. — Ela torna a se sentar com dificuldade, quase dá para ouvir as articulações dos seus quadris e joelhos rangendo, e junta os retratos espalhados sobre a mesa antes de dizer: — Entre.

— O trem do chocolate — diz a mocinha, empurrando um carrinho de restaurante. Uma garota que tem o corpo alto e magro de Dana, as feições delicadas da minha família e cabelo escuro e ondulado preso num rabo de cavalo. Eu procuro a falha entre os dentes, mas ela só abre um ligeiro sorriso, de boca fechada.

— Minha neta, Jen — Bárbara diz. — E esta é Elaine. Uma amiga da USO.

— Certo, a consultora técnica — Jen diz. No seu olhar vigilante, eu vejo a mim mesma.

Jen transfere itens do carrinho para a mesa. Há duas xícaras grandes de chocolate quente com creme batido, uma travessa com meia dúzia de doces, além de pratos, talheres e guardanapos.

— Não deixe de provar um dos bolinhos de canela — Jen me aconselha. — Tia Lynn tirou terceiro lugar no Pillsbury Bake-off com eles, como temos que contar aos hóspedes milhares de vezes durante o verão. Mas eles são realmente fantásticos... Vovó, eu trouxe uma coisa para você — ela acrescenta num sussurro. Do bolso do suéter, ela tira um frasco e derrama uma dose generosa de alguma coisa no chocolate de Bárbara.

— É isso aí, garota! — Bárbara diz.

Ocorre-me que talvez este não seja o primeiro drinque da manhã da minha irmã. Seria esse o motivo da inquietação da família quando tivemos que esperar por ela mais cedo? Bem, e daí se ela beber um pouco? Aqui está ela, morando em sua própria casa num paraíso nas montanhas, comendo o bolinho de canela da sua nora tão amorosa. E eu como o teriyaki de frango do Rancho Sem Amanhã.

A pontada de inveja é visceral. E familiar e confortadora. É como sentir de novo o cheiro da cozinha da minha mãe ou ouvir meu pai declamar poesia.

— Uísque? — Jen pergunta para mim.

— Sim, por favor. — Então uísque é a bebida de Bárbara, assim como a minha.

Quando Jen se inclina para despejar a bebida no meu chocolate, alguma coisa brilha sobre seu suéter grosso. Será que é mesmo...

— Posso ver o seu colar?

Jen tira do pescoço o cordão com um pingente.

— Eu passei anos implorando para vovó me dar isto, e ela finalmente me deu, quando me formei no ensino médio.

Eu mal ouço o que ela está dizendo. Estou olhando para o cavalo de lata feito à mão. O modelo para o emblema da fazenda. O cavalo que Zaide fez.

CAPÍTULO 21
CAVALO DE LATA

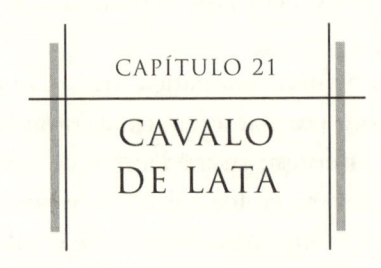

— Posso ver? — estendo a mão para o cavalo. Minha mão está tremendo, e meus olhos se enchem de lágrimas.

Jen parece confusa, mas me entrega o colar.

Bárbara intervém.

— Ele faz Elaine lembrar de quando estávamos juntas na USO. O cavalo era meu amuleto da sorte... Traz tudo de volta, não é, Elaine?

Eu estou chorando quando seguro o cavalo, sentindo as extremidades surpreendentemente lisas — será que Zaide o fez assim ou Bárbara o segurou tantas vezes que o deixou liso? Ela levou o cavalo quando partiu. Ela o apreciava.

Sinto a mão dela no meu joelho. Ela puxou a cadeira para ficar de frente para mim. — Tome o seu chocolate. — Delicadamente, tira o cavalo da minha mão e estende a xícara.

O chocolate está delicioso, como tinham prometido — e bem batizado: sinto o gosto do uísque por trás. Procuro Jen com os olhos, mas ela deve ter saído da sala.

— Como você pôde nos deixar? — pergunto, finalmente dando voz à pergunta que fiz tantas vezes na minha imaginação. — Como conseguiu viver o resto da sua vida longe de nós?

Ela toma um gole de chocolate e diz: — Acho que não vou conseguir fazer com que você entenda. *Eu* não entendo por que faço a maioria das coisas; simplesmente faço. Sinto muito ter magoado você. De verdade. E senti saudades suas. Às vezes, na Europa, durante a guerra, eu me sentia tão solitária, pegava um aerograma e escrevia "Querida Elaine" ou "Querida mamãe", mas nunca terminei nenhuma dessas cartas. E não me pergunte por quê, eu não sei, não sou igual a você. Eu não analiso as coisas. Apenas coloco um pé na frente do outro. Um dia de cada vez.

Mais um clichê e eu jogo meu chocolate na cara dela. Será que ela nos cortou da vida dela com tanta facilidade e sem remorso? Eu compreendo que ela não seja reflexiva por natureza; ela agia por instinto. Mas ela não era só instintiva, era misteriosa; eu me lembro de como se fechou quando começou a viver uma vida separada em Hollywood. E agora ela tem uma vida inteira de segredos — é uma profissional. Mesmo assim, estou decidida a derrubar sua barricada de trivialidades.

— Na Europa, quando você não terminou os aerogramas, você tinha apenas vinte anos — digo. — Mas e depois? Por que você não nos informou que tinha se casado?

Ela estende a mão para um bolinho de canela.

— Se não fizermos justiça a estes bolinhos, eu não vou conseguir me explicar com Lynn. Vou ter de jogá-los para os cachorros.

— Tudo bem. — Pego um bolinho e enfio na boca.

— Gostoso, não é?

O bolinho premiado dança na minha boca, massa, açúcar e canela. Mas eu insisto. — Quando você teve seu primeiro filho, não quis que mamãe soubesse que tinha um neto?

— Aposto que você era uma advogada e tanto — ela resmunga. — Como é que dizem hoje em dia? "É complicado." Eu conheci Rich, meu primeiro marido, quando estava em Berlim, e disse a ele a mesma coisa que estava dizendo a todo mundo: que meus pais tinham morrido e que eu não tinha mais nenhum parente. Quando o namoro ficou sério, eu o conhecia suficientemente bem para saber que ele nunca me deixaria esquecer se descobrisse que eu tinha mentido. — Ela dá um sorriso amargo. — Richard Cochran mostrou ser um filho da puta mau e ciumento. Mas bonito.

— Mas você se divorciou dele. E depois disso?

Ela dá um suspiro teatral. — Olha, quando me livrei de Rich, todo mundo me conhecia como uma garota que não tinha família. Até meus próprios filhos! E por que eu iria querer contar a alguém... Essa é a questão. O que eu teria dito a eles, quem eu *realmente* era? É como eu disse, Bárbara era a mentira; tentar ser ela estava me matando.

— Você teria contado a Rich se o seu sobrenome fosse Jones e não Greenstein?

— Isso foi sessenta anos atrás. E o *meu* sobrenome era Devereaux.

— Você não deixa simplesmente de ser judeu, como cancelar a assinatura de uma revista.

— Você ficaria satisfeita, Lainie, sentiria que conseguiu o que veio buscar aqui se eu dissesse que o motivo para eu não procurar vocês foi não querer que ninguém soubesse que eu era judia?

Eu ficaria satisfeita? Naquela história, este lugar agreste sob um céu infinito se torna um *bunker* onde minha corajosa irmã se escondeu de um mundo que a assustava. Se escondeu de si mesma. E eu? Ela disse: *eu* era a corajosa.

— Não que eu ache que uma pessoa em seu juízo perfeito escolheria ser judia se tivesse a opção de escolher — ela diz. — Passei um ano em Berlim depois da guerra. Em toda parte, você via pessoas que tinham estado em campos de concentração. — Ela estremece. — Mas não foi isso. Foi a família. Boyle Heights, aquele mundinho claustrofóbico. Lainie, era diferente para você. As pessoas sempre esperaram que você fosse para a faculdade e se tornasse alguém. Sabe o que eu ouvia todo mundo dizer, mamãe, papai, meus professores, até Pearl? Que o melhor que eu poderia esperar era me casar com um bom provedor. Olhe só para isto! — Ela faz um gesto na direção da janela e da fazenda mais além. — Eu não me dei tão mal. Se eu tivesse ficado em Boyle Heights, claro, poderia ter me casado com um médico e ter vivido uma vida de almoços de caridade e reuniões de pais e uma casa no Vale... e teria enlouquecido.

A canção de um musical me vem à cabeça: *Você precisa sonhar, se não tiver um sonho, como vai fazer um sonho se realizar?* Será que ela teve que ir embora para imaginar a si mesma? Esta ideia produz uma centelha de compreensão. Mas só uma centelha. Eu reconheço que existem impulsos terríveis, até mesmo a vontade de matar, ocultos nos recônditos da minha própria mente. Mas o que ela fez... Eu me lembro de Danny apontando para o peito dela e gritando: "O que você tem aí dentro? Você tem um coração?"

— Você se sentia presa e precisou ir embora, tudo bem — digo. — Mas você não sentiu um pingo de pena de nós? No mínimo você poderia ter escrito e dito que estava bem, que não tinha sido assassinada em algum beco...

— O que é que você está dizendo? — ela diz, indignada. — Você sabia.

— Não, eu não sabia.

— Ora, Elaine! Dois anos depois de eu ter partido, na primavera de Pearl Harbor, você descobriu o meu nome e o lugar onde eu trabalhava em Colorado Springs... Por que você está sacudindo a cabeça? Mamãe escreveu para mim.

Assim como no dia em que encontrei os programas de dança de Bárbara, tenho a impressão de estar parada ao lado do rio Los Angeles na chuva, mas desta vez a enchente desce das montanhas e me leva. Mamãe e papai *sabiam* e não me contaram. Foi isso que eu desconfiei durante algum tempo; não deveria ser um choque tão grande. Mas ouvi-la confirmar isto... me faz lembrar de quando Paul morreu. Não importa que eu tivesse ouvido o diagnóstico fatal meses antes e tivesse acompanhado a piora dele dia a dia, ou que a equipe do *home care* tivesse me explicado o que iria acontecer. Quando ouvi os estertores da morte e vi depois que ele tinha parado de respirar, eu me recusei a aceitar a realidade. Continuei falando com ele, passando a mão em seu rosto, esperando que abrisse os olhos. O que Bárbara está me dizendo não pode ser verdade.

— Elaine, o que aconteceu? — Bárbara diz.

— Eles nunca me contaram.

— O quê? Que mamãe tinha escrito para mim? — A voz dela enfraquece.

— Eles nunca me contaram nada! Nem sobre seu novo nome nem que eles tinham descoberto onde você estava.

— Mas você está aqui — Bárbara insiste. — Como foi que conseguiu me achar se não sabia?

Enquanto conto a ela que encontrei um cartão de Philip, seu rosto fica desfeito. — Dá licença um instante — ela diz, e tenta sair rapidamente da sala; mas sua artrite não permite que se movimente com rapidez e quando ela chega à porta eu ouço um soluço.

Eu também me levanto e ando de um lado para outro, olhando para aquela paisagem gloriosa do outro lado da janela e tentando compreender o silêncio dos meus pais, examinando a informação que acabei de obter à luz das especulações que me obcecaram nos últimos dois meses.

Então era verdade, como eu tinha pensado, que mamãe escreveu uma carta para a mulher que Philip havia encontrado. E depois? Não importa a explicação que me venha à cabeça — que ela e papai não tinham certeza de que se tratava de Bárbara, ou que Bárbara mandou uma resposta tão terrível que mamãe não suportou nem mesmo guardar a carta —, nada me faz entender como eles puderam nos negar o consolo de saber que a tinham encontrado. O que foi que Harriet disse quando eu contei a ela? Que se sentia tão traída que queria ir até o cemitério e gritar com mamãe e papai em seus túmulos. É assim que me sinto agora.

Quinze minutos se passaram e estou prestes a voltar para a sala quando Bárbara volta. Ela parece ter retocado a maquiagem, mas seus olhos estão vermelhos e inchados. E ela diz melancolicamente:

— Nós não somos uma dupla de irmãs choronas? — Então ela respira fundo. — Você realmente não sabia. Mamãe não contou para você.

— Não.

— Jesus. Mamãe disse, mas não acreditei nela. Depois que recebi a carta dela, fiquei achando que papai ia aparecer no próximo trem. E você, Elaine, eu tinha certeza de que ia receber uma carta sua. A menos que você me odiasse tanto que nunca mais quisesse olhar para mim. Você tinha motivos de sobra para isso.

— Você está dizendo que queria receber notícias minhas?

— Ah, eu não sei. Eu... — Ela brinca com as migalhas de bolo em seu prato. — Mamãe acabou comigo, e eu achei que aquilo não era nada comparado com o que eu receberia de você.

— Você teria respondido a minha carta?

Ela pensa um pouco e diz:

— Eu gostaria de dizer que sim, mas como posso saber agora como me sentia naquele momento? Receber a carta de mamãe me deixou tão confusa, e tudo estava tão louco na época: a guerra, e eu tinha assinado contrato com a USO. O que eu me lembro, a única coisa que posso jurar que é verdade, é que depois que recebi a carta dela todo dia eu procurava uma carta sua. Eu ia até a administração do hotel onde eles separavam a correspondência... — Seus olhos ficam distantes, como se ela estivesse vendo a cena. — Eu nunca, nunca acreditei que mamãe iria manter sua promessa. Elaine, eu sinto muito mesmo.

Eu me esforço para disfarçar, abraçando a mim mesma... como se pudesse conter o tumulto dentro de mim. Todos os anos em que temi não significar nada para ela, que ela tivesse me cortado para sempre de sua vida como se eu nunca tivesse existido... Depois de quase uma vida inteira, aquela história a respeito de Bárbara — e a dor e a raiva que senti em decorrência dela — tornou-se uma das minhas verdades mais profundas. Imaginá-la como uma garota de vinte e um anos esperando pela minha carta e temendo a mesma coisa da minha parte...

Segurei as mãos dela. — Eu também sinto tanto. Ao longo dos anos, eu procurei por você. Contratei detetives. — Então uma coisa que ela disse me vem à cabeça. — Que promessa?

— Mamãe disse, na carta, que ela era a única pessoa que sabia onde eu estava e prometeu que não contaria a ninguém.

— Isso não é verdade! — Não pode ser. Pensar que mamãe e papai tinham decidido não contar para nós já era devastador. Mas saber que mamãe resolveu sozinha oferecer segredo a Bárbara como se fosse um presente...

— Lainie. — Ela olha nos meus olhos. — Como eu disse, eu também não consegui acreditar.

— O que foi que ela disse? Ela realmente disse: "Eu prometo?"

— Bem. Primeiro ela brigou comigo por ser uma filha horrível e carregou na culpa, dizendo que não havia um dia em que ela não lamentasse ter deixado sua família, e que a coisa que ela mais queria no mundo era ver o rosto da mãe uma última vez.

Isso era típico de mamãe. Qualquer outra coisa que ela tenha dito, Bárbara deve ter interpretado errado.

— Mas depois de tudo isso — Bárbara continua — ela disse que se era o que eu queria, prometia, ela usou essa palavra, deixar que eu vivesse a minha própria vida.

Eu tenho um flash — tão vívido que ele traz de volta a sensação da mão suada de mamãe segurando a minha — do nosso primeiro dia de aula, o momento vertiginoso em que entendi que Bárbara e eu íamos ficar em turmas diferentes. Minha desorientação não se deveu apenas ao fato de ter que mudar minha imagem mental da escola e criar uma nova em que minha irmã gêmea e eu ficaríamos separadas pela primeira vez na vida. Irradiando-se dessa imagem estavam as ruas ao redor da escola, depois toda a região de Boyle Heights, depois Los Angeles, a América, o mundo. Toda a minha paisagem interna se quebrou, e eu tive de reconstruí-la, embora ela nunca mais tenha ficado tão confiável e inteira. E *aquele* mundo só estava sendo construído havia cinco anos.

— Por que ela faria uma promessa dessas? — digo.

— Eu sei tanto quanto você.

Mas não era assim. Sempre houve uma ligação fora do comum entre mamãe e Bárbara, como se elas ouvissem a mesma música em suas cabeças.

— O que *você* acha?

Ela levanta as duas mãos, um gesto que, mesmo dificultado pela artrite, é tão familiar que a mulher sentada à minha frente poderia ser mamãe, Pearl ou Harriet — ou eu. Se ela tivesse ficado, nosso vocabulário comum de gestos, os traços viscerais da nossa história, teria emergido cada vez que nos víssemos e talvez se tornado uma música de fundo. Agora cada uma de nós traz um toque de corneta de reconhecimento.

— Quando você recebeu a carta, deve ter tido alguma ideia — digo.

— Eu acho... que pensei no que aconteceu com ela antes de se casar com papai. Você sabe, quando ela foi expulsa do lugar onde morava e achou que não tinha mais para onde ir. Acho que pensei que talvez ela entendesse o quanto eu tinha me sentido aprisionada.

— Eu *não* sei. Que história é essa de ela ter sido expulsa? — Mamãe tinha contado a Bárbara sobre ter fugido de casa na Romênia. O que mais teria contado?

— Você nunca soube disso?

Eu sacudo a cabeça.

— Acho que mamãe só me contou porque viu que eu estava me metendo em encrencas, isso foi quando eu tinha dezesseis ou dezessete anos, e ela estava tentando fazer com que eu me comportasse melhor.

A história que Bárbara conta começa como a que conheço. Mamãe se mudou para Los Angeles com uma família de Chicago, os... nós vacilamos um pouco, mas conseguimos lembrar, os Tarnow. Ela morava com eles em Boyle Heights e arranjou um emprego numa confecção. Os Tarnow conheciam Zaide porque tinham vindo da mesma aldeia na Ucrânia; eles combinaram de apresentar papai e mamãe, o que a levou a estudar inglês e papai a pedi-la em casamento.

Depois disso, no entanto, Bárbara entra em território desconhecido. E torno a sentir uma sensação muito antiga — a excitação de ouvir um segredo contado pela minha irmã. Excitação e apreensão, porque revelar o segredo pode ser como tirar o curativo de uma ferida.

— Não era que mamãe não gostasse de papai. Ela gostava — Bárbara diz. — Mas foi o modo como tudo aconteceu, conhecê-lo porque os Tarnow conheciam Zaide, e quando papai a pediu em casamento, eles já sabiam de tudo porque papai pediu permissão ao sr. Tarnow. Eles a pressionaram a aceitar. Ela costumava ir até a praia e ficar olhando o mar. Lembra que fazia isso quando éramos crianças? Bem, ela ficava ali sentada, pensando... como foi mesmo que ela falou?... que tinha atravessado a Europa, depois o oceano Atlântico e depois os Estados Unidos de ponta a ponta. E depois de tudo isso ela estava sendo empurrada para um casamento arranjado igualzinho ao que acontecia na aldeia dela. A única diferença era que agora ela não tinha mais para onde ir. E então...

— O quê? — digo em resposta à pausa reticente.

— Ela conheceu um homem.

— Mamãe? — Embora ao dizer isso eu me lembre de Mollie me dizendo, *Sua mãe sempre teve um jeito muito próprio dela*. — Que homem?

— O diretor de uma companhia de teatro iídiche. Ela fez um teste para uma peça que eles estavam montando e conseguiu um papel pequeno.

Aquela parte da história Mollie não tinha me contado; eu não sei se ela sabia.

— Eu não sei se ela e esse cara dormiram juntos — Bárbara diz. — Ela não entrou em detalhes. Mas acho que estava chegando em casa muito tarde e tomando uns drinques. Então os Tarnow a puseram para fora. Literalmente, eles puseram tudo dela numa sacola no meio da rua. Ela procurou o babaca do diretor, mas ele se eximiu de qualquer responsabilidade em relação a ela. De certa forma, ela ficou aliviada, não estava apaixonada, apenas tinha caído na conversa macia dele. Pelo menos, foi o que ela disse. Mas ela não tinha para onde ir. Naquela primeira noite, dormiu na rua.

— Ela contou isso para você? — Quando a história começa a assentar, consigo ver minha mãe, apaixonada, caprichosa, enlouquecedora, envolvendo-se romanticamente com alguém, até mesmo tendo um caso. O que não consigo imaginar é que ela tenha contado a quem quer que seja. Mas contou. Teve coragem de revelar até mesmo aquela humilhação... à filha preferida. A dor que sinto, ridícula depois de tantos anos, me deixa envergonhada, e tento sufocá-la. Mas a tristeza, a sensação de exclusão têm vida própria, como se caminhassem por um caminho muito primitivo dentro de mim.

— Só porque eu era fogosa demais — Bárbara diz, como se percebesse o que estou sentindo, caminhos antigos para ela também. — Ela falou principalmente do quanto eu estava me comportando mal e que quando uma moça perde a reputação não consegue mais recuperá-la. E que eu tinha que parar de querer que minha vida fosse um filme de cinema e precisava crescer. Ela me contou sobre os erros que cometeu na esperança de me assustar, para eu começar a agir como uma pessoa responsável. Mas eu só prestei atenção na parte escandalosa da história sobre ela e esse homem. Naturalmente. — Ela sacode a cabeça e ri. — É tão estranho falar sobre isso depois de tantos anos. E com você.

— O que aconteceu? Depois que ela dormiu na rua.

— Ela passou algumas noites na casa de uma amiga, mas a amiga não tinha espaço para ela. Então o sr. Tarnow foi conversar com ela. Disse que, se ela aceitasse o pedido de casamento de papai, eles deixariam que voltasse a morar com eles até se casar e então... — Mas ela hesita.

— O quê?

— Nossa! É uma maluquice, mas fiquei arrepiada, pareceu que mamãe estava olhando por cima do meu ombro, sabendo que vou contar seu pior segredo. Como se isso ainda tivesse alguma importância. Naquela noite ela foi até a praia. Concluiu que havia um lugar que ficava ainda mais longe do que a Califórnia, que ela podia entrar no mar e se afogar.

Ocean Park à noite está tão claro na minha memória que eu posso sentir o cheiro salgado do ar quando Bárbara diz:

— Ela entrou no mar de roupa até a água chegar ao seu pescoço. Mas aí ela teve medo de morrer e fez força para voltar para a praia.

Por um momento *sou eu* que estou lá, sentindo a água subir até minhas coxas, meu peito, sentindo o peso das roupas encharcadas enquanto enfrento as ondas. Pobre mamãe. Eu tinha pensado, depois da conversa que tive com Mollie, que entendia os seus sonhos frustrados. Mas eu só tinha vislumbrado seu desespero, e senti muita pena dela.

E pobre papai!

— Será que papai sabia? — Será que o conhecimento terrível de que mamãe quase tinha se afogado para não casar com ele era responsável pela tensão constante entre meus pais, pela severidade dele e pela raiva latente dela?

— Ela disse que ele não sabia.

— Mas ela contou para você. — Eu tornei a me espantar.

— Ela estava realmente preocupada comigo. Com razão. — Ela ri. E então arregala os olhos. — Puta merda!

— O que foi?

— Eu acabei de perceber que levei o que ela disse ao pé da letra. Mas enxerguei uma lição de moral diferente da que ela tinha em mente. Ela tentava me dizer para não ser tão sonhadora e para me contentar com o que eu podia ter. O que ouvi foi que eu nunca deveria ficar sem ter para onde ir. E que devia sempre, sempre, ter meu próprio dinheiro. Vivi minha vida inteira seguindo o que ela me ensinou... Aqueles retratos que você trouxe. Posso vê-los de novo? Eu gostaria de ficar com um de mamãe.

Ela escolhe um retrato de mamãe e de mim, tirado no casamento de Ronnie. — Obrigada, mamãe. Por tudo — ela diz, sem disfarçar as lágrimas. Então ela enxuga os olhos com a mão e anuncia: — Bem, acho que temos um filme para fazer.

Começa a se levantar, sem tentar esconder o esforço. Eu vou ajudá-la, e ela deixa. Então ficamos em pé, cara a cara. Ela acaricia meu rosto. E nos abraçamos.

Meus braços ao redor de Bárbara. Eu percebo que o que ela gritou para mim mais cedo é verdade: nenhuma explicação que ela possa me dar será suficiente. Então ela acreditava, aos vinte e um anos, que eu a odiava. Mas uma vida inteira de silêncio depois — nada pode consertar isso.

Entretanto... Não é que eu a perdoe. Mas o perdão parece irrelevante. O que importa é ouvir a voz dela, abraçá-la, olhar pela janela para a vista que ela vê todo dia. É a realidade física, carne e osso e sangue, desta pessoa com quem eu passei os primeiros nove meses da minha existência, nós duas apertadas dentro do útero de mamãe por mais tempo do que jamais tocaríamos alguém.

O que importa é minha sobrinha-neta usando o cavalo de lata de Zaide sobre o coração.

— Eu amo você — murmuro.

— Eu também. Lainie, obrigada por ter vindo. Isso tem um valor enorme para mim.

Quando saímos do escritório dela, eu digo:

— Harriet e eu vamos para um spa no México na primavera. Quer ir conosco?

— Eles colocam você numa dieta só de agrião?

— A comida é fantástica. E nós levamos nossas próprias bebidas.

Ela sacode os ombros. Mas não diz que não.

Enquanto estivemos conversando, Josh filmou o hotel e as montanhas; Jen mostrou a ele onde conseguir os melhores ângulos e o ajudou a escolher uma locação para a entrevista, sentando-se em diversos lugares da sala enquanto ele checava a luz.

— Eu sou sua dublê de corpo, vovó — diz.

Bárbara força um sorriso e vejo que está exausta. E percebo que também estou. Morta de cansaço.

— Está na hora do espetáculo — ela diz. E vai em frente com a "entrevista" como a jogadora experiente que é, fingindo para a plateia formada por Jen, que aplaude, e por qualquer um que resolva espiar.

Josh pede a ela para se sentar numa ponta do sofá e faz uma filmagem preliminar — ajustando o nível do som, ele diz, e deixando-a à vontade diante da câmera. Não que a Queridinha dos Rodeios tenha medo do palco. Quando ele começa a filmar, ela começa a contar suas histórias na USO com tanta naturalidade que dá a impressão de ter ensaiado antes. De fato, todas as suas histórias têm o polimento de casos repetidos dezenas de vezes, contados com um timing profissional.

Eu quero prestar atenção, para ter uma ideia ao menos de alguns dos anos da vida da minha irmã depois que ela partiu. Mas vou poder assistir ao vídeo que Josh está fazendo, vou poder compartilhá-lo com Harriet quando for para casa.

Sentada ao lado do fogo, física e emocionalmente esgotada, penso na história que acabei de ouvir e na pessoa que *não* consigo perdoar — mamãe.

Nunca fique sem ter para onde ir. Essa foi a lição de moral não premeditada que Bárbara tirou da história admonitória que mamãe contou para ela. Mas *foi* mesmo não premeditada, acidental? Ou Bárbara entendeu exatamente o que mamãe queria que ela entendesse? Será que mamãe, deliberadamente — embora, sem dúvida, inconscientemente — projetou seu próprio desejo de fugir em Bárbara e deu a ela a força para fazer isso? E não só a força mas a determinação, como se tivesse praticamente empurrado Bárbara para fora de casa?

Todo mundo cresce numa família diferente, Harriet disse. E entendo que minhas irmãs e eu experimentamos versões diferentes de Charlotte Avramescu Greenstein. Entretanto, uma mãe que se recusou a nos contar que Bárbara estava bem, uma mulher que escolheu a fantasia de Bárbara e, mais do que isso, sua própria fantasia de liberdade em vez de aplacar nossa angústia, é alguém que eu nem mesmo reconheço. Essa mulher é um monstro, condenando as outras filhas a sofrer e deixando papai visitar o necrotério para examinar garotas mortas!

Condenando Bárbara também? Eu *teria* escrito para ela. De fato, *eu* é que talvez tivesse tomado o próximo trem para Colorado Springs. E depois? Não consigo imaginá-la voltando para casa comigo — entendo o quanto ela se sentia sufocada. Uma vida inteira de separação, será que ela teria escolhido isso?

A raiva... é como se brasas tivessem pulado da lareira sobre mim. Meu corpo está quente, meu cabelo uma tocha.

— Elaine? — A voz de Josh quebra a minha concentração. Por um momento, eu me pergunto se estou realmente pegando fogo. Mas ele só está me dizendo que a filmagem terminou. Aparentemente, Bárbara pediu um tempo na entrevista.

— Vovó, de jeito nenhum! — Jen protesta. — Sabe de uma coisa, eles têm que filmar horas para conseguir cinco minutos de material que possam usar.

— Já tem bastante material, não é Josh? — Bárbara diz.

— A sua avó nasceu para isto — Josh diz a Jen. — Vai ficar ótimo. Eu vou informar a vocês se consegui o financiamento para terminar o filme.

— Lynn preparou um almoço para nós — Jen diz. — Vou avisar a ela que estamos prontos.

— Acabamos de nos entupir de bolinhos de canela — Bárbara diz. Ela está exausta e louca para se livrar de nós. Eu também estou ansiosa para partir e ficar sozinha com toda esta fúria. Tenho medo de que, se tentar falar, saiam cobras e lagartos da minha boca.

— É um caldo de carne — Jen diz.

— Eles precisam ir se quiserem chegar em Cody antes do anoitecer. Mas Jen é uma garota insistente.

— Eles vão ter tempo. E eu prometi a Josh um passeio na motoneve.

— Vocês não podiam ter feito isso mais cedo? — Bárbara responde, irritada.

— Nós teríamos se soubéssemos que vocês duas iam passar horas conversando! — Jen se vira por um minuto, ajudando Josh a guardar seu equipamento. Então, como uma voz persuasiva que me leva setenta e cinco anos para trás, ela diz: — Você vem conosco, vovó?

Bárbara revira os olhos. — Elaine, você se importa de ficar mais uma meia hora por aqui? Você pode tomar uma sopa.

— Eu... — Olho para fora. O sol pálido brilha na neve. — Também quero andar na motoneve.

— Você já dirigiu alguma antes?

— Claro — minto.

Jen arranja roupas adequadas para mim. Eu me visto como um boneco da Michelin vermelho para combinar com o azul elétrico de Bárbara e escuto, impaciente, as instruções de Jen sobre como dar partida, acelerar (puxando uma alavanca), parar e virar.

Finalmente, estamos nos movendo. Devagar a princípio, andando no meio das árvores, mas então chegamos em campo aberto. — Vá com calma — Jen aconselha, mas Bárbara grita "Iarrrrru!", e aperta o acelerador. Eu também, gritando com a força dos meus pulmões.

O ar gelado atinge o meu rosto com mais força do que a raiva. Sinto arder uma ferida antiga — a consciência da ligação intensa entre minha irmã e minha mãe, o círculo mágico do qual eu fui excluída. Elas eram as verdadeiras gêmeas da nossa família. Mamãe e Bárbara eram almas gêmeas. E eu diante daquela janela cheia de luz, olhando para minha mãe e minha irmã, tão vivas e vibrantes, desejando fazer parte daquele círculo.

Lágrimas quase me cegam. Mesmo assim, aperto o acelerador, apreciando a velocidade, o perigo. Ouço gritos, e de repente um grupo de árvores aparece na minha frente. Eu estou indo bem na direção delas.

Por mais um segundo, vou na direção das árvores. Então dou uma guinada no guidom e volto para a clareira, diminuindo a velocidade e acenando em resposta aos gritos assustados atrás de mim. Foi assim que mamãe se sentiu quando saiu do mar com as roupas encharcadas? Trêmula e alegre? E de repente lúcida?

Jen corre para mim na sua motoneve.

— Você está bem? — Ela está com uma cara apavorada.

— Estou ótima. Desculpe ter assustado vocês.

Ela revira os olhos. — Você nunca dirigiu uma coisa dessas antes, não é?

— Não, mas eu dirijo nas autoestradas de Los Angeles, então imaginei que não fosse muito difícil.

— Você e minha avó! Vocês duas devem ter aprontado muito no seu tempo. Quer voltar para a casa? Eu vou com você.

— Você está brincando? Agora que dominei os controles? Eu estou bem, de verdade — digo. E estou mesmo.

Picos cobertos de neve erguem-se à minha frente, no paraíso de Bárbara nas montanhas. Mas o que eu estou vendo é a paisagem da *minha* vida, a vista espetacular nas fotos que trouxe comigo — retratos de mamãe e papai com os filhos no colo, sentados no jardim numa tarde ensolarada, bebendo água de coco durante umas férias no Havaí. Papai parece que está achando isso muito esquisito, mas está adorando. E o sorriso que ele está dando para mamãe... Será que ela guardou o segredo de Bárbara até dele, ou será que contou? Como posso saber o que se passava nos momentos em que eles estavam sozinhos, como era a história deles, quando estava tão enganada a respeito da minha?

Minha inveja da ligação de Bárbara com mamãe criou raízes quando eu era tão pequena que se tornou parte de mim mesma. A dor de ser excluída era tão intrínseca e inconsciente que não voltei para rever a história, não notei que há muito tempo eu não estava mais em pé no escuro, com o nariz encostado à janela; eu estou dentro de casa. Bárbara, é verdade, teve uma ligação extraordinária com mamãe, uma relação intensa e efêmera... e perigosa. E eu vivi a vida daquelas fotografias, os altos e baixos, as confusões e a felicidade do dia a dia de todos aqueles anos com mamãe, papai, Audrey, Harriet, Pearl e Sonya.

Na minha foto favorita, tirada por Ronnie quando ele comprou sua primeira câmera fotográfica, mamãe está sentada, com uma xícara de café na mão, à mesa da minha cozinha. Ela tinha uns sessenta anos na época, seu cabelo estava todo branco, mas seu rosto ainda era suavemente arredondado e sua pele lisa, a felicidade de ser gorda. É uma foto sem sofisticação alguma; ninguém tinha tirado da mesa um prato cheio de migalhas de torrada e nem arrumado o *Los Angeles Times* do dia. Os olhos de mamãe estão muito abertos, como se ela tivesse levado um susto, mas vejo que ela está exagerando na surpresa para agradar a Ronnie, porque está sorrindo para ele com muito amor. Com um amor extraordinário.

— Ei, suas lesmas! — Bárbara fez a volta e se aproximou de nós. – Venha, Elaine, quer apostar uma corrida?

Nós partimos.

Os cachorros correm atrás de nós, latindo de alegria. São permitidos cachorros no Rancho Mañana. Preciso comprar um.

Eu solto um grito de alegria. Ela solta outro, nós duas deslizando naquele ar gelado. Voando, Bárbara e eu.

AGRADECIMENTOS

Por ter me ajudado a entrar no mundo judeu de Boyle Heights nos anos 1920 e 1930, sou particularmente grata à autora e historiadora Harriet Rochlin, que foi criada lá — e que não só respondeu a todas as minhas perguntas atenta e minuciosamente, como também me convidou para consultar seus arquivos pessoais. Agradeço também a Elizabeth Fine Ginsburg, que me contou como saía de Boyle Heights para estudar dança no estúdio de Lester Horton; e à Sociedade Histórica Judaica da Southern California, onde passei horas explorando o tesouro das histórias orais de Boyle Heights. Pelas informações sobre horários de trens — e por evitar que eu colocasse Elaine no bonde errado — agradeço a paciente ajuda de James Helt, bibliotecário da Erwin Welsch Memorial Research Library no Museu Ferroviário de San Diego Model.

Os comentários e o apoio de amigas escritoras começaram com Abigail Padgett e Sara Lewis, que me forçaram a escrever esta história, que estava sempre batendo à minha porta. Pelos comentários profundos e realmente construtivos, beijos agradecidos às Flaming Tulips — Abigail Padgett, Anne Marie Welsh, Carolyn Marsden, Lillian Faderman, Oliva Espin, Robin Cruise e Sheryl Tempchin — e a Ann Elwood e Mary Lou Locke. Outra importante leitora foi a pessoa que fez com que eu me apaixonasse por livros: minha mãe, Harriet Steinberg.

É raro uma autora encontrar leitores criteriosos que se comprometam profundamente com o seu trabalho. Quando me aproximei do mundo editorial, tive a sorte de encontrar uma equipe assim. Minha agente, Susan Golomb, foi minha primeira e brilhante revisora e esteve do meu lado durante todo o percurso até a publicação. Elaine se tornou tão real e importante para Kendra Harpster, minha editora na Random House, quanto foi para mim. Mais do que isso, Kendra expandiu minha visão do que o livro podia ser; ela viu o que ainda não estava no papel, mas estava no coração de Elaine e no mundo dela. E Susan Kamil, da Random House, teve uma habilidade fantástica em perceber aspectos mais gerais. Agradeço também a Eliza Rothstein, da Agência Literária Susan Golomb, e a Kaela Myers, da Random House.

Meu marido, Jack Cassidy, viveu o livro comigo desde o começo — andando por Boyle Heights junto comigo, ouvindo quando eu me debatia com diferentes problemas, comemorando cada vitória, e mantendo meu moral elevado o resto do tempo. Minha gratidão para com ele é infinita.

Este livro foi impresso na Intergraf Ind. Gráfica Eireli.
Rua André Rosa Coppini, 90 - São Bernardo do Campo - SP,
para a Editora Rocco Ltda.